胭脂碎【上】

蔓凉 ◎ 著

图书在版编目(CIP)数据

洛书:胭脂碎/蔓凉著.—重庆:重庆出版社,2009.6
ISBN 978-7-229-00763-8

Ⅰ.洛… Ⅱ.蔓… Ⅲ.长篇小说—中国—当代
Ⅳ.I247.5

中国版本图书馆 CIP 数据核字(2009)第 086503 号

洛书:胭脂碎
LUOSHU:YANZHISUI

蔓 凉 著

出 版 人:罗小卫
责任编辑:陶志宏 袁 宁
责任校对:廖应碧
装帧设计:蒋忠智 王芳甜

重庆出版集团 出版
重庆出版社

重庆长江二路 205 号 邮政编码:400016 http://www.cqph.com
重庆出版集团艺术设计有限公司制版
重庆华林天美印务有限公司印刷
重庆出版集团图书发行有限公司发行
E-MAIL:fxchu@cqph.com 邮购电话:023-68809452
全国新华书店经销

开本:700mm×1000mm 1/16 印张:32 字数:627 千
2009 年 6 月第 1 版 2009 年 6 月第 1 次印刷
ISBN 978-7-229-00763-8
定价:39.80 元(上下册)

如有印装质量问题,请向本集团图书发行有限公司调换:023-68706683

版权所有 侵权必究

第一章 胭脂碎 1
第二章 旧事多 12
第三章 家世赫 24
第四章 桃花岛 34
第五章 鸿门宴 45
第六章 初见时 54
第七章 风波恶 71
第八章 清平乐 86
第九章 旋涡急 104
第十章 掌上舞 121
第十一章 君不应 135
第十二章 月如钩 153
第十三章 便如是 164
第十四章 破阵子 179
第十五章 夜探营 196
第十六章 杨柳心 207
第十七章 醉颜酡 222

尾声 ……………………………………………………… 501
第三十一章 流云转 ……………………………… 488
第三十章 关山碍 ………………………………… 468
第二十九章 画成灰 ……………………………… 449
第二十八章 踏金殿 ……………………………… 436
第二十七章 太庙祭 ……………………………… 415
第二十六章 弹指瞬 ……………………………… 399
第二十五章 松涛雪 ……………………………… 383
第二十四章 伤离别 ……………………………… 368
第二十三章 棋局乱 ……………………………… 358
第二十二章 甚寒亭 ……………………………… 337
第二十一章 意难平 ……………………………… 317
第二十章 玉生隙 ………………………………… 298
第十九章 虚龙斗 ………………………………… 278
第十八章 长夜宴 ………………………………… 253

第一章

胭脂碎

车水马龙，高楼林立，一派大都市的繁华。我站在候车场的落地窗户前，不时地跺跺脚，水汽呼出，遇上玻璃便立即凝成了水雾。这个城市的天气，一向堪比六月大小孩的脸，阴晴不定，变幻莫测。前天尚有阳光，昨日就寒潮来袭，一夜急雪，满地冰霜。

"吱呀"一声，大客车突然急转弯，溅起一地雪。人群顿时急躁起来，我也搓了搓手，拖着小皮箱随人流挤上了回家的车。天气寒冷，我回到家就窝了好几天，直到接了一通电话才踏出家门。

那天腊月十八，阳光酥软，难得相聚的高中好友约在章华寺见面。我踏着碎步，一晃眼就立于章华寺石牌楼下。远远望去，看见了在香烛铺里的好友三人，招手示意后，我便静静地等在章华寺前的台阶上。对于挑选香烛，我一向不太擅长，也就由着她们帮我挑选。

寺前空地摆着各式各样的小摊，好似庙会，货物多以古玩器物为主。我一直很喜欢古香古色的精细器物，可从来都只是静静地看，感受历史韵味，从未想过要拥有它们在手中细细把玩。可今天我却被一个黄金簪子强烈吸引着，它弯翘新月形，泛着暖黄光芒，雕刻百花图案。簪上花小如豆，却瓣瓣分明，线条流畅，清晰似钩。酒红色的玛瑙细碎地镶在簪上，阳光下的玛瑙晶莹剔透，犹如血珠滚滚而动，妖艳异常。霎时，我心里涌起一股念头：它是属于我的。

小心翼翼地握住簪子，问摊主婆婆："它值多少？"

老婆婆耷拉着眼皮，没有说多少钱，反而命令道："你转过身去，我为你把头发盘起。"

很奇怪，我依言转身，将一头长发交给她。

"它叫胭脂碎。"老婆婆沙哑的声音从脑后传来,"浴火凤凰……涅槃重生……"说得断断续续,听得不太真切,"只要你在神女面前说一句话,胭脂碎就是你的了。"

"一句话?"我疑惑回头,恍惚间看到一张明媚女人的脸,深邃的轮廓,透亮的黑瞳,妖冶的红唇,眉间艳若胭脂的朱砂痣。她妖娆地笑道:"……爱情,只求得一个结果……"

梦境?幻象?我快速地眨了下眼睛,想要确认眼前的一切时,却只看到一张拥有深壑皱纹的老婆婆的脸:"长发已经盘好,胭脂碎真的很适合你。时间不早了,快去寺里吧,看,你朋友们正叫你呢。"

果然,她们在寺院门口唤我。

"记住,爱情只求得一个结果。"身后再次传来老婆婆的沙哑声音。待我想回头问个明白时,却被好友拉入了寺中。

和往常无异,烧香拜佛,祈求平安。结束后,大家拣了条幽静小路,边走边谈,诉说各自近况。

"哟,那里什么时候新修了座高塔?"

抬头仰望,果真有一座木塔矗立着。塔高约三十米,九层塔身,塔檐宽大,似无限延伸,直破苍穹。六角檐上各挂一串铜制风铃,风吹铃摆,清脆铃音隐约耳闻。

走近,发现一石碑,刻曰:家国恨,烽烟起;亲缘灭,胭脂碎。

家国恨……亲缘灭……我默念着,眉间不禁蹙起,好一段决绝的文!胭脂碎,那张明媚女人的脸顿时涌入脑海,我心下略微发凉,抬起手触到了发间的金簪。不知是不是在太阳下晒得久了,那簪子竟是滚烫的。

"进去瞧瞧。"好友们被这段苍凉的文字引起了兴趣,想一探究竟,眼见四下无人,我们便推门进入塔中。塔内全由木材搭建而成,尚未上漆,木质纹理清晰可见。塔中光线昏暗,四周点着油灯,烛火飘移,时暗时明。

"西域的神女吗?"好友面北问道。

木塔中堂北方有一尊真人大小的金像。金像脚踏彩云,彩带飘飘,轻盈巧妙,形体妍态,应是女子无疑。可这女子面容几乎与那幻象中的明媚女子一样,同样深邃的轮廓,同样透亮的黑瞳,同样艳若胭脂的朱砂痣,只是这金像没有那女子勾人的妖媚,而多了几分不甘心的幽愤。

"看来我们是遇上了神仙姐姐,既是有缘,我们不妨学段誉公子磕上几个响头。愿神仙姐姐保佑我们钓上金龟婿!"好友打趣道。

四人各自跪拜祈祷,一低头,我恍惚间又看见那明媚女人的脸,于是心念一动,轻喃道:"爱情,只求得一个结果。"

霎时塔内风起,吹灭满屋烛火,闻得阵阵轻烟,我心中微惊,但见她们三人安好,才略微放松心情。此时,塔门已微微开启,一肩宽,外面阳光透过缝隙,洒在青砖地板上,洋洋暖意。

2

"时间已经不早了,还是快回家吧。"

门缝太小,四人只得依次而过,我排最末。待我穿过塔门时,只觉得门缝越来越小,挤压得我五脏六腑都要吐出来似的,勒得我全身生生地痛。出于本能,我开始挣扎,突然间,觉得发间的黄金玛瑙簪子松动了,随着长发倾落而下。这时,我不禁叫了一声。

本以为经过一番挣扎,我已离开木塔,回到章华寺内的茵茵草地上。可一睁眼,却发现错得离谱,经再三确认后,我才肯定自己变成了一个婴儿,正躺在一个年约三十的妇人怀里。那妇人淡眉细目,身着绣花对襟轻烟罗衫。她眉眼含笑地说:"小姐,是一位千金,俊俏得紧,像你一样,简直就是一个模子刻出来的。"

受她喜气的感染,我勾起唇,淡淡地笑了。

"看啊,她还对我笑呢,真惹人怜。"那妇人欢喜道,"小姐,给小小姐取个名字吧!"

"第一次相遇,他俯身而下,在我耳畔呢喃'扶风弱柳,果真江南女子'。"声音嘶哑而柔软,从紫檀琉璃六扇屏风后徐徐传来,"就叫她扶柳吧!"

那妇人立刻皱了眉头,语气明显不悦:"小姐,你又何苦对那负心人念念不忘呢!现在有我和去疾少爷陪着你,况且还添了小小姐呢。"

"要我如何相忘!"重重一声叹,满屋无奈。

趁着她们交谈之际,我迅速打量着周围的环境。室内家具摆设简单,但绝不平凡,高脚黄杨木茶几上的一套钧窑茶具,色泽如雨过天晴,水洗般碧泓,釉质细润紧致。壶旁边的青瓷雕花莲瓣茶碗,曲线优雅若翘蔻,实非一般人家可用。

略整思绪,我如今是在中国古代的某个王朝,并以一个初生婴儿的形式重生了,但我却保留了我以前所有的记忆。

为什么我会重生?怕是与那明媚女子和那叫胭脂碎的簪子密不可分的。我的朋友们呢?难道她们也来到了这个朝代吗?疑问重重,不知如何解答,我只能轻叹一声,既来之,则安之,从此以后我是扶柳。

三载春秋,转瞬即逝,我已熟识这个世界。

如今的娘名唤柳依依,江南余杭人氏,居于西泠柳庄秋水居。

西泠柳庄踞孤山依西湖而建,绵延数十里,借山势修栈,顺水流造桥,亭台楼榭,奇葩异石,尽融于自然之中,使得整个山庄清新幽雅,随处拾来皆是风景。

西泠柳庄如此繁华,何人方能坐拥此庄?

江南柳氏!

江南柳家历代经商,每代必有经商奇才,如此积累数百年,终创下无数财富。柳家经营所涉及领域广泛,可谓有城镇处必有柳家商铺。现任西泠柳庄庄主柳义柏,正值壮年,打点全庄生意,精明能干,被称为江南第一富商。而我娘柳依依则是其唯一

3

胞妹。

西泠柳庄虽大，可我认识的人并不多，只因我从小随娘闭门住于秋水居中，所熟识之人也就只有娘的贴身丫鬟杏姨。杏姨就是我刚出生时，抱着我的那名妇人，闺名唤作柳杏。其实以上我所知晓的，几乎都是从杏姨那里得知的，因为娘常常是静静地坐着，半天也不说一句话。

我还有一个大我八岁的哥哥，杏姨口中的去疾少爷。他正值少年，课业繁忙，也只匆匆来过几次秋水居，并未给我留下深刻印象。我爹似乎是西泠的禁忌，无人敢提起，甚至从西泠的丫鬟和老妈子的饭后闲谈中也未曾听得一两句，也就越发地让我感觉神秘了。

我一直安静长大，与所有的小孩一样，咿呀学语，跌倒中学会走路。我曾以为我会一直这样沉默下去，波澜不惊，了度一生。可仅三年之后，我便突然明白，生活不可能再这样平静了。

六岁那年，为了成为一名合格的大家闺秀，我开始同三位柳家表姐一起学习琴棋书画、诗词歌赋。我的三位表姐的出生月日相同，各自相差一岁，这也就被传为西泠奇闻，而我则要比最小的三表姐还要小上一岁。怎么说呢，这样打个形象的比方，我们的年龄组成了一个相差一岁的等差数列。

讲学的夫子是一个和蔼的老人，精神矍铄，总是喜欢抚摩着他那稀疏的花白胡子，从上至下，仿佛那几根胡子是他最听话的孩子。那天，我第一次上课，他望了一眼站在门口的我，沉吟一声道："今日表小姐初学，就学习书写名讳吧！"之后夫子挥起衣袖，执笔写下"扶柳"二字。看着墨迹未干的宣纸，我颤抖地握住毛笔，笔尖落纸，墨瞬间融开，没想到用毛笔写字竟如此之难，"扶柳"二字弯曲得犹如楔形文字，我不禁皱眉，想必是拿惯了钢笔的手无法驾驭毛笔。

"子曰：学而识习之，不亦乐乎。有朋自远方来，不亦乐乎……"清朗的读书声在耳边响起，表姐们比我早上几年学，如今已开始学《论语》了。

因为无法容忍自己的秀丽字体变得如此不堪入目，我的执拗脾气又犯了，开始一遍又一遍地写着"扶柳"。当我手腕酸痛，额头微微冒汗的时候，才发现表姐们已经围住了我，旁边还站着微笑抚须的夫子。

二表姐柳雪君眨着她的大眼睛，对我说："扶柳的字写得真漂亮！"

我喜欢她轻灵的眼，犹如精灵公主，然后我对她温柔笑起，就像对娘一般。

自我能流利言语后，我娘，柳依依，那个凝聚了江南水乡所有灵气的女子，每当在月色皎洁的夜晚，总是喜欢抱着我，喃喃地诉说往事。这时，月光轻盈，缥缈如纱，穿透黄杨雕花木窗，细细地洒在海棠菱花铜镜上，流光溢彩。

混着月光，娘就开始用她那独特的低沉嗓音，缓缓地讲述着遥远的往事："那天晚上，月亮也是这么美，圆润晶莹，就像夜明珠似的镶嵌在夜空中，让我欢喜得离不开眼。当时我是那么年轻,那么骄傲,扶柳,你知道吗?我是江南柳家唯一的大小姐,你外公中年得女,一直视我如珍如宝,吃穿用度都是西泠最好的,甚至比你舅舅还要好。你外公请来全国一流的师傅,悉心教我诗词歌赋、琴棋书画、女红针绣、曲调长舞。而我则在及笄那年就开始经营锦绣坊了,两年后,使得原本默默无名的锦绣坊跻身成为西泠七部之一。世人都啧啧称奇,赞我为江南第一女子,才貌俱全,绝世无双。我也从未将任何男子放入眼,直到遇上了他,你的爹,从此开始沉沦。那年我一时兴起决定随商队深入西域,体验异乡风情。西域楼兰的金丝羊绒锦缎是如此的光彩夺目,任何人都想一探究竟,看它是如何织成的。就是那个冲动的决定,改变了我的一生。大哥常说,他有生以来最后悔的事情就是未能阻止我去西域,让我碰上了你爹。可我却未后悔过,因为我遇到了我宿命中的男子,那是上天已经安排好的,无法改变,亦无可避免的。西域是美丽的,可越美丽的东西就越是危险,就在我们采购完货物,连夜赶回西泠时,遇上了凶悍的拓跋人。那群野蛮人好似猛兽,冲入我们的商队,很快,商队的护卫败下阵来。拓跋人肆无忌惮地残杀着鲜活的生命,其中为首的那个拓跋人,身着凌乱破损的兽皮,挥舞着亚青色的弯刀,策马呼啸地向我冲来。当时我吓呆了,全身犹如沉入寒潭深渊,没有生命气息,便绝望了。突然间,我感到了阳光的温暖,洋洋洒洒地笼罩了我全身,之后,我腾空而起,坐在了马背上,然后回头,就瞧见了一张英气勃发的脸,刹那间心底软软的……"

每讲到这里,娘都会有些许激动,苍白的脸泛着红晕,像渗透的胭脂。娘目光热切,闪着炫彩光芒,然后紧紧地抱住我说:"扶柳,你能感觉得到吗?"这时我总是抚摩着她的长发,柔柔地说:"娘,我知道,我知道的,阳光照进了心底最柔软的地方。"

"……之后,你爹俯身而下,在我耳边轻语耳喃'扶风弱柳,果真江南女子'。当时我的脸一定红透了,肯定比那凤仙花汁还要红,我是那样的不知所措,只能怔怔地望着天边的圆月。还记得,当时的风景美极了,不似西湖畔杨柳岸和风细雨、缠绵悱恻,而是西域特有的豪气,月光如水、黄沙似镜,至此以后我再也没有见过那样的风景。半年之后,我独身迢迢北上,与你爹成婚。那些时日,真是快乐,你爹极宠我。不久之后,我生下你哥,当时他煞是高兴,哈哈大笑道:'昔日有汉朝大将霍去病,天生帅才,北逐匈奴,保家卫国,名垂青史,世人敬仰。吾儿将来策马灭拓跋,建功立业,定不逊于他,就取名去疾吧!'我曾以为我这一生都会这样的幸福下去。直到承祐十年,你爹出关征战,苦战三月,大胜拓跋。拓跋投降,送公主进京和亲。自此以后,我的生活就变了。虽然你爹什么都没有说,可我还是那么强烈地感觉到他不再爱我了,因为他看我的眼里没有了往日的色彩……"

每次说到这里,娘的眼神都会分外忧伤,似利刃穿透我的灵魂,然后恍惚之间,我就会看到娘的影像在白森森的刀光之中,支离破碎,漫天飞舞。

这时,我会对娘温柔地笑起,目光清澈,神色安宁,唇角上扬。"小时候,你外公也会这样哄着我,笑容温暖……"这样娘就会安静地睡着。

从此以后，我习惯于对娘，对杏姨，对去疾哥哥，对所有人笑……

就在我对二表姐柳雪君笑时，已是日落西山。夫子慢条斯理地收拾好书本，夹在腋下走出门口，一天的学习也就结束了。待夫子走远，二表姐就对着夫子的背影吐了吐舌，做了个鬼脸，表情煞是可爱，而后又呼啦一声，凑到我身旁，乌黑的眼珠子滴滴地转，神秘兮兮地说："扶柳，我们已经看清你的真实面目，赶快招供吧！坦白从宽，抗拒从严！"

瞧着二表姐柳雪君的卖力表演，我不禁笑出声，看来我心底的疑问已经有了答案，只是怕以后的生活越发不得平静了。唉，古人哪知什么坦白从宽、抗拒从严，她们是何方神圣，我自是一清二楚了。

突地，我玩心一起，不假思索脱口而出："我既已被捕，那我现在所说的每一句话都可能成为呈堂证供，但我也有权保持沉默，不是吗？"

雪君一愣，随后大笑起来，声音清脆，如珠落玉盘。霜铃也走上前来，坐入我书桌对面的椅子，道："还是一样的牙尖嘴利！其实，我们三人自能说话起，就已相认，只是一直找不到你。本来推断，你将成为我们的亲妹子，因为我们三人重生为姐妹，还生日相同。可我们苦苦等了六年，也没有等到娘亲们再生出个妹妹来，本以为你掉队了，没想到原来是换了队。"

看来，她们比我还适应这个时代，我欣然道："对不起，谁让我步子小，出塔时慢了一拍呢。"

霜铃冷眉一挑："其实你提笔的时候，我就知道是你了，哪有人握毛笔跟写钢笔的手势一样的？还有皱眉的倔劲，真不知道谁学得来！"

一会儿工夫，活泼好动的雪君就站在了书桌上，头微仰，振臂高呼："我们四姐妹既然重逢，就要齐心协力干出一番轰轰烈烈的大事！"

听到雪君的话，我轻皱眉头："从今往后我是扶柳，而你们就是柳雨蕉、柳雪君、柳霜铃，不要向任何人提及我们的经历。历史是不容我们改变的，青史上并没有我们！"

雨蕉立即解释："我们当然知道历史的不可改变性，所以我们才一直默默地寻你。否则，柳家姐妹就不是以同月同日生称奇，而是以古怪行为闻名了。其实如果我们胡乱行事，你也更加容易找到我们的，不是吗？"

霜铃长看了我一眼，叹道："事实并不如你所想。"说完，径直走向书柜，从中抽出一本线装古书，放在我桌上。拾起桌上的那本线装古书，深蓝封面上的字铁钩银划。

"《吴史》？"二十四史里绝对没有《吴史》，我心中不由得升起一丝不安，急忙抬头，带着疑惑的眼神盯着霜铃，等待她给我合理的解释。

《吴史》难道只是一本毫不起眼的野史外传？可是这等小书，霜铃又为何特意拿给我看呢？既是野史，又何以能用得《吴史》这样大气的名字？

霜铃正欲启唇,书院外便传来由远及近的脚步声,一名大丫鬟带着三名丫头走进书房。她们步调一致,行动规矩,就连步长也都是一样的六寸三分。这就是百年西泠柳庄训练出来的丫鬟,柳府森严可见一斑。

那名大丫鬟上前一步,六寸三分,屈膝福身,下沉四寸五分,道:"请小姐们到大厅,老爷夫人们都等着小姐们用膳。"

闻言,我们都安静地走向门口,霜铃忽然一转身,与我擦肩而过,用细小的声音在我耳边说道:"你带回房间看,看过之后,一切自然知晓。"趁着还在霜铃的背影之中,我快速地将《吴史》卷起,放入袖内,跟着她们出了书院。

从书院到山庄大厅,必走一条林荫道,名唤停晚道,道旁遍植枫树。

如今已是晚秋,道旁的枫树秋叶早已被霜染红,纷纷落下。枫叶轻飘飘地在空中回旋着,叶红似火,在灰蒙蒙的天空中簇簇燃烧着,零零星星,点缀着广阔苍穹。我抬头瞧着这枫叶美景,火烧似的一片,也不知怎么的,竟然感觉袖中《吴史》也如火般灼热,烫得手臂隐隐作痛。

难道《吴史》是熊熊火焰,将会点燃我的天空,改变人生?

我不禁将目光投向了更深远的天空,脚下机械地行走着,就在道路尽头拐弯处,砰的一声,我撞上了人,震得全身生疼。

我强忍着痛,忙退后几步,稳住重心。可《吴史》却随着这股反弹之力,从我袖中滑落,啪的一声,掉落在地,书页随风哗哗翻动。

"柳儿妹妹,怎么样?撞疼了吗?"一张可爱男孩的脸晃到了我眼前,亮晶晶的眼,深甜的酒窝,那是二表哥柳云。

我这才回过了神,环顾四周,发现在场所有的人都望着我,我只得对大家笑着摆手道:"没有什么大碍,是我自己太不小心了。"

方才撞到的是大表哥柳风,我仰头望他,温柔地笑,表示歉意,可他却面无表情。作为一个年仅十五的少年,柳风显得过于严肃沉稳,甚至是有一点冷酷了。

我静静地看着他弯腰捡起《吴史》,然后递给我,锐利双眼一闪,问道:"你读《吴史》吗?"顿时惊呆,哪有六岁的女娃看得懂艰涩史书的?只得心中暗自叫糟,还好反应机敏:"今日第一天上课识字,夫子嘱咐可多看几个字,学着写写,我就随手拿了这本。大表哥,可有什么不妥吗?"

柳风微愣,看了我好一会儿,才缓缓而言:"此书很好,今后你可常读。"

我匆匆吃完饭后便快步回到秋水居,借故屏退随身丫鬟,后点了两根粗大的红油蜡烛,屋内顿时亮堂如昼。我从袖中掏出《吴史》,读看起来。书中皆是繁体文字,需经细细辨认,方能勉强读通。如此耗时,待红烛燃尽,才合上《吴史》最后一页。无力再想,便倒头躺在了床上。因为我实在是头胀,正如霜铃所说,事实并不如我想的那样,历史已被改变。

在我们原时空中,三国历史是这样的:东汉末年,黄巾军起义,汉室重创,无力统

7

国,中原纷乱,各有野心实力之人角逐天下。城头变换大王旗,经几十年烽烟战火,特别是赤壁之战后,终形成三国魏吴蜀鼎足之势。后蜀相诸葛亮三次北伐,无果而返,终为此丧命。其后蜀主、吴王无道,纷纷被曹魏灭国。但曹魏好景不长,司马懿篡位夺权,废魏帝,一统江山,始建西晋。

但在这个世界,历史却是如此,据《吴史》记载:

建安八年,北方诸侯曹操与南方霸主孙权皆有心谋夺天下,招兵买马,训练军队,只为等待良机,一统天下。时孙权与其心腹大将周瑜密谋,定计派瑜乔装潜入荆州,勘探地形,以备日后出兵之用。周瑜轻装简行至卧龙岗,在竹林中偶遇诸葛亮,两人相谈甚欢,日落而不觉。次日,周瑜携礼,亲自拜会亮于茅庐,谈论天下大事,评点中原英雄,竟不谋而合,遂深感相见恨晚。是夜,两人煮酒,秉烛夜谈,直至日出而明,瑜亮焚香盟誓,结为异姓兄弟。后,亮随瑜至江东,入孙权大帐,拜中郎将。

建安十二年,曹操平定北方,顺势南下,攻打荆州。是时,荆州刺史刘表病亡,次子刘琮掌权,软弱无能,降于曹操。长子刘琦不愿甘居于曹操帐下,遂率汉阳五万兵马与孙权联合,共抗曹操。曹操领百万之众,顺江而下,与孙刘联军对峙于赤壁。此时,瑜亮合谋三日,方定火攻妙计,后亮借东风,火烧赤壁千里,曹军溃败落荒而逃。而后亮神机妙算,杀曹操于华容道。赤壁之战,天下大乱,江东孙权乘势夺取荆州,攻下川蜀,统一南方。操死后,北方无霸主,各诸侯并起。

建安十五年,周瑜因病英年早逝,亮悲痛大哭三日,孙权追封其为临江侯。随后,孙权封诸葛亮为北伐元帅,筹备粮草与兵马。次年,亮领十万大军北伐,连施妙计,又创得八卦阵法,天下无敌。三年之后,平定中原。

建安十九年,亮班师回朝,孙权出城十里相迎,即封诸葛亮为武乡侯,食邑千户。年底,孙权废黜汉献帝,登极称帝,国号为吴,定都余杭,史称莫干之变。吴朝初年,孙权拜诸葛亮为丞相,改革行政体制。次年,封诸葛亮之兄诸葛瑾为武平侯,诸葛瑾之子诸葛恪天生英才,十八岁入仕,辅弼三朝,功勋显著,吴文帝册封其为武宁侯。是时,诸葛一门三侯,天下称赞。

此后,天下太平,百姓安居乐业。吴朝传位三百载,到第二十五位帝孙薮,他骄奢淫逸,残暴异常,百姓苦不堪言。孙薮即位五年后,为填充国库,增加赋税十余种。民无以生存,是以逼民反,各地百姓纷纷揭竿起义。两年后,义军包围皇城,孙薮无路可逃,被迫在大殿内焚火自尽。至此,吴朝灭亡。

读完《吴史》,知晓原委,可我却难以入眠,这个变化给我的震撼太大,让我措手不及。这六年来,我一直以为是回到了中国的某一个朝代,可以从容地把握命运,可现实却是如此这般让我无可奈何。那吴朝灭亡之后,又是何人当政?现在所处王朝又是怎样创建的?我又该怎样在这个陌生的王朝生存下来呢?

这些问题都压在我的心头,使我辗转难眠。我长叹一声,走到窗前,静静地望着如弦弯月,而后转身行至书桌前,提笔挥毫,疾风快书,写下"何去何从"四字。

昨夜一宿未睡,直到挨到天亮才昏昏睡去。清晨,杏姨来为我洗漱时,见我双目浮肿,立即追问了几句原委。我怕她深究,以昨晚吃得太多,喝了不少茶水为由敷衍了她,幸而蒙混过关。

匆忙收拾后,待我赶到书院时已略微迟了。夫子正带着她们朗读《离骚》,一唱三叹,情感激越。夫子见我低头立于门口,便微微颔首,示意我坐下。今日,夫子仍教我识字书写,我也安心地一笔一画地练起繁体字来。初时学的是楷体,看起来容易,写来却极为困难,要手腕用力,力道适中,直透笔尖,绵力长长,方能写出好字。

用心学习的时间总是过得很快,一晃,已至傍晚,夫子早已讲学完毕,踱着八字步回家了,姐妹们也很快围了上来。

"如何?想必你已经完全知晓了吧?"雨蕉柔声细问。

"我就说嘛,凭我们四人一定能弄得惊天动地的!"甜甜的嗓音是雪君。

我一摆手无奈说道:"我虽然知道历史因何而变,可是谁能告诉我,现在到底是什么朝代?我到底生活在一个什么样的世界?我想了一晚,根本无法入睡,眼睛上的黑眼圈就是最好的证明。"

"这本仍是本朝的官方记载。"霜铃递给我一卷书,"今晚你还是顶着你的熊猫眼看完它,我们明日再讨论吧!"

霜铃给我的是《华书》,记载当朝历史,《华书》如是述道:

> 吴末,农民起义,诸侯争雄,天下大乱。一日,七彩凤凰从天而降,栖于长安华公府东南枝上,是时,百鸟朝凤,三日不绝,处处鸟啼。华公皇甫宣当晚入梦,进入西天仙境参拜西王母,王母曰:吴帝失道,气数已尽,汝可顺天意取而代之。次日,华公拜宗庙请示先祖,后诏告天下,起兵反吴。
>
> 长安华公皇甫宣本为吴朝贵族,世代受封,但不堪吴帝暴政,终起而反之。因华公一向仁慈爱民,德名在外,故反吴时,登高振臂,一呼百应。五年之后,华公已有百万雄师,一路南下,势如破竹,在金陵一役,苦战十日,大败吴国精兵。后皇甫宣耗八年之久,终平定天下,登上帝位,国号西华,定都长安。

看毕《华书》,我长舒一口气,终于把历史连贯起来。据《华书》记载,现在离西华建国已有百余年,如是推算,目前的西华朝应该相当于原历史记载中的唐朝,也就是说,我们回到了千年之前。

匆匆又过两月,我不断地从雨蕉她们那里获取这个陌生时空的有关信息,开始重新认识这个看似陌生又熟悉的西华朝。从她们精彩的讲述中,我也知晓了其实这里与大唐无异。西华已建立一百多年,正值盛世,国力强盛,四海臣服,唯有北疆胡族拓跋骚扰不断。此时,西华民风开放,经济繁荣,百姓富庶。

而西泠柳庄处于余杭东南角,依山傍水。余杭为前朝东吴旧都,高墙广筑,气势恢弘,城内多富贵人家,朱门高槛,金碧辉煌。东西南北共十八条大道,分十六坊,商铺林立,夜间灯火通明,热闹非凡。

这里商业发达,不似原世界中的古代。早至汉朝时,文帝曾制定国策重农抑商,他认为商人不劳而获,只凭狡诈赚取差价,且一心逐利不顾道德,乃祸国之因,理应抑制。后世之君皆重农抑商,每年逢农耕时节,君主常下地播种,皇后采桑养蚕,做天下楷模。对商人则一直征收重税,防止他们囤积货物,祸乱民间交易,动摇国家根本。可在这里,吴朝时期,江东就为商业中心之地,且国家国库税收大都从商人手中获取,故东吴鼓励经商,民间经商风气亦盛。至今西华朝已是商业昌盛,西丝绸之路,南海上之航皆开通,且与多国有频繁的生意往来。

当我渐渐熟识这个朝代后,原本略为烦躁不安的心也趋于平静,又开始心安理得地做起了柳府小姐,每天规律作息,一日复一日,生活平淡恬静。

当然有些人是不甘寂寞的,这样乏味的生活令我无法忍受。初冬某日,天空飘起细细的雪,碎碎地洒下来,落在指间,而后便化为晶莹水珠。她们三人笑着行来,说有几句悄悄话要讲给我听。瞧着她们那意味深长的笑容,我就知道她们有重大计划,谈笑着跟着她们闪进一间暖阁。

很快,大伙儿就围着红泥暖炉谈论起来。

"扶柳,你真要做一个中规中矩的大家闺秀吗?"霜铃试探地问道。

"嗯。"我抿上一口热茶,轻点着头。

"为什么?"大家居然异口同声,不解地问道,"你的理想呢?"

"看来大家都想让我做个女强人。"我放下手中的白瓷茶杯,淡然笑道,"可我觉得当大小姐挺好啊,衣来伸手,饭来张口,什么事情都不用操心。"

"真没追求!"雪君挤着眼,做鬼脸,以示不满。

"你们呢?"小妮子们一定是有了什么打算。

"我准备重操旧业,已经向爹禀明去学习中医,明日就要到安和堂跟着安老神医学医。"雨蕉以前是学临床医学的,她心地善良,到这个世界来还不忘要救死扶伤,果真医者仁心。

柳家虽为大族豪门,家规森严,却不完全拘泥于愚规,家中男女均给予同等教育。柳氏祖训,应遵循子孙兴趣,因材施教,三十六行皆可为之。这等超时代的概念,就是柳氏矗立商场百年不倒的秘诀。

"我也是,准备一面向爹学习经商,一面自己开始实践海上贸易。"霜铃是国际贸易系的,没有投错胎来柳家,天生商人本色。

"你呢?雪君,半天没有吭声,是不是没有找到合适的,不如和我做个伴。以前咱俩高中在一个班,大学也同校,到这里我们也不分离吧!"我笑道。雪君以前学平面设计的,在这儿总不能去当街头画师吧!而我读的是工商管理。

"才不呢!琴棋书画会要了我的小命的!我早决定好了,向杏姨学习烹饪,十年之后做出满汉全席!"雪君兴奋地在暖炉上做出炒菜姿势。

我们哈哈大笑,初定下各自人生。

那日密谈之后,雨蕉和霜铃都按自己的原定计划离开了书房。如今,只剩下我和雪君继续跟着夫子学习,书院冷清不少。虽然雪君一直嚷嚷着不要学古板书籍,但是她那天下第一厨的理由实在没有说服力,只得留在书房陪着我。

其实我是喜欢和雪君在一起的,她总是那么快乐,她的快乐也一直感染着我。在一起的日子,雪君总是在我耳边喋喋不休,这个琴棋书画怎样乏味,当个大家闺秀又是怎样命苦等等,每当这时,我都会笑着帮她完成夫子留下的课业。

我一直满足于这种生活,琐碎却又真实。

可到八岁那年,我却以决绝的姿态,亲自打破了这种安宁。

第二章

旧事多

八岁那年,五月初一,夏阳灿烂。

"小姐,灵隐寺到了。"杏姨打起轿帘,扶着娘缓缓下轿,我也随娘出轿。娘与杏姨按照惯例,每逢初一十五都要去寺中礼佛。当我从轿中出来时,目所能及之处全是黑压压的人。

"扶柳,抓住哥的手,莫要松手走失了。"哥站在娘身边回头叮嘱道,他俯视我一眼,大约是见我矮小,轻轻一笑,然后紧紧握住我的手随娘走向灵隐寺。虽然与哥见面极少,每次也说不上几句话,但他从来都是细心照看我和娘。

等娘礼完佛,刚踏出寺门,就立刻有一群乞丐围拥上来,娘向来心慈仁厚,分发了些许银钱给他们。乞丐们自然都一拥而上,这时,我看见了流苏,那是个和我差不多大的小女孩,衣衫褴褛,露出两只手臂,雪白的皮肤上处处都是擦伤的血痕,混着褐色泥土。她表情漠然,直直地站着,不过,最吸引我的是她的眼神,坚定的倔犟,那种眼神似曾相识,所以我对那女孩笑了笑。

就在我对那女孩笑时,哥半蹲了下来,初夏的阳光倾泻在他年轻的脸上,他的眉峰、他的眼角、他的鼻梁上都泛着淡淡的金光,然后他露出洁白的牙齿,笑着问我:"扶柳,需要一个伴吗?"

那一刻,我感到落英缤纷,梧桐叶落,满目金黄。

于是,我眩晕地点了一下头。

哥含笑着转身向那女孩:"你愿意不顾一切地保护我的妹妹吗?"

我看到那女孩黯然的眼神一亮,开了口,声音如磐石般坚定:"为你,愿意!"

哥伸出温暖的手,牵着那女孩到我面前,笑道:"扶柳,你以后就有了一个忠实的伙伴了。哥不能陪着你,寂寞时,就和她说说话。"而后回首问道,"忘了问,你的名字?"

那女孩轻颤着如扇睫毛,迟疑道:"流……苏……"

哥朗朗笑言:"流苏,好名字。"然后将我的手放入流苏手里,"流苏,这就是我的妹妹,扶柳,以后你要保护的人。"

流苏腼腆地微微浅笑,如悬崖边挣扎开放的浅黄小花,难得一见。

从此,我与流苏两条互不相关的平行线因为哥而相交了。

从灵隐寺回来后的当晚,我就向娘提出请求,要同哥一起上学!

娘毫不犹豫地拒绝了我,言辞激烈,一名小女子何需精通攻城之法,通晓权谋之术?

无论我如何苦苦哀求,娘始终摇头。

而我则是表现了八年来最为倔犟的执拗,从那夜起,我开始拒绝进食,滴水未进。三日之后,我脸色苍白,摇摇欲坠,娘终于垂泪答应。

娘喂我莲子粥,幽幽叹气:"扶柳,为何执著?"

我闭目不答,泪珠渗出,至眼角滑入颈窝。娘,我只是执著与过去美好的追求。午后阳光下的灿烂笑容,灵隐寺前,哥的笑容与我心中那个男孩的笑容完全重合了。记得十五岁那年一个阳光肆虐的午后,我突然间被一个男孩灿烂的笑容吸引,多年之后,我仍无法忘记当时的栀子花香。

那是初恋的美好,我只是想要多见几次那样的灿烂笑容。

对于我决绝的方式,山庄内无人不担心,唯有雪君高兴极了,在我床前咯咯地笑:"我们的扶柳总算是清醒了,知道要好好学习,表现自己了。"我深知当我离开书院后,她也不必再回去学习沉闷的古文了。在我躺在床上休养的那几日,雪君总是变着各种花样逗我开心,为我做各式各样的美味佳肴。

在夏日最炙热的阳光下,我携流苏踏进了西泠柳庄后院的碧波翠竹林,哥学习的地方。面迎竹林清风,我见到了这里的主人朱泓,他一身青衣,如墨长发用一根银色丝缎随意绑住,却有几根发丝挣脱出来,在风中与碧青竹叶纠缠着。他弯下腰来与我同高,墨色发丝拂过我的脸,轻柔无比,看着我的眼睛道:"扶柳,以后所学极难,你能坚持下来吗?"

我回望着他特殊的琥珀色眼眸,微笑道:"泓先生,只要你愿意教给扶柳,扶柳定不负所望。"

他忽地一笑:"好大的口气,看来我想保留一二,也不可能了。"

我亦一笑:"先生在上,请受扶柳一拜。"顺势就要跪拜。

泓先生右手突然翻转,快如闪电,托住我下沉的手,面容严肃道:"我只不过教你几年杂学,怕是没有资格成为师傅,这样的拜师大礼也就免了罢。"而后又微笑道,"丫头,跟我进来吧。"

泓先生起身牵着我走向竹林深处,炙热的阳光透过层层竹叶,斑驳地照在潮湿

的泥土上,明明暗暗花人眼。其实,泓先生并不十分俊朗,脸色也过于苍白,琥珀色的眼眸里总是流露出无限的落寞,但他气度极佳,周身弥漫着自骨子里散发而来的贵气。

穿梭于翠色竹林,忽左忽右,无论怎样变换步伐,总觉得眼前障碍重重。

这时,泓先生回首一笑,握紧我的手,带我沿东南方疾行十步,而后急停,绕一棵翠竹半圈,又快退五丈,再转身,突然之间眼前豁然开朗,我们已在一间院落之前。院落白墙灰瓦,小巧别致,江南水乡气韵尽现。院门上方书写"一品竹"三字,字体俊逸潇洒,宛如蛟龙。

我神情沮丧道:"泓先生,变化太多,扶柳无法记住这样复杂的步法,只隐约看见似乎有很多根白木棍。"

泓先生眸光一闪:"将来我会详细授你此竹林阵法,在这段时期,你若要到一品竹,可按我在竹林中安插的标记而行。标记就是这些白木棍,如竹根处安插有白木棍就是要改变方向,一根代表向左迈七步,两根则是向后退五步,三根代表往右跨九步,四根木棍就是向前进三步,依此法方可进入这里,否则将进退不得。"

之后,我开始跟着泓先生学习《周易》,而流苏则是与哥一起习武。幸而,我数理知识极为扎实,不出半年,我已经能同哥哥们一同研习竹林阵法了。

此竹林由碧波翠竹种植而成,这翠竹乃是竹中极品,色泽碧翠如玉,光亮若湖水波涛粼粼。碧波翠竹虽好,但娇贵异常,种养极难,需上等清水浇灌及合适的潮气温度,故西华境内少有碧波翠竹林。而我们所习的竹林阵法就是根据碧波翠竹命名,唤作碧竹阵,是由八卦阵演化而成,变幻莫测。

最初我只是为多见几次那灿烂笑容,才要求跟泓先生学习。日子相处久了方发现,泓先生学识渊博,天文地理无一不精,我时常与他谈天说地,大为畅快,偶尔兴起,泓先生还会抚琴弹奏一曲《凤求凰》:"凤兮凤兮归故乡,遨游四海求其凰……"

琴声悠扬,丝丝入情。

冬至,北风大起,天色阴沉。

又起晚了,哥哥们早已到一品竹练功。匆匆洗漱后,我与流苏一前一后迈着细碎小步,快走在山庄内的铺石小路上。南方冬天的风总是夹着阴冷湿气,吹到脸上便似冰刀一样,割得生疼生疼。

"流苏,还疼吗?"我问道,呼出的热气形成白雾在我眼前飘散开。

流苏是个安静的孩子,比我更静,她极少主动说话,每次与她一起,倒显得我是个聒噪之人。

"不疼,小姐。"我笑了,流苏似乎有一种天赋,总能用最少的字来表达自己。若不是今天早上我不小心打翻脸盆,弄湿流苏的衣裳,也许我永远不会知道她身上的淤青。当时我立即向雨蕉讨了疗伤膏药,给她细细抹上,道:"流苏,你应该让我知道的。"流苏紧抿着嘴，眼神倔犟，就像我要她叫我扶柳一样，她总是倔犟地叫小姐。

竹林的路，我早已驾轻就熟，走进一品竹，便碰上刚练完早功的哥。他脸上挂着晶莹的汗珠，一颗一颗地滴下，笑着说："扶柳，偷懒了，今日你又迟到了。"我见到了冬日最为灿烂的笑容，然后从怀中取出丝帕，踮起脚尖，轻轻地为哥抹去汗珠。

午后，天空越发地阴沉了，开始飘起细碎的雪，傍晚时分，雪如鹅毛般扬扬洒洒地落下，不多时，已一地银白，只有深绿的竹子突兀地立在那里。下完学，路上积雪已深，泓先生执意送我出竹林，我推不掉，只有跟在泓先生身后，踏着他的脚印缓缓前进。

突然泓先生停下脚步，这时，我抬头看见了娘。

娘披着雪色狐皮外衣，纤纤细腰上的青绿丝带随风飞扬，撑着一把醉红油纸伞，长发未梳径直披落，倚竹而立，风华绝代。

耳旁一片寂静，只听得落雪簌簌，娘与泓先生相顾无声。泓先生的琥珀色眸子里散发出丝丝温柔，充斥了整个竹林。最终杏姨打破沉默，给我披上苏绣丝绒大氅，道："天寒别冻着了。"娘才缓缓移步过来，牵起我的手道："今早扶柳出门并未带伞，我特来接她。"泓先生眼色一黯，便转身离去。雪下得更大了，几丈内不见人影。

"雪下得紧，你衣衫单薄，回屋后多添件衣物，小心染上风寒。"娘犹豫一下，红唇张又合，合又张，终于还是开了口。闻后，泓先生身子微微颤抖，竟震得竹叶上的积雪纷纷落下，之后便加快脚步走向院落。

自竹林大雪后，娘有一个月之久未踏出房门半步，只是长久地握着一枚白脂玉牌，暗自垂泪，始终秀眉不展。

与往年无异，西泠柳庄在热闹的鞭炮声中迎来了新的一年。转眼，已是早春时节。清晨，我刚踏入一品竹院，就看见一个熟悉的身影向我飞来，之后就被紧紧抱住，耳边响起甜润的声音："柳儿妹妹，今日泓先生有事外出，吩咐我们自行学习，那我们就玩攻城的游戏，好不好？"在一品竹院中，只有可爱的二表哥柳云才会这样黏着我。云表哥只比我大三岁，他是一个如此可爱的少年，月牙弯的眼睛，笑起来亮晶晶的，脸颊边还有着深深的酒窝。

每当云表哥抱着我的时候，大表哥柳风总是不动声色地走到我们身旁，然后用力拧起云表哥的耳朵，冷冷道："不知礼节。"这时，云表哥就会痛得哇哇大叫："哥，疼……疼……我知道错了，道歉还不行吗？"云表哥痛得龇牙咧嘴，眼睛里含着泪，叫喊着露出他那可爱的小虎牙及几颗歪斜的小蛀牙。

叫得久了，嗓子哑了，大表哥才会松手。可云表哥似乎毫不在乎，没多久就会带着他那红肿的耳朵跑来，牵起我的手，道："走，我们玩游戏去。"说着还瞥一眼大表

哥,笑着跑开。

云表哥带着我跑到竹林东边,之后我就看到了一个气势恢弘的城池,当然那只是用泥土堆砌而成的微型城池模型,可它造得如此精巧,仿佛能从中看到城内百姓们日常的生活画面。我抬起头,赞许道:"云表哥一双巧手堪比鲁班,这城池当真鬼斧神工。"云表哥开心地笑了,拉着我,蹲在泥城前,笑问道:"柳儿妹妹,我们开始攻城好不好?"

自从泓先生教我阵法后,云表哥总是喜欢与我玩攻城的游戏。所谓攻城,是运用兵法的实际游戏。一般先用泥土筑成城池,然后取三寸长的竹棍作为士兵,组成军队,由两人分别操控守城军与攻城军,之后二人排兵布阵斗智斗勇,直至攻下城池或士兵耗尽之时,游戏方才结束。攻城原为泓先生考察我们所学阵法而设,但在这个玩具缺乏的时代,却成为了我们的最爱,时常玩起。

当我和云表哥酣战正兴时,流苏就独自在一旁的竹林空地练剑,左手捏着剑诀,右手一遍又一遍地挥舞着铁剑,晶莹的汗珠落在银白剑身上,飞溅散来,细细碎碎地落在竹身上,似翠竹流泪。

一年以来,流苏总是一言不发地习武,一刻不离地紧随着我。我曾问她为什么,一句只为保护你,让我哑然。流苏,难道对哥的一句承诺那么重要,让你放弃自我?

我微微侧身,看流苏一招追星逐月挽得二三十朵剑花,心下暗暗叹气。当初泓先生传授追星逐月的时候,流苏才挽得四五朵剑花。先生大赞流苏乃武学奇才,初次挥剑,便能挽花五朵,日后定有所成。流苏却毫无喜色,只是轻轻摇头,仅大半年后流苏就与哥相差无几,一出手便可挽得二十五朵剑花。但其中辛苦又有谁知,我只能从流苏身上从未消退过的淤青中窥探一二。每次我为流苏涂抹药膏时,总是忍不住劝她,不要太过用功,要以自己身子为重。这时,流苏就会眼色倔犟,默然不语。

"柳儿妹妹,我已攻破你东北阵角了!"云表哥兴奋地拍手叫着,让我回了神。想必刚才看流苏练剑分了心,防守不严,让云表哥趁虚而入了。

我凝望城池,分析战势,粗略计算一番,东北城角虽已失陷,但还可利用东城高低地形布阵遣兵,阻止云表哥的军队前进。可这样补救就要耗费大量兵力,以后就只能守住城池,再无力进攻了,如此这般便要陷入僵局状态。我无奈浅笑:"云表哥,好久了,蹲得我腿都麻了。"说完,就径直地坐在地上,开始调兵遣将。

"云哥哥,可要小心了,柳儿要出城破你阵法。"我不想打持久战,便派重兵出城与云表哥决战,其实明知此战绝无胜算,仍要拼死一搏,只因此法是最为巧妙的,看似强攻,实则退让,可以输得不留痕迹。此时我无争胜之心,只想尽快结束战斗,可又不愿表露明显,因为如果让云表哥发现我故意输掉游戏,他定会嚷嚷个不停,直到我重新和他再来一次,方肯罢休。

一炷香时刻,我双手沾满泥土,军队已被云表哥重重包围,便投降了。待我要起身之时,却发现不知何时,大表哥柳风已站在旁边,他眉头紧锁,眼神犀利,直盯着我,我顿时只觉得头皮一阵阵发麻,便笑道:"手上全是泥土,可脏得紧,我去溪边洗洗。"语毕就提起裙摆,小跑着离开竹林。

竹林东南边上有一条小溪,泓先生如是说过,全余杭只有此处泉水清甜甘醇,才能使得茶香四溢,口齿留香,故取名清茶泉。

我喘着气跑到溪边停下来,而后深呼吸平复着心跳,大表哥刚才的目光太过锐利,似乎看透我的心思,让我感到浑身不舒服。一盏茶时间后,我才逐渐平静下来,坐在溪边的一块大青石上,让双手浸入清凉的水中,慢慢地清洗着。

清茶泉水清澈见底,岸旁竹林青翠,溪中还有几个白鹅嬉戏,整个一江南农家风景,让人忘我。我正陶醉此美景中,忽听到身后有物落地之声,回头就见得哥站在一木支架旁,脚边地上滚动着一支狼毫。

我心中一惊,哥何时已在我身后了?想来是刚才来时跑得太急,没有发现哥原本就在溪边。随即我莞尔一笑,起身跑到支架边,看到哥正挥毫泼墨,不过看这架势,用雪君的专业术语应该叫写生才对!

眼前的竹林美景全映入了哥的宣纸上,实在不知道哥的画竟会如此之好,我静静地站着,等到哥落下最后一笔,才指着画开口:"刚才我明明在溪边,为什么不肯画?亲哥哥居然嫌弃自家妹子!"

哥无奈地摇头,笑道:"丫头大了,说话变得如此刁钻。"

"哥竟然还执意不肯添笔,那我自己来。"说着我从哥手中夺走毛笔,毫不犹豫,我已在画中左上角下笔。

"扶柳,不可随意……"哥的话犹在口中,我已写完,顺势将毛笔递与哥。

"竹林桃花三两枝,春江水暖鸭先知。丫头片子,什么时候学会作诗了?"哥皱眉,拿笔杆敲我额头,"乱写些什么,哪里来的桃花?"

"没有桃花再添几笔就是了。"

"弄得画局乱七八糟的。"哥无奈叹息着,又敲到我额头,"下次给你单独画一幅好了,免得再搅我的画。"

千古名句哪里配不上你的画了?捂着额头,我还是开心地笑了:"哥,一诺千金,打勾勾。"当我与哥的小指勾在一起的时候,我又看到了那个阳光般灿烂的笑容。

自从在竹林哥开怀大笑后,我就很少再见到哥展颜开笑了。到这年深秋,哥就几乎没再笑过,因为娘病了。其实,至我五六岁后,娘的身子就一直不好,时常心痛。每年冬天,她就要害上一次风寒,每次都要躺在床上养病月余,才有好转。

可今年刚立秋,娘就倒下了,一病不起,病得很急、很猛。到如今已瘦得形销骨立,如纸般单薄。

至仲秋梧桐金叶片片下落时,舅舅柳义柏已请遍天下名医。可每位名医从娘房

间出来时都是直摇头,深锁眉头,思索许久才能开出药方,还嘱咐只是养身药方。

在众多名医束手无策后,我也曾问过雨蕉,让她趁娘熟睡的时候,偷偷为娘检查。雨蕉刚踏出房门,我就立刻抓住她的手,跑到假山后,焦急问道:"到底怎么样?"雨蕉抿唇,顿了顿方道:"扶柳,姑妈本就有慢性心脏病,加上每年大病一场,元气大伤,如今已是病入膏肓,无可救药了……"

见雨蕉语气有所迟疑,我打断雨蕉,神色坚定,"雨蕉,你该明白,我并非只是个十岁小女孩,你说清楚点,我可以接受的,现在我要知道真相,你不要像西泠其他人一样以为我小,就瞒着我。"

雨蕉略低头,附耳轻声道:"扶柳,这样说吧,姑母的心脏病不是主要原因,也不是那些名医所谓的胃、肝、胆等多种疾病混杂而成的。我刚才仔细检查发现,在姑母的腹部有一块硬肿,加之从脉象上看,我推测是恶性肿瘤,而且已是晚期,或许就只能支撑一个月了。扶柳,你明白吗?"

我如遭雷劈,只能喃喃自语:"我明白的,我明白的,晚期恶性肿瘤就是癌症,就算我们大胆开刀切除肿瘤也无济于事。癌细胞已经扩散到全身,即使千年之后的医学水平也是无药可救。"

从我知晓病情后,就向泓先生告了假,每天在秋水居陪着娘。转眼就到腊月初八,大清早,我端着药走进卧房,却见娘已起身,躺着靠在床头。我微笑着:"娘今日好精神。我特意叫厨房煮了腊八粥,赶快趁热喝了吧。"

经过这些天精细调养,娘果然有些好转,双颊略有血色,竟不似生病之人。娘柔声道:"扶柳,你披头散发的,怎么也不打理?把木梳拿到娘这来,娘为你梳个漂亮的发髻。"

"外面天气很冷,正飘着小雪,女儿这样披着发,倒还比较暖和。"我依言坐到了娘的床沿。娘轻柔地为我掬起长发,叹道:"扶柳出嫁那天,娘也不知道能不能为你盘发?"

我立即打断娘的话:"当然能啊,娘会为扶柳盘最漂亮的发,让扶柳成为天下最幸福的新娘子。娘,你一定要答应扶柳,好不好?"

娘抚摸着我的长发道:"娘的扶柳永远是最幸福的。嗯,这几日,娘的身子好多了,你也不需每日陪着我,明日就去泓先生那去,顺便帮娘把桌上的玉牌还给泓先生。"

闻娘口中提到泓先生,我不免好奇,道:"娘觉得泓先生如何?"

娘握着木梳的手突然停住,轻叹一声,才又继续向下梳去:"泓先生高风亮节,博学多才,是位难得的君子,你可要多向先生学习。"

我不依不饶:"那泓先生比之爹呢?"

娘默然不语,而后数声幽幽长叹:"只为当时,情难自禁,他晚来一步。"许久寂静,娘才又开口,声音哽咽,"扶柳,日后见到你爹,就代娘问上一句,曾经真心爱过江南柳依依吗？还告诉他……我一生无悔……从未恨过他……"声音渐渐细微模糊不清，我的心猛然一紧，脑中只闪过四个字"回光返照"?

长发已悄然滑落，听得木梳啪的一声落地，我惊怔住，再也无法动弹。恍惚间，我看到流苏眼里的泪珠闪动，杏姨手中的药碗滑落，之后就是哭声一片，人潮也不断地涌进来，周围越来越嘈杂，我的头也越来越晕，终于支持不住，双眼一闭，失去意识。

待我醒来时，才发觉躺在了自己的屋内，身旁是一中年医者对柳义柏道："表小姐并没有什么大碍，只是今早没有进食，导致气血不足，加之受了刺激才晕了过去，吃几帖药就没有事了。"

柳义柏面色惨白，点了头，吩咐杏姨道："好好照顾小姐。"说罢便转身离去，杏姨与流苏跟着大夫取药了。

我挣扎着起了床，脑中一片混乱，蹒跚着走到桌边，默默地喝起冷粥。

正当我举起汤勺送到嘴边的时候，突感到一阵寒风袭来，抬头望见哥打起门帘走进卧室。待哥近了，我才看见哥双目红肿，显是痛哭过的，哥关切问道："病着呢？怎起了床？"声音嘶哑得很。

我盯着哥红肿的眼，一字一顿地说："我饿了。"

此后，我一言不发地坐在床上，流苏也一直沉默地陪在我身边。

在每日的喧闹嘈杂声中，我的魂魄似飘出躯体，游荡在不同的时空，像在观看一部黑白记录片，描述着我与柳依依十年来的点点滴滴。这片子似乎永远也放不到尽头，混乱、交错、重复的镜头，直到柳依依的脸模糊到再也无法分辨，我才昏昏睡去。

腊月十三清晨，在娘逝去五日后，我第一次踏出厢房。此时，西泠柳庄所有的地方全部蒙上一层白纱，到处可见垂泪之人。我神色木然地看着周围的一切，亦步亦趋地跟在哥的后面，走向灵隐寺。

到灵隐寺重生场，见得娘平躺在松枝搭成的宽大支架上，支架后寺中高僧排成一弯新月形，每人手持佛珠，闭目祈祷。遥遥相望，娘白衣白裙，黑色长发用碧绿丝带绾着，神情安详，如同往常安静睡着了一般。

天空中开始下起点点小雪，不大一会儿，就有三四颗雪珠子落在我的脸上，雪粒碰上我的脸，立即化为水，恰似泪痕。

慈眉善目的方丈走到柳义柏的面前，双手合拢，微倾上身，道："柳施主，吉时已到，仪式可以开始了。"

柳义柏轻微颔首，哥便移步上前，从方丈身后的小沙弥手中取过燃烧着的火把，向娘走去。在细细地雪粒中，我看着哥一步一步地接近娘，最后颤巍巍地用手中的火把点燃了松枝。而后高僧们开始齐声念颂经文，松木堆中冒出阵阵青烟，包裹住了娘，同时也散发出缕缕松香萦绕鼻端，哥也退步回到我的身旁。

这时，我的心突然剧烈地绞痛起来，哇的一声大哭，扑到了哥的怀中。我感到心

底剧烈地悲伤，哭声也就越来越大了。在这五天里，我告诉自己，我只是在不停地怀念一个叫柳依依的女人，潜意识地将柳依依与母亲这个称呼严格地区分开来。可当柳依依置身烈火的时候，我却再也不敢看她最后一眼。此时，我才明白，在这个世界，我失去了一个至亲之人，再一次地失去了母亲。回想起柳依依给过我的温暖的母爱，我的泪水就不可抑制地涌出。

直到声嘶力竭，我才微微抬头，发现哥的襟前已一片湿涟。哥见我如此悲痛，安慰我道："扶柳，娘就要进入另一个世界，在离别之际，娘也希望可以看到我们的笑脸。不要哭了，不哭，再哭可就要给哥洗衣裳了。"哥笑着用手指拭去我的泪珠。哥试图用他的笑容感染我，可我却那么清楚地看到笑容里那无处可藏的痛楚，同时也瞥到了哥身后的树林中的那一闪而过的寂寞青衣。

繁复仪式结束后，哥捧着娘的骨灰坛回到庄内。我则一个人静静地回到秋水居娘的厢房中，从梳妆台里取出娘临终前嘱咐我还给泓先生的那块玉牌。在烛光的照耀下，我细细地瞧着这枚长两寸宽一寸的玉牌。玉牌乃和田白玉所制，质地温润，似若羊脂，外围雕刻一圈珍珠，一般大小，中间为双层镂空雕饰。其中一面纹饰为飞龙在天，一条蛟龙在云雾里若隐若现，雕工细腻，栩栩如生，只是这龙只有三只爪，另一面只刻有"天权"二字。

我坐在床沿边，缓缓地抚摩着玉佩纹饰，似乎想要把它烙印在手心，记入脑海。沉思良久，我长舒一口气，拿起桌上泓先生特意为娘炼制的丹药瓷瓶，披上外衣，吹熄蜡烛出了门。

深夜，来到清茶泉边，大雪已停，清茶泉面上结着一层薄薄的冰。腊月十三的夜晚，月亮并不圆，右上角还缺着一块，但月光清冽，照在一色银白的地面上，反射的灼亮月光竟有些刺眼。

一品竹院大门开敞，我踏着积雪轻轻地走了进去。大厅里仅点一盏油灯，灯具古朴，是千年青铜古器，造型独特，别巨匠心，乃是一柄无刃长剑架于竹枝上，剑尖处挑一盏铜灯，烛火跳动。泓先生坐在桌旁，独自一人，自斟自酌，我淡笑着在泓先生对面坐下。

"丫头，深夜里怎么一个人来了？"泓先生仰头一口饮尽杯中酒。

我将手中玉牌递给泓先生，道："娘临终前要我还给先生的。"

忽地，酒杯落地，清脆一声摔成碎片："她还是拒绝了我，我终究比不过他！"泓先生陡然咳嗽起来。想是刚才泓先生喝得太急，情绪激动，一下岔了气。我忙站起身，递过手帕道："先生家学渊博，诸葛一门，怎会不敌他人？泓先生，其实娘她心里……"

突然泓先生右手紧地握住我的手腕，力道之大似要捏碎腕骨，高声厉道："你怎知我本姓诸葛？"泓先生一向温和，这时忽变严厉，将我怔住，也就忘了手腕上的疼痛，不假思索脱口而出："从玉牌得知。"

泓先生闻后便松开手指，左手拿起桌上的玉牌，柔声道："我本该想到，是依依告诉你的吧?"

我随即抽回手臂,雪白的细腕上烙着红色手指印,微微有些红肿。我轻揉着手腕,缓缓坐下道:"娘并未告诉我任何事,只是让我将玉牌送回。这只是我的猜测,不想却是事实。"

泓先生淡眉一挑,琥珀色眼眸盯着我,道:"猜测?理由!"

我稍稍整理思绪,轻声道:"从玉牌雕刻纹饰得出。"

"哦,仅凭玉牌恐怕是无法肯定我非朱泓而是诸葛泓。"泓先生道。

泓先生不信,我索性将脑中所想和盘托出,道:"玉佩只是推断线索而已。这玉佩乃由羊脂白玉雕成,为富贵豪门之物。图纹飞龙在天才是重点,宫廷等级无人敢逾越,按礼法,皇宗才能佩戴龙纹饰物,但先生却并非皇宗。其实龙纹玉牌最奥妙的地方在于少了一只龙爪,它是一条三爪龙。根据律制,除皇亲国戚外,如果皇帝特别恩赐,也可让有功之臣佩戴龙饰,但为强调皇权的至高无上,功臣也只能用不完整的龙,也就是所谓的三爪龙。古往今来,有谁享有此等殊荣?怕只有武乡侯才配得上这枚玉牌!"

"难道不可能是西华开朝功臣信宁侯武骁?"泓先生反问道。

我继续道:"泓先生精通阵法,而武骁只是一代勇将,不知术数。"

"八卦阵法人人皆知,如何得知吾乃诸葛后人?"

我迟疑片刻,才道:"先生所授并非八卦阵,而是天权阵!"

泓先生眉心蹙起:"你如何得知是天权阵?"

"扶柳常去庄内藏书阁,曾无意之中看过一篇《东吴·武乡侯列传》,书中言,武乡侯穷毕生之力,得窥天机,悟出了一套惊神泣鬼的阵法。武乡侯在荒野初次演练此阵时,杀气冲天,雷电轰鸣,引天火焚地。见此异景,武乡侯一夜未眠,次日望荒野焦地,长叹,此上天之权也,吾等凡人慎用!"我望向执杯停饮的泓先生,"书中有言,武乡侯将天权阵拆分为三,水辰阵、荧惑阵与环镇阵。而如今世间所流传的八卦阵,只是后世巫者讹诈,皮毛而已。"

"此上天之权也,吾等凡人慎用!"泓先生摇着头,苦笑问道,"谁写的?"

"依稀记得是澹台成。"

"不愧是记史世家的澹台史书!也不愧是富可敌国的西泠柳庄,竟能得到澹台书库内的秘书!"泓先生豪饮一杯酒,面色涌起醉红,"不过,都错了!五阵合一方是天权!还有太白与岁次两阵,世人不曾见过!"

太白阵?岁次阵?我有些呆愣。

"丫头,教你两年,想不到竟让你琢磨出天权阵,还知晓我真实身份。"泓先生仰天长笑,"更想不到他竟有如此女儿!"

泓先生又道:"丫头,可知我先祖为何尊武?"

我沉吟一声,道:"止戈为武,天下太平。"

"既然丫头你识得此天权玉牌精妙之处,那就送与你了,省得留在我手中,反而糟蹋了它。"说罢,泓先生将玉牌塞入我手,然后从怀中掏出一包白粉,倒入酒中,酒壶内顿时滋滋作响,白色细小泡沫不断从壶口冒出。

看着无数泡沫翻腾,我大惊失色,打翻酒壶,急道:"泓先生,切不可自寻短见!"

"又是你的猜测?"泓先生再次盯着我。

"扶柳只是看过几本医书,略懂药理,若剧毒之物溶于酒中,必会发出声响,冒出白沫。不用猜测,所有在旁之人都能看出先生对娘的关切之情,如今娘刚过世,先生又在自己所饮酒中下毒,定是先生想随娘去了,离开尘世。"我坦然道。

泓先生怔住,而后长叹:"如此聪慧,本是天赋,可你却是为女儿身,太过聪明只会招来祸事。扶柳,你应该明白大智若愚的。"

听罢,我正色道:"泓先生,扶柳自是知晓事理,可更愿用这才智来挽回先生一命。"

"心若已死,留着躯体又有何用?"

"其实娘心中未必没有先生。扶柳记得,两年前风雪之日,娘为我送伞时,便十分担心先生身体。其实那日后,娘曾待在房中月余未出,只是与这玉牌为伴。试问娘心中倘若没有先生,又怎会如此这般?"

泓先生琥珀色眼眸中闪过一丝光彩:"可是实情?"

我立即举起右手道:"扶柳可对天发誓,句句属实。"然后从怀中取出瓷瓶,"这瓷瓶中装着娘的骨灰,今后娘就可以一直陪着先生!其实,娘也曾说过'只为当时,情难自禁,他晚来一步'。"

"只是晚来一步吗?原来依依心中有我!"泓先生喜极而泣,紧握瓷瓶道,"丫头,我想通了,准备与依依一同看遍高山河川,这是她曾经答应过我的。"

"在我离开之前,再为丫头占上一卦吧。"泓先生拨弄算筹,片刻之后,叹道,"在你出生之时,我就曾为你占过,没想到十年之后,还是这一卦,浴火凤凰。"

我的心一紧,穿越之前,章华寺前的老婆婆曾说过浴火凤凰,涅槃重生,忙问:"何为浴火凤凰?"

"凤凰喻指尊贵,所谓攀龙附凤,离不开皇宫权势之人。浴火则暗示人生重重风险,步步惊心,只是这一生最为凶险难测的火之劫,解劫之人却不是自己,而系于另外一人。"

坎坷命途?我微扬眉梢。

"丫头不信?"

"不完全相信。"我看着桌上的青铜算筹,表面已经被磨得分外光滑了,或许当年武乡侯便是用这算筹平定了天下,"如果人的一生由上天注定了,那我们又何必积极争取呢?我要活在当下自己的手中!"

"到底有些巾帼英气!"泓先生朗朗一笑,"先生无法为你破解命运,只能留下一

22

本生平所学,希望可以帮你渡过难关。"说罢,泓先生飘移三步,至剑灯前,手中转动剑柄,左三圈,右一周,再压柄底,哐的一声,青铜剑所指书柜应声而动,露出暗格。泓先生旋转至书柜,二指一夹,取出一卷书,抖腕,书飘至我桌前。

而后,泓先生一跃,足尖轻点古剑,几个翻腾,踏着月色,飘然远去。

第三章

家世赫

腊月二十，天微明，西泠柳庄的下人们就被一阵急促的马蹄声惊醒了。令人震惊的是，这世上竟有人到了江南第一庄西泠柳庄正门也不下马，而是策马直入，犹似在郊外草原，任马疾行，如履平地。

那人待到庄内议事大厅前，方才勒僵停马，一跃而下。这时，人们才看清此人身形容貌，他年约四十，身材高大，一身戎装，面相不怒自威，使人不敢直视。这人不等西泠管事通报，挥臂推开了西泠护卫，径直跨入柳家议事大厅。

我随哥站在大厅内，只听得外面一阵喧闹，接着厅口就站了一个高大的男人，在朝阳的照耀下，快步向我们走来。

还有两三步之遥时，哥突然后退一小步，双手垂于身前，低头恭敬道："爹。"我心一惊，立即仰起脖子，打量起这个一直神秘的爹。他典型北方人的魁梧，可这样的高，让我仰起的脖子也开始有点酸痛了。

这时，我腾空而起，被他抱在胸前，然后我趁势开始审视起柳依依心中完美的男人。眸如寒星，高鼻薄唇，线条刚毅，只是经过岁月的洗礼，透着些许沧桑，但更见成熟。

他凝望着我，声音冰冷，道："扶柳，我的女儿？"我未作回答，只是轻轻点头。随后，他便望向厅中的柳义柏道："上月初八，我在大风营接到急信，得知依依病重，便立即撂下公文，彻夜赶来。现在依依病情如何？"

一贯儒雅的柳义柏眼眶泛红，激动无比，大声吼道："上官毅之，你心中还有依依吗？十年来不闻不问，如今依依早已不是你上官家的人了！"说罢，疾挥袖，转身负立，冷然道，"你我恩情已断，恕不远送。"

上官毅之眼神黯淡，面无表情，继续道："依依一直都是我上官毅之的结发妻子，我现在问的是,依依到底在哪儿？"

柳义柏哼然一声,一甩衣袖,疾步离开议事大厅。

之后,哥遥遥指向娘的灵堂。

爹独自在娘的灵堂内守了三日后,西泠柳庄就突然来了一群士兵,我还未来得及与雨蕉他们道别,就带着娘的灵位和骨灰,与哥及爹和那队士兵北上京城。在这群男人中,幸有流苏相伴,只是流苏仍是一如既往的沉默。

转眼,大年三十夜,一行人抵达徐州。

我坐在马车里听得外面阵阵鞭炮声响,便掀起车帘,看见一群小孩正玩得兴起,点鞭、捂耳、散开、炸响,然后是铃铃笑声。孩子们开心的笑容在满街红灯笼的映照下更添纯真。此时,前方开路的士兵忽勒马调头,奔到爹面前,拱手道:"禀告将军,徐州驿站到。"

爹随即扫视他的将士,威严道:"下马休息。"

其实,直到现在我仍不了解爹。一路上,爹与哥骑马在前,我与流苏乘车在后,与爹并无太多交流。只是从士兵们的称呼中得知,爹是西华国的一位将军,仅此而已。

哥下马走到车窗前,拂起我额前被风吹乱的刘海,温和笑道:"扶柳,下车吃年夜饭吧。"

我点头,便起身下车,可能是坐太久,腿上无力,出来时竟没有站稳,身子摇晃不止,哥一笑,伸手将我抱起:"外面下着雪,夜深路滑。"我是第一次那么接近哥,能清楚得看见他一根根卷翘的睫毛,微微颤动着。

驿站门口站着一个中年汉子,恭敬行礼道:"将军,属下已备好一切。"料来那汉子应是徐州驿长,他近乎谄媚地笑道,"下官还特意备了一桌薄酒,请将军与少爷、小姐共守岁末。"

爹浓眉略皱,薄唇紧抿,哥却笑道:"那就麻烦这位大人带路,实在是饿得久了。"

驿长讨好一笑,将我们领向一条小路,通向后园。

哥抱着我跟在爹身后,这时,我才发现哥已经和爹差不多高了。我苦涩笑起,以前我一直拒绝接受哥已是大人的事实,我总是一相情愿地把哥当成那个阳光笑容的初恋男孩。如今哥已经长大成人,可那拥有阳光笑容的男孩,却永远地停留在了那青涩年代。

或许,我只是迷恋于初恋的美好,或许,初恋本身就是世上最为虚无缥缈的事。

一阵扑鼻而来的菜香引得我肚子咕噜咕噜叫起,我无奈对哥傻笑:"我快饿扁了。"哥宠溺地轻拍我的头,把我放到了桌前的木凳上。瞧得一桌的山珍海味,我不禁嘴角上扬,官场自古如此,通常都只是略备"薄酒",倒便宜我大饱口福。

见爹先动了筷子,我便毫不客气地品尝起佳肴来,边吃边看那驿长向爹大献殷勤,倒茶斟酒,引经据典介绍菜名。

一顿晚饭将要结束之时,驿长突然起身,拍了拍手,就见一名盛装女子捧着琵琶走上前来,盈盈一拜。驿长面露得意之色:"下官特意请得徐州第一名角为将军唱曲助兴。"那女子坐在厅中方凳上,拨转琵琶,清声唱起:"昔日与郎携手共游西湖,苏堤绿柳下,遥见得夕阳雷峰塔尖,忆起当年白娘子断桥上遇情郎……"

刚唱半阙,爹就皱起眉头,含着愠怒之气,而哥的额上已隐隐显着青筋,我与流苏亦无言放下碗筷。驿长也是个圆滑之人,眼见得气氛不对,忙挥手示意那女子退下,赔笑道:"穷乡僻壤,粗俗之音不堪入耳。夜已深,下官不便打扰,先告退,将军也好生休息。"说完立即抽身离去,留下一厅的寂静。

方才那女子所唱为余杭名曲《苏堤柳》,是娘生前最爱的江南小调,我以前常听得娘用吴音软语唱起。可如今在这除夕团圆之夜忽然听到此曲,不禁黯然神伤,人已去,空留婉转腔调。

最终还是爹打破沉默:"去疾,以前爹每年除夕都要考你一年所学,记得上次是让你背诵《离骚》,今年爹就检验你十年武学吧。"

话音刚落,哥突地站起,双拳紧握,脸色泛白,激动吼道:"十年前,娘为什么会黯然离开?"爹也随之站起,面无表情,绕开哥,径直走到厅外,疾电般挥起一柄长枪,枪锋直指哥,道:"你若想知,便打赢我,否则就不配知道!"

那是一杆八尺的长枪,锋锐的侧刃在月光清照下泛起一溜醉红光芒,宛如奔烈的焰火盘在枪尖。

"烈焰之枪!"哥像是受了重大刺激般,拔出腰间重剑,发疯似的冲到厅外,旋即摆起剑式。

我与流苏也赶忙奔到厅外屋檐下,此时,哥与爹早战成一团,已分辨不清谁是谁了。天空飘下大片大片的雪花,若一帘白幕,两柄利刃泛着清冷的光。在落雪中只见得两道利光忽远忽近,上下飘移,然后光芒越来越快,似流星,苍凉夜空就被无数道光线割破,碎碎地铺满整个天地。忽地,一切都暗了,两道光束定住,哥的剑身架住了爹的长枪。这时,哥与爹周身的雪花被一阵劲风卷起,慢慢地包裹住了爹与哥,待雪要漫过头顶时,一声巨响,雪粒四处飞扬。

哥急速后退,雪地里划出两条深深痕迹,快速地翻转手腕,将剑插入雪地,终于定住,开始大口地喘气。

爹冰冷的声音传来:"这十年你学了这点本事?"

哥猛地抬头大喝一声,剑尖挑起一层雪,一招追星逐月竟挽得三十余朵剑花,形成一道剑网,逐渐地扩大,直至把爹包围。

爹亦大喝道:"好!这才不愧为我上官家的子孙!"同时,爹紧握枪柄,身子缓缓拉开,待哥的剑网近身之时,径直地大力直刺,毫无花哨,却将哥的银色剑网撕裂开来。趁着此时爹侧身穿过剑网,立即一抖腕,刺向哥后背,哥亦扭腰转身横剑直砍爹手腕,二人又陷于苦战。

我听得铁器相碰的叮当之声,问道:"流苏,谁会赢?"

"将军内力太强,少爷的剑必折。"

果然,哥的剑已被爹斩断,爹顺势将枪尖直指哥的喉咙,冷冷道:"你何时赢我,我何时告知你原因。"

自大年夜两人雪地激战之后,爹与哥再没有起过冲突,只是两人越发地冷漠,形同陌路。

一路北上,二月初二龙抬头,一行人便到了京都长安。

在饱览帝都风景后,总算是到了我在长安的家,府邸气阔,汉阶白玉,石狮威严,看来还不只是一般的官家小姐,我轻笑着抬头,"敕造大将军府"六个字惊得我后退一大步。

原来上官毅之并不是普通的将军,而是西华军权在握的大将军!

大将军原为西汉始设的官衔,掌握全国兵马。汉武帝时的卫青以及此后的霍光、东汉梁冀都曾为大将军,他们当时哪个不是权势滔天,一人之下,万人之上。

我开始惊讶于这样的家世背景,大将首富,如此显赫,不禁心中怅然,既然爹是重权在握的大将军,只怕我以后的生活越发不平静了。

刚跨过红木高门槛,家仆们便前呼后拥地将我迎到一间别苑。

家仆们穿梭而过,忙着布置房间。一切妥当后,留下了一个小丫鬟,对我福身道:"小姐,总管老爷说了,没料到小姐突然回府,来不及特意准备院落,小姐将就着在真小姐的莲苑先住下吧。"

我环视这间房,装饰清新雅致,倒有些像娘在西泠柳庄秋水居的厢房,便对莲苑以前的主人产生了兴趣,我开口问道:"谁是真小姐?"

话音刚落,那丫鬟脸色铁青,啪的一声跪下,咚咚地磕起头来:"小姐饶命,奴婢无心之过。"

"你犯了什么错?先起来再说,若真的有错,也是无心之过。我不会怪你的,亦不会向外透露半句。"我拉起她,让她不要再磕头了,额头都青肿大片了。

那丫鬟也不过十三四岁,一抹泪水,呜咽地道:"真妃娘娘未出阁前住这儿的。娘娘已过世的大老爷的独生女,就是小姐的大堂姐。"原来是犯了忌讳,直呼皇妃其名。我一笑,没有想到家里还沾上了皇亲国戚。

瞧着那丫鬟还是惶恐的眼神,我温柔笑道:"你还是先回去在额头上敷点药吧。"小丫鬟走远了,我不禁伸了个大大的懒腰,这两个月来的马车颠簸,全身的骨头都要散架了。

"小姐。"那丫鬟不知怎的去而复返,在门口露出半个头来,羞涩一笑,道,"我叫碧衫,小姐以后有什么事情可以随时吩咐我。"

27

过了两日,我才把这大将军府逛完。不愧为先皇下旨特造的府邸,处处彰显贵气,只是现在府内的仆人们都忙得团团转,弄得有些杂乱,削减了些许威严。

逛得久了,我也累了,便回莲苑,问道:"碧衫,知道为什么要叫莲苑吗?"

碧衫就是那个出错的丫鬟,府内的管事认为她做事毛躁,粗心大意,故不让她做事,免得越帮越忙,闹得不可收拾。我则是难得找到一个熟悉将军府的闲人,而碧衫也乐意陪我在大将军府里四处游逛。

"莲苑是以前真妃娘娘住在这儿取的,娘娘可喜欢白莲了。听绿儿姐姐说,真妃娘娘未出阁前,每天都会有一两个时辰望着白莲发呆。小姐,白莲花真的有那么好看吗?可以久看不厌?比起白莲花,碧衫更喜欢莲子羹!呃,其实莲苑这名字还是挺好听的,是我们这些没有学问的下人想不出来的。"

碧衫开始自言自语起来,终究是个小女孩,还保持着原始的纯真,这几日见我好相处,胆子也大了,话也就更多了。只不过对流苏而言,碧衫是过于吵闹了。在碧衫说得正起劲时,流苏的眉头已轻轻皱起,我打断碧衫道:"那边院子的池塘种的定是白莲了。"

现已是早春,但北方的温度仍低,那池塘水面上还有一层薄冰。"对啊,夏天的时候开得满池塘,可真妃娘娘从不许任何人碰一下白莲……"碧衫似乎想要把她所知道的细节都一口气说完。

我见流苏的眉头已打结,这碧衫还真是厉害,能让脸色千年不变的流苏都为之变色。我清楚地知道如果没有人打断她,说不定她还能说上一个时辰。估计流苏已经忍到极限了,我便笑道:"碧衫啊,我饿了,去厨房帮我拿些糕点来吧。"

"哦。"碧衫似乎还意犹未尽,边往外走边说,"我去年还曾偷吃过这塘子里的莲子,可好吃了……"

二月十二,娘去世八八六十四天后,爹在府内大设灵堂做法事。按照西华风俗,人亡六十四日后,应当设灵堂做法事,为亡者打通开往另一个世界的门,让亡者安心离去。

在京城长安,大将军府内任何的红白大事,怎会不引得大小官员前来拜会。清晨,雾刚散,府内就充斥了各类人,官员、富商、员外、乡绅……

我亦一早就披上麻衣,头戴孝花,恭敬地站在娘的骨灰坛旁,冷眼看着每个人面无表情的祭拜。待到中午时分,我双腿已麻,忍不住稍微踮了下脚,借此来缓解麻痹。就在此时,一个尖锐的声音突地响彻府邸:"真妃娘娘驾到,闲杂人等回避。"

灵堂内原本有些混乱的人群,立即让开一条大道,我亦随着人群跪拜。

一阵幽香传来,爹在我身旁高声行礼道:"微臣不知娘娘驾到,未曾接驾,还望恕罪。"

"本宫也是今早才向皇上禀明,特来此凭吊,为夫人守夜。"语音清明,如花开般动人,"既不在宫中,大家也不必拘礼,都起身吧。"

"谢娘娘恩典。"

我随爹缓缓起身,略抬头,便瞧见了我的大堂姐,真妃娘娘。她素妆打扮,一袭白裘,如风中摇曳的白莲花,清丽动人,只是脸色过于苍白,不见一丝血色。

爹跨上前半步,垂手道:"娘娘如此恩德,贱内如何承受得起。"

厅内中人开始有序地后退,离开灵堂,一会儿,偌大的灵堂就只剩下爹、哥、我以及真妃娘娘。

"二叔说的什么话,何来恩德?"真妃泪光闪动,声音哽咽,"都是自家人,二叔又不是不知,当年二婶与我……"

"娘娘无论如何都应小心隔墙有耳。"真妃的话被爹沉声打断。

真妃一声幽叹,轻移莲步向我走来,柔声道:"你是扶柳吧,与二婶长得真像。"她的手抚摩过我的脸庞,"特别是这眉眼,竟与二婶一般模样!"见得真妃眼角泪珠滑落,我抬起头正对着她,温柔笑起。

夜深,灵堂内灯火通明。

"天冷,扶柳,过来和我一起坐吧。"真妃坐在榻上,向我招手。

"娘娘……"我有些犹豫,虽说是大堂姐,但毕竟她贵为皇妃,况且今日又是第一次见面,这样逾礼是不好的。

"叫我真姐姐吧,娘娘挺生疏的,二婶以前唤我真儿。"真妃嘴角溢出一丝苦笑,"娘娘只是叫给外人听的一个称呼而已。"

北方的夜晚向来寒彻入骨,抵不住寒冷,我还是挪到了榻上,用棉被裹住全身,只露出一个头。

"扶柳,头发都弄乱了。"真妃笑道,眉梢轻扬,像极了娘的温婉笑容。

"那真姐姐能为我梳头吗?"我浅浅笑起,唇线上扬。

"当然行了。"真妃轻柔地为我梳起长发,动作舒缓。

"真姐姐,娘以前在这儿过得幸福吗?开心吗?"我问道。

真妃一怔,而后淡笑,缓缓说起,柔情无限:"我很小的时候就失去了父母,也没有兄弟姐妹,二叔长年征战沙场,府内一直很冷清,所以我自小性子就有些古怪,也很少说话。七岁那年,二婶嫁入府内,二婶说她一见我,就喜欢我,说我像江南的陶瓷娃娃般可爱。其实我心中也是喜欢二婶的,喜欢她笑起来的声音打破府内寂静。此后,日子很是快乐,虽然二叔还是驻守边疆,但二婶却时常陪着我,逗我开心,教我读书识字,针线女红。"

我心中叹道,原来柳依依也曾那么幸福,只是我不曾见过。

"再后来二婶怀孕了,我嚷嚷着,二婶怀的一定是妹妹。几月之后,去疾出生,全府的人都欢喜,就只有我一人闷闷不乐,还一直说二叔偷偷地把妹妹换成了弟弟。"

讲到这儿,真妃不禁纯真笑起来。

"不想这么多年后,我才有了一位妹妹。我十岁时无意间听见奶妈说起,在宅子里种上莲花就会生女娃,我便在院中池塘种满白莲。一年后,盛夏阳光灿烂,白莲娇艳,挤满整个池塘,二婶说真像余杭西湖,莲花开得绵延不绝。"

"在池塘边的凉亭上,二婶常为我梳头,说:'真儿头发生得真好,滑若丝缎,待真儿出嫁之日,定要为真儿绾发'。可后来二婶却食言了,那天我在上花轿前一直没盘发,等着二婶从江南回来为我绾发。"真妃眼神逐渐黯淡。

闻言,我不禁心中酸楚,道:"娘也曾答应扶柳,为扶柳盘发,让扶柳成为世界上最幸福的新娘子。"

真妃一把抱住我,温柔笑道:"真姐姐为扶柳盘发,让扶柳成为天下间最幸福的新娘子。"

至午夜,我终是熬不住了,倒在真妃怀中睡着了。

门吱一声打开,我一向浅眠,也就惊醒了,只是懒得睁眼,便索性躺着不动。

真妃却起身低声道:"扶柳睡着了,莫要吵醒了。"

"都这等紧急时刻了,你还有闲情逸致出宫。皇后之位一定要夺得,否则上官家日后难以在朝中立足。"声音低沉冰冷,是爹。

要夺皇后之位?我开始留意,侧耳倾听起来。

"你生有长子,形势对你非常有利,况且苏宁只不过是那帮酸腐文人匆忙推出来的救急货,苏家权势薄弱,成不了大气。现在你应该多陪伴皇上……"

爹的话被真妃打断:"当初你让我嫁与他时,他只不过是你的一枚棋子。如今他当了皇帝,你畏惧了,千方百计地讨好他。权势难道就如此重要,我上官家女子世世代代都要为此牺牲吗?那扶柳,以后呢?"

我心跳突地紊乱,频率加快。那扶柳,以后呢?

"当初二叔并未强迫你,是你自愿嫁与他。身为上官家的女子本都应随时准备为家族牺牲,扶柳……亦不例外!上官家三朝大将是断不能从我手中衰败的。你,也必须当上皇后!"爹一如既往的冰冷。

良久,一声幽叹。

"他心中若有我,自会封我为后,倘若无我,亦强求不得。"

第二日,天未亮,真妃便已起驾回宫,回到了那个永远纷争不断的深宫庭院。

几天之后,爹也启程,带着哥,驻扎边疆,大将军府亦恢复冷清。我的性子耐得住静,也不觉得寂寞,只是流苏受不了碧衫的聒噪,经常抛下我与碧衫,独自一人到后院习武。

趁着清静,我也开始研习泓先生留给我的那本书,泓先生不愧为武乡侯诸葛亮的子孙,所学之博,所识之深,无一不让我佩服。虽跟泓先生学习两年,但细细读来仍有不明之处，每当此时我就会去书房翻书查阅。府内藏书大多为历朝兵书，与书中阵法相互印佐，启发甚多，受益匪浅。

有时候，学得累了，我也会拉上流苏和碧衫，换上男装，在长安城内游玩。起初碧衫胆子小，极力劝阻我不要出府，但见几次出门都相安无事，胆子也就渐渐大了，况且碧衫也是好玩之人，到后来，无聊之时，她还会游说我出府逛逛。

读书学习的日子过得极快，转眼又到年末，我勉力弄清了泓先生书中的天权五阵，却似乎领悟不到天权之阵的精髓，老是觉得五阵相互冲突，根本无法融合。自己也不太勉强，想那武乡侯是何等高人，我这种普通人，没有天赋倒也罢了。

"碧衫，闷在府里一个月了，我们今日出去透透气。"我合书笑道。

碧衫一听来了精神，快速地翻出我与流苏的男装，欢快笑道："再过几日便是新年，大街上热闹得紧。等到老爷和少爷回府，再想出去可就不容易了。"

片刻之后，我们就从后门出了府，像是姐姐带着两个弟弟上街游玩，只是其中一个弟弟不怎么乐意就是了。

今日长安玄武大街上更胜往日喧闹，人们脸上大都喜气洋洋。

"柳弟弟，难得出来一趟，我们去吃德胜斋的烤羊肉吧？那羊肉又香又酥……"碧衫又开始滔滔不绝。

"那就去吧。"我打断碧衫的话，再让她这样说下去，她就要站在玄武大街上流口水了。

到德胜斋二楼找个临窗位置坐下，碧衫已经开始唧唧喳喳点起菜来了。我从窗外望去，玄武大街上人来人往，川流不息，突地冲出一队皇宫侍卫，将人群隔开，留下一条宽敞大道。

我好奇问道："小二哥，今天什么日子？大家都喜庆得紧，怎么还有侍卫啊？"

那小二边倒茶边道："这位小爷这段日子都待在家中没有出门吧？今儿是皇上带着新册封的皇后娘娘去城郊太庙祭祖，皇上登基一年后，总算是册封了皇后。"

"皇后是哪位娘娘？"我些许紧张地问道。

"苏皇后啊，长安第一才女！"

"那真妃娘娘呢？"

"晋封为贵妃娘娘。有客来了，小的要去忙了，客官慢用。"

我木然，心中一丝疼痛，长安的百姓们都争先地一睹皇后风采，可又有谁会记得那如同白莲的深宫女子？我虽与真妃共处过一日，但就是忘不了她，有时恍惚间觉得她就是娘，或许是因为她从小跟着娘长大，长久以来也继承了娘的水乡特质，婉约、柔情，同时也继承了娘深入骨髓的忧伤。

"苏皇后可是才气纵横，当年评点天下士子文章，字字珠玑，令无数男子折眉呢！"碧衫忽然插入一句，口气艳羡。

数声玎玲响音，几枚棋子从隔间滚了出来。

"公子,小店可曾有什么招待不周?"小二惶恐地走上前去。

"没什么,我想静一下,你们不必进来了。"清清淡淡的声音从厚锦帘子传出,极冷漠。

小二脸皮一僵,对我们打了个手势,请下楼。

碧衫嘴一瘪,看样子就要骂人了。我掩了她的嘴,轻声道:"楼下更热闹些。"强拉了碧衫下楼。京城天子脚下,尊贵的人太多,忍一忍,少一事总是好的。

在楼下草草吃完,不等帝后出巡,便回了府。晚上,我辗转难眠。

自从守夜,我偷听得爹与真妃的那段话后,就开始刻意强迫自己忘记那夜,不去揣测他们话中的深意。

"那扶柳,以后呢?"

"扶柳……亦不例外……"

我脑子里不断地回响起这两句话。

以前,认为真妃当上皇后,母仪天下,我也不必卷入政治权谋,是故,一年来,总以读书来回避着我极有可能的政治人生。可如今用于伪装的幻象也被无情地打破了。其实我早该懂得,自我踏入大将军府的那天起,就成为了一个地位崇高的玻璃娃娃,等着接受政治的摆弄。

不能再回避这个问题了,我要主动改变,争夺我的自由,掌握我的人生。我松开紧握的拳,推开门来,外面飘起小雪,我衣衫单薄地坐在池塘旁的凉亭里思索着。

北方冬日深夜的寒风我是禁受不住的,果然,第二日就发起高烧,全身红烫。惊得碧衫直哭着去找管家,管家也不敢耽搁,立即请来京城最好的大夫。

午后,我喝过药汤,仍不见退烧,只觉更加晕眩,便沉沉睡去。

待醒来,已是傍晚,额头上敷着一方帕子,冰冰凉凉很是受用。我微微一转身,却看见哥,站在床边,在盛水的铜盆里清洗着丝帕。

一年不见,哥变得黝黑,也褪去了少年的青涩,隐隐地透出一股霸气,想来是塞外风沙磨砺而成。

我仍有些头痛,努力地扬起嘴角,笑道:"哥怎么提前回府了?"

"丫头还笑得出来,年岁也不小了,也不知道要好好照顾自己,竟病成这样。"哥口气虽有些责备,可眼中却透着宠溺,他伸手摸摸我的额头,道:"还好烧退了,不似方才滚烫了。"

病来如山倒,病去如抽丝,新年正月里,我的病反反复复,时好时坏,只是再也没有发过高烧。明日,爹与哥就要回驻边疆,今日我的风寒又犯了,不停地咳嗽。请来京城名医为我把脉,片刻,那名医对爹说:"将军,小姐身子本就弱,上次风寒入侵,至今尚未完全康复,得好生调养才行。"

我躺在床上,轻声道:"爹,扶柳觉得长安寒气太重,经受不住,想回江南。"

32

爹目光锐利，直盯着我，未作回答。我不禁又咳嗽两声，这时，那大夫却道："想是小姐从小在南方住惯了，受不得北方严寒，才会染上如此重的风寒。依老夫看，想要痊愈，仅靠汤药是不够的，江南阳气重，应可根治风寒。"

"好吧。"爹总算是开了口，"那你就回西泠柳庄安心养病。"

第四章

桃花岛

虽然碧衫丫头不愿我离去,还大哭了好几回,但正月刚过,我还是离开了大将军府。一路南下,我每日按时喝汤药,风寒也就渐好了。待抵达余杭时,已是阳春三月,西湖边的垂柳吐露新芽,嫩绿嫩绿的,煞是好看。

我刚踏入西泠柳庄,她们三人就把我团团围住,问东问西。

"扶柳,长安好玩吗?你可真爽啊,出去免费旅游一趟。"首先出声的自然是雪君。

"扶柳,身子好没?我给你检查一下吧。"雨蕉两根手指已搭上我的脉,"嗯,好得差不多了。扶柳,你爹究竟是谁?怎能这般匆忙地强行带你走呢?"

我稍愣住,难道她们都不知道上官毅之吗?暂且顺水推舟吧,我也不想让她们知道我乃西华大将军之女,指不定哪天她们心血来潮,要我带她们参观皇宫,又该如何?

"哦,这次北上长安,终于知道自己姓啥了,上官,上官扶柳,以后可要叫我上官小姐了。"我避重就轻地说,"爹呢,是一个不大不小的军官。"

"怕是官位不小吧?否则怎么会有那么多官兵护送你们北上?"霜铃还是一如既往地精明。

不过我早有准备:"只是一名嫖姚校尉而已,年俸才三百五十两,那日来的官兵都是他的部下,自然就多了。"霜铃的洞察力自是很强,可她对军衔怕是知之甚少,分不清将军校尉差别有多大。果然,霜铃不再发问,算是蒙混过关。

与她们吃过晚饭后,我便径直去了柳义柏的书房。书房很大,里面堆满账册,一颗鹅蛋大的夜明珠悬挂在梁上,房内亮若白昼。

我走上前,对柳义柏福了福身,道:"舅舅,扶柳日后住在西泠柳庄,还要麻烦舅舅了。"

"谈何麻烦？难道对舅舅也生分吗？"

我摇头，"当然不会，扶柳一直视舅舅若亲父！"

"亲父！上官毅之？"柳义柏皱起眉。

看来柳义柏对上官毅之成见非常之深，我探试性地问道："今日三表姐问了有关爹的事，难道舅舅没有告诉她们吗？"

"上官毅之这个名字不配出现在西泠柳庄！当年他娶依依时，便是即兴而为，连采纳之礼也没行！这等潦草嫁娶，天下竟无人知晓他上官毅之娶的是西泠柳庄的小姐！"柳义柏愤愤而言，"他既然没把依依放在心上，我西泠柳庄又何必将他挂在嘴边？"

我很安静。有的时候人是需要发泄的。

"你不说话，是在为上官毅之鸣不平吗？"柳义柏眯起眼扫视我一圈。

"不，我不喜欢他！"我淡淡道。

柳义柏显然很惊讶："为什么？"

"大将军府太辉煌，他来不及喜欢我……"是上官毅之太冷漠，在他眼里，女儿比不上实实在在的权势。

柳义柏立即察觉出了一丝味道，叹道："他不珍惜，西泠柳庄珍惜！你安心待在庄内，有什么需要直接告诉舅舅，断不会委屈了你！"

我乖顺点头，而后轻声道："舅舅，扶柳想与霜铃姐一样，学习经商。"

柳义柏惊愣一会儿，霍然起身，双目迥然有神，直盯着我，我亦神色坚定地回望着他，毫不退让。良久，柳义柏叹了一口气，道："既然你有心经商，那就先跟着霜铃学着吧。当年，你娘也是这样向你外公提出要经营锦绣坊，依依与你一样眼神倔犟……你们如此相似，扶柳，那就学着打理锦绣坊吧。"

"谢过舅舅。"我退下。

回房嘱咐过流苏，不要说出在长安所发生的事。其实不用我说，流苏也根本不会说出在长安发生的一切，因为流苏除与我和哥说上几句话外，她从不与外人交谈，嘱咐流苏也不过是求一个安心罢了。

透过窗子，我又一次地看到了江南的月亮，依旧朦胧。

其实，我当然知晓在北方寒冷的冬夜，只身单衣在户外站上一个时辰的后果，我只是想利用重病来离开大将军府而已。

这计划看似容易，却极为凶险。在古代，风寒被认为是一种恶疾，中医并不知世上还有病毒这种微生物。所以医治风寒极为棘手，况且古时卫生条件差，得风寒后极易引发肺炎，许多人因此丧命。而我又只是一个十一岁的小女孩，体质较弱，此后我又经常将汤药偷偷倒掉，造成病情反复的假象。正是这着凶险，稍有不善，便引来性命之虞，才迫使上官毅之答应我回江南养病。

第一步算是基本完成了，脱离了大将军府。第二步就需要积攒与之抗衡的实力。

俗话说,有钱能使鬼推磨,有了雄厚的经济实力才能与上官毅之谈判,况且经商也要与官府打交道,或许经商时积累的人脉关系也能派上用场,再不济至少还有江南柳家这座靠山。

月光下,我蜷起身子,安静入睡。

第二日,我们四个人自是拣了个安静的地方开会,她们说为"热烈欢迎扶柳回家"要大摆宴席为我接风洗尘。

听完后,我不禁嘀咕,这不是明摆着是打着我的旗号吃喝腐败嘛。不过待雪君将亲自做的佳肴摆满桌后,我便来不及抱怨,只顾着吃了。小妮子这一年厨艺更上一层楼,越发炉火纯青了。

待大伙吃得七七八八后,我起身道:"既然今天的聚会是为我而开,我自是当仁不让要说几句话了。大伙儿也知道,我爹与娘两地分居十年,换句话说只差领离婚证了。他们情孽恨事,我以后也不想再听了。"略微顿了顿,我洒脱一笑,"悲情的话就说到这儿了,我先简单说一下我以后的打算。我决定从明天开始出山经商,毕竟人生短暂,难得几回搏,总要做出点事来。昨晚,我已经向柳义柏说明,他也答应了,并把锦绣坊交给我打理。"

雪君大惊,随后便是轻铃笑声:"哦,扶柳终于想通了,要当商场女强人了。"

"你终是耐不住性子,想要试试身手了。"霜铃笑道。

还是雨蕉最贴心:"扶柳,做生意也不容易,有什么需要帮忙的只管开口。"

"等的就是这句话!"我笑吟吟地望着她们,"当然不会放过你们,每一个人都要出力。我已经想好了,我们四个人都是锦绣坊的老板,不分大小,利润均分,当然也都要承担相应的责任。"我故意加重了最后一句的语气,不给她们反驳的时间,举起茶杯道:"现在我就以茶代酒,预祝我们开业大吉,财源广进。"一口饮尽茶水,我望着惊愕的她们,继续笑道,"这几日,我与霜铃先摸清锦绣坊的现状,收集行业情报,一个星期后,再开具体的工作会议吧。"

她们答应与我一起创业后,我与霜铃就开始全面着手重新规划锦绣坊。好在柳家百年经商,其资料信息都甚为齐全,但要经营一家店铺也着实不易,每天忙得昏天暗地,到晚上一挨枕头就能睡。

锦绣坊本是柳家的边缘业务,一直以经营各种布料为主,由于利润不高,柳家也未曾注意过它,直到我娘柳依依接手后,才使得锦绣坊大放光彩,得以立足于柳家七部之列。锦绣坊最为鼎盛之时,全国曾开五十家分店,一年净赚万两白银。可自从十年前突发变故,娘就无心经营,导致现在日益衰败,仅存三家店面,去年一共才挣了几百两银子。

七日很快到,大清早,我就把她们拉出被窝开会。

各自落座后,我精神奕奕地站起,浅笑道:"今日是我们的第一次工作会议,希望能开个好头。先说明一下我与霜铃共同制定的企划书,就是桌上的那本书。"我一挥手,遥指薄书,娓娓而言,"首先,我们将锦绣坊的单一布料经营方针改成多元化的发展方向,把锦绣坊打造成提供布料、华服、饰品及化妆品的全方位大型连锁商铺。其次,公布一下大家的主要负责项目,雨蕉主要是培训咨询店员,所谓咨询店员就是根据每一位客户的特点,为顾客选出合适的衣物首饰,并教会顾客如何化妆,也就是说雨蕉要挑出一批有悟性的女孩子,然后教会她们如何审美、如何化妆、如何与顾客打交道,目的就是把21世纪的人性化服务带入古代。雪君你也不要偷着乐了,雨蕉一个人做会很累的,你也要去帮忙,而分配给你的专项工作就是发挥你的美术专长,设计服装和饰品,不过作品先要通过大家的审查。"

霜铃接着说道:"我的工作除了要把好材料关,还要做好猎头,也就是挖掘人才,如绣工最好的绣娘,手最巧的首饰工匠,能够制出最好香粉胭脂的师傅等等。用高价工钱吸引他们到锦绣坊工作,同时还要为他们提供住房、养老保障多项福利。当然也不会无条件提供这等超额待遇,要让那些老顽固们破点例,多收几个徒弟,批量生产。总之,以产品精美和高质量为主,打响锦绣坊的品牌。"

我继续道:"我与霜铃会一起负责整个锦绣坊的管理,当然最重要也最累人的账册由我来做。最后,为了一炮打响,筹备期会很长,估计在今年年底十二月开业,因为快到新年,姑娘们也都会为新年置备衣裳,所以此时是最佳商机,易于打出品牌。好了,我说完了,有何异议?"

雪君一撇嘴,嘀咕道:"你们全都部署好了,还有什么可说的。"

看着她可爱的脸,我笑道:"那可不一定啊,我和霜铃都觉得锦绣坊这名字不大合适,锦绣太过单一,只会让人想到布料,与服装首饰不是十分相符,正想请教几位有何高见呢?"

大家思索一阵,却是雨蕉温柔开言:"所谓伊人,在水一方,伊水坊如何?"

"好名字!"我笑赞道,"但不要忘了以后每星期都要开例行会议,检查工作进度。"

作为人生的第一份事业,我们四人自是做得十分精细,没有丝毫马虎。

到年底伊水坊开张时,果然是生意红火,人来人往,就在这短短一个月内便赚得锦绣坊上年的全部收入。此后,伊水坊在江南一鸣惊人,无人不知,而后,陆续将锦绣坊以前关闭的店铺重新开张,分布西华十五个城市。几年之内,伊水坊竟引领西华时尚,各家女子皆以拥有全套伊水坊服饰为傲,特别是嫁衣,绣工精湛,备添喜庆。

柳枝吐新芽,秋风起时便凋落,几度春秋,我已十五。

转眼第二年,春暖花开。做了几年的生意,为了多长些见识,明日我与霜铃就要出海启程远下南洋,今日我们特意去向柳义柏辞别。书房大门微微敞开,柳义柏坐在书桌前翻看账册,柳风垂手立于一旁,似在商讨着什么事。

见此情景,我们便停住脚步,在书房门口等候,但屋内的说话声却听得一清二

楚。柳义柏口气略带责备:"去年收集消息的费用怎么花了万两白银?足足涨了两成。"

"现在要收集到可靠的消息越来越难,而且有些消息花重金购得之后,转眼就没了任何价值。"柳风不徐不慢地说出原因,声音平和没有一丝波动。

柳家经商多年,自是明白消息灵通的重要性,商场瞬息万变,所以再费钱也是要得到准确消息的。我脑中突地闪过一个计划,便大胆上前道:"舅舅,关于这消息费用,侄女倒有一想法,不知可行否?"

"噢,何法?不妨先说出来听听。"柳义柏饶有兴趣地望向我,这些年我的经商手段也给他留下了不少印象。

"这收集消息的钱只出不进,花销当然是日益上涨,既然费用不能减少,那我们何不创造收入呢?我想有些消息对我们来说是没用的,可并不能代表这条消息就没有任何价值,如果可以将这消息卖给所需之人,岂不是能抵扣费用吗?"我将心中想法说出,其实,就是成立一个盈利的情报部门。

"这法子听起来有趣,只是该如何具体操作呢?如果客人们需要那些街道邻里的小道消息,难道我们也要捕风捉影刻意打听吗?"柳义柏精明远见,一句话便提出可能存在的隐藏问题。

"可先调拨人手成立一个组织,专门负责买卖消息,然后明码标价,我们只卖价值超过一千两银子的消息,这样自然会堵上那些鸡毛蒜皮的小事。若还真的有人愿意出一千两打听,那便是做了也是极赚钱的事,我们又何乐不为呢?待日后寻着机会,做出几桩轰动的大买卖后,博得佳名,自然客似云来,将这门亏本事变为摇钱树。"我见招拆招,条条分析。

柳义柏目光赞许,点头道:"风儿,此法甚好,待你出海回来之后,就着手做吧。"

此时,我才发现,柳风竟一直盯着我,墨眸沉沉,目光锐利。

南洋风景瑰丽,只是海上大船摇晃得厉害。我无奈起身,这一时半刻的,肯定是无法入睡,便索性披上外衣,轻步出舱,径直走上甲板。

瞧着船头的婀娜身影,我不禁一抹轻笑,原来还有同道中人。

估计霜铃也听到了我的脚步声,半转过头,问道:"怎么你也睡不着啊?今儿倒怪了,你们家流苏没跟在你身后?"

我淡笑:"流苏有些晕船,先躺下了。你也不用抱怨说话不方便,我们四人相聚,我哪次没找理由把流苏支开的。"霜铃不再言,撇回头,直望着海面,叹道:"人都说这海水是蔚蓝蔚蓝的,可我瞧着这海怎是深墨色的呢?"

现在已是七月仲夏,海上竟有些闷得慌。

迎着淡淡的咸湿海风,我忽地有了兴致,睡倒在地:"在海上漂了好几个月,我也想学一下楚香帅,卧躺甲板,乱数星星。"待我躺下之后,霜铃也跟着睡在了身旁。我们都隐藏于宽大船舷的阴影里,抬头仰望天空,互不见对方表情。

今夜天色阴沉,只有几颗细小的星星闪着微弱光芒,船越发摇晃得厉害了。

良久,霜铃才道:"扶柳,我知你能力,在乱世自保无忧,可在感情方面你总是缺欠,无法驾驭情感。这些话我憋在肚子里很久了,不管你高兴与否,今晚我是一定要说出的,你看上官去疾的眼神尽显温柔……还有迷恋!不知雨蕉雪君她们发现没有,但我是看出来了,上官去疾笑起的神情与他极为相似。扶柳,初恋虽极为美好,但上官去疾却是你亲哥哥啊!"霜铃开始时还说得结巴,而后想是心放开了,越来越流利,最后一句话竟掷地有声。

不自觉地,我轻轻抚摩着手腕上的粗银链子。银手链是哥托人送给我的生日礼物,银链刻饰简单粗犷却又奇特。哥说,那纹饰是北方胡族密语,意思是保佑幸福。

这些年,我一直以养病为由住在西泠柳庄,从未回过长安,亦未与父兄见面。爹很少问及我,每年也只是派管家来问一句平安。倒是哥经常写信给我,送来一些西北特产。

我侧过身子,黑暗中,对着霜铃释然笑道:"其实我早就明白了,我喜欢的仅是那个拥有阳光笑容的青涩男孩,而不是长大了的上官去疾。诚如你所说,他是我哥,是我的亲哥哥。"

"这样就好……"一声似有似无的叹息飘起。

突地,船身向右狂倾,我与霜铃的身子顺着往东陡移一尺,慌忙中我们挣扎爬起。我勉力抓住帆杆道:"船摇得这般厉害,不会是遇上飓风吧?"

"恐怕是龙卷风。"霜铃手指前方,声音竟有些颤抖。

我顺着霜铃的手指望去,也不禁寒噤。

远处海面上,一个巨大的黑色旋风,搅天翻地,直冲云霄。它疾如快马狂奔,所过之处,无不是海水咆哮,浪花千层,卷起无数细小泡沫。

船上顿时惊呼连连。

"甲板上的人全部统统回船舱,紧闭门窗,这里由我来掌舵。"柳风立于舵前,面不改色,高声指挥道。

甲板上的船工纷纷挤向船舱,我与霜铃也奔了起来。甲板沾水后变得十分滑,船又摇晃得厉害,在这等性命攸关的时刻,我竟足下一滑,摔倒在地。

"霜铃先回船舱,我随后就到。"我挣扎着支起半边身子。

很快,甲板上仅剩下我们两人。

"不行!"霜铃立刻扯住我的胳膊,吃力地将我拖起。可惜我们最终还是没能跑进船舱,就在离舱门的三四米远处,一阵海浪扑打而来,生生地将我与霜铃分开,我们各自漂浮在海水中。

然后,我看见,霜铃被赶到船舱门口的流苏拉了进去,便释然一笑。

就在我以为将要葬身海底之时,我的手臂被人紧紧地拽住了,再也移动不得分

毫。待这股海水退却,我才发现原来是柳风救了我一命。

"抓住我,不要松手,否则就要死在海里了。"柳风皱眉命令道。

一愣,此时我与柳风衣裳湿尽,贴在一起,各自体温相熨。突然间有陌生男子的气息笼罩着我,不禁本能地挣扎起来。

"你还想不想活命啊?"柳风的吼声淹没在狂风中。

海水冰似的砸在我身上,激得我全身冷战。管他个什么?我要活命!当下便双手环牢了柳风的腰。

龙卷风开始展示它真正的威力了,数十米的海浪一次次地奔袭而来,如泰山压顶,不留丝毫喘息空隙。如此这般坚持了一个小时,我早已全身冰冷,嘴唇乌紫,周身血管好似僵掉一样,只是凭借一股信念,抓着柳风不放。而后,意识开始渐渐模糊,最终还是松开双手,昏迷过去,隐约觉得有人扯断了我的银手链。

本以为阳寿已尽,要去阎王爷那儿报到,却不想醒来时,才发觉自己原来躺在了一个海上小岛上。银白的沙滩、碧绿的海水、火红的夕阳,风景如画,好似人间天堂。

见此美景,我心境亦佳,伸足了一个懒腰,才慢悠悠地爬起。

待起身后方才发觉身后火堆旁竟坐着柳风。

淡然的夕阳余晖照在他的侧脸上,使得原本僵硬的线条柔和许多。以前我从未仔细看过柳风,只因他目光一向太过锐利,似能看透我的心思,给我无形压力,所以,每次与他相见,我都会尽量匆匆结束,决不多停留片刻。

这次,或许是大劫刚过,他收敛了平时的威严与强悍,眼中竟还带着几缕温情。此时我方才仔细打量柳风,他浓眉深眸,脸似刀刻。

"不认识我了吗?竟不眨眼地盯着我瞧,难道睡了一天一夜便失忆了不成?"柳风说话难得有语调听得出情绪。

原来他也识得风趣,我不禁笑出了声:"扶柳当然识得大表哥,扶柳只是奇怪了,什么时候与大表哥这么有缘分,连落难也能困在同一座荒岛上。"自是猜得出,是柳风在惊涛骇浪中救了我,然后带着我上了这座荒岛。只是难得他有几分幽默,我也就故意装傻了。

柳风突地剑眉一扬,爽朗大笑道:"看来我还真的与扶柳十分有缘。好了,不再说笑,山上有一片桃林,我先去采点野果,拾些柴火。"说罢,就走进了荒岛深林。

采点野果?我无奈淡笑,吃得饱吗?现在又不是减肥特殊时期,而是一天一夜粒米未进,就吃两颗小蜜桃?只有自力更生了,我抬起手腕,银链子果然不在了,应是柳风为救我,不小心将其扯断,现在怕是早已沉入海底,也罢,没有束缚。

我顺手摸了一下耳垂,还好耳环尚在,顿时兴奋地小跑至海边,取下耳环与发上缎带,将耳环上的坠饰取下,仅留下银钩,然后再绑上缎带,算是制作成一个简易鱼钩吧。

运气还不错,日沉大海前,还真的让我钓上两尾海鱼。

我提着鱼回到火堆旁,柳风早已回来,见我惊讶道:"怎么弄到两条鱼?"

我微微一笑,略微得意道:"山人自有妙计,大表哥,借用一下你的小刀杀鱼。"

虽然我的厨艺差水准,烤出来的海鱼也有些焦黑,但在一天一夜没吃的情况下也能勉强入口了。我和柳风吃得很快,片刻之后,就仅剩下两架鱼骨头了。肚皮填饱后,当然要稍微活动一下筋骨,我便将柳风拾来的一部分柴火摊在沙滩上,均匀地洒上海水。

见我举动奇怪,柳风疑惑调侃道:"山人又有何妙计?"

"准备些半湿柴火。"我颇有些理直气壮。

柳风追问道:"半湿柴火有什么用吗?"

"大表哥辛苦拾来这些柴火,不就是为明天的烽烟求救吗?这半湿柴火熏出来的烟又浓又黑,几十里地外都瞧得清楚。"

柳风还有几分不信:"我怎不知呢?"

"你又不曾踏入厨房半步,又怎会知晓这受了潮气的柴火会冒什么样的烟?"

火堆烧得旺热,其实,黑暗中火光也是一种求救信号。

我与柳风分别躺在火堆的两侧,默默然,各想心事。

风暴过后的天空格外晴朗,云很薄,如纸翼。深蓝天幕中繁星点点,月光皎皎。偶尔柔柔海风拂过,带着几瓣桃花。

"哪里来的桃花?"我疑惑道。

"岛中山上遍处是桃林。"柳风淡道,"或许以前有人住在岛上种下的吧?"

"东海桃花岛?"莫非桃花深处藏着黄药师?

"桃花岛?你知道此岛吗?为何我不曾听说过。"竟勾起了柳风的兴趣。

"嗯,是一个传奇的海岛。"金庸小说的实情是不能说的,柳风如此精明,刨根问底起来,我招架不住,还是托给虚幻最好。"小时候在一本《海国异志》里看到的,说是东海之滨有一个遍植桃花的岛屿,春日来时,落英缤纷,似蓬莱仙岛。我当时还以为是真的呢,后来长大,才知道只是一篇杜撰出来的故事。"

"不知何人曾住桃花岛呢?"柳风叹了一句,"是个世外高人吧?"

"一个伤心人!"我顿了许久,才道,"书中说,桃花岛主黄药师萧疏轩昂,武艺奇高,与妻子住在桃花岛上。后来,他想夺得绝世秘籍,练成天下第一,可他的妻子为此香消玉殒,之后,他便怅然半生!"

"野心总会让人丧失很多!"柳风黯然道,"他定然后悔了一世……"

我幽幽一叹:"或许吧!"

此后无语,渐渐地,也就入睡了。

第二日,半湿柴火熏出的烟果真够浓,下午时分,柳家商船就找到了这座荒岛。

41

回到余杭,已是八月末九月初了。点理南洋奇货,我与霜铃又是一阵忙乱,等到想起好久不见雨蕉与雪君,已是腊月寒冬了。小年夜上,霜铃才说:"两个小妮子重色轻友,跑出去找了个男朋友,早已记不得我们了。"她口气虽有恼意,但唇角却是笑意冉冉。我也是随着笑,毕竟谈恋爱是件甜蜜的事。匆匆过完年,我与霜铃开始慢慢接手西泠汇通钱庄的事,又是忙得一阵焦头烂额,再无心顾及雨蕉与雪君的事了。

真正等到她们俩回到西泠柳庄,又过了一年景华。大约她们甜蜜过后才记起了余杭还有爹娘,嫁人还得从西泠柳庄上花轿。

"我的未婚夫,医邪。"雨蕉羞答答地介绍身旁男子。

我和霜铃的眼睛立即齐刷刷地盯着那名男子猛瞧,长身玉立,容貌俊美,只是一双狭长的丹凤眼,时而狡黠灵动,时而邪气逼人。

"你们看够没有?难道我没资格做你们大姐夫吗?"医邪似乎有些不耐烦。

雨蕉却急忙解释道:"他人就这样,脾气有些古怪,你们不要上心。"

唉,现在就开始胳膊肘往外拐,连忙维护起老公来。我轻笑道:"你到底有没有资格做我们的大姐夫,不是我们说了算的,也不是你。真正的决定权是在你身旁的——我的大表姐手中。"

医邪忽地一笑,邪气而俊美,然后双目紧盯我,道:"你本无损,但曾在五年前染上重风寒,未能及时服药,虽现在伤寒已愈,却留有病根残存体内,无法拔除,导致如今身子虚弱。"

我竖起拇指,赞道:"分毫未差,大表姐夫好医术!"

另一端,雪君挽着那男子手臂,大方介绍道:"我亲爱的相公,龙老大。"

破弩堡堡主龙傲天,传闻中的武林盟主当然是要细细观察了。硕高结实,目如寒星,不怒自威,霸气十足,果然是震得住各路江湖人物的角色。

龙傲天不似医邪般不耐烦,而是对我与霜铃从头到脚又从脚到头的扫描完全视而不见。既然龙大堡主不肯理人,那就只有找雪君说话了。不料霜铃却抢先于我,开口问道:"雪君,你怎么和雨蕉、医邪他们一起回来的?"

哪知她柳二小姐听了这句,竟笑得直不起腰来:"哈哈……其实龙老大的二叔就是医邪的师傅啦……他哪叫什么医邪,真名莫当归……莫当归!真老土?是吧?还有更土的,何首乌……哎呦哟,笑死我了……二叔说当年捡到他时,他裹着大红大绿的破棉布,口里还含着一棵何首乌,嗷嗷大号……于是乎,二叔就顺便给他取了何首乌这个名,简单又易懂……后来长大,嫌这名字不好听,吵闹着要改名,大家就决定抓阄取名,纸条上写着各种药名,抓到啥就叫啥……呵呵……结果手背,得了当归这个名。"雪君说得断断续续,几次笑岔了气,但我也听懂了个大概。

"精通医术又姓莫,难道是川蜀医学世家的莫门子弟?"霜铃从不会放过蛛丝马迹。

医邪一脸不爽,冷哼着不语。雨蕉扯了扯他的衣袖:"是啊!几月前刚刚查出的身世,当归是莫门老太爷的嫡孙,只是小时候出门玩耍时,被仆人不小心丢失了,恰好师傅路过,收留了当归。"

"当归……莫当归……果然还是姓莫搭配当归才好笑!"雪君嘻嘻一笑。

只是雪君只顾着自己开心,完全没有注意到在场某人已经黑脸,随时准备爆发杀人。可雪君的公主骑士也是很厉害的,眼见就要开始一场毁灭性极强的武林大战,我与霜铃都识相地匆匆离开。

为了尽快离开,竟慌不择路,在回廊转角处又一次撞上柳风。

柳风浓眉微蹙,表情严肃,道:"怎么这样慌张?"

我下意识地后退半步,缩于霜铃身影斜后,垂首不语。霜铃答道:"没事,只是雪君出了点小事,便走得急了。"

柳风略顿,而后道:"你们什么时候北上打理汇通钱庄,我先安排,让福伯备着马车。"

霜铃接道:"十八日,还离有一段时日。"

然后柳风颔首,匆匆离去,仅留下一阵萧瑟的风。

自从那日荒岛求生返回之后,柳风就恢复了过往的严肃,目光锐利,面无表情。

我曾坚定的以为,我与柳风会一直缄默不语,各自将荒岛时光从脑海抹去,一干二净,不留丝毫痕迹。可直到后来我才明白,这想法错得离谱,荒岛于大海是真实存在的,而荒岛上所发生的事于我与柳风也是真实存在的。

正月十七,晚,早春寒风料峭。

明日大伙儿就要散了,我与霜铃将要北上打理汇通钱庄,她们也要随各自相公回家,日后难见,四姐妹便聚在一起开了个饯别宴。宴上被她们多灌了几杯酒水,只觉得浑身燥热,我便独自一人走到后花园,想着吹一下凉风,散散酒气。

可能是喝醉了,竟遥见得石凉亭中好像坐着柳风,若只是幻影我也避了,就旋即转身往回走。

"就那么不愿意见到我?"淳厚嗓音响起,略带喑哑,原来真是柳风。看来是无法回避了,我只有硬着头皮上,回道:"这里光线太暗,没瞧见大表哥是扶柳的疏忽。"

柳风一把带起桌上梅瓶,悬空倾斜,琼浆直灌咽喉。而后回头,目光如新磨的刀刃,脆亮、锋利地直刺我心脏:"还是拒我于千里之外,扶柳真的如此讨厌我,连一句话也不愿多讲?"柳风咄咄逼人,直指死穴,将我困入死巷,再无回旋余地。

既然柳风开门见山,我也就没有必要维持这层窗户纸。

借着酒气,迎上柳风的迫人目光,道出心中想法:"大表哥目光太过锐利,压抑之极,让我浑身不自在,犹如针刺,故扶柳避而不见。"

"是吗?"柳风叹道,"扶柳,你有三次闯入我的视线。第一次,我为你拾起《吴史》,小小年纪,知艰涩文史;第二次,碧波翠竹林中,翻手攻城,巧输柳云,玲珑无比;第三

次,议事书房内,大抒己见,环环相扣,组建密部。扶柳,你步步深入,进了我的脑海。"

柳风缓缓而语,目露柔情:"荒岛深夜,你说,桃花岛主竟为一本武功秘籍失去了爱妻。那时的你神色忧伤,我的心突然痛了,噬骨的痛。这时,我才明白,你不是深入我的脑海,而是闯入我的心。扶柳,明日你就要北上,可不知怎么的,我心里总觉得你会一去不返,所以今晚我就想让你知道,我爱你,你愿意与我相守吗?"

一番突如其来的告白,让我惊呆,手足无措,顿时倚在凉亭石柱上。大脑好似被抽空,一片空白,仅凭着本能,瞪着柳风轻颤。

柳风身形快闪,至我面前,抓紧我的手腕,眼神蒙眬,道:"扶柳,只要你不喜欢的地方,我全改,直到你喜欢为止,好吗?明日我就与爹说明,请他为我们主婚。"

我轻咬嘴唇,皱眉道:"大表哥,你醉了,脑子也糊涂了。"

柳风神色扭变,双臂展开,用窒息的力道将我搂入怀中,力道之大犹如铜箍,我根本动弹不得分毫。然后,他低下头来,在我耳旁轻喃道:"扶柳,其实,我知晓你与雨蕉她们一般,要找个一心一意的男子,相守终生。在此,我对天发誓,倘若柳风娶得上官扶柳为妻,定待她如珍似宝,即使日后无子,也决不再另娶他人,如违此誓,五雷轰顶。"

听得誓言,我心里似炸开了般,即使现代男子,也未必能做到这般。

这时,压着我的力道突然消失,柳风直直地倒在地上,然后我就看到了流苏的脸。

流苏简单道:"点睡穴。"

我回望一眼柳风,长叹一声:"我乏了,流苏,回房吧。"

我轻拨着屋内油灯灯芯,满腔心事。

那日海上,霜铃说,扶柳,虽然你拥有能力,可以解决世上难题,但你对感情总是那么迟钝。我当时笑道,事是死的,人是活的,我可以计划事情,却把握不住人的感情,也控制不了别人的感情,我只能支配我自己的感情而已。

问情否?我唇角轻翘,放下灯拨,吹灭灯火。

柳风,你目光过利,总想看透我的每一分,所以我不喜,便要离去,不做任何无谓纠缠。

第二日,我离开山庄,留下一封信交给福伯,让他转交柳风。

> 大表哥:
> 扶柳自小视你为亲兄,昨晚之事,实不敢想,望表哥日后觅得良配。
>
> 小妹扶柳留字

第五章

鸿 门 宴

六月仲夏,荷花别样红。

长安,汇通钱庄,一通忙乱。

掌柜拿着一张银票走进书房,汗水已从他的额头淌到瘦尖的下巴上。他分外紧张地问道:"三小姐,这是金陵汇通钱庄开的一千两银票,一名年轻人刚拿来兑换银子。我掂量着这事重要,就让他先在外面候着,给他兑吗?"

一阵疾风吹开书房的窗,咯吱咯吱地响,我瞥了一眼庭院里枝叶翻卷的芭蕉,淡道:"当然要兑!"

掌柜用衣袖擦拭汗水,急道:"表小姐,兑不得了,这几日已连续兑了不少大额银票,怕是幕后有鬼。"

我合上窗,轻笑道:"打开门当然要做生意,倘若钱庄不能兑银子,那还叫钱庄吗?"

"可我们……没多少银子了……"掌柜支吾道。

突地,霜铃打断掌柜的话,坚定道:"立即去兑,无论如何不能失了信用。"

八月初秋,荷花始凋。

书房外的秋蝉叫个不停,似乎是要耗尽最后的生命。霜铃将棋盘上的卒子拱上前,离楚河只差一步了。我揉揉额角,道:"你怎么还藏了这一手?"

正不知该如何行下一步棋时,掌柜神色紧张地跑进书房,禀报道:"三小姐,长安丰源钱庄商少爷求见。"

"不见。"霜铃一瞪掌柜的,略带赌气地说:"害得我这般狼狈。"

掌柜冷汗迭出,却不敢去回绝访客。

"敢来便是客,还是要见见的。"我轻轻颔首,望向霜铃。

这时,一向冷静的霜铃,轻跺着脚问我:"扶柳,到底还剩下多少银子?"

我翻开书桌上的账簿,手指尾数,道:"不多,还有一万五千两,可如果将长安伊水坊的银子全部提过来,能凑足二万两,尚可支撑十日。"

霜铃秀眉紧锁。

"请商少爷进来吧,再上一壶好茶。"我支走掌柜的,步入书房内的绣花屏风后,一直以来我都只是幕后老板。

片刻之后。

"久闻柳三小姐商界英名,柳小姐在长安开店已有半年之久,商某此时才来拜访,未尽地主之宜,实属不敬,还望柳三小姐莫怪。"一个精明商人的开场白,一番话说得面面俱到,滴水不漏。

我透过屏风缝隙,开始打量起这位北方商界的传奇人物——商少维,他站在那里优雅而斯文地笑着,眼极亮,闪有熠熠光芒。

"小女子哪敢怪罪长安第一钱主商少爷,商少爷能在百忙之中抽空到寒舍亲临拜访,实在是霜铃的荣幸。"霜铃正在气头上,句句讽刺。

那商少维倒也不在意,仍旧优雅地啜着茶:"不瞒柳三小姐,商某此次前来的目的,是要和柳三小姐谈生意的。"

霜铃机关炮似的快道:"有什么好谈的?你商大少爷特意从江南收集汇通钱庄的银票,现在来挤兑我家钱庄,不就是想让汇通关门大吉吗?"

"非也,非也!"商少维摆手,悠悠道,"柳三小姐真是误会在下了,其实商某只是想将丰源钱庄与汇通钱庄合并为一家钱庄,这样资金雄厚,方能干得大事……"

霜铃立刻打断他的话语,道:"本小姐不愿在你手下干活!"

商少维闻得此言,眉峰一挑,慢条斯理道:"哦,难道柳三小姐还有其他选择吗?据我所知,半年前,柳三小姐携十万白银北上长安,开设汇通钱庄,轰动一时。可如今好像贵钱庄最多只能凑得两万白银,而从江南急调的白银却因水灾耽误,至少还有一个月,才能运抵长安。敢问柳三小姐要如何过这一个月呢?"

霜铃俏脸发白,顿时拍案而起:"本小姐多的是银子,你有多少银票尽管拿来兑,我奉陪到底。慢走不送。"

商少维勾起一抹玩味的笑,拱手道:"既然如此,商某先行告辞,日后定会带上银票再次拜会柳三小姐。"

待商少维跨出书房,我方从绣花屏风后徐徐踱出,轻笑道:"果真是个人物,竟能知晓我们只剩了两万两存银。不过最厉害的还是,这位商少爷居然能将我们家的冰霜美人的脸气白。"

霜铃立即狠瞪了我一眼,道:"连你也落井下石,欺负起我来。"

我淡然一笑道:"柳三小姐,请放宽心,十日之后,从破弩堡借的三万白银必达长安!"

霜铃舒了一口气:"到底还留了破弩堡这一手棋!"

屋外树叶沙沙地一阵响,流苏走进书房,递与我一封信,冷冷道:"少爷的信。"

看过信,我沉吟许久。

霜铃也看着我,她在等我说话。

"这局棋,我认输了。"我将棋盘里的红帅塞进霜铃手中,淡淡一笑,"哥来信说,今年中秋想在府里团聚一下。"

八月十五,皓月当空,菊花丛中,爹与哥坐于石桌前,面容肃穆。

我轻移莲步,以标准大家闺秀的婀娜姿态走上前去,盈盈一拜,算是行过礼,然后微拂袖,端坐于下方。哥细细地瞧着我,忽而一笑道:"七年不见,扶柳都已长大成人,出落得愈加水灵了。"

我亦仔细打量着多年未见的哥,他已经蜕去了少年的轻狂飞扬。八年的战场风沙,带给他的是一脸刚毅,或者应该这样说,八年的官场生涯,已使他变得深不见底。

我轻笑:"七年之久,哥都已经贵为当朝的骠骑将军,那小妹怎么能没有变化呢?"哥笑了,没有纯净的灿烂阳光,只是带着面具的笑容,道:"丫头越来越牙尖嘴利,话里不饶人了。"

我莞尔一笑,不再回顶哥的话,而是从流苏手中取过红漆黑云纹食盒,端出从得月楼买来的月饼,道:"爹,这是女儿向二表姐学做的冰皮月饼,您先尝上一口,试一下女儿的手艺,看合不合胃口,若吃得舒心,女儿再做上几盘。"

岁月终是在上官毅之脸上留下了痕迹,他的眼角开始泛有深纹,两鬓微微发白。上官毅之并未尝月饼,只是轻微咳嗽一声,清嗓严肃道:"扶柳,爹有事告知你。"

平淡的一句话,却使得我不由自主地全身戒备起来,本知这场中秋合家宴定有玄机,可没料到上官毅之竟会如此之快、如此直接地提了出来。爹与哥常年驻扎边疆,以往也只有新年方能回京小住几日,可如今二人皆在长安,那中秋京城必有大事发生。

见我默不作声,爹继续道:"再过一月,你就十八岁了,论年龄也早该嫁人了。以前是爹疏忽,忘了男大当婚、女大当嫁,耽误了你的终生大事。如今爹已为你安排好一桩亲事,三日之后准备出嫁吧。"

我早知会有今日,只是上官毅之你要我三日之后就披上嫁衣,也未免太心急了。我高挑黛眉,淡眼扫过爹与哥,大笑道:"好一场中秋鸿门宴!"

哥听得我笑声放肆,轻皱眉头道:"扶柳,我知你心比天高,此时定有不甘。可现今京中局势大变,上个月爹被调回京城做兵部尚书,军中实权已失,上官家在朝堂朝不保夕,难道你就不能为上官家做一点儿事?"

一点儿事?那是女子一辈子的婚姻!

我勾起唇角,无奈而笑,便再言无顾忌,道:"哦,扶柳可就不明白了,就算爹的大将军封号被剥夺,与我嫁人又有何干?"

原以为他们会暴怒不止,没想到哥竟是惊讶道:"扶柳,你当真不晓?"

我摇头。这半年一直忙于汇通钱庄的生意,几乎无闲暇时间。

"两月之前,爹不慎在库什小败于拓跋骑军,折损将士三千。当时皇上并未责罚,只是训斥几句,而后又才降旨道:大将军为国操劳多年,已值暮年,不适再战沙场,故特调大将军进京就任兵部尚书。很明显皇上是利用这次失利,大做文章,表面上是体恤老臣,升调入京,实则上是削我上官家兵权,从此远离军队核心。"

我讥笑道:"扶柳只是一介女流,又怎知朝堂大事?"

哥似乎还想说些什么,一再犹豫,直到眼角瞥见爹轻微点了头,才又开了口:"扶柳,今日与你讲明原委,也是希望你能体谅父兄不得已的苦衷。多年前,皇上尚是朔王之时,先皇病重,太子无道,皇位之争异常激烈,上官家辅助月贵妃及其十三皇子夺位,几经波折,却最终失败,十三皇子夭折,月贵妃遭囚于章华宫。当时皇上初登皇位,根基不稳,而我上官家三朝大将军,军权在握,所以皇上未敢动我将军府分毫。如今,皇上在位已八年有余,羽翼渐丰,现借此次小败,开始削我上官家权势。扶柳,昔日你向泓先生学习谋略,观古论今,应知这宫廷之争比血腥战场更为惨烈,一步错,便万劫不复。虽然皇上也有谋略,可却有些操之过急,竟想双管齐下,统收文武大权。一连数月,不仅削我上官家兵权,同时还打压文吏,限制当朝首辅洛相权势,所以爹在回京途中密会洛相,达成协议,双方愿结为盟友,并肩对抗这场削权之战。但是以前在朝堂上商讨政事时,爹与洛相意见时常相左,略有不和,导致如今双方并无法完全信任对方,是故才出得此策,让你嫁与洛相,两家结为秦晋之好,便可再无顾忌。"

听罢,我连连干笑数声道:"好一个锦囊妙计,将我送与他人为妾,最后是否还要学得越女西施,做得上官家的好内应,以便控制皇上同时又夺丞相权势?"

上官毅之脸色早已铁青,只是强压着怒火没有发作而已,勉力维持平和声调道:"莫要胡说,明媒正娶,何来妾侍之说?况且洛相,年少有为,风度翩翩,是难得一见的好男儿。"

是吗?这比血战还要残酷的朝堂上还会有一身干净的人存活下来吗?我不由得轻声冷笑,而后眼波缓转,斜睨着爹,幽幽道:"可惜啊,爹眼中的好男儿,未必是扶柳心中的好良人。"

我分明瞧出爹眼中燃烧着的腾腾怒火,可他却还不发作,而是瞬间满脸含霜,冷冰冰地道:"扶柳,这几年你瞎闹腾的事,我也知晓。可就算你富可敌国,就算西泠柳庄帮着你,三日之后,你仍旧要成为洛夫人!因为我与洛相所决定的事,不是你结交的那些所谓的达官贵人所能阻止的!"

阴郁的语调没有波澜,仿佛只是在陈述一个已成定局的事实。终于上官毅之道出眼下实情,只是没有点破道明,他大将军与丞相所决定的事,即是当今天子也无法改变。

只是我不甘心,非常不甘心!当年故意染风寒,用性命得到出府的机会,加之这几年商场的辛苦打拼,全部都在他们达成共识的一瞬间付诸流水,却换不得我一丝自由。

我望着上官毅之,眼神倔犟,咬牙道:"就算你们视金钱如粪土,就算那些达官贵人只是你们脚下的政治走狗,我倒要试上一试,看看你们在这朗朗乾坤下,是否真的能只手遮天!"

上官毅之终于发作,拂袖而起,卷起桌上碟盘,抛入半空,落地成片片粉碎,而后厉声喝道:"那你就试上一试!流苏,从现在起囚禁小姐,不准她离开府中半步!"吼罢,转身离去。

顿时,我委瘫于桌上,我知道我已没任何获胜的机会。上官毅之出手太准,一招便掐住我的要害,囚禁我、孤立我,任凭我再大本事也无法施展。

这场仗我败得太彻底,准备八年,却败于习惯,习惯地让流苏替我挡刀回剑,习惯地认为只要流苏在侧,我就是最为安全的,可却习惯地忘记了,持有流苏这面坚盾的手不是我,而是哥,他翻手变盾为矛,直直地刺向我。

其实,我早应该想到的,如果必须在我与哥之间选择其一,流苏肯定是倾向于哥的。

所以,我败了,败于哥给我的,习惯流苏的保护。

无力回天,我绝望之极,忽然想起一件事来,顿时我感到了害怕,害怕再也没有机会完成这件事。我不再犹豫,追着上官毅之的背影飞奔起来,对着苍茫夜色放喉高呼道:"娘临终前要我问上一句,你曾经真心爱过江南的柳依依吗?"

曾经真心爱过江南的柳依依吗?曾经真心爱过江南的柳依依吗?不断地回荡在空旷的大将军府内,只是回音一层一层地缩小,一点一点地减弱。

"若求不得一个回答,我将使出一切手段不嫁!"

"曾经刻骨铭心。"冷淡哑音穿透浓烈黑夜遥遥传来。

曾经刻骨铭心,娘听到了吗?

不可抑制,我泪如雨下,是为娘曾经拥有过的美好爱情?抑或是为自己前途未卜的未来?我扯出一丝明媚笑容,回到桌前,却发现哥亦泪流满面,端起一杯黄酒,道:"哥,干杯,为你我的眼泪干杯!"

一饮而尽,辣入心底,一杯接着一杯,我开始不停地喝酒。原来这酒喝多了,也就不觉得辣了,反而涌上一股清甜。

终于,酒洒满地,我与哥皆醉倒于菊花丛中。

头痛欲裂,我勉力睁开双眼,阳光就毫无猝防地全部挤入瞳内,刺刺地痛。我立即伸出手臂,用手背挡住了几许阳光。

49

门吱呀一声被人打开,进来的竟是碧衫,她手中端着一碗药,温言道:"小姐,睡醒了吧,先趁热喝了这碗解酒汤,头痛便会好受些。"

待我喝完汤药,精神稍微好转,小妮子马上就露出本来面目,开始喋喋不休起来:"碧衫还以为再也见不到小姐呢,都过去七年了,碧衫可一直想着小姐。还有哦,我每年都会把莲苑池塘中结的莲子全部储藏起来,放在地窖里,就等着小姐回来尝上一口。"

看来碧衫不仅容貌没有太大变化,就连性情也如当初,似十二三岁小女孩般纯真。我笑道:"碧衫,你怎么还留在府中,像你这般年纪,应该早已嫁人,你家相公怎舍得让你在这儿干粗活呢?"

"小姐,你又逗着我玩呢。"碧衫突然羞涩起来,轻声道,"这些年没有人向家里提亲,所以我还没嫁呢,再加上碧衫还想再看小姐一眼。"听了她的话,我心头不由得一热,道:"碧衫,直到你出嫁之前,能一直陪着我吗?"

碧衫激动地抓着我的手臂摇晃着:"真的吗?真的吗?可以一直陪着小姐吗?"

我笑着点头,却看到了门口倚立着的流苏,她还如昨夜般无神,空洞的双眸中只有忧伤。我轻笑,或许是我昨晚的反应太过激烈,虽说八年努力,未能改变上官家女子作为政治筹码的命运,但以后漫长日子仍由我来过,不是吗?

未来,谁可预言?我要赌上一把!

我迈着轻快小步走到流苏身边,轻声道:"流苏,告知密部,我要当朝丞相的所有资料。"流苏一愣,而后郑重点头,亦轻声道:"只要流苏能做的,必为小姐办到。"

密部果然办事效率高,第二日,流苏就带来一份资料。我嘴角含笑,打开薄如蝉翼的绢纸,详细查看。

洛谦,年二十有六,前丞相洛征之次子。

洛征,西华三朝元老,辅弼三代帝王,政绩显著,誉为当世管仲。娶妻华阳郡主,生二子,长子洛谨,早殇,次子洛谦。承祐二十年,洛谦以不及弱冠之龄,高中状元,轰动朝野。承祐二十二年,入仕两年,升迁至吏部侍郎,后与其父洛征力排众议,辅佐当今天子继位。天朔元年,晋封吏部尚书。天朔二年冬,其父洛征病逝,洛谦继任丞相位,此后五年,权倾朝野。

其未婚妻苏婉,乃当今皇后之胞妹。十年前,京城双姝,名动西华,堪比大小二乔。长姐苏宁饱读诗书,文采风流,点墨可成绝句。小妹苏婉犹擅歌舞,长袖一舞倾四方。天朔二年,皇后做媒两人订婚,至如今,仍无嫁娶,令人颇为费解。若说两人无情,苏婉却时常住在相府,若说两人有情,却又不见更近一步。一月前,丞相洛谦忽然解除婚约,世人震惊。

烛火欢快地在绢纸上舞着,片刻只余一段灰。

叩门声迭迭响起,我略整思绪,柔声道:"进来吧。"

是碧衫,怀里一捧素红,满面喜色道:"小姐,瞧这花冠多好看啊!伊水坊刚把新做的嫁衣送来,赶紧去试一下吧。"

红得太扎眼了,我摇头道:"何必去试,合身不合身的,明天都会穿着它,也就无所谓了。若我不喜欢,难不成还真的可以重新做上一套。"

碧衫似乎非常不满意我的回答,嘟着嘴道:"小姐说的话可不好听,有哪个新娘子不想出嫁时漂漂亮亮的?再说连衣角都没上身,怎知合适不合适呢?倘若真的有什么地方不合小姐的意,虽说没有时间重做了,但至少可以修补一下嘛。"说着,就把花冠套在了我的头上,拉着我出了房间。

朱红阁楼上,我一身火红嫁衣,身后残阳如血。

我望着楼梯上的哥,笑容无邪,轻声问道:"哥,好看吗?"

夕阳的余晖给哥镀了一身淡金,就在这一片暖洋洋中,哥舒心一笑,灿烂之极,仿佛回到了小时候,如同少年的阳光笑容:"我家妹子扶柳无论穿什么都好看。"

我浅笑道:"既然如此,哥能为小妹画上一幅吗?自从娘逝后,扶柳就再没见哥提过画笔。明儿扶柳就要出嫁了,我想留住我尚在阁中的模样。"

哥依旧笑容灿烂,像是秋天梧桐枝上的黄金叶子般,炫目灿烂:"流苏,备上笔墨。"哥这次下笔极快,毫无阻滞,到日落西山,圆月初升时,画已完成。

我瞧得画中女子,倚门而立,低眉浅笑,双目含情,娇羞无限,恰似一名新嫁娘。依旧如从前,我提笔在画中右上角写下诗句:洞房昨夜停红烛,待晓堂前拜舅姑。妆罢低头问夫婿,画眉深浅入时无。

哥轻声吟诵,久久不语。

我盯着画中女子,细声长叹道:"扶柳哪有画中女子娇羞?难道哥真的看不见扶柳眼中的不甘吗?"我的声音越来越小,最后几乎细不可闻,似我已再无气力将话语讲完。

但我是那么明显地感觉到哥强烈地一怔,像是失了魂一般,过了良久,哥才缓缓而语:"哥近十年来未曾作画,这画技倒也生疏了。待哥细细修改之后,再送与扶柳,作为新婚贺礼。"说罢,哥卷起画轴,转身离去。

然后,我将自己隐藏于阁楼的昏暗阴影中,望着哥的背影渐渐远离,怅然长久。

入夜,大将军府寂静得厉害,似乎连风声也被禁锢了。

我正要吹熄烛火准备入寝时,府内陡然炸开了锅,喧闹异常。流苏神色一紧,快速地推开了门。她三日来寸步不离我身边,怕的就是出现意外。

房外夜色如墨,唯有东北角有跳跃的火焰,照亮了半边天。

望着熊熊大火,流苏冷着脸,泠泠杀气自长眉散出。她回眸斜望我一眼,薄唇紧抿,却似乎是逸出一丝苦笑,而后抄起长剑,奔入黑暗。

东北角是哥的院子。

夜风吹散开了衣襟,脖子凉飕飕的,我不禁冷战,拉拢了衣领。

极细小的响声有规律地敲击着,嗒,嗒嗒,嗒嗒嗒,单调地重复着。我移步到了窗前,聆听了一会儿,轻声道:"西泠桥上。"

外面的敲击声停止了,一阵细小的摩擦声,似乎是野猫跳过窗棂。"柳漫余杭。"竟是一个低沉的男人声音。

沉吟片刻,我支开了窗户。

窗户下露出一张中年男人脸,是长安汇通钱庄的掌柜。

"霜铃呢?"我急切道。

掌柜摇首,紧张地比画了一个安静的手势,才低声道:"三小姐没事,正带着一帮兄弟引开将军府的护卫,让我悄悄潜到表小姐这儿。"我轻舒气,掌柜将一个瓷瓶塞入我手中,"三小姐说,大将军守卫森严,一时没有办法救表小姐出去,等到婚礼那天,人杂难免混乱,再寻机会逃脱。还有这瓶里是大小姐炼的百日醉,让表小姐掂量着用。"

我淡淡点头,蹙起眉。现在连房门也难踏出,百日醉怕是起不了什么作用。

"表小姐真是大将军⋯⋯"掌柜的疑惑被厚重的脚步声打断。

"快走!"我低喝,立即关了窗,将瓷瓶藏入衣袖。

极快地,哥出现在门口:"扶柳,没有受到惊吓吧?"

"没有什么,就是闹得有些睡不着了。"我站在屏风后倦声道。

哥扫了一眼屋子,柔声道:"那好好睡吧!流苏陪着你。"说完,留下流苏,大步离去。

黑夜越发静谧了。

天朔八年,八月十八,易嫁娶。

我穿着昨日阁楼上的那件嫁衣,端坐在梳妆台前,透过黄铜圆镜,望着身后的如莲女子。在我出嫁之日,我第二次见到了那个深宫女子。清晨,她在我面前淡然浅笑道:"我曾经答应过,在扶柳出嫁之日为扶柳盘发,这句诺言我一直记得,因为二姆曾经也答应过我同样的话,可惜后来她失言了,所以我来了,我不想让扶柳也如我般遗憾。"

真妃手持合欢如意梳,轻柔地穿梭在我的发间,低声唱着:"一梳永结同心,二梳白头到老,三梳儿孙满堂。"她反复地柔声唱着,直到为我将发盘好,才道,"扶柳是最幸福的新娘。"

我半眯着眼,似笑非笑地瞧着昏黄铜镜中的自己,鬓旁簇着一圈灿若朝霞的蜜红合欢,下面则是一排黄金流苏细碎垂下,轻轻一动,花娇欲滴,明黄闪烁,清脆声响不绝于耳。

真妃从雕凤镂空金盒中取出一枚珍珠金莲钗,赤金打造,钗头一薄清荷,金箔花瓣,微微轻颤,更衬得花蕊珍珠莹洁剔亮。真妃素手纤指一转,便为我插于发髻之中,道:"每个上官家女子都有一只钗,钗中空心,可为传递消息之用。"

我慢慢笑开道:"真姐姐,这支金钗很漂亮,不是吗?"

真妃一惊,素手微颤,惊讶道:"扶柳,不怨恨吗?"

我对着镜中模糊的身影笑道:"怨恨无用,何不开心?"

真妃一声哽咽,双目垂泪,大滴大滴的泪珠滑落在我火红的嫁衣上,泪水瞬时随着布料晕开,像是长安盛开的牡丹,妖艳异常,绚烂地灼烧着我的眼。

门外一声高亢声响:"吉时到!"我闭上双眼盖上红布,坐进花轿。

天朔八年,八月十八,大将军之女嫁与当朝丞相,十里红妆,满城风光。

第五章 鸿门宴

第六章

初见时

沉哑的打更声穿过依稀喧哗的前厅，打乱屋内红烛的燃烧声。

婚礼仪式烦琐，一番折腾下来，累得我够呛，轻挨着床栏，眼前一片血红，如暮霞，那是新嫁娘头上红盖头。我微垂首，透过一丝缝隙，就瞧见了自己微露在百褶凤尾裙外的彩丝金绣红鞋，上面有一对鸳鸯正戏水。突然觉得有点儿凉了，我闷声问道："碧衫，几更天了？"

碧衫也有些许疲惫，声音有点懒散："小姐，刚打过更，二更天，也不早了。"

我若有若无地回了一声，却不想我的一句话打开了碧衫的话匣子。

"前面的官老爷们也真是的，好好的一场婚礼硬是变成了斗酒诗会。我刚才偷偷溜到花厅，听了几句，哎哟，酸溜溜的，直掉了我几颗门牙。"碧衫絮絮叨叨地说着，"相爷也不对，早就应该阻止那帮酸文人喝酒，把宴会散了，好到新房瞧上一眼。就算宾客多怠慢不得，好歹也要先过来掀了盖头，竟害得我家小姐这样等了一晚。反正他们男人也不知这凤冠霞帔有多重，就沉在身子骨上，累死个人。你相爷是金贵身子，我家小姐也娇贵呀，何时受过这等苦……"

原先倒不觉得这身衣裳沉重，现在听碧衫一唠叨，竟真觉得头上花冠沉得厉害，头不免又下垂了几分，身上的嫁衣好像也多了点，层层叠叠地裹在胸口喘不过气。我冷声道："碧衫，先出去吧。"

碧衫一愣，以前我说话向来细声，这次语气冷硬，她反应不及呆呆地站在原地，我又柔声补充道："碧衫，我饿了，去弄点食来吃。"

碧衫很快如释一笑，出了新房，屋子里也恢复安静。

院外响起欢声笑语，越来越近。我开口道："流苏，过来扶我一把，累了一天，浑身无力。"流苏默然将我扶正，端坐于床沿。

门吱呀一声已被推开,杂乱的脚步声此起彼伏,带着浓厚的酒气,然后屋子里就静了,如同青山幽谷,一种很纯粹的静,恍如隔世,我听到阵阵脚步声,轻如羽毛,洒了一地。

这时,喜娘唱道:"红双烛,揭盖头,露娇颜,百子千孙。"

在一片红雾后,我嘴角上扬,笑了。丞相大人,这洞房花烛夜的剧情该怎样发展呢?

陡然,门口响起急促的喘气声,慌乱的步子向我奔来,终在三四米前陡然停住了,一阵轻轻的脚步声渐离渐远,屋内又是一同混乱,嘈杂得紧。

最终还归寂静,片刻,流苏沉声道:"无人,刚才管家进,附耳几句,离去。用内力知其耳语:二小姐急事,性命攸关,刻不容缓。"

二小姐?怕是苏家二小姐吧!

"流苏,现在可以为我解开穴道了吧?"我声音微哑。

两道破空之声直打我的肩胛,随后我扯下鲜红盖头,丝绫若落红飘然伏地,我起身笑道:"流苏,我真的饿了。"

突地,眼前一闪,一幕水袖挡住了我的去路,流苏眼神忧郁,低哑问道:"小姐,恨我吗?"

我看着流苏,问道:"我为什么要恨你呢?流苏。"

流苏沉声道:"因为我逼你嫁入相府。"

我轻笑,推开流苏的手臂:"流苏,今晚你怎么这多话?"

"因为我不想留有遗憾,告诉我,真的恨我吗?"流苏些许激动,眉间掉下几缕发丝。我抬起手,将那几缕发丝拂到她耳后,笑道:"流苏,爱一个人不容易,恨一个人更不容易。你我数十年来形影不离,难道你想让我因为这事,恨你一生吗?其实,你若不这样做,爹也会派其他人做的。我会嫁入相府,那是因为我是上官家的女儿,一切与你无关。好了,流苏,我们都辛苦了一天,不要再多想了,叫碧衫打一盆清水进来,我要洗手吃饭。"

流苏若有所思,怅然转身,离去。望着流苏略为单薄的背影,我心中叹道,流苏,我与哥之间你始终会选择哥,因为你心中有情。你我同为女子,他日或许我也会为另一个人而与你为敌!

我细细地清洗着每个指甲,碧衫站在一旁,早已瞧得不耐烦了,急道:"小姐的手本就不脏,何必洗得那么仔细,把手都搓红了。"

我接过碧衫手中的帕子,将手指擦干,轻声道:"碧衫,今天早上我不小心将雨蕉的药沾到了指甲上。这吃饭呀,如果手不干净的话,是会很容易生病的。"

碧衫的嘴微微张着,一脸疑惑,我笑道:"碧衫,赶快吃饭吧,都饿了一天了。"

一夜好睡,第二日清晨,碧衫为我上妆时,一名沉稳的中年汉子进了屋,恭敬行礼道:"小人乃相府管家洛文,特给夫人请早安。"

第六章 初见时

将目光挪开铜镜,瞟到了屋角的中年男子,紫膛黑须,面相敦厚,颇有些气势。我拢鬓笑道:"文总管太过客气了,倒是扶柳初来乍到,以后还要请文总管多多关照才是。"

与昨日妆扮无异,只是去了红盖头而已,碧衫说,根据西华风俗,在没有见到新郎官之前,新嫁娘应该一直保持着进花轿时的模样,倘若新娘换了装扮,是不吉利的。

洛文低着头,继续道:"夫人的话真是折煞小人了,小人日后定当会尽职尽责照顾好夫人。夫人请先用早饭吧。"随后三四名丫鬟端着几盘精致糕点鱼贯而入。

眉色有些淡,我递了眉笔给碧衫,忽见那总管还垂手立于门口,便道:"不知文总管今日是否得空?可陪扶柳逛一下这相府,也好识得府内园子,免得日后闹出笑话,在府内逛迷了路。"

我话音刚落,门口就响起一声轻咳,洛文及丫鬟们纷纷行礼道:"相爷来了。"

"扑哧"一声,眉笔断了,碧衫手中一滑,刚裂开的半截眉笔斜画向上戳在了额角,极疼。我垂下眼眸,到底是将这股椎骨之疼忍下,没有发出任何声音。微微抬头,瞥见铜镜中一烟黛色直飞发鬓,乖张飞扬,便蹙起眉。既然已经闹成这个地步,索性也就不管什么丞相了。自个从哆嗦的碧衫手中取过半截眉笔,拈起素帕,细细地擦去画乱的眉黛,再对着明镜,一笔一笔地勾勒出远山眉。

眉上远山,青翠如黛。

画出了几分清远气势,我才抛下眉笔,盈盈起身,准备向刚才突然进屋的丞相说上几句赔礼的话,却猛见得身后伫立着一名男子。他大红蟒袍,腰佩琅环玉带,长身而立,金冠束发,如墨深瞳,我不由得脱口而出:"你是江南人吗?"

瞧得他怔住了,我也不禁哑然,曾经千百次地想过第一次见面会是怎样?第一句话该说什么?只是在千百次的想象中也没出现过以"你是江南人吗"来作为开场白的场景。

他稍稍一愣,便浅浅笑开,似温阳暖意,如沐春风,扬声道:"在下祖籍长安。"果真人如其名,谦谦君子,温润如玉。其实他如同北方男子一样高大,只是身上散发一种极致的温文尔雅,乍看一下犹如江南书生,丰神俊朗。他有一对好看的眉峰,微微挑起,眉色浓而不密,鼻子高挺,唇形上扬,似每时每刻都带着笑容,眸如一泓碧水,似深潭,不起一丝波澜,只是现在神色疲倦,眼内还布着几根血丝,想是一夜未睡。

我轻声一叹,既然他肯为苏婉在新婚之夜抛下一切,那又为何舍不下这烫手的权势?情丝难断,可叹我在逼迫之下,竟拆散了一对璧人。

大概见我叹气,以为正哀怨他昨夜弃我而去,洛谦拈起一块桂花糕,对我笑道:"待用过早饭,我陪你逛府内园子。"

四周静极了,洛文及丫鬟们早已悄然退下,我轻笑摇头道:"不必劳烦丞相,文总管带我随处走一下也就好了。"说罢便起身走向门口,屋外朝阳正红,彤彤一片映得整个天际喜庆得很。

待我跨过门槛,轻旋转身,想要关门时,方低头发现红裙拖地,竟还有一丈长的裙裾尚铺在房内。地上的裙摆在朝阳温柔的阳光下,竟如此美丽,红绸娇艳,金线闪烁,凤凰翩跹,展翅欲飞。我不由温柔笑起,弯腰拾起裙摆,一抬头便对上了洛谦的墨瞳,带着探究的意味,淡淡地笑着。

我恍然一悟,或许这位丞相从小到大,都没有人否决过他的提议,而我刚才却是如此直接地否决了他的提议,想到这儿,我不禁嫣然一笑,道:"你一宿未眠,还是先歇息吧。"然后便轻轻合上门,挡住了所有阳光。

再次见到洛谦,已是傍晚时分,大厅沉静,只有丫鬟们上菜时不经意的细微衣袖摩擦声。

"小姐,少爷刚送来的礼物,要我务必亲手交与小姐。"碧衫一路高声嚷嚷着,小跑着闯进大厅。我轻蹙起眉,放下竹筷,对洛谦歉意笑道:"丞相莫要怪罪,以前在家中常惯着她,以至于没了规矩,待会儿下去我自要教训。"

洛谦也放下筷箸,淡笑道:"不必苛责,这样倒使府内有了几分生气。"

碧衫涨红着脸,将一个长条木盒塞入我怀中,喘着粗气快速说道:"刚才我在门口,碰巧遇到少爷。少爷就递给我这个木盒,要我务必亲手交给小姐,并转告小姐,此物乃少爷的新婚贺礼,望日后珍重。"

我皱起眉尖,何为日后珍重?

"听闻半月前拓跋扰我边城,骠骑将军今早领了旨,赴边疆镇守关防。"洛谦温和解释道,"只是将军既已至门口,为何不入门相见呢?"

碧衫这时才发现洛谦也在,赶紧手忙脚乱地福了福身道:"相爷安好。"

"想是哥军务紧急,才无时间道别。"我将木盒递与碧衫道,"拿回房,先收着吧。"

洛谦突地左眉一挑,道:"既然将军亲自送来,为何不看就匆匆收起,这样岂不是辜负了将军的一番心意?"

丫头,害死我了!我心中暗骂了碧衫一句,做事也太鲁莽了,这木盒中定装着那日哥为我作的新娘画无疑,本来此画给洛谦看也无妨,只是我在画中所提之诗"妆罢低头问夫婿,画眉深浅入时无?"感情表达直叙,难免让人产生误解。

洛谦的目光饶有兴趣地盯着木盒,竟不肯离眼,这样看似温和却又掌控朝局的人,若他想做的事必定会不择手段地完成。与其这样,不如直接给他看了,也免显得我欲盖弥彰。思及此,我浅笑道:"想来也只是件简陋贺礼,既然丞相有兴趣,碧衫,打开木盒交与丞相。"

木盒打开,果然只有一卷纸,洛谦取出画轴缓缓展开,如水目光扫视着画面。我站在一旁,亦将整幅画尽览眼底,其实哥并未对画做任何修改,依旧是新娘倚门而立,低眉浅笑,只是多了几行字:昔日植柳,扶风江南;今朝移柳,怆然西北。

"今朝移柳,怆然西北。"我心中默念,身子不禁跟着心轻轻颤抖起来,哥,难道你后悔了吗?后悔让我嫁入相府?

"没想到骠骑将军原是丹青高手。"洛谦温润的嗓音赞道,如墨深眸望着我,"画得神形俱备。"

我的心已乱,根本不知该如何回答,只是望着画,一言不发。

恰好这时,洛文趋步上前道:"相爷,王大人厅外求见。"

我略稳心神,轻声道:"今日逛园子乏得很,我先回房休息了。"说完片刻不留,狼狈离去,竟忘了要回哥的画。

拧干滚烫的帕子,斜躺在楠木贵妃榻上,微仰头,将帕子平铺在水肿的双眼上,帕子中的丝丝热气就透过薄薄的眼皮直入眼底,一阵舒爽。

昨夜洛谦并未留宿在我房间,可我睡得却很不安稳。入夜后,一直惦念着哥送来的画,至三更,抵不住昏昏睡意,方才入眠。而后又是一片一片的梦,蒙蒙眬眬,好像一会儿是回到了一品竹,竹林清风中与哥同作一张画,画的是艳艳挑花下娘的笑颜;好像一会儿又转至寒冷战场,周围尸横遍野,在这血腥之中,我与哥竟兵刃相向,直惊得我一身冷汗。

帕子快凉透时,碧衫在身旁轻声道:"小姐,文总管在屋外有事。"

我未起身,只是一笑,清声道:"今早精神不大好,怠慢文总管了。"

洛文这才进屋,脚步极轻,然后低头道:"既然夫人身子有恙,小人这就派人去请大夫。"

我略微摆手,道:"不必了,只是有些头晕,并无大碍。倒是文总管清晨就到我这儿,可是有什么要紧的事?"

洛文立即答道:"相爷请夫人到书房一趟。"

掀开帕子,放到碧衫手中,我莞尔笑道:"那就要请文总管稍等片刻,我要稍整仪容。"

洛文沉声一应,退到了屋外。

梳妆台前,碧衫正为我盘发,我慢悠悠地打开妆匣,取出金钗、珍珠金莲钗,而后勾起唇角,淡然一笑,将钗递与碧衫道:"不必繁复,将头发绾起即可。"

洛文在前面领着路,我与流苏跟在后面,曲曲折折,迂回在相府小道上,直至一片碧色竹林前,洛文才停住脚步,道:"夫人,书房就在这竹林之中。"话语一顿,略抬头,瞟了一眼流苏,随即又垂首道:"相爷一向好静,特别是书房,素不喜外人入内。相爷还常说,书房是看书之地,人一多,就污了圣贤书。"

我哑然轻笑,手指抚过翠碧竹身,转首对流苏道:"流苏,难得在长安见到这样繁茂的竹林,你在这里静一静,很容易回忆起小时候的。"

而后,洛文躬身退步道:"夫人,府内尚有事需打理,小人就先行告退了。"

我深吸一口气，笑起，该面对的始终都要面对，不是吗？逃避无用！没有了流苏的陪伴，我缓缓踏入竹林。

没想到堂皇华丽的相府之中，也会有这等简陋砖房，灰砖白粉粗墙，原木门窗，泛着青草的气息，就恰似一幅水墨画融于了这翠竹林中。

再往前走几步，看清了，书房门口左侧有一与人高的原木树桩，从中劈开，只留一半，光滑的剖面写有"和墨斋"，字体俊逸，入木三分，只是有些年份了，墨几许晕开，没了光泽，黯淡得紧。

和墨斋内，洛谦站在窗边，背对着我，手执一卷书，轻声念诵着。洛谦的声音字正腔圆，平仄悠然，自有一股韵味，仿佛历史文化都沉淀其中。

我就这样静静地站在书斋门口，直到洛谦最后一个字收了音，他方才回首，见我，略讶道："既然到了，怎不进屋，反站在门口？"

我淡笑，避而不答，反问道："今日丞相不需上早朝吗？记得平日这个时辰爹爹还尚在宫中。"

洛谦放下书，嘴角轻扬，笑道："皇上恩典，新婚三日可不上早朝。刚才见你似懂得书中含义，读过书吗？"

我莞尔笑道："小时候跟着一位先生学过几年，识得几个字而已。"

"那可知晓门前树桩上的字？"

"和墨斋。"

"哦，只有和墨斋？"洛谦似有不信，走至门口，将视线移至屋外，飘忽游离，终定于翠竹，问道，"那总应该知道这竹子的名字吧？"

这样的一问一答，气氛压抑，我轻蹙眉，道："以前不曾侍弄花草，也不知其雅名。"

"嗯，是吗？"空气有些凝固，这时洛谦忽笑道，"看来上官小姐的记性不大好，连日日相伴的碧波翠竹都忘了。"

我讶异，从踏入竹林我就知晓这是碧波翠竹，竹色翠如碧波，而且"和墨斋"三字飘逸俊秀，实乃泓先生的手迹，只是不知为何现于丞相府，故方才一再隐瞒。我镇静笑道："可能刚才不大留意，没有发现。据书上说，碧波翠竹娇贵，长江之北无法生长，却不想在长安也有碧波翠竹林。"

"二十年前，家父与无双公子朱泓略有交情，这碧波翠竹就是无双公子亲手种下的。当时无双公子对家父言，碧波翠竹本无法长于北方，但用雪梨水浇灌，或许可成。采摘仲春梨花，泡于大寒雪水中，密闭三月，酿成雪梨水。果然此法可行，二十年过已竹影幢幢，就连那'和墨斋'也是无双公子亲自劈桩书写的。"说到这儿，洛谦突然一顿，而后又提高音量道，"听闻骠骑将军是无双公子的门下高徒，难道上官小姐未曾见过无双公子？其实，还有传言，无双公子曾收下一名女徒弟。"讲完，洛谦如水双瞳骤然盯着我，然后，笑起。

我亦一笑，坦然道："扶柳确实同哥向泓先生学过两年，可当时并不知泓先生原是无双公子，而且泓先生从未收我为徒。先生说，只授杂学，不需师徒名分。"

洛谦笑意更深，转身，伸出右掌，对着身后书桌，道："既是这样，上官小姐，能否回答洛某几个问题？"

我顺势望去，书桌上已摆好纸墨，再回首，便瞧见洛谦的温润笑颜。洛谦刚才略转身，不偏不倚，正好在门口，挡住了我的去路。

典型的请君入瓮，看来不答都不行，前途凶险，我心中一掂量，而后浅浅笑起，清声道："小女子学识浅陋，不知丞相是否也可以写出心中看法，以供参考？"既然现在我为鱼肉，人为刀俎，不可回绝，那我死也要拉一个垫背的！

洛谦笑容一僵，想是没料到我会提出这等要求，片刻之后，他反将唇角扬得更高，道："如此就一同写下心中看法。"说罢，从书柜中抽出一张宣纸，平铺在书房角落的矮几上。

我握起墨砚旁的竹节狼毫，笔杆手感润滑，应是常用之物，一点砚，笔尖就吸饱了墨汁，似墨莲待绽，若有若无的墨香，混着魅惑。

"如何看待令尊？"

我稍迟疑，才下笔：将军功名万骨枯。

"如何看待令尊与令堂？"

"曾经沧海难为水，除却巫山不是云。"

"如何看待自己？"

很顺，写到"质子"。

沉吟一声，立即将质子画为墨团，抬头，看见洛谦站在书桌前，眸深似潭。

手心渗出一层细汗，我中道了，其实洛谦最想知道的答案是我如何看待自己现处的位置？是什么？上官家不安分的卧底？相府中隐藏的危险？

前两个问题只是幌子，抛砖引玉而已，通常人都有习惯性陷阱，开始顺了，后面也会放松警惕，所以我会不假思索写下"质子"。

质子，即人质，战国纷乱，列国之间有一个外交惯例，两国相交或相攻时，为了取得信任或相互牵制，诸侯们常将自己的王子王孙派往对方首都作为抵押，而我现在就是上官家推入相府的一个人质。

带着一丝侥幸心理，可能洛谦并没有瞧见"质子"二字，我强稳情绪，淡笑着走向角落的矮几，道："不知丞相的答案如何？"

将军，一对佳人，第三问竟没回答。

"质子？"洛谦沉声道，他终是瞧见了的，我轻咬唇，闭上双目，心里排江倒海，该如何办呢？

和墨斋内一片寂静，窗外风吹过竹叶，浮起一层清香，沙沙地响。

过了许久，洛谦突然和悦笑起，笑声很轻、很柔，却充满整个屋子："精彩的回答，上官小姐果然好文采。"

我惊讶回首。

洛谦温和地笑，如沐春风："如此才情，上官小姐定有一颗玲珑心，洛某也就有话直说了。上月我与大将军定下盟约，共图前程，可世事难料，为了顺利完成目标，迫不得已才让小姐下嫁。"洛谦停了停，眼角下垂，似有愧疚，"所以委屈上官小姐这几载春秋待在相府……"

我静静地聆听，不言，只弯着唇角，微微地笑。

"你不甘心？"他长眉一扬，透亮的黑瞳盯着我，眼波流出一闪而过的阴沉，"听闻出嫁前夜将军府内突然起了一场火灾，事后调查好像是有人故意纵火。而相府一向安宁，我并不想有任何意外发生。"洛谦温润的瞳人微眯，叹了一声道："毕竟处理起来很容易伤了和气……"

若有若无的叹息，倒像是伤春悲花。

"丞相怕是弄错了，那天夜里只是丫鬟掌灯时不小心将灯油溅在了锦帘上，蹿烧了半间屋。"我徐徐道，末了又添上一句，"爹当晚就将那名丫鬟逐出了府。"

"错了？"洛谦眼角余光扫了我一眼。

目似春水，却透着薄薄寒意。我站得极稳，盈盈而笑。

"人们常道，沙场上拼的就是一股狠劲，上官小姐出自将门果然深谙此道！"洛谦淡笑赞道，手指挑开了书桌上的一方锦盒，再望向我，温和问，"其实太过勇猛反而容易伤了自己，上官小姐还要坚持吗？"

锦盒里就只一枚小小的象棋子。棋子粗糙，"帅"字上的红漆凹凸不平，这枚棋临走前我将它塞入霜铃手中。帅，全国军中之统，大将军也。

原来霜铃久无消息，竟是被他掳了去，突然有些惊惧，可此时岂能露怯？我垂下眼眸，额前刘海挡住了半边脸，伸手取了锦盒中的帅棋，淡淡道："她可好？"

"主帅无恙，士卒安好。"

在他的眼里，我是急于出逃的主帅，霜铃是协助而来的士卒。假若我不起波澜，霜铃也就安全。

到底是该庆幸霜铃没有危险，我重重咬了一下唇，良久，才抬起头，莞尔一笑："这枚棋还是丞相保管吧！"说罢，将棋子放进了他莹白的掌心。

红色的"帅"字，在他手心里翻转。

"多谢上官小姐割爱。"洛谦唇角上翘，笑意绵绵，"洛某鲜少下象棋，却也知道棋盘之中帅不离营，相不过河，是吗？"

我点头："是这个规则。"

"楚河汉界，互不侵犯，对吗？"他追问一句。

我哑然，这也是我最想要的结果，原来我与他费尽心求的是同样事。

他若是想做力鼎千斤的霸王，我会龟缩在江东一角；他若是想成开国帝王刘邦，

61

我会避舍万里下东越。楚河汉界,就是这般决绝,你自一方举霸业,我自楚河岸边冷眼旁观!

"大抵是这样,井水河水互不犯!"我脆声道。

他听了,微微一笑,墨色的瞳深沉下来。

"力拔山兮气盖世,时不利兮骓不逝,骓不逝兮可奈何?虞兮虞兮奈若何!"

忽然之间,响起霸王临终之歌,隐隐有了四面楚歌的悲凉。悲壮歌声如波浪,包围了和墨斋。到底是女子,最末一字终是气力不足,音调陡然下落,乱了乐章,却更添一份凄苦,闻之心酸。

"洛某有急事暂时离去,上官小姐自行随意……"等不到说出完整的一句话,洛谦就已匆匆入了竹林。

我轻笑,循着歌声望去,碧色竹林中有一个女子的娉婷背影。乌发丰厚,懒懒地斜披着,衣领口露出一截雪白玉肌,身下玫色长裙与翠碧竹叶比俏,色彩绚丽之足,倒要叫得整个天地都黯淡了。这婉转歌喉的女子,仅隐若身影,也真是一代佳人。

而后,她便随着洛谦进了翠竹深处,连艳丽裙角也瞧不见了。

微风拂过,将方才答题的宣纸吹起了一角。"一对佳人",他竟是这样看待上官毅之与柳依依,旁观未必清,我取了书桌角上的镇纸压住这一行字,而后坐在了木椅上。

累,真累!昨夜本就睡得不安宁,刚刚又是一场心力角斗,如今放松下来,脑子只觉得眩晕。身子不自觉地靠上了椅背,碧波翠竹的清香一缕一缕地散进屋子,我合上双眼,恬静入睡。

迷迷糊糊间,脖颈处好像塞入一件东西,轻轻摩擦到了耳垂,微微发痒,我睁开了眼眸。

如玉的脸庞就在眼前,我惊呆。

"这样睡,醒来后肩膀会很酸。"洛谦半弯着腰,右手扶着我的头,将小靠垫塞到我肩下。

他语调轻柔,密长的睫毛微微浮动。

"多谢,我不困了。"我似乎闻到了极淡的墨香,清若幽水。

"嗯。"他指尖抽离我的丝发间,缓慢地,时间似乎凝固。

一时沉静,他挺起身,踱步离开我有一丈远。我亦站起,眼角余光却看到了他的手腕,玉石般的肌肤上有一道抓痕,很新,似是尖长指甲刮的。

"对不起,留你一个人等了许久。"他暖暖地道歉,随后便恢复了始初的冷淡温和,"先前说的楚河汉界,上官小姐明白了吗?"

我淡道:"等到事成,我自会离去!"

他日目标达成,他稳掌朝局,我换回一份休书,重得自由之身,从此两人再无瓜葛。我本不是古时三从四德的女子,也不在意所谓名节。

见我平静,洛谦略讶道:"丝毫不介意吗?"

我莞尔一笑,道:"这本就是件无头无脑的怪事,我又何需在意?只是求丞相日后撰休书时,用词贤惠,以便扶柳仍可觅得良婿。"

听我话语大胆,洛谦一愣,随即浅浅笑道:"难怪前日大将军叮嘱,小女看似娴静,实则刁钻。今日一见,果真不假,不过我认为上官小姐实仍性情中人,更乃大将风度。"

"丞相谬赞。"我回道,"扶柳万不及丞相智谋。"

"倒有些讽刺了。"洛谦轻笑道,"日后生活在一起,不要叫丞相了,旁人不好想。"

哪有妻子称丈夫丞相的,可要怎样称呼?

对百姓而言,他们要谦卑地尊一声相爷,对官员而言,他们要讨好地称一声丞相,只有那高官重臣才唤得起一声洛相。

"那洛大人……"我婉转道,不能直呼大人,就加上姓氏,"也不必叫我上官小姐,家中父兄皆唤我扶柳。"

"无双公子可在京城将军府?"洛谦突兀问道。

我诧异,刚才他明知泓先生是哥师傅,就也应该打探到泓先生八年前已飘然远游,不知踪迹了,"洛大人既知哥与先生渊源,怎不晓这几年的事端?"

"当然无法知道,我刚才所言全是传闻。"洛谦笑得无害,偏偏又带着得意,"十八年前,无双公子拒官归隐,世人皆不知其去向。只是最近朝堂上传得凶,说骠骑将军所布阵法与无双公子极为相似,定是其徒,而且有人曾在将军帐内发现阵法要诀,字体秀丽,为女子书写,故又传言无双公子收有一神秘女弟子,精通奇阵。"

我惊怔,断续的碎片,竟被他连起,猜透。

"无双公子,绝世无双,一绝奇门遁甲之术,二绝棋枰天下,当年一招龙抬首,不知胜了多少宇内高手。不想今日还可有幸亲见这绝世高招。"不知何时洛谦已摆好棋局,一具很旧的桐木棋盘,两个枯藤编织的棋盒,无数颗竹质棋子,翠绿、麻黄,装满了藤盒。

这又是他先前准备好的吗?我笑了,道:"扶柳只跟了先生两年,未曾习过围棋。"停了一下,又道,"八年前,泓先生就云游四方了,至今没有消息。"

洛谦手一松,棋子从他手缝中滑落,撒了半角棋盘,显然他是失望的。不过很快,他又笑起:"那我教你吧。"

围棋主要在于计算,这个尚好,从小我数学不错。况且落子布局常有兵法融合其中,而且洛谦又讲得极为通俗易懂。是故,半日下来,我也能下得似模像样了。

凝望棋局,我轻拧眉头,虽然洛谦已故意让了我好几手,但毕竟初学,下至中盘,已无处落子,粗略计算一番,相差十目多,无法再扭转乾坤,正要举手投子认输。这时洛文却走了进来,弯腰禀道:"相爷,工部刘侍郎求见。"

洛谦挥手淡笑:"带他进来吧。"洛文便退了下去。

我亦起身,投子,笑道:"这盘棋扶柳认输了,待我回去好生想一想,下次定能赢过洛大人。"缓缓走向门口。

"扶柳。"听见洛谦第一次叫我的名字,腔调悠扬,仿佛带着江南水雾,迷离了人心。

我停在了门槛前,回首,只露半面脸。

"柳叶弯眉,不必再画。"洛谦笑得温和,不似哥的笑容,夏阳般炽热,明朗,黄金梧桐叶样的灿烂夺目,恰如半升的朝阳,轻柔,让温暖在空气中慢慢荡漾开来。

我嫣然巧笑:"我知道的。"

我当然知道不必妆粉扫眉,也自能动人心魄。

只是,何时我才能问上一句"画眉深浅入时无"?

天朔八年,九月十八,清晨,薄雾。

刚让碧衫收拾好发髻,洛文就端着一碗汤面进来。他微微躬身,放下碗碟,退了四五步,才垂手而立。这滚烫的汤面显然是刚做好的,腾腾升起的热气,像是窗外的晨雾,朦胧看不清,但却是温暖的。

我笑问:"文总管今早怎么亲自送来?"

洛文略有讶意,抬头看我,回道:"今早相爷离府,特意嘱咐,夫人生辰,理应庆祝,先备寿面,待下朝后,再陪夫人。"

"哦,我倒忘了。"我脸有憾色,"却不想丞相竟记得。"

"小人记得,定媒妁之日,互留生辰八字,相爷当时说,喜事巧合,拜堂恰一月,就是夫人生辰。"我瞧着眼前的敦实汉子,这就是相府总管,总能将主子的事圆得滴水不漏。

"小人请示夫人要哪家戏班唱寿?前段日子,京城的玉梨班进宫为皇后唱了一出,很是不错。"

"不用麻烦文总管了,我喜静,锣鼓喧天倒闹得心慌。"我笑着回绝道。

洛文似乎不解,欲言又止,终还是安静地退了下去。

我用筷子挑起一根寿面,长长不断,眯起眼笑道:"听说这寿面要一口气吃完,方能长命百岁,倘若不小心弄断了,人便会遇上不吉利的事。流苏,你信吗?"

这个月,流苏似乎一直藏着心事,亦越发地沉默了,常常一连几天不吭声,只用点头或摇头来打发前来询问的人们。

"信则灵,不信则不灵。"总算是听到了流苏的声音。

"是吗?"我抬头盯着流苏,筷子一滑,面条竟断了。

"断了,流苏,看来我最近运气的确太差,要禁足在屋,躲避横祸。"我放下筷箸,指着寿面,清甜笑道,"那你说,洛大人信吗?"

流苏霍然近身,泼掉寿面,眸亮如炬,紧盯着我的眼,愤然道:"你不喜欢就直说,要不就像这样倒掉,不用敷衍宽慰,让我们安心。丞相信也罢,不信也罢,关心也罢,假意也罢,你还是会被囚禁起来!"

我放下竹筷,几滴汤水渗入桌布:"的确不喜欢北方的汤面,油太重。"

流苏眼神锐利起来,像一把尖刀剜在身上:"你就那么喜欢骗人吗?谎言再好听,也骗不了自己的心!知道吗?你每次真心笑时,眼眸总是明亮的,若是眼神缥缈,笑得越甜就越不开心!"

恍惚间,我笑得越发甜了:"流苏,为什么你每次话一多,我就觉得你一点儿也不可爱了呢?"

午后,我坐在窗前,摆着棋谱,偶尔一两片秋叶被风吹落到棋盘之上,遮住几颗棋子,这样,我就再猜不透棋盘局势了。

屋内,碧衫干劲十足,将衣柜翻了个底朝天,捣鼓一通,掂量再三,终于挑出一套水红纱衣,比画着跑到我面前,踮足一旋转,纱衣就如水波般层层漾开。碧衫娇笑:"小姐,我找了半天,就这件纱衣最漂亮,颜色也艳,如果再配上那支宝石簪花金步摇,定迷死人了。"而后又压低声音,凑到我耳旁,"相爷从来都没在这里留宿过,小姐今晚可一定要好好把握机会啊。"

我笑起,手指轻弹一下碧衫的额头,道:"你这死丫头这几日都闲得很,是吧?看你脑子里竟想着什么乱七八糟的事。我要那件青花绣衫子,入秋夜凉,这清凉薄纱衣我可承受不了。"

碧衫不服气,碎碎念道:"小姐才脑子古怪呢,现在京城哪位美人不是这样子穿的?"

我将一支金步摇插入碧衫的发髻,笑道:"碧衫美人,那今晚你就穿着这件纱衣去赴宴,怎么样啊?"

"太暴露了……"碧衫愣愣道,随后俏脸涨红,惊叫着抛下纱衣,迅速逃离了屋子。

入秋后的夜是冰冷的,空气中的丝丝凉气不断地从我的衣襟、袖口钻了进来,轻轻地摩擦着肌肤,引得我不时轻颤。

和墨斋内,我捧着一卷书。

一直以为书房就是每家每户最重要的地方,存着各自的机要秘密,旁人是靠近不得的。后来才知道,洛谦是把和墨斋当成了真正的书房,一卷一卷的书,堆满了整个屋子。

书就在眼前,可一个字也看不进去,想是冷的。我不禁起身,跺着脚来回走动,心里嘀咕起,还好没听碧衫的话,披上轻薄的水红纱衣,要真是那样,这男人没勾到,我的小命倒先让阎王给勾走一半了,想到这儿,我忍不住轻声笑了出来。

"原以为你会生气呢？没想到正高兴着。"洛谦站在门口,嗓音透着慵懒,却遮不住双眉间的疲惫,"今日淮南突有急事,与同僚们商议晚了,让你久等了。"

我半转过身,看到洛谦尚带歉意的眼,释然笑道:"这生辰过与不过,倒也无妨。十八年前的今日娘为生我而备受煎熬,如今我却大肆庆祝倒让娘不好想了。况且洛大人心里还记着,这心意也就到了。"

估计这个月来洛谦也适应了我略为新怪的思想,对我的生辰日即娘的痛苦日的说法也不惊讶,只是继而笑道:"不知我和墨斋内,哪本书竟能看得笑出声来？"

我瞟了一眼书,心中一叹,总不能直接地说出碧衫那个出格的想法吧。

"史书而已,没有什么可笑的,只是刚才突发奇想,如果武乡侯若是隆中不出,不知现世又是何种纷乱了？"我试探性地问道。

洛谦唇角上扬,竟似冷笑:"怀天下之才岂甘隐在蜗居？诸葛上知天文,下晓地理,此乃谋国之才。既谋天下,隐居隆中不过是藏刀在袖,等明主现而扬刀锋,兵指天下。"

"此人计谋百出,明灯传信……"洛谦突地止住话语,浅浅一笑,竟有一种小孩子的单纯幸福,"扶柳,等一下,我想到该怎样庆生了！"说完,人已奔至和墨斋外了。

我愣在原地,不知是惊于洛谦心思变化之快,还是叹于他深远的洞察力。

很快,洛谦就抱着几枝细长的碧波翠竹枝,回到我面前,问道:"知道孔明灯吗？"

"嗯,当年平阳围困,武乡侯点燃孔明灯,传递出军情,方才脱险。"我回忆道。

"小时候,娘常哄我,说在灯上写下心愿,然后放飞空中。天上善良的神仙们看见心愿,就会施展法术让愿望实现。"洛谦边说边做,取出刻章小刀,将竹枝劈成纤细竹篾。

洛谦修长的手指在数十根竹篾中上下翻飞,眉眼间带着无比的满足感。

我很好奇,问道:"你相信吗？"

"开始是不信的,可后来我的愿望真的实现了,还兴奋了很长一阵子,以为今后有事只要许愿便好。"洛谦已绑成灯架,糊起纸来,"长大后才明了,哪有白白得到的,总是要付出代价的。"

不想皇族出身的华阳郡主倒是一个温柔细心的娘亲,脑中不禁浮现出柳依依那张寥落的素颜,心里忽地一紧。

"孔明灯做好了,可以许心愿了。"

灯十分粗糙,纸却是上好的雪浪宣纸。

灯上许愿与吹蜡许愿确有异曲同工之妙,只是仍有差别,我提笔盈盈笑道:"既是许愿,还望洛大人闭眼,莫要看去了扶柳的愿望,否则,便不灵了。"

洛谦嘴角噙着笑,依言闭上双目。明亮的烛火照在他的侧脸,投下阴影,更衬得五官立体深邃。我瞧得他的眉毛根根分明,眉峰轻轻挑动着,便叹道:"也不必麻烦了,待会儿放灯时一样看得清楚。"

我思索一会儿,执笔写下:愿诸人诸事皆顺。

洛谦笑起,似乎十分开心:"原来扶柳生得一副菩萨心肠,愿普度众生。可何不节约笔墨,就写天下太平呢?"

分明取笑,我的心气也上来了,今日姑奶奶就要整你一小人,便低头浅笑:"小女子才疏,心愿浅薄,倘若写下,洛大人不可取笑。"

小样,点头答应了,我飞快写下:一愿蕉诞下麟儿,吾视为亲子。二愿君早生贵子,吾招其为婿。三愿铃快遇吾之未来媳翁,结为连理。四愿吾拾得聚宝盆,有足银以养干儿、女婿及媳妇若干人等。

我斜眼睨着洛谦,看他一张俊脸憋得几乎变形。

不愧为朝廷重臣,竟让他忍了下来,还问道:"她们是谁?"

"闺中密友。"看来还得下料,我提起孔明灯向屋外走去,假意焦急道:"时日不早,神仙们就要休息了,再不放飞孔明灯,怕是他们会偷懒,不帮我实现愿望了。"

刚跨过门槛,身后就传来一阵爽朗笑声,看来洛谦终是忍不住了。可笑声却很特别,不似以往的温和,倒像是将憋了十年的笑声一放而出,畅快不已。

都说秋日的天空最为澄净,果真不假,此时天空没有一丝云,浅薄浅薄的,如水洗碧泓。在翠竹下,月光里,洛谦旁,我点燃灯芯,看它冉冉升起,至顶空,化为繁星。

在多年以后,每当回忆起这幕画面时,我的心底都会泛起一丝温柔。

【洛谦番外】

她转身离去,艳艳风华。

风一紧,浮起点点尘土,露出了盘错竹根下的一枚棋,白如玉。

曾经我将它放入一片微凉的掌心,郑重承诺,日后送来,白某定为苏小姐完成一桩心愿。

其实,八年,她的心愿从未实现。

阳光刺目。

原来茂盛竹林中也有漏洞,射入白光,眼睛涩痛。

我微微偏了身子,那里有清凉阴影,抬起头,天空格外的明蓝。偶然有丝薄的白云游过,闲逸趣态,不禁想起那时的临崖亭。

骊山大觉寺后的临崖亭,我一直常去。

俯览长安,纵横满胸,只觉得天下都是我的。

那里有云,似乎伸手可摘;那里有雾,氤氲中花滴露、香沾衣;那里有很久以前的记忆,棋局上我输给一个婉约女子,给了她一枚白棋。

大约数年没去临崖亭了吧?

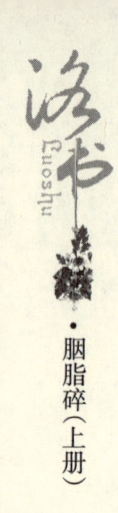

我笑了笑，有些事越想越伤情，不如断了。

"啪"，一支细竹折裂，它好像也赞同忘却。

方才苏婉离去之时愤怒不已，将棋子踩在脚底，用力之大，碾得尘砾沙沙作响，几片竹叶磨成了碎片。

我蹲下来，细细地扒开白棋周围的泥土以及一些边沿发黄的落竹叶。

将棋子托上掌心，冰凉入骨。

白棋上有了断纹，细细密密，浅浅淡淡，不细看也察觉不出。

空气里突然多了浓郁的牡丹花香，一阵一阵地浓烈袭来，压抑住了竹叶的清淡浮香。是苏婉，她习惯擦牡丹花香的珍珠粉，香气腻人，十丈外也闻得到。

果然眼前有一方玫色长裙，拖曳在地，犹如盛烈牡丹。

她又回来了。

我缓缓站起，余光瞥见指甲内有一层褐泥，是为拾起白棋才有的。

"我忘了，这东西不是你的！"苏婉凤眼斜觑我掌心白棋，丰唇翘起，一丝讥诮。

"当然，它只属于过去！"我淡道。过去的东西如果卡在喉咙，窒息疼痛，便要碎心一掌将它震出，过去了，就当它不曾存在过。

苏婉愤极，双颊青白，一把从我手中夺过白棋："你能忘，她不能忘！"

她的指甲极长，尖锐之处犹如小刀，刮过我的手腕，皮肉破损。两道伤痕狭长，隐隐地涌出了血丝。

"入宫时，她早已忘却……"

"我倒真希望她忘了，也免得她夜夜流泪，日日咳血！"苏婉惨然苦笑，眼中泛起一丝狠劲，"她撑不住了，去见最后一面？"

那夜，苏婉来信说，她咳血不止，怕是活不到明日。犹豫片刻，抛下了许多事，潜入皇宫。到底是见上了一面。

鲜血狰狞的锦帐中，她的脸凹了下去，贴着颊骨，烛火映射下隐隐青色，可见单薄血管轻颤跳动。

许久，都没说一句话。

她安静地躺着，忽睡忽醒，我坐在锦帐外，一夜未睡。

东方白，她不再咳血，我将白棋留给她："就此为止吧！"

"不见！"我回道。那一夜，耗尽了最后的回忆，鸡鸣时，我当是一生轮回已然结束。而后，是重新开启的人生。

最后一面是决断，不见，早断！

"白子谦，你竟然如此……绝情……"苏婉吼道，愤怒难言。

白子谦这个名字自她口中说出，有莫名的陌生。大概是第一次遇见阿宁时，我揖道"在下白子谦"。那画面有些模糊了，我笑了笑："过往不可追，孰是孰非，何不趁早埋葬？"其实，时光匆忙，很多事情我都记不清楚了，譬如，她为何入宫？

"你是为了书房里的那个女人吗？"苏婉修眉高挑，"你怕将军府的人？"

我沉静，想起初见到那个女孩，细细描眉，有一种说不清的安好清韵，直透到心间。

"到底是薄幸！"苏婉扬长而去，留下铮然一句话，"白子谦，你负我姐，今生今世我定要叫你追悔莫及！"

可八年前，到底是谁负了谁呢？

回到和墨斋，她竟睡了。

斜倚在长椅的靠背上，懒散疏意。她额头微低，光洁的天庭下柳眉灵秀，微微一颦，风流回韵。

娘说，女孩儿一皱眉，便有了心事。如今长大，再看来，女子颦眉娇羞，兴许是心头有了算计。

到底是回不到年少，遥遥一望她淡蹙娥眉，就涌出了怜惜。

她，不是她！

上官扶柳远比阿宁玲珑七巧，历练了世事。前夜洛文抓到一批人，为首的竟是一名婀娜女子。她乔装潜入府内，想在饮水中下毒。我闻了那瓶毒药，只是百日醉，迷药的一种，不伤人性命。洛文审问许久，那名年轻女子咬牙闭口，不吱一声，弄不清她的意图，也就继续关在了府内地牢中。第二日，少维无意间听侍卫们说起，好奇瞥了一眼，便兴冲冲奔到我书房，说："把她交给我！"

"为何？"我亦好奇，少维竟在意起一个人。

少维道："你可知她是谁？"

"她倔犟，至今不肯吐露一言。"

"堂堂的西泠柳家三小姐，柳霜铃，汇通钱庄的大老板！"

"既是柳家小姐，为什么要到我府中投毒？"

"这么快就忘记你新娶的娘子？上官毅之的宝贝女儿，她的娘亲可是西泠柳庄的千金！我估计，婚前那夜将军府的一把火也是她们放的，听说上官毅之是逼着女儿嫁的……"

上官与柳家是姻亲？我伸臂取了书柜中的册子，翻开，上面赫然写着：承祐二年，西泠柳庄独女依依私奔长安，悄嫁上官毅之。上官自傲，不屑攀附西泠；西泠以耻，亦不说出。世人竟不知这一段姻缘。

晚上，我将一枚象棋揿在手中，翻转来回。

合上眼，我依稀梦见了当日初见。

她素手如兰,拈半截残笔,仍旧精心勾勒远山翠眉,一心一意,好似融进了那面明净錾花铜镜里,全然我们这些人都是外物,沾染不得她的明镜!

真似一朵花!

传说,南海有一种素莲,暗夜芬芳。

如果有人路过,定会被幽香勾住了魂魄,采撷此莲。可花茎有刺,形如倒钩,碰了就深入肌肤,若要拔出,必生生剜去一片血肉。最是难忘的,这素莲刺中带毒,你便是割了血肉,鲜血淋淋,也早已是毒素种入心脏,夜夜噬痛,犹如刻骨相思。

清风穿竹林,拂过她的右颊。

几缕发丝绕过她纤细脖颈,柔柔拍打在衣襟处。乌发如墨,玉肌赛雪,黑白分明竟有些晃眼。

阿宁习惯微微低着头,丝发顺着纤颈滑下,沉思许久。

她的睫毛与阿宁一般,长而卷翘,浓密得让人瞧不清眼睛里的流光。

又沉下去了几分,哪能这样睡!我取了方布靠垫,右臂环过她半边肩,手插入了丰密长发,柔软得像是掬起了一捧云。

她忽然睁开了眼眸,眼波漾漾,如同安宁的小动物。

淡淡的几句话后,我闻到了一股暗香,芬芳清幽。是来自她的乌发,我的手轻微颤抖,抽离开了。

极力镇静,不再思起那南海素莲。

我漠然语:"……楚河汉界,上官小姐明白吗?"

她平静地道:"等到事成,我自会离去!"

可这棋盘,哪里是楚河汉界,互不侵犯呢?她的车,我的炮,迟早都会踏上对方的土地!

于是,我教她下棋。

她聪慧,下棋时总是思索再三,与阿宁无异。

离去时,我第一次叫她:"扶柳……柳叶弯眉,不必再画……"

她停在门槛前,回首,我只瞧见半面妆,妙笔难画。

"我知道的!"她眼中的傲然凛冽,阿宁从不曾有过。

第七章

风 波 恶

天朔八年,十月初十,洛谦生辰。

人来人往,府内热闹异常。

我闲坐在房,平淡地想象着,此时前厅的场景。

京城大小官员依官阶而站,手捧奇珍,争先向洛谦献宝,口中溢美之词不绝,一切只为求得当朝丞相一句满意。想到这儿,我不禁眉心一拧。我,又该送出什么样的礼物呢?轻飘飘的一盏孔明灯?

其实,那夜后,我便很少见到他了。只偶尔在和墨斋与他对弈一局,可惜我棋艺仍不够精湛,总是一败再败。

一直扮演着省心质子的角色,既不故意苛责看守之人,也不变着花样地玩逃脱。并不是不想脱困,在相府倒是要比在将军府的行动自由一些,若要是将百日醉撒入井水,或许也可成,只是霜铃还在洛谦手中,我万万不敢随意下手。况且维持现状,我还尚是"夫人",如果冒险出逃被抓,将是天牢"死囚"。一得一失,完全的蚀本买卖。

房外响起急促脚步声,接着碧衫推门而入,喘着气:"小姐,老爷也到相府了。刚才我不小心就被逮住,要我传话。老爷说,当家主母逢大事不露面,成何体统,叫小姐赶快去前院陪客听戏。"

麻烦,不过只是结盟信物,难道非得抛头露面之后,朝中大臣们才肯相信你们文武合并?我懒散笑道:"去告诉老爷,我今儿不舒服,恐怕不宜出席。"

碧衫不可置信,睁大双目,惊讶道:"老爷真是活神仙,什么事都知道。刚才老爷还说,小姐定是不想看戏的,但这出戏却是极好看的。还要小姐带着流苏一起去呢。"

又是威胁,我冷笑道:"既然这戏精彩,那我们也不能辜负了老爷子的好意。流苏,我们现在就赶过去吧。"

碧衫继续惊讶叫道:"老爷最后还强调一句,小姐肯去,定不会梳妆,可素妆出席,却会扫了各位大人的兴。所以要奴婢为小姐打扮得喜庆点。"

我轻抿嘴唇,看来上官毅之还真了解女儿的心思。

待碧衫为我插上最后一支金步摇,我看了一眼铜镜中的自己,正红宫装,黄金配饰,显得端庄典雅。

这身装扮该入得了大将军的眼了吧?

起身微转,袖裙轻摆,倒不想却让碧衫瞧得痴了:"小姐穿什么都好看。刚才就像白莲一般好看,现在就跟牡丹一样漂亮。唉,不知道什么时候我能和小姐一样!"碧衫不曾念过书,也就不会用那些文绉绉的雅文词句来形容,只能用最为朴实的话语来说出心中所想。

焦烦之时听他人夸自己,心里自是受用的,我笑吟吟地望着碧衫的脸道:"其实碧衫也是一美人坯子。等哪天有了心上人,我定将你打扮成仙女模样,漂漂亮亮地去约会。"

碧衫一听脸便飞红,啐道:"小姐又胡诌。"说完就一溜烟地跑了。

足踏落叶,行至前院月洞门,我却停了下来,瞟眼望去,依稀见得院子中央刚搭的戏台,高约二丈,布景华丽。台上锣鼓喧天,花旦小生,末净丑配,唱的一出好戏。佳人持花,水袖云舒,舞姿动人,才子在旁高和一曲,文采风流。他二人双目对望,心里生了情愫,便传为一段姻缘佳话。

戏好,唱曲亦佳,只是听戏之人不懂真心欣赏,破了气氛。

台下围坐着一群官员。他们或低头细语,或嗑瓜喝茶,或埋头浅眠,人群中竟无一人入戏。倒是伺候官老爷们的丫鬟、婆子更懂戏意,随着戏中人物或喜或悲。

我回头,对着流苏似笑非笑:"不知是请错了戏班,还是请错了宾客?"随后抹起云鬓,便笑意冉冉,娉婷摇弋地走上前去。

官员们立即停下各自动作,纷纷快速起身,点头哈腰:"夫人安康。"我扫视众人,并未看到洛谦,前排正位上只有削瘦许多的上官毅之。对着群官,我微微笑道:"招呼不周,怠慢了各位大人。"

"岂敢,岂敢……"

直等到我在上官毅之身旁坐下,那群官员方才陆续回座。

这时,我似乎突然间明白了,男人们为什么如此热衷于追逐权势?那种控制感,那种居高临下的气势,的确让人迷惑。

上官毅之轻微咳嗽数声,眼仍盯着戏台,低声,带着责备之意:"架子不小啊!姗姗来迟,洛相早已离去。"

我亦瞧着戏中女旦情意绵绵、秋波暗送,浅笑道:"不是爹特意嘱咐女儿要好生打扮一番?可女儿家要穿得得体肯定是要花费时间的。"

"听闻你与洛相关系并不好?"上官毅之浓眉蹙着。

他问得含糊,也只是想质问为何新婚月余洛谦不曾在我房中留宿半夜。或许此时在京城官员中已有传闻,洛相并不喜欢新夫人。所以上官毅之才费尽心思,想让我与洛谦成双成对的露个面,止一止传言,也好让他的手下们安心。

我斜睨着上官毅之,浅笑道:"不劳将军费心,女儿一切安好。不过女儿却有一句话不得不说了,其实爹也不必巴巴地让扶柳出来露面,大将军与丞相结为亲家,天下早已皆知。"

"忤逆子!"上官毅之手筋暴起,却是低喝,旁人几乎听不见。他目光远游到天边,长舒了几口气,才又道,"洛相与几位朝中重臣商议事情去了。"

他停顿了一下,显是要我接话,我懒得理,索性看起戏了,咿咿呀呀倒是磨人。大抵是不耐烦了,上官毅之道:"前些年洛谦从不办寿,你可知为何今年大肆操办?"

总不能太拂了他的颜面,我散漫回了一句:"不知道。"

"你心里清楚的,人多好办事。"上官毅之沉声道,"他不过借着热闹宴席,召集心腹谋划一些事……"

"他不信任我!"我生生掐断了上官毅之的话。什么事情我都不知道!什么事情也别指望我为你探到!

上官毅之望着我,一丝诧异,随后眉间蒙上一层忧色:"临时搭起的伙,到底不齐心……"

你上官毅之又有几分诚意?戏台上女子断肠唱道:负心郎,骗得我痴守半生……

突得相府门口响起一个尖锐声音:"圣旨到,丞相听旨。"

我不禁眉头打结,这声音尖锐得紧,恰似一把钢梳划过我的心,不深不浅,正好令我全身神经紧绷。见我纹丝不动,上官毅之沉声道:"还不赶快去接旨。"

匆匆赶至门口,却发现洛谦不知何时已到府门处,我随即站在他斜后,跟着众人伏跪在地。

最前面的一名公公年约花甲,瘦小精干,一展绣龙黄绸,宣道:"奉天承运,皇帝诏曰:丞相洛谦乃国之栋梁,德行兼备。今日生辰,朕特赐玉如意一对,谨为贺礼。钦此。"

"臣洛谦叩谢隆恩。"洛谦双手举过头顶,接住圣旨。

规定的礼仪程序一结束,那公公顷刻间就换了脸,刚才宣读圣旨时的肃穆荡然无存,仅剩满脸堆笑:"老奴在此借花献佛,恭祝洛相福寿双禄!"而后从旁边的小太监手中取过一方锦盒,"略备薄礼,不成敬意。"

洛谦含笑接过锦盒,又递与洛文,道:"让张公公破费了。其实公公能亲临寒舍,已是洛某的莫大荣幸。"

张公公瞬间变成诚惶诚恐的样子:"洛相可折煞老奴了。"

洛谦莞尔,挥袖引路:"张公公请这边看戏。"

张公公诺诺应答:"劳烦,劳烦。"

这个张公公有来头,想巴结,却又气定神闲,不做刻意之态。我留意观察,锦服华衣,目光顺直腰间金牌,纹饰清晰,心下顿时了然。原来是皇宫总管,皇上近身公公张德子,难怪颇有架势。

君臣假意之戏上演完毕,我正欲转身离去,却不想被张公公唤住了:"这位便是洛夫人?老奴有礼了。"

我微微倾身,还礼道:"公公有礼了。"

"老奴离宫前,真贵妃要奴才将此物转交与夫人。娘娘说,上次见夫人喜欢,回宫便命人又打了一枚,送给夫人。"张德子伸手入袖,摸索一阵,方掏出一物。

金莲花,珍珠蕊,是上官家女子特有之物。我莞尔笑道:"扶柳上次随口说了一句中意,不想娘娘竟上了心。再麻烦公公回禀娘娘,扶柳很喜欢,谢过娘娘。"

我欲取过金钗,不料洛谦半路杀出,抢先拿走金钗。他微微眯眼,端详片刻,随后却将金钗插入我的发髻,温柔一笑:"很好看。"

淡定的墨香蹿入鼻尖,我知道那是洛谦身上散发的,一种独特的清水香,只有隔得极近,才能闻到。

我轻抿嘴唇,这可不好,太引人注目了。

环顾四周,众人皆侧目。

戏台之上,铁板铜琶红牙拍板复又响,咿咿呀呀声渐浓。

严妆雍容花旦步步生莲,婷立于台中央,扬袖起舞,行云流水。

可这等美景佳人却留不住人们的目光,只因戏台角落的清秀少年。他在繁花落尽处,一身翩跹白衣,目光清丽如水,唇却艳似红梅。少年解下腰畔玉笛,横置于唇边,烟眉轻蹙,似叹气,吹响玉笛。顿时,清越之声激昂破笛而出,隐隐含着金戈铁马之豪气,至中阕却急转直下,声若雪水初融,柔意缱绻,似女子闺房细语。

一曲梅花落,淡愁绕心头。

在潮水般的喝彩声中,我细声自言自语:"再过两个月,梅花就开得正艳了。"

音刚落,洛谦就蓦然回首:"不喜欢梅花吗?"

"梅花开时,菊花凋零。"

"是吗?"洛谦笑着反问。

望着他的如墨双瞳,我竟道:"其实,我只是怕冷。"然后笑了,"冬天来了,春天还会远吗?"

"我乏了,先回房去。"我转身静静地离开。在经过上官毅之身旁时,我意味深长地瞧了他一眼,今日洛谦当众为我插钗,是让你挣足了面子。

快步行至和墨斋竹林中,我拔下金莲珍珠钗,旋转打开,从中抽出纸卷。细细展开,只有"小心"二字,但字迹凌乱,旁边还有不少墨团。想必真妃传信时突遇急事,来不及写完,便遣人送出宫来。

"小心什么?"流苏皱眉问道。

我轻摇头,我也不知。

这时,竹林中响起笛声梅花落,呜咽之声越来越近,很快,我就看到那如雪少年飘然行来,似鬼魅般诡异。我立即叱道:"你如何能进入内府?"

少年默默不语,却将横笛竖置,缓缓舒气,眼中无限惋惜,吹气入玉笛,却无天籁笛音,只有暗器破空低鸣,一枚绯红钢针激射而出,直取我的心脏。

绯红钢针在极速之下,竟发出绚丽光华,像是一种魔咒,蛊惑人心,使人无法移目,也动弹不得。

我只能怔怔地站在那里,等着钢针穿透我的心脏。

右臂被人强烈地拽了一把,身子陡移五寸,钢针恰好与我擦身而过,直入翠竹,嗤嗤作响。

少年神色惊讶,望着我身旁的流苏,面白如纸。

流苏一锁眉头,已拔出腰间软剑,欺身向前。银剑如吐信灵蛇,狠辣迅疾,直刺少年膻中穴。少年迟疑,向后疾退,才挥起玉笛挡于胸前。

激战酣浓,百招过后,流苏的软剑方才抵住少年的咽喉:"是谁指使你的?"

清秀少年依旧不语,反而清甜笑起,似不知危险的孩童。

一丝黑血沿着他的嘴角蜿蜒而下,滴在胜雪的白衣上,像是一团污渍。

我略松气,却发现左臂麻痹,毫无知觉,遂低头望去。正红广袖染上一层黑血,血汩汩流下,顺至指尖,落地,浸透泥土。

清秀少年笑得更甜,却软软倒下。

我亦天旋地转,闭上了双目。

喉咙如燎火烧过般的燥,一声嘀哝,我撑开沉重的眼皮,模糊中,似看见了碧衫的身影,便干涩叫道:"水……"只说出一个字,再无气力继续,声音就断了。

碧衫呆住好一会儿,方才惊声大叫:"小姐,活过来了。"

尖叫连连,引得好些人破门而入,冷清的厢房顿时热闹。

碧衫扑在我的身上,号啕大哭:"吓死我了,还以为再也不能和小姐说话了。"同时头还不断地磨蹭,将眼泪鼻涕全抹在我的衣衫上。

被碧衫压得动弹不得,嗓子哑得又无法言语,我只能眼睁睁地望着桌上茶壶。我敢保证,如果我还有一丝力气,肯定会大吼一声:"碧衫,扣你一年奖金。"

瓷杯,清水,洛谦的手很稳。

碧衫这才吸吸鼻子,将我软绵的身子扶起,半躺在床榻。

我虚弱浅笑,接过洛谦手中瓷杯,微微碰触到他的指尖,手轻抖,洒出几点水,却是暖的。

洛谦细小的叹气声,我不禁凝神望去,恍然间,宛如初见。他依旧俊俏无双,江南才子般气度翩翩,只是现在神情疲惫,眉峰中又透着焦急,血丝早已布满双目。

第七章 风波乍

75

我觉得心有些颤了,手却变得极稳,将瓷杯送至唇边。先抿上一小口清水,至双唇湿透,才缓缓咽下,如此重复数次后,问道:"我睡了几日?"

"三日。"洛谦笑着回道,却带着一丝苦味。

"好像是久了点。"我揉起酸痛的头,复又笑起,"我可真经得住饿啊!可以三天不吃不喝,也算是修成半仙了。"

碧衫含泪扑哧一笑:"小姐最会说笑话了。"

房内的温度开始渐渐回暖。

我心满意足地喝下最后一口粳米清粥,才慢悠悠地伸出手臂,搭在了秋香色的锦垫上。

对面老医者长舒眉,脸上的皱纹也好似跟着平展,浅了不少。他狭目微闭,右手二指探上我的脉,即快又准。他的手保养得极好,如同少年般修长、细腻、柔软、敏感、可以感受到最细微的脉动。

半响,老医者完全睁开双目,撤回右手,拈起白须,沉吟几许。

不等他开口,我抢先说道:"有话直说,不必忌讳。"

老医者悠悠然道:"夫人豪爽,只是老夫无法做主,还需相爷同意。"

我转头,望着身旁洛谦,嫣然笑语,却是目光坚定:"我想每个人都有权利知道自己的身体状况吧。"

洛谦无言点头。

老医者徐徐道来:"夫人所中乃是奇毒——梅花落。"

"何为梅花落?"我询问道。

"梅花落从落红梅蕊中精炼得出。中此毒者,昏迷五日,每日额间长出一枚梅花瓣,直至第五日,红梅绽放,人吐血五斗而亡。"

"可我只昏迷了三日?"

"老夫也不甚清楚,可能是钢针仅划过夫人皮肤,中毒较浅的缘故。敢问夫人一句,这段时日内可经常服用丹药吗?"

我思索一阵:"确实吃过一些药丸。因为小时风寒留下病根,就配了药丸吃着调养身子罢了。"

"何人开的药方?"

"医邪,有何不妥?"我疑惑道。

老医者连连点头,赞叹道:"那就是了,天下间也只有神医医邪方想得出如此古怪偏又具奇效的药方!医邪为夫人所配药丸中含有岭南奇药薄欢草。薄欢草确为祛湿良药,但也是解毒奇方。正是这难得的薄欢草化解了些许毒性,让夫人早醒二日,同时夫人额间也只长出两瓣梅花。"

我轻抚额间,有两点硬物突出:"薄欢草能解梅花落之毒?"

老医者快速摇头,喋喋道:"梅花落毒性强烈,薄欢草最多只能拖延十日。若真要清毒,仍需老夫上次所说的青尾毒蝎不可。"

"以毒攻毒?"我略有迟疑,这法子太过凶险,稍有不慎,便是两毒齐发,当场毙命。或许还可以让密部传信给医邪,只是他两人神仙眷侣云游四海,不知能否十日之内赶到京城?

老医者似乎看出我的心思,铿然有声道:"老夫不才,却也敢肯定,就算神医医邪在此,他也只有青尾毒蝎一法。况且青尾毒蝎天下珍宝,极不易得,西华境内恐怕也只有南疆密教迦南尚养有几只。"

我深蹙起眉。天下仅有几只?

哗然声响,洛文匆匆进屋,双手捧着一方锦盒,喜道:"爷,青尾毒蝎寻到。"

洛文小心翼翼地将锦盒放置桌上,然后用一根竹签挑开锦盒。

老医者顿时连连喜呼:"想不到老夫在有生之年,还能亲眼目睹珍宝!"锦盒内一只巨蝎正上下游走,长约半尺,两只大钳,高高张举,钳内数排森白倒刺,根根锋利。它尾部极长,超过了全身的一半,色泽翠碧通透,竟发出幽幽萤光,"夫人,可将中指放入盒中,让青尾毒蝎吸食体内毒素。"

盒内的青尾毒蝎张牙舞爪,我犹豫再三,终没敢把手指伸进盒中。倒不为别的,只因我从小就怕这蛇虫鼠蚁的。

在我举棋不定时,洛谦突地抓住了我的手,拽到了青尾毒蝎前。

见有猎物在眼前晃悠,青尾毒蝎自是毫不客气,双钳横行,长尾高扬,泛有碧幽萤光的尾针陡现。

尾针直插指心,顿时痛彻心扉。我却咬牙竭力强忍,但怎奈十指连心,还是禁不住地哀声连连。

洛谦手上用劲,止住我颤抖的臂膀,柔声道:"扶柳,再忍一会儿,就没事了。"可是他哪知道,他手心沁出的汗,早已沾湿了我的肌肤。

洛谦神情专注,直盯着青尾毒蝎。

那蝎子正快活地吸食着我的鲜血,不一会儿,蝎身就开始由青转红。蝎子长尾变得绯红透明时,洛谦拿起竹签,重敲青尾毒蝎的尾钉骨。那毒蝎立即将长尾高扬,拔出尾针,然后就跌落在盒中一动不动,像是睡着了一般。随后老医者为我包扎伤口:"待后老夫开出药方,夫人连喝五日,体内毒素也就清尽了。"

此后数日,我只重复地做三件事,吃饭、睡觉、以及喝药。是故一场大劫下来,不见消瘦,反而添了几斤肉。

第六日,我终于在床上躺不住了,和碧衫在园子里散步。

园子清静,我指尖抹起石桌面上一层灰,道:"最近府内可冷清不少啊!"

碧衫也似深有同感,不住点头道:"是啊,好些当差的大婶们都走了。特别是厨房的李婶子昨天还答应给我做杏仁酥的,可今天一大早的就背起包袱回家了。"

裁员可不是个好兆头,我轻拍手掌,将指尖灰尘尽数弹下:"碧衫,明儿我们自个儿做些杏仁酥来吃吧？"

碧衫没有意料中的欣喜，反而一脸惶恐，屈膝行礼道："相爷安好。"

我缓转身子，回首便见得洛谦一泓深潭的眼带着几分关切："不在屋里养着，怎么还跑出来了？"

我盈盈笑起："又不是什么金贵身子，养了几日早就好了。在房中憋了许久，气倒还不顺了。"

一大群太监急急行来，刚至园子口领头一人就放喉高宣："圣旨到，丞相接旨。"

护院匆匆赶来，急道："相爷，小人们拦不住。"

洛谦瞥了一眼众太监，淡漠地点了点头。

那领头的细瘦太监大步一迈，神色倨傲，竟叱道："啰唆什么，还不跪下接旨！"

尖锐刺声压挤耳膜，心里一阵慌闷，我叹了口气，随着洛谦跪下接旨。

"奉天承运，皇帝诏曰：淮南赈灾银两贪污弊案经大理寺查明，淮南刺史王信贪污灾银，证据确凿，今打入天牢，秋后问斩。丞相洛谦纵容下属为非作歹，现将其贬为平罗太守，朕小惩大戒，望百官以儆效尤。钦此。"

"臣洛谦叩谢隆恩。"

难怪府内冷清，大厦将倾，谁不为各自前途奔波？

忽地，暮钟唱晚，沉厚压抑钟声涛涛袭来，一声逐一声，不绝于耳。仿若古钟就在身旁重敲，又似在天际回响，如泣如诉。

小太监脸色猝然刷白，双腿一软，匍匐在地，痛哭流涕："皇后薨了。"

北风疾刮，卷起地上落叶，漂浮空中，形成无数亚黄旋涡。

洛谦却以极其轻柔的动作，转身面朝皇宫。大风吹鼓起他的白袍，展若白羽，枯损残叶就这样跌撞地穿过他如雪衣衫，漫天飞舞："拖了大半年，终究是撑不住的。"

而后，洛谦十指松张，随风拈起一片黄叶，同时，圣旨也坠落泥地。卷轴歪斜地滚开，一方朱砂红印跃然锦缎。风大，很快腐枯落叶就覆盖了圣旨，仅透出几点儿明黄。

"是树叶终归入黄土，强求不得。"洛谦忽地放开手中黄叶。叶飘零，入了黄土。

洛谦缓缓而行，踏过被落叶掩盖的圣旨："洛文，府内全数铺上白绫吧。"

我亦缓缓而行，跟着洛谦，进了碧波翠竹林。

在一株翠竹前洛谦止住脚步，碧泓的竹节上钉着绯红钢针，针尖处已染成一团紫黑，恰似一滴干涸血泪。

洛谦回身，眸深如墨，微微笑道："跟我到此，是想安慰？或是取得休书？"

我亦舒眉，浅浅笑道："皆不为二者。府内下人几日前就遣走，可见洛大人早已料到今日结果，故扶柳也不必自作多情安慰大人，说上几句酸溜溜的假话。其次，我本就盼着离开京城是非之地，此时正好，倒也不急需这一纸休书。扶柳前来只是想替碧衫讨个人情，请洛大人将卖身契给她，也好让她落个自由身。"碧衫随我陪嫁入府，这卖身契也移到洛谦手中。

"嗯,今晚让洛文将卖身契给她。"

随后,洛谦幽幽念道:"昔日植柳,扶风江南;今朝移柳,怆然西北。边疆风沙侵人,可受得住?"

听得洛谦清声诵起哥留下的这句话,我不禁一怔,随即笑道:"久闻塞外风情更胜长安景致,能亲眼一睹大漠黄沙的豪迈,扶柳荣幸之至。"

洛谦敛住笑意,盯着竹中的绯红钢针,突转话锋:"知道谁想要你的性命吗?"

"不知道。"我亦正色道。

洛谦回瞟我一眼:"难道大将军没说?"

我如实回道:"爹只说杀手是鉴魂楼的人,至于买主就无法得知了。不过我既然命大逃过此劫,以后就无事了,因为鉴魂楼从不杀同一个人两次。"

鉴魂楼一直以来就是西华最为神秘的杀手组织,从不透露买主身份,常可以杀人于无形,鲜有失手。可一旦失手,就决不再杀,传言鉴魂楼中之人都信命数,如果杀人不成,就表明此人命不该绝,不可再动杀机了。

"哦,是真不知道买主?还是不敢说出呢?"洛谦挑眉反问。

我神色如常,懒懒笑道:"扶柳卑微,犯忌讳的事不敢出口。"

洛谦嘴角逸出一丝嘲讽:"他可以雇杀手行凶,我们就不能说说他的名字?"

"何必逞口舌之快,丢了性命?"我淡然道。

"将帅世家上官一族也会怕?"洛谦笑得有些狂魅。

我不由地轻皱眉心:"上官家若是懂得害怕,我就不会站在这里了。"

"事情还远没有结束,你我都不能抽身,所以……"洛谦忽地幽叹,"准备一下,明早离京。"

他转身离去。

"她怎么办?"我有些慌了,其实,跟着洛谦来到竹林就是想问霜铃的事。"我们即将离开长安,也不用囚着她吧?"

洛谦定了脚步,没有回头,淡道:"一个可以牵制主帅的士卒我会好好安排的,不用担心她的安危。"

白影翩然远去,我一人留在竹林里,钉着涂有落红梅的钢针,怔然良久。

晚上,我将卖身契递与碧衫。碧衫自是哭着不依,说是要陪我去平罗。我轻抹去碧衫的眼泪,叹道:"碧衫,最爱你的父母兄弟,他们都在长安。父母在,不远行,你若是真的为我好,就赶快找一个好人家嫁了,免得一天到晚黏着我,害得我为你操心。"

碧衫眼角尚挂着泪珠,嗔道:"小姐,又胡说了。"

我笑起,从袖中拿出一封信道:"日后若遇到困难,就拿着信去找西泠柳庄在长安的当家,他们会帮你的。"

碧衫不免又一番落泪。

天朔八年,十月二十,长安,风大起,残叶浮空。

两辆青帷小车停在相府门口。车粗简,马却是极是神骏,黑鬃乌蹄,膘肥体壮。几个零散下人正在搬运行李,陈旧的棕木箱子在灰蒙蒙的天地中缓慢移动着,更添肃杀。

我站在府口的汉玉高阶上,倚着冰冷威武石狮,斜眼俯览着这一切。

一抹苍白笑意漫上我的脸,昔日权倾朝野的丞相离京,全长安竟无一人相送,人间冷暖、官场炎凉怕就是如此了。

洛谦倒是清爽,脱下繁复官袍,换上一身简逸白衫,反更显风流。

人极少,很快便起程了。

两辆车,洛谦与洛文,我与流苏,各占了一辆。每辆车配上两名车把式。一行八人就在冷清中驶出了崇武门,远离长安。

迢迢西行,却也安静,各地方官员好像通气一般都不识得前任丞相,月余之久,竟无一人前来拜访。

进入西北,城镇渐少,处处荒凉。

一日正午,我们在官道旁的一家小茶馆打尖。可能是道上客人少,店小二很是无聊地趴在柜台,数着小碟中的花生米。洛文上前询问道:"小二哥,打听件事,从这里到关山城还需要多少时辰?"

店小二麻利地倒起茶水来:"依客官的脚程,估计最快也要第二天清早才能到关山城。"

洛文掏出一些碎银,塞到店小二手中:"可有什么近路吗?最好今晚就能抵达,我家夫人熬不得夜。"

店小二乐呵呵地将银子揣入怀里,伸手指着前方岔道:"倒是有一条小路,从岔口向右拐,可以在半夜赶到关山城。只是最近这路上不安宁,有个山大王拦路抢劫,还杀了好几个人呢!我劝客官们一句,还是走官道安全些。"

"不对。"洛谦眯眼眺望西北,沉声打断店小二,"今晚官道可要比小路凶险千万倍。"

店小二忙摇头:"客官,你听错了,是小路上出了强盗。"

洛谦从容淡笑,扔出一锭银子:"你又错了,强盗只劫钱财从不杀人,所以并不可怕。"

店小二忙乱地接住银子,随即哀叹,目露同情之色:"怪人!"然后转身,对洛文私语道,"你家老爷是不是脑子摔坏了啊!"说罢又连连摇头离去。

洛文黑脸更黑,但依旧恭敬,道:"爷,今晚要准备些什么?"

洛谦烫上一壶清酒,自斟半杯,微抿小口,而后目光似醉迷离,瞧着洛文,雅笑道:"洛文,仍不明白吗?"

洛文头垂得更低:"小人愚昧,还是无法参透其中原委。"

"在去平罗的路上,如果是你会选哪里下手?"

"关山碍是从关山城通向西北诸关的唯一通道。羊肠小道,两旁高丈悬崖,为伏击的最佳地点。"

"是啊!世人都这般认为。洛文,你有几分把握闯过关山碍?"

"爷,倘若准备充足,小人有九成把握可过关山碍。"

"怕是十足的信心吧!所以如果是我就会选择今晚下手。人人都认定是关山碍,那在抵到关山城的前天,精神肯定是最为放松的,因为大战还在后面。他料定我素来谨慎,听闻小路有强盗,必会走官道,所以今晚官道凶险重重。洛文,记住,攻其不备才是上策啊!"洛谦持杯之手突然松开,粗瓷酒杯落在桌上,杯却未碎,只是顺着桌沿缓缓滚动,泼了一桌的酒。

顿时,酒香溢屋。

洛谦像是被酒熏醉,双眼蒙眬,游离点点,声音却是清澈无比:"真真假假,虚虚实实,终不过,假亦真来实为虚!"

草草用完午饭,便登上马车,拐向右边小路,匆匆赶去关山城。

夕阳落山,不毛之地陡起阵阵阴风,直吹得车帘翻飞,猎猎作响。

窗外渐渐阴沉,几丈之外就瞧不清任何物体了。

见周围冥深,心中便升起一股不快,我叹气轻声道:"流苏,我有些心神不宁,入夜后小心点。"

流苏略疑惑:"相爷料错了?"

"很对。只是想动手之人恐怕也不敢肯定我们会走哪条路,所以最好的方法就是伏在每条路上。"我拉扯住车帘,幽幽笑道,"其实这也只是我的预感而已。"

入夜后越发地安静了,只听得到车轱辘闷厚的压地声。

忽地,马车停下了,我心头蓦然一紧,手向前探去,抓住了流苏的手腕。

车外响起雷鸣般的粗壮叫嚣声:"今日你猛虎寨的爷爷们在此,还不乖乖地将钱财交出。否则惹恼老子,可要叫你们个个缺胳膊断腿的。"随后一阵乱通哄笑,声震树摇,颇有气势。

车帘被挑起,车夫道:"请夫人下车,以免待会儿不小心伤了马,惊到夫人。"

我依言与流苏一同下车。是夜,寒气侵身,弦月偏沉,晦暗无光,当真是个月黑风高杀人夜。

借着车顶上挂吊灯笼的昏昏烛光,我抬眸向前凝望,依稀见得二十多名健壮汉子挡在路中央。为首的是一名虎背熊腰的络腮胡壮汉,肩上扛着一把明晃晃的大斧,想来就是所谓的山大王。他也瞧着我与流苏,嘿嘿笑起:"大爷我今天运气好,竟有两个漂亮的小娘子,抢了回去做压寨夫人正好。"

他身后的一群莽汉跟着哄哄大笑。

流苏哪受得这般挑衅,柳眉倒竖,拔出腰间软剑,疾刺向那山大王的心窝。

山大王并不以为意,仍旧啧啧笑道:"好个泼辣婆娘!不过老子就喜欢这股子辣劲,够味!"

流苏薄唇抿得几乎不见,手腕急抖,剑快如电,削落了山大王半边眉毛。山大王顿时痛得嗷嗷大叫,将银斧挥得如流星,一丈之内近不得人:"臭婆娘!兄弟们,给爷上啊!"

后面二十多个汉子应声而动,纷纷亮出兵刃,直砍奔来。

洛文立即低喝一声:"操家伙!"

四名车夫快速从车底抽出长刀,占据四方。

山大王脸色倏变:"大伙儿当心,是五才参阵。"

洛文横刀挺立于阵中心,赞道:"好眼力。"

刀起剑落,瞬间就战成一团。

数十招过后,流苏的剑上已沾上一串血珠,猩红凝结,再也甩不掉了。

突地,眼前斜蹿出一条汉子,他胸口手臂已被砍伤,伤口血肉翻卷。我心里堵闷,正要启唇,却发现根本不知该说些什么,是劝他放弃,还是鼓励他坚持?我只能苦涩一笑。

那汉子似被激怒,口中嘀嘀叫起,却不知说些什么。他踉跄提起手中鬼头刀,眼中凶光毕现,作势便要狂砍。身后流苏一声清叱,燕子转身,银剑追星赶月,直刺入汉子后心,而后手腕抖动,决绝地抽回了剑尖,也抽走了汉子的生命。

那汉子染血右手松开,沉重的鬼头刀砸地,激得沙石飞走。他双手捂心,眼珠凸出,面部狰狞,蹒跚向前移了两步,似勾魂使者冲我阴笑不止。

一阵毛骨悚然,我不禁向后连连退步,但怎奈何那张扭曲的脸紧追不舍。

汉子血口大张,红色黏液喷薄而出。

这时,一身的月白恰好挡住了我全部的目光,轻柔的光泽,就像江南的水色圆月。

汉子终于倒地不起,死了。洛谦也转身,白衫早已染上点点墨红,幽幽笑起:"柳本江南,怕是受不了塞北碧血黄沙的。"

清水墨香混着浓烈血腥荡开,异魅的气息包裹住了我的周身。

长叹息,我缓缓闭上双目,声轻如水,似哀怨:"可植柳人却更加偏爱大漠风光……"

时间分秒难熬,许久,淡定的墨香渐行渐远。

流苏冷然的声音在耳边响起:"小姐,可以起程了。"

我深吸数口气,方睁眼,径直地走进了青帷马车,根本就提不起足够的勇气,瞧一眼前方血流成河的惨烈画面。

车内,流苏在身旁坐下,眉头锁起,沉声道:"内有腰牌,全是大内高手,但功夫却不是最好的。"

恍惚间,绯红的钢针就扎入我的脑海,那日竹林,洛谦已明确暗示,平罗之行前途凶险。而长安政坛波谲,胜负尚未分,我仍旧是上官家送与他的质子。

抚平流苏的眉,我淡淡笑道:"最好的大内高手还在官道上等着我们呢!"

店小二说得不错,半夜时分终赶到了关山城。

不及细细漱洗,我就倒在床上,和衣而睡了。

东方始泛白,整个客栈就被尖锐怪音惊醒。

"圣旨到,洛谦接旨。"

我胡乱盘起长发,匆匆赶至庭院行礼接旨。

"奉天承运,皇帝诏曰:经罪臣王信招供,平罗太守洛谦在为官丞相期间结党营私,任用小人,毁我朝纲。今已查明,罪证属实,贬洛谦为平罗司仓。钦此。"

"臣洛谦领旨。"

"哎哟,洛司仓可要将圣旨收好了,这以后恐怕再也见不到明黄锦缎了。"为首的太监将细嫩白手拈成兰花指状,小指翘得尤为厉害,直翻上了天,而后又掏出素丝绢帕,掩嘴笑道,"呵呵,瞧我这张嘴说的什么话,司仓不要见怪哟。"

这太监将"司仓"二字咬得极重,声音偏又尖锐,听起来极为不舒心。

洛谦和颜悦色道:"公公说的是实话。"

太监越发得寸进尺了,张扬笑道:"大实话呀!我这个人从来就是心里藏不住话的,想什么说什么。"

洛谦微微笑意,却散着凌厉气焰:"不劳驾公公了,洛文,送客。"

太监惊悚一震,可又壮起胆子,道:"可不是?奴才们为了传旨,连夜赶路,一晚未曾合眼。"说罢瞟了洛谦一眼,头就软软低下,灰溜溜离去。

我瞧着洛谦手中的圣旨,数月险景不由得涌入脑海,可是只怕以后更为凶险,毕竟要面对的是坐拥天下的皇帝——皇甫朔,这样一个高深的对手啊!

皇甫朔,当今的天子,也是鉴魂楼的买主!

他想杀我是因为我的存在造成了他最大的威胁,我是一根链条紧拴住了将军府与丞相府。但是如果我死在了丞相府,不仅可以毁了文武同盟,还能使得两股朝堂势力反目成仇。

所以他想尽办法要击碎这根链条,最终选择了鉴魂楼。

鉴魂楼素来杀人干净利落,若是失手,也决不会影响到深宫中的他。

真妃却无意中得知了这个杀机,立即写密信想通知我。可能是皇甫朔的突然闯入,真妃只能匆匆写下"小心"二字,就让张德子带出了宫。

上次我侥幸逃过一劫,皇甫朔如意算盘落空,同时也导致了昨夜的伏杀无法再请鉴魂楼。无奈之下,皇甫朔也只能派出大内高手了。

这个杀人计划也是细致谨慎的,只是可惜呐,选错了人执行,这群太监做事粗

第七章 风波罘

83

糙,不懂掩饰,心急火燎地赶来,恰好暴露了皇甫朔的焦急、不安、忐忑的心态。

洛谦他家两朝首辅当权已久,朝中势力庞大,可这盘根错节的、暗藏隐晦的联系,岂是一时之间就可以斩断的?

皇甫朔担心忧虑,冒险行事,只为斩草除根!

假借山贼之名除掉洛谦,无疑是最好的计策。一来可以封堵住天下悠悠之口,丞相死于非命,而不是皇上之手,可保他仁名;二来可以彻底地瓦解洛谦的势力,只要洛谦一死,这明里暗里依附于他的人,自然都散了。

皇甫朔料得洛谦谨慎,当走官道,可洛谦偏一反常态选择小路,致使伏兵设错。其实,若昨夜真走官道,依靠洛文及车夫们的实力,也能闯过,只是怕有几人要受伤了。

纵使伏击失败,皇甫朔也留有后招,就是这道再贬圣旨。上次将洛谦连贬五级,降为平罗太守,已使朝堂震惊。可这仍是不够的,太守虽是地方官员,却握有实权,倘若洛谦利用得当,还可死灰复燃重新掌权。既然杀洛谦不成,也只有再巧设名目,继续削权。

这皇宫斗争太过复杂,也够绝情,更是血腥。我叹出了声,眉也蹙起,昨夜激战恐怕也只是双方试探性的交锋而已,以后才会开始真正的对擂。这一路比我想象的危险,要厉害得多。

"后悔了吗?"洛谦抛下圣旨笑问,一如既往的微笑、温和、柔软。

可是你与上官家可曾为我留下一条回头路吗?没有,事情远没有结束,你我都抽不得身!我笑问:"何为司仓?"

"从七品,看守平罗官仓。"洛谦说得风轻云淡,似司仓与丞相官阶一致。一月之间,从权力巅峰的一品大员到官场底端的从七品司仓,洛谦他就这样轻飘飘地接受了。

我偏头,斜望着洛谦的黑瞳,似恒久的幽深,不起一丝涟漪,琢不透喜与怒。

他定是早已料到会有今日,那他日后也必有打算。我扬起唇,清甜笑道:"司仓,是一个悠闲的好差事。"

"嗯。"洛谦的笑意若有若无,"可皇帝宝座却是个日理万机的位子。"

记得,那一日,西北冬日的阳光难得的炙热。

【洛谦番外】

当阿宁死讯传来的那一天,我并没有想象的那样悲恸。

只是将枯叶撒入了黄土,祭典这段往事的终结。

少维说,洛老二,那么久远的钝刀,捅的伤口早已经结痂好了,如今肌肤光滑再也找不到痕迹了!

钝刀,真是一个绝妙的形容。

曾经的感情似乎是一把刚刚磨出的新刀,利得伤人伤己,可情会逝,刀可锈,年少是缥缈的回忆,没有了伤人的力量。

她却跟在了我的身后,到了翠竹林。

"跟我到此,是想安慰？或是取得休书？"

这两个月来,她真如南海素莲,暗夜芬芳。静静地生长在湖心,那么遥远,可幽香却缭绕在侧,久久不曾弥散。没有压迫,却清晰地感受到她就在身畔,一步也没有远离。

她浅笑:"皆不为二者……"

前先静好,倒有些忘了她心思机敏,没有阿宁一望到底的纯净。阿宁的眼似碧澄湖水,总能看到湖底细白的鹅卵石。扶柳不同,她的瞳人纯黑,似安静的夜,特别是一笑,眼角弯弯,墨瞳流水婉转,容易让人沉溺而不知危险。

曲折提及皇甫朔,稍稍试探一下。

她竟闭口不谈,怕的是祸从口出,原来她对政治这样恐避不及,那她当日纵火下迷药,也不过是想离开长安罢了。

"将帅世家上官一族也会怕？"我激她。

她寥落而答:"上官家若是懂得害怕,我就不会站在这里了。"

从不晓女子幽怨可以这般瘆人。

只是,事情还远没有结束,你我都不能抽身,所以……你必须在我的身边,触手可及……

我离去,平罗之行尚需密布。

"她怎么办？"

脚步滞缓。

"一个可以牵制主帅的士卒我会好好安排的,不用担心她的安危。"

第一次,用威迫牵制了一个人在身边。

第七章 风波起

第八章

清 平 乐

异常的安静,一路上预料的暴风骤雨并没有发生,或许正如洛谦所说,皇甫朔是皇帝,他有太多的事需要操心。

无论是山东的冰雪自然灾害,还是朝中人为造出来的事端,对他的皇位有了威胁,就必须立即处理。他亦无暇理我们了。

穿过关山碍,十二月初,终抵平罗。

办完公文交接,洛谦正式走马上任成为平罗司仓,我们也在平罗官仓旁的粗陋小院住下。小院是前任司仓留下的,虽简朴,但也舒心。院内遍植白杨,直挺挺的,很有精神。可我更倾心于院后的一方池塘,初来那日,平罗下着细雪,水面上结起一层薄冰,透过晶莹,可见塘内碧水漾漾。池塘边尚有几株瘦竹,稀稀疏疏,单薄得紧。雪花洒在凋敝的竹叶上,更衬得叶边那抹藤黄益加通透。水不及江南清澈,竹不比碧波翠色,但就是硬生生地将人拉入了水墨之中。

在这里,日子过得暇逸,转眼年关将至。

我左手支腮,想了许久,才落下白子。棋势双方似乎在伯仲之间,但正因为胶着,错一步,满盘皆落数,所以才格外谨慎,考虑数面,方迟迟下子。

而后抬头,望向对面的洛谦,依旧是淡淡的笑颜,看不出这子我是下对了还是错了。恰时,洛文手里拿着一张烫金红帖,徐徐走进:"爷,平罗新任太守宋知海送来请帖,请爷与夫人岁守除夕。"

洛谦修长的手指夹起一枚黑子,略有停顿:"宋知海?何人?"

洛文回道:"宋知海两年前任琼州太守,无意间得罪了黄太师。爷当时为他说了两句话,保住了他的官职。"

洛谦眼露惑色,落子却是精确,取了我棋群中隐蔽的要害之地:"哦,宋知海,倒还真记不起他来了。"

我拨弄起盒子中的白棋来,果真贵人多忘事,他连名字都没有一丝印象,可人家却还把他当做救命恩人巴巴地供奉着,否则谁会来宴请前任的落魄丞相呢?

"扶柳,想去吗?"洛谦突地问我。

一子现杀机,堵了我半面棋,胜负已分,我浅笑道:"既然洛大人赢了,还是大人做决定吧。"

除夕夜,再次登上这高阶石台,恍如隔世。

平罗太守宋知海倒是热情,竟携夫人在门口相迎。

"洛大人肯屈尊到寒舍,使我宋府蓬荜生辉啊。"宋知海一口熟稔的官场寒暄。他唇上两撇胡须,下巴上还留有一撮精心修饰过的山羊胡子,面有威严,肚子却是微微隆起。

洛谦笑如春风:"宋太守如此谬赞,洛某人可不敢当。"

宋知海身后的夫人上下打量我一番,才上前道:"这位便是洛夫人吧?果真是京城的世家小姐,比起我们小地女子可雅致多了。"

我盈盈浅笑道:"不及宋夫人富贵。"

热闹的客套后,进了内堂,大家一番推辞,方定了座位。宋知海作为主人,坐了上首,我挨着洛谦而坐。堂内装修还算雅致,宋知海应是读书人出生,尚有几分品位,没有大渲大染的俗气。

丫鬟们开始上菜,宋知海对身后的服侍丫鬟道:"今日也没有什么外人,叫小姐一同用饭吧。"随后对洛谦笑起,"下官膝下无子,只有这一名女儿,从小娇生惯养。小女素喜热闹,今夜除夕,怕是不肯独自一人度过的。"

洛谦轻啜一口茶水,似笑非笑地慢声道:"宋太守失言了,如今洛谦才是宋大人的下属,该由洛谦自称一声下官啊。"

宋知海脸色随即轻微惊变,然后正色道:"洛大人才华横溢,这浅水岂能困蛟龙呢?"

洛谦一挑眉,透亮目光扫了宋知海一圈,无声轻笑。

门外环佩相碰的脆响之声益盛,这时,门帘子就被轻巧地挑起,一名盛装少女袅袅行来,盈盈一拜,香气袭人:"明珠见过洛大人,洛夫人。"

宋明珠曼声而语,抬起头来瞟了一眼洛谦,双颊便晕上一层润红,急忙依偎着宋夫人坐下,小女儿神态显露无疑。过了好一会儿,宋明珠才重新抬起头来。这次却将目光锁定于我,可她眼角余光仍是忍不住地张望洛谦,顾盼之间,女儿娇羞无限。

我饮上一杯软糯米酒,清甜之气在舌尖蔓延,微眯起眼,悠悠浅笑,好酒,但怎及对面女儿红呢?宋明珠粉面凝脂,口含朱丹,气韵端庄,是官家千金的秀雅极品,也是官夫人的好坯子。

第八章 涉平乐

87

原来宋知海是醉翁之意不在朝政,而在乎婚嫁也!

觥筹交错,晚宴渐进尾声。

洛谦举杯笑道:"水酒一杯,洛谦谢过宋太守的盛情款待。"说罢举袖掩面一饮而尽,我亦端起酒杯浅酌,以谢主人酒筵。这时,耳边忽的响起软软的央求声:"扶柳,待会儿帮我挡一下。"洛谦趁着长袖高举之际,对我窃窃私语。

我轻笑,神女已有心,岂是我能挡得住的?

放下酒杯,等着宋知海开口,却不料倒是宋夫人先说了话:"久闻洛夫人德艺双馨,不知能否指点一下小女的绣工?"

宋明珠很是配合地从怀中掏出一方丝帕,递与我。我无奈淡笑,这简单的缝缝补补我倒还可以凑合,可论起绣花,我还是真没有用绣花针绣出过一个花骨朵儿来!

展开丝帕,一只并蒂莲迎风绽放,蕊心纠结,枝叶缠绵,旁边还绣有一行精致小楷,针脚层层分明,彩线丝丝不乱,胜过伊水坊最好的绣娘。

"宋小姐真是心灵手巧。"我微微笑道,"'环佩良玉若相逢,一斛明珠还与君'。应情应景,才女绝句,特别是'明珠'二字嵌得巧妙。"我略偏头,思索小许,撇嘴笑起,"不禁让我想起另一句诗文'沧海月明珠有泪,蓝田日暖玉生烟'。"

语音尚未完全落地,宋氏母女皆变了脸色。

只因此句诗文断字有玄奥,沧海月明、珠有泪,生生地将原本相连的明珠二字分离。珠散,人两断。

宋知海多年做官,遇此突变,定力倒足,神色依旧问道:"也是一句绝言?只是像是从某首诗中截取而来,单独听起似有些断章取义,不知可否请洛夫人念全此诗呢?"

我浅笑道:"这诗浸透惆怅,现在念出怕是要毁了这喜庆气氛。"

宋明珠这时方缓过劲来:"听闻洛夫人文采非凡,明珠想趁今日一睹夫人风采。"

我哪里有什么文采传世?看来倒是宋明珠不肯依饶,我轻挑眉尖:"那就却之不恭了。"

拂过被酒熏得微热额头上的细汗,我浅吟婉转道:"锦瑟无端五十弦,一弦一柱思华年。庄生晓梦迷蝴蝶,望帝春心托杜鹃。沧海月明珠有泪,蓝田日暖玉生烟。此情可待成追忆,只是当时已惘然。"

此诗原是唐代诗人李商隐的名篇《锦瑟》,只是现在历史改变,没了唐朝,亦没了这首诗。

宋明珠若有所思,秀目低睑,片刻后缓缓说道:"听完夫人此诗,明珠良有感慨,想取出锦瑟弹奏一曲。"说完转身忙离去,宋夫人爱女心切也紧随而离。

宋知海也欠身道:"在下略有不便,去去就回。"

看来明珠小丫头被洛谦迷住了,竟不肯轻易放手,这一家三口另拣地方商量去了。

众人纷纷离去,大厅内再无他人,仅剩我与洛谦二人。

我这才转过头,微瞪眼,心中一丝怒意:"宋太守想招你为东床快婿,宋明珠大家闺秀,确也相配。可倘若你不愿意,一句明珠暗投也就回了他。干吗非要拉我蹚这浑水,想让天下人都知晓我妒妇之名吗?"

洛谦饮了不少酒,面色透有醉红,几缕发丝松动,浸有汗水垂在眼前。他显有醉态,但眸子却比之前更为清亮,湛湛地闪有柔光,让我无处可藏。洛谦定定地瞧着我,唇角上扬,笑容渐渐荡开:"吃醋了?"

我立即横了一眼,撇过头直望门口,不再见他:"没影的事,我去吃哪门子的飞醋?何况拜倒在本姑娘石榴裙下的,犹如过江之鲫……"

身后响起轻快的细小畅笑。

旋即闭了口,我哑然呆住,心底若不起丝毫褶皱,又怎会脱口而出这番气话呢?

微醺的香甜酒气铺天盖地地向我袭来,其中夹杂的清水墨香越来越浓,浅绵的呼吸开始划过我的脖子,很快,热气摩擦过耳垂,浑厚的嗓音在叹气,直颤得我心里涟漪层层:"扶柳,我给不了你要的安宁。"

恍如梦呓,扶柳,我给不了你要的安宁!

顿时,我如遭雷击,震得全身麻痛,没了心跳,石僵般怔住,一动也不动。

好一会儿,我才缓过神来,侧头回望时,方发觉洛谦的脸早已靠在我的肩头,双目紧闭,鼻息均匀,像是睡着了一般,带着满足淡笑。

琴音骤响,却是杂乱无章,毫无声律。

宋明珠站在门口,怀抱一方镶珠锦瑟,面色惨白,双目惊圆,樱唇泛白,手指哆嗦不止,指甲不经意间拨动琴弦,乱了瑟音。

宋知海与其夫人在门后,亦是掩不住的惊讶与遗憾。

我知道现在我与洛谦的姿态太过于亲密,难免打碎了少女的一颗芳心,不由歉笑道:"我家爷喝醉了,竟然睡着了。如此就不叨扰宋太守,我们先行告辞,日后再请太守一聚。"唤来门外的洛文,扶着洛谦进了马车。

车内我掀起一角车帘,回望夜空,小城平罗正喧喜无比,大朵大朵的烟花在燃烧,映得暗夜五彩缤纷。

烟花绚烂,转瞬即逝,我心有所想,黯然幽叹:"瞬间辉煌,飞灰湮灭,人生短暂,又何必苦苦追求呢?百年后不都是一捧土。"

长吁一声,放落车帘,静归黑暗,回首,猛然见亮起一双清凉的眼,耀比流星。

"醒了?"

"吹了冷风,酒便散去。"

无声,无言,对望良久,也思索良久,我最终开口:"为什么要拒绝宋知海?今夜前来不就是为了他吗?"

"平罗太守不过一地方小吏。"

89

"虽说官阶不高,却掌控一方实权,兼握军队。"

眼有寒光,黑暗中见不到表情:"那你又为何开始关心起朝中事来?"

我不禁哑笑,是啊,我那么想逃离政治,现在却侃侃谈起权谋之术!揉了揉胀痛的额头,我闭上疲倦的双眼,轻声叹道:"今晚我才是真的喝醉了,话也多了。"

除夕之后,宋知海那边没了任何消息,我与洛谦也绝口不提当日之事,只当它是一场虚幻,事过梦醒。

这日,外面阳光暖意盎然,我起了兴致,拉着流苏,穿梭在院内的白杨丛中,呼吸着北方清晨凉薄的新鲜空气。

"嗖"的破空之声在头顶突响,一个深褐色物体向我飞来,我尚来不及做出任何反应,就被流苏推到了白杨树后。

流苏足尖轻踮,踏树而上,借力跃起,半空中曼旋转身,手臂舒展,轻巧地接住了不明飞行物。自从我被毒针射伤之后,流苏对周围的一切变得异常小心,每当一有什么小情况,就立刻将我护在了她的身后,这次也算一个不小的意外了。

只是待我定睛瞧清了流苏的怀中物后,便哧哧笑起,原来是一个崭新的藤球:"这件暗器也忒大了些!"

"流苏先收好吧,待会儿定有小孩上门讨取的。"

果然,话音刚落,就响起了敲门声,声脆且单调。

我打开院门,两个八九岁的小娃并肩相依站在门口,男娃清秀,女娃可爱。

见了我,男娃红着脸垂下头,支吾开口:"姐姐……对不起……刚才踢进院子里的藤球是我的……可以还给我吗?"

光瓷的脸上飘有红晕,是小孩特有的纯真。

我半蹲下来,对着男孩的瞳,嫣然笑道:"怎么证明这藤球就是你的呢?"

男孩白净的脸更红了,手指不经意地绞动着袖口,哎呀半天也没说出句话来。倒是身旁的粉嫩女娃开了口,声音清软:"大姐姐,那个藤球是我送给表哥的。你若不信,看这盏花灯,是表哥送给我的哦,很漂亮吧?"说完,便将花灯递到我面前。

我用手指拨动起花灯,花灯开始呼啦啦地旋转,极速而欢快,像是少女盛开的圆裙裾。我亦欢颜笑道:"你的表哥很有眼光,这盏花灯真的很漂亮。"

男孩害羞极了,轻扯女娃的腰带,想要让她住口。女娃却不在意,笑得灿烂无比:"那是当然的,表哥可厉害了,什么都会!"

"今天是上元灯节,晚上全城的人都会提着花灯上街的,可我的花灯一定是最漂亮的。"

"大姐姐,今晚你也去看花灯吗?"

我一怔,没想到日子过得真快,已到了正月十五,随即莞尔笑道:"姐姐相信藤球是你送给表哥的。流苏,将藤球还给他们吧。"

两个小孩欢天喜地地道了谢,便手牵着手笑着跑开了。

银铃般的笑声还在巷子中,望着男孩女娃亲密无间的背影,我笑有感叹:"表哥表妹,青梅竹马,两小无猜,真好……"

"小姐。"流苏突然唤我。

"嗯。"

流苏眼中闪有犹豫,下嘴唇几乎咬得不见了。

我淡笑道:"说吧,再憋在肚子里,你的脸就要皱成老核桃了。"

"知道大表少爷的消息吗?"流苏的声音极低,"大表少爷这几个月来一直在寻找小姐的行踪,密部的人都说大表少爷疯了,因为搜不到消息,竟一连换了密部大半的分舵掌柜,搞得现在西泠柳庄人人自危。"

我乍听,几许惊讶,而后回望巷口,男孩女娃早已远离,浅浅笑起:"他一向沉稳,怎么也会做出这等糊涂事来。"

"要通知密部吗?"流苏问得迟疑。

我轻摇头:"不必,通知了徒添烦恼。"几个月下来密部未查到蛛丝马迹,倘若直接将矛头指向洛谦,怕密部救不出霜铃,反而害了霜铃。

流苏蹙眉道:"小姐如果当初答应了大表少爷,就不会离开江南了;如果不进长安,就不会遭遇危险,险些丢了性命;如果……"

"没有那么多的如果,事情就这样,定了就没有了后悔的余地。"我打断了流苏,叹道,"可是,流苏,为什么要告诉我这些呢?"

"昨天少爷来信,嘱咐我不要说出。"

"你也会违背他的意愿?"

"我只想……只想让你可以自己做决定……大表少爷是真心的……"流苏已经词不达意了。

我半眯着眼,瞧着流苏因激动而皱起的眉,笑问:"难道哥只说了这几句?"

"少爷说,情债最难还。所以不要告诉她了。"流苏眉眼间流露出些许迷惑。

情债最难还,哥你也知道吗?我的笑容在脸上扩大,只是掺杂了太多的无助:"流苏,等到再见到哥时,你在他面前坦荡荡地问上一句,情债难还,上官去疾,你还得了吗?"

流苏怔住,惊骇半晌,又突兀问起:"可小姐,你知道怎样才还得了情债吗?"

"不知道。"我冷冷笑道,"所以哥才不让柳风找到我,当债无法还时,就不要再欠更多的债。"

"大表少爷或许能帮……"流苏的声音断了,瞳孔对着我身后渐渐模糊。

我定神回首,愣一愣,随后笑起,笑得纯粹,纯得如同最完美的碧波翠竹的绿,不染一丝纤尘。白杨树后的洛谦亦一愣,缓缓淡笑,舒了刚才蹙得极紧的眉,换上了一点儿不解。

我语笑嫣然:"洛大人的头发……嗯……很有形状。"

洛谦轻抬掌,抚上发束。其实他的头发早已被干枯的白杨枝刮得凹凸不平,挑出不少发丝,长长短短,凌乱地铺在头顶。

洛谦有些懊恼地叹气,随后又眉眼弯弯地笑问道:"扶柳,今天是上元灯节,晚上去看花灯吗?"

"嗯,好久都没有热闹过了。"

晚上平罗的街头果真热闹,处处张灯结彩。平罗本是边塞小镇,远不及京城繁华,却不想城内居民都上街庆祝时,这喜庆气氛倒毫不逊色于京城。

我、流苏、洛谦及洛文四人行走在平罗的大道上,谈笑风生。

忽然,身后砰砰数响,我扭头回望,只见深空中朵朵烟花绽放,煞是美丽。人群顿时兴奋起来,众人高呼着,形成一股巨大的人潮,向我们所在的方向涌来,将我们四人冲散。

开始有人接二连三地向我撞来,最后瞧得一位壮硕的婶子飞速冲来,我的身子不由得向外飞起,几个回旋,眼见就要倒地。突地感到右手手腕一紧,我立即借着这股力,站稳了脚跟。

回头相望,原是洛谦拉住了我的手,他轻笑道:"人潮拥挤,逆行是很容易被撞伤的,跟着人群走便会没事。"

我浅笑点头,随着洛谦与人群缓缓而动。

洛谦的手干燥而温暖,掌心及指尖磨有薄润的细趼,走动时微摆手腕,便滑过我冰凉的手心。

喧嚣的人群中,我与洛谦都没说话,只是牵着手,淡然笑着,顺着人群徐徐前行。不知为什么他没有松手,许是怕人潮再度拥挤;我也没有刻意抽回,或是不舍得那寒夜中掌心的温暖。

人群很快将我们带到一个圆场,场中央搭有高台,但是距离太远,瞧得不太真切。时间缓流,烟花不停绽放,人也越聚越多,后面的人不断推搡,竟将我与洛谦挤到了高台前方。

这时,我方仔细打量起高台来,轻纱幔布,瑰丽花灯,好一个奢华舞台。高台右侧矗有三丈高的立杆,杆下垂有一串连环红花灯,灯上贴有金字,"伊水坊"三个字正映着火红烛光,闪闪耀眼。

我尚未弄清何事,一名徐娘半老的中年妇女就登上了台,她浓妆艳抹,脸上涂有半寸的脂粉,倒叫人瞧不出真实面目。裙色艳丽,随风轻摆,似瑰红月季,中年妇女对着台下抛了个媚眼,便开口笑言:"哎哟哟,大伙儿可真捧场啊,来了这多人,玉娘先代表伊水坊谢过大家了。想必大伙都听过消息了,真是非常幸运啊,今年伊水坊将发布新裳的舞台放在了咱们平罗……"那叫玉娘的中年妇女虽然面妆夸张,可声音却是清亮,说起话来,如唱曲般拿着调,悠扬轻快,余音袅袅。

台上讲得热闹，台下亦不含糊。

"白大婶，今年伊水坊怎么会把这等重要的场子摆在平罗啊？以前不全是在长安、余杭吗？"

"这些天没去巷尾的王婆家，不知道了吧？今年的伊水坊全由柳二小姐一手掌控，其他小姐都忙着别的事呢。"

"柳二小姐当家与场子在平罗有什么关系啊？"

"净守着你家男人吧，连柳二小姐嫁到破弩堡，做了堡主夫人都不知道！"

"哦，原来如此……"

忽地全场都安静了下来，连台上的玉娘也止了音。高台中的轻纱缓缓打开，一群妙龄少女从中摇弋步出，一步一婀娜，纤腰细摆，款款风情。

台下顿时一片抽气之声，我瞧着也不禁目惊口呆。

少女们一律长裤衬衫，腰间系着各式编织腰带，领口点缀几朵鲜怒绢花，长发全部干净利落地绾成一个简单发髻，然后仅斜插一枚碧玉簪子。不可否认，这身打扮的确优雅出众，但那是用现代的审美眼光，可放在这里，古代的西华，就叫做伤风败俗了。

台角的玉娘仍继续高亢叫道："今年伊水坊的穿衣主题就是——摆脱裙子的束缚！"估计被开场吓得灵魂出窍的人们现在才回了神，这才有了一点反应，掌声稀稀拉拉，响应者寥寥无几。

我无奈轻叹，看来今年是不能指望伊水坊能赚银子了，只要不赔老本，便是好的。

台中玉娘也明白冷了场，想活跃一下气氛，便笑道："刚才柳二小姐送来一盏花灯。如果在场的哪位能猜出灯谜，就可以获得伊水坊的精美礼品一份！好了，我要点人上台了，想猜谜的请举手示意。"玉娘随后扭着腰肢在台上绕了一圈，然后走到我们这边台前，指着洛谦笑道，"有请这对金童玉女上来试一下！"

我瞧着她脸上的厚粉簌簌下落，在昏黄灯光反射中，倒真有白雪茫茫的气势，只不过更像厨房的面粉团子，我不禁笑出了声。

洛谦有些疑惑，笑问："有什么可开心的事吗？何不说出来，独乐乐不如众乐乐。"

我斜望洛谦，眨巴着眼，笑得惬意，轻声道："只是觉得这位婶子有学问，竟想得出说我们是观音座前的金童玉女。但洛大人也是精通养生之道的，能掩盖住原本的金父玉女。"

洛谦唇角的笑容霎时凝固了，我笑得益发惬意。

洛谦很快便恢复常态，扬起长眉，意味深长地瞧了我一眼，叹道："那也只能说是老夫少妻。"

顿时两人换了表情，我的脸僵住，趁着此时，洛谦拉我上了高台。

台中站有一排人，玉娘从一盏精致花灯中取出一张纸条，扬声念道："柳二小姐

出的谜面是……"玉娘的额头上开始冒出大颗的汗水,流淌下来,将脸上的粉化成了硬块,想来雪君不知又出的什么歪题,玉娘说得有些磕绊,"远看一只狗,近看肉骨头,的确不是狗,也非肉骨头。"

台上台下顿时议论纷纷,我轻笑,死丫头出的什么不上台面的灯谜。

洛谦也是困惑不解,眉头略皱,想到刚才拿他开了一番玩笑,算是补偿吧,我轻声道:"或许鱼与熊掌可兼得。"

洛谦奇道:"难不成是狗啃肉骨头?"

玉娘立即如获大赦,笑奔过来,对着洛谦恭维道:"这位公子好学问,谜底就是狗啃肉骨头!"

一顿爆笑哄然而起,洛谦亦无奈频频摇头。

玉娘仍笑道:"答对灯谜的礼物,就是伊水坊的新裳一套!"

笑声似乎更加火暴了。

我记得,天朔九年,正月十五,圆月挂空。

在平罗,我牵着洛谦的手,拿着一套不伦不类的衣衫,回到官仓小院。

世上最恼人的便是清梦被搅。

大清早,一向静谧的官仓小院居然闹如集市,锅碗瓢盆打仗似的,乒乒乓乓声不绝于耳。

"流苏,什么事?弄得跟拆房子似的!"我拉起棉被捂住了头,迷糊间翻身蜷在了床角。

被震得不行,我闭着眼撑起身子,含糊一句:"流苏……"

耳边唯有噪音阵阵,却听不见流苏低沉的话音。

一个激灵,头脑清醒了大半。我揉开双眼,抓起木搭子上的小袄,胡乱裹上身,就冲到了院子里。流苏从不会无缘无故地离开我十丈以外,除非是遇上了紧急情况,或者是危险……

危险!毕竟是在皇土,他皇甫朔有心诛杀,也就不会吝啬多杀几次!

周围空荡荡的,边塞朔风刮起未梳的长发,凌乱地扑打在面。心里一通乱麻,我不自觉地狠咬下唇,疼痛传到脑中,有了点真实感。

这是他皇甫朔的江山,不可能容忍外人分享皇权!到底还是要杀得干干净净的!

寒意肆虐地从心里涌起,手脚冰凉。

"流苏……"

一院风吹。

"小姐——"流苏冷冰冰的声音从身后传来。

急忙转身,只瞥见柴房后的英姿背影,心却宁静不少。快步走到流苏面前,将她看了个完整,才道:"清晨到这偏院做什么?刚才醒来不见你,闹了一阵心慌。"

流苏长眉一低,眼角余光顺到柴房:"准备早饭。"

这柴房是官仓小院临时搭起的厨房,我平常从没进来过。现在粗一看,才知乱成这样!杯碗碎片、一堆菜叶、几口黑锅覆盖了整个地面,几乎没有下足的地方。

炉火却烧得正旺,锅里的白水直冒泡。

我定睛望着水汽后的雅致身影,一阵惊愣。

洛谦挽起袖口,半截手臂露在外面,细腻如玉。他不紧不慢地将小米倒入锅中,随后合上锅盖。大概是满意了,他才放下袖子,来到我面前,微微一笑:"什么可心慌的?"

"你怎么……在厨房?"惊讶之余话也不流利了。

他淡瞥着流苏:"被吸引过来的。"

流苏眉心皱起:"我不会煮饭!"

"刚才听见这里有声响,就过来看看。"洛谦顿了顿,有些苦闷味儿,道,"昨天一直在厨房帮工的王大娘说,今日乡下家中有喜事,要回去,不能煮饭了。"

"原来如此。"我轻轻碰了一下流苏的手,笑道,"她从没有进过厨房,难免出一点儿错。"

洛谦眉一挑,耐人寻味。这的确不像是一点点小意外!

忽地风起,我不禁靠近了流苏,身子微颤。

"怎么不多加些衣物就出来了?"洛谦移步到上风口,挡住了些许寒风。

"出长安时没带几件衣服。"我故意岔开了话,给了一个模糊的回答。忧心忡忡还是不说为好,免得扰乱了人心。

"哦。"他漫不经心应了一声,黑瞳扫了一眼我凌乱的头发,又问:"到底心慌些什么?"

他依旧是不肯放过一丝疑点。我默然思索一阵,终究还是说出:"没有见到流苏,以为又遇上了关山碍的山贼。"

"因为这个慌得脸色都白了?"洛谦释然浅笑,"他一向多疑,绝不轻易行动,上次夜里吃了闷亏,他更加不会随意了。况且朝里最近出了不少事,他分不出这个心来关照我们。"

他眼波里全是自信,耀得锋芒毕露。

不知怎么的,他温言中似乎含有定心丸,我浅浅舒气。

"不必喂刀子,但也不能饿死吧!"洛谦笑道,"加了外套,我们出去买些菜。晚上有客人,洛文已经去城外接了。"

他立在门口,淡金阳光洒在双肩,舒心得竟有些像一个居家男人。

望着他,我轻轻地点了头。

挎了菜篮,深陷市场,才知后悔。自己从不下厨,又哪里知道如何挑菜?左看青菜新鲜,右看鸡鸭肥美,就是迟迟不肯掏钱。倒不是心疼几个铜板,而是买了也不会烹

调,只能扔在厨房烂掉。

"买一只鸡吧?"洛谦站在菜场尽头,转过身,温和提议道。

掂了掂轻飘飘的菜篮子,我犹豫不决:"这个……"这个最简单的叫花鸡我也整不出。

"那鱼呢?"他似乎有所察觉我的为难,退让了。潜台词是熬一锅鱼汤总该会的吧!

我无言低头,又抬头准备坦白:"其实……其实还是买鸡比较好!"

天无绝人之路,菜场角落还有一家烤鸡店。

"来一只吧!现切刀,要一寸长的小块!"我叫醒昏睡中的店主。

店主一脸花开笑容:"夫人,我们家的烤鸡可是平罗的百年老字号,皮焦肉嫩,保管你吃了第一次就想吃第二次!"他甩起油腻腻的粗胳膊,将整只烤鸡切块。

"这个?皮焦肉嫩?"洛谦的微笑有点僵。

"味道应该不错!"我细细地看了一眼案板上的烤鸡,将话题由卖相转到味道。皮焦肉嫩?他家的烤鸡皮是够焦的,只不过不是焦黄,而是焦黑。肉嫩不嫩,不敢说,骨头应该是挺硬的,店主挥刀砍了数下,才骨肉分离。

洛谦哑然无语。

"夫人,好了。"店主挥手一抹汗珠,笑着将包好的烤鸡放进我的菜篮。

我瞟眼望了望洛谦,他缓慢地掏出一串铜钱。

心情轻松离开烤鸡摊子。

"扶柳……"洛谦从后面拉住了我的衣袖,叹道,"我们还是去买点肉,包一餐饺子算了。"

不等回答,他就拖着我到猪肉摊子前,选了几斤上等里脊肉。

"去选几把芥菜!"他把我推向青菜摊。

上挑下选,不得已,我亲切笑问摊主:"芥菜在哪里?"

冷冷抽气声在耳后响起:"原来你比流苏更……"

"我又没说精于料理!"我挑眉回头。

他一愣,喃喃道:"当初媒婆拍着胸脯说,上官家的小姐从小学习女红烹调!"

我上得厅堂,下不得厨房:"没错啊!十几年前我试着学过数日,不过从此金盆洗手,不再踏足厨房。"

"这个……貌似出入很大!"

"那媒婆还发誓,说嫁的是一个风华少年,青春无敌呢!"

他的脸青一阵白一阵。

"骗人的!我养在深闺不见媒婆。"我眨眨眼,笑了,顺手将摊主选出的几把芥菜扔进菜篮,"付钱吧!"

他好像真的生气了,竟独自一人走在前面。

无法,只得跟上,毕竟是自个儿舌利伤了人心。我索性将挎在胳膊上的菜篮转拎在手,一路小跑。

街道转角出,他的身影烟一般地拂离视线。

往前冲了两步,突然一股力拽我急退,重重地抵在砖墙上,一辆马车飞驰而过,掀起层层尘土。

"你……"他只吐出一个字,黑瞳里的锐光就散了。

黄土扬在半空,我拂袖掩住口鼻,嗡声道:"双马驾车,这排场,我就是退避三舍,人家也未必满意!"

隔着尘烟,瞧不清他的脸,只觉得距离很近,近到我闻到了那股墨香。

扇着袖子,退开几步,却哪知衣服钩在了墙砖的尖锐处,稍一用力,便破了好大一条口子。

"早上不是说没带几件衣裳吗?这里有家绸缎店,顺便挑上两件吧!"尘土落下,他微微笑着。

旁边果然有家绸缎店,熟悉得很,是伊水坊!

从集市回官仓小院,并不路过伊水坊,但跟着他走,竟绕到了这里。

站在伊水坊前,他目光散漫,淡笑似有似无。

"夫人,添两件衣裳吗?我们伊水坊刚推出今天春季的新款,都是二小姐亲自设计的,保管夫人穿上身更加美丽。"满脸亲切笑容的小姑娘将我拉到一堆绫罗绸缎间。

各色锦缎流光溢彩,明明暗暗间,花纹若隐若现。

会有那么巧地经过伊水坊吗?我的指甲轻轻地滑过缎子。

"夫人,这匹颜色鲜亮,做上一件夹袄,定将腰段修得纤细。"小姑娘热情地介绍着。

我晃了一圈,没有选定一块布料。

"就这匹吧。"洛谦指着流岚锦缎笑道。

小姑娘甜甜一笑:"这位相公好眼光,我们店里就数这匹锦最贵了,比得上贡品花纹,要是夫人穿上定是清丽出尘。"

"三两银子!"小姑娘抖起锦缎,如白雪扬扬,围了我一圈。

"三两?"洛谦反问。

未等小姑娘夸这匹布如何物美价廉,我径直收了流岚锦,轻摇头:"太贵了!我家相公月俸才二两银子!"

"夫人……"小姑娘忙拽住我衣袖,"我们这里还有其他花色锦缎,便宜得紧,您过来瞧瞧……"

"还是这匹吧,衬你!"他攥住我的手腕,暗劲有力,我移不得分毫,"叫你家店主出来谈一谈价格。"小姑娘见仍有戏,先是惊喜,可听到叫出店主,却是犯了难:"我家

第八章 涉平乐

店主今日到总部上报账务去了。"

"何日可回？"

"至少需要个三五日吧！"

我眉心舒逸。

"这位相公，我们伊水坊一向明码标价，做的是诚信生意，绝不会多拿一枚不该要的铜板！流岚锦真是上等奇货，整个平罗也不过十匹……"

他松了手，回过头望着我，墨瞳沉静，长眉却扬。

"用这个玉坠子抵上，可否？"洛谦取了腰间玉坠子。

小姑娘一见，惊讶不已。玉坠子不大，是一块天然翡翠，犹如水滴托在他的掌心，尤其坠子底端，翠色积郁，似要滴下。

"玉坠子怕是不止三两银子吧？"小姑娘到底识货。

洛谦淡笑如云："无妨，到时候自会有人来取的。"

"那请等一下。"小姑娘匆匆忙忙回到内屋，隔了一会儿，才春风笑言，"可以先用玉坠子抵着，等到有了余钱，来取回也是可以的！"

一路默默无语，回到小院。

流苏接了菜篮，洛谦吩咐道："将菜肉切末，混成饺子馅。"而后，对我浅笑，"我们去和面。"

厨房小，流苏一个人在里面就已经稍嫌拥挤了。没有办法，将客厅木桌仔细擦拭数遍，将就着做了和面台。

"扶柳，抓一把面粉过来。"

"嗯。"机械地抓起雪白面粉，我还在想着那枚翡翠玉坠子。

"自己做起来，到底是费时，还不如直接去伊水坊旁的酒楼订上一桌宴席！"洛谦快速地擀着面皮，"或许也能遇上几个熟人，对吗？"

他余光扫了我一眼，最后一句显然是针对我问的。

手僵在半空，我苦笑："既然知道了，何必一再试探！"

"长安来信，最近西泠的柳大公子追得紧，起了一场小冲突……"

心里咯噔一跳，伸手撑住木桌，探起身子想一问究竟。哪知忘了手中捏着面粉，乍一松，面粉散在空中，往四处乱飞。

眼中突然刺痛，白茫茫的一片，完全分辨不清景象。

应该是面粉飞进了眼眶，我闭上眼，抬起手就要揉。

"你就这样担心他吗？心神不宁到连眼睛也不要了？"手腕被人掐住，一圈火烧般的灼痛。像是沙砾硌在心头，我眼睛刺痛，泪水肆流："霜铃因我而受累，我能不担心吗？"

泪水冲刷掉些许面粉，微微能看见一丝光线，一幕水镜后，他的脸轻微扭曲。

"莫急！"他抬起袖口，轻拭起我眉目间的面粉，"没有任何人受伤，柳三小姐早就转移到了安全地方。"

心一下子就静了,幽若深谷。

端坐着,任由带有墨香的素白衣袖拂过脸颊。

"二哥——"门忽然推开,依稀见一个高大身影闯入屋子。

"重俊吧?"他淡淡说着,继续清理我眼角的面粉,"你先到外屋候着……"

月上中天,平罗偏僻小院齐聚一堂。

宴席是宴席,有酒有菜,酒是薄酒,菜只一盘不入流的烤鸡。

瞧了桌上一圈人,都是镇定的角儿。对面那位英气勃发的少年将军便是下午闯入的重俊。李重俊——定北将军家的三公子。还记得洗完脸出去见上第一面,他一愣,没头没脑说了一句:"原来与大姐不一样,没有一丝将门的粗犷气!"

右手边的威严老人是凉州刺史马如龙,左手边却是平罗太守宋知海。

一群人都是胸有文墨,仅就饺子,也能妙语连珠,吃得是气氛融洽。

末了,跟着流苏端了碗盘离去,轻轻关门时,忽然听了一句:"二哥,她是上官家的人,毕竟还是要防的……"

轻迈步子离去,脚步声连枝头栖息的鸟儿也不敢惊扰。

他们自是有机密筹划,而我来自上官,不可听上一句。

泠泠月色,洒大地一层冷霜。

我想,从长安到平罗,一路危险蹚过,我与他仍不可共肩。

【洛谦番外】

"扶柳,我给不了你要的安宁!"

恍如梦呓。

似是淳烈的酒控制了神经,我倚在她的肩头,温吞吐出一句。

她僵住,怔怔然不知所措。

到处都是浓浓酒香,方才她也饮了不少,薄醉染红酡。

她的锁骨细小,让我想起春日里攀在篱笆上的细长白花,一碰便纷纷落下。我小心靠着,不敢用力。

闲人都离去,屋里显得空旷起来,缕缕清香也自她的发梢传出。我微微半合着眼,她纤细脖颈下的脉搏缓缓跳动,一浮一沉,时光静好。

酒不醉人人自醉,真是名句,说到了心头,我合上眼,神游四方。

"没影的事,我去吃哪门子的飞醋?何况拜倒在本姑娘石榴裙下,犹如过江之鲫……"这句勃怒的话绕在耳旁,挥之难去。

当时她拂袖转身,看不见面容,只有一截细颈露在外。莹洁的肌肤瞬间就转为了淡粉色,犹如上了一层剔透琉璃,花萼般娇嫩。

我抿着唇,细细笑出了声。

她似乎是察觉了什么,一时噤了声,缓缓垂低额头,两旁乌发如流水倾落,化作了她衣襟前的片片飞花。

谁也不知我的血管里绽放的温暖花朵一路开到了心里。

屋外有脚步声急急行来,我暗叹,仍旧倚在她的肩头,更近一分。

她总算是有所反应,回过了头,幽香弥散。我闭着双目,呼吸匀长,如同醉酒熟睡一般。

锦瑟铮铮响了两声。那个宋家小女孩应该到了门口。

她清冷说道:"我家爷喝醉了,竟然睡着了。如此就不叨扰宋太守,我们先行告辞,日后再请太守一聚。"

柔和说辞,却藏有不可拒绝的凛然,就像方才她浅曼吟道:"沧海月明珠有泪……"

回到车内,我坐在里面最黑暗的地方,微微睁开眸,可以看清周围一切,她在车窗旁,有月光洒下,却看不清我。

夜空里烟花在绽放。

"瞬间辉煌,飞灰湮灭,人生短暂,又何必苦苦追求呢?百年后不都是一捧土。"她若有所思地放下窗帘。

于是,烟花覆灭,突然间看见了我与她之间的鸿沟,深且长。在这一场权力的荆棘路上,我们始终不会走在一起。

端坐起身子,我睁开双目,定定瞧着她。

"醒了?"她似乎有些惊讶。

"吹了冷风,酒便散去。"

她垂下头,静静地,车厢内我也不知她思索着什么,或者她只是安静地发呆。忽然她问:"为什么要拒绝宋知海?今夜前来不就是为了他吗?"

为何拒绝宋知海的女儿,我想或许只是厌恶被迫吧?如今虽然看似落魄,但也不会为了区区一介太守,而屈膝去迎娶他的女儿!

"平罗太守不过一地方小吏!"

她微翘唇角,似有讥诮:"虽说官阶不高,却掌控一方实权,兼握军队。"

"那你又为何关心起朝中事来?"我冷冷道。她对政治太敏感,一句话一个眼神,或许她便可了解其中深意。可知道越多,危险越大,更何况就在身边,咫尺之距。

她一怔,随后苦涩哑笑,眼中厌倦无数:"今晚我才是真的喝多了,话也多了。"

她闭上眼,在车厢的另一端,无声无息。

真像南海素莲,暗夜芬芳。

一顿饺子宴后,她离去。

"二哥,她是上官家的人,毕竟还是要防的……"重俊说话快,门还未完全掩上,素白锦缎映着月光折射进屋。

我抢说:"宋太守,这顿饭吃得满意吗?"

极细微的门框撞响,门紧密合上,屋内只剩明烛光线。

宋知海满目惊讶,怕是没有想到我突然问他。重俊虽然性子急,但总算是细心,止了方才的话,转向对宋知海笑道:"宋太守,二哥问你呢?"

"这可是二哥亲手包的饺子,连我也是人生二十年第一次吃到!"

宋知海缓了过来,低首拱手道:"吃相爷之饭,做相爷之事!"

到底是个明白人!

我徐徐望向重俊,重俊一点头,托起宋知海下垂的手,拜道:"以后都是自家人,哪敢再受宋大人这样的礼,岂不是要折煞侄儿了?"

话音刚落,宋知海面皮一白,惴惴不安道:"老朽怎敢承受李小将军的一拜……"

"当然受得起!"一直默坐在旁的马如龙笑道,"老夫要给宋太守道喜了!"

宋知海隐约似乎猜测出一些,不再手足无措,问道:"马大人,这喜从何来?"

"恭喜宋大人将有贤婿啊!"马如龙捻须一笑,望向重俊,"马某受李将军之托要向宋大人提亲了——"

"重俊堂兄去年武科状元,现在燕州军营担任校尉。久闻宋太守千金温良贤淑,不甚仰慕,可惜家兄一直无缘拜见太守,恰今日重俊见得太守,便冒昧请马大人做媒,大胆提亲!"重俊一番话恳恳切切。

起初宋知海还有些推却,做了几番模样,便含笑应了。

"恭喜宋太守了!"我应景顺了一句。

他也知其中用心,慷慨道:"愿为相爷效犬马之劳!"

"眼下还真有一事要太守帮忙……"我淡淡道,扫了一眼宋知海,他竟微微冒出冷汗,"不知平罗可有安全的库房?"

宋知海默然不语。

"最好是守卫森严!"马如龙老眼利光定在了宋知海的身上,"毕竟出了乱子,大伙儿一起进天牢!"

马如龙眼尖,察出了宋知海的一丝犹豫,放下狠话,激得宋知海全身战栗。

"平罗全城只有属下陋舍护卫最严,不知相爷意下如何?"宋知海咬牙道。他是个聪明人,押上了全家性命,博得信任。

最惹眼的地方也是最安全的地方,皇甫朔大概也不会料到我们直接拿衙门来办公!我点头:"甚好,如此打扰了太守。"

宋知海也是舒心:"怎是打扰,那是相爷看得起属下。"

"事办完了,人也不必留下了,"我指节敲着木桌,对外唤道:"洛文,备好马车,送宋太守回府吧。"

"那在下回府置办一切。"宋知海礼数周全,离前行了长揖,"知海嫁女之时,再请各位大人到府饮上一杯喜酒。"

宋知海刚出门，重俊便忍不住叹气："到底是便宜了这个宋知海，以后碰上就要恭敬地叫一声'堂叔'了。"

"强龙不压地头蛇！这是他的地盘，就要给足面子，毕竟他还有用。"我淡道。

马如龙赞同笑道："二爷说得是，奴才有作用时也需给他脸上贴金！"

道理不错，可马如龙说出来便太露骨，我轻扬眉，问道："拓跋那边怎样说？"

一提政事，马如龙沉稳干练："我与拓跋的信使会见了几次，他们对这次合作也是非常满意，只是要求三个月内必须将二十万两现银运到平罗。"

我领首，收银子再出兵也算公平。

"拓跋太子大概会三月份到平罗，与二爷详谈。"马如龙继续道，"可拓跋右贤王却始终坚持要二爷亲自去王庭商谈……"

"右贤王谨慎也是应该的。"我思索一阵，缓缓道，"还是年轻的太子有冲劲，愿意来平罗。"

"拓跋右贤王的事不急，搁一搁，看看是他耐得住性子，还是我沉得住气？"我轻笑，眼眸转向马如龙，"倒是先弄出一幅拓跋的军事地图来！"

"不理会右贤王？"马如龙沉吟片刻，忽而长笑，"二爷，这招以退为进用得妙！右贤王知道太子来了平罗，肯定心焦气躁，哪里还坐得住啊！"

"到底是一盘险棋啊！若不是拓跋夺位之争如此激烈，我们这渔翁之利怕是难得。"我叹道，随即嘱咐重俊，"那批银子你可不能大意了！"

"二哥，将心放进肚子就是了。"重俊一脸轻松，"国库里调出的银子我已经分散为两批，乔装成镖队出京，又派了一营的士兵暗中保护，想丢也难！"

我揉了揉额角："不要小瞧了皇甫朔……"

过了两日，到底是印证了那句话！

一路银子被皇甫朔派人给截住了，又悉数运回了长安。

此事传到大风营，上官去疾来了信，极简单的一句：小妹可凑足银！

"上官去疾的话可信吗？"重俊刚丢银子，怒气难平，"她一个娇滴滴的小女子，哪里来的天大的本事变出十万两白银？"

"她的母亲出自西泠柳庄，或许……"我止住话，就是亲兄妹也未必愿意拿出十万两来担这种风险，毕竟事败，将是叛国大罪！

"二哥，不用犹豫了，我马上回幽州，让爹想法子弄银子！"重俊不住摇头，"哪里能指望一个女人呢？更何况还是上官家的女人！"

"不可鲁莽！"我抓住向外冲的重俊，"这样岂不是将定叔推到皇甫朔眼前，不出一月，皇甫朔就会削了定叔的军权！如今朝中大半军权还在上官手中，万万不能让定叔失去定北将军的官爵，否则我们将朝中无兵！"

"怎么办？"重俊浓眉纠结。

那个清雅身影似乎就藏在脑中的某个角落，忽地便浮现出来，我轻叹："唯今之计，暂且相信上官家吧！"

"她？"重俊不解，"二哥，你为什么会相信她？难道真的是……"

那天重俊撞见我为扶柳擦拭眼中面粉，心里就有了疑问，只是这段日子我常常避而不答，他也就懒得追问了。现在他又是好奇心大动："这几天我看二哥与她相处融洽，倒似在一起生活了十几年，连一个细微动作也是默契十足……"

"她姓上官……"我打断了重俊的话。

楚营汉军，我与她身份已定，偶尔的眼神交错，那也只是错误的涟漪。

这一场朝堂博弈，我早已将上官算计其中。

"她……"重俊叹了一声，便安静了。

阳光爬上了格子窗，温暖的金色，我疲乏笑道："重俊，你去守住另一路银子吧……"

第九章

旋涡急

天朔九年,正月十八,天阴冷,飘小雪。

"流苏,你来得正好,瞧一下这衣衫怎样改一下才能穿出门?"我比划着猜谜赢得的新裳,不禁又叹了一声,伊水坊的金字招牌要毁在君丫头手里了。

"练武正好。"流苏一脸平静,从袖中掏出一封信来,"少爷刚寄来的书信。"

"先放在桌上吧。"我抖了抖衣衫,自言道,"或许这套衣衫还有得救。"

天朔九年,正月十九,风急。

暖间内,我侧身站在窗户缝旁,透着那一丝窄隙,斜斜地望着院子。

寒气如针,穿过缝隙扎在脸上,微微刺痛。

院子里,洛谦牵马与李重俊并肩而行,薄唇微动,两人似是在窃声低语,只是隔得太远,我听不见。

良久,李重俊脸色肃穆,右手重拍胸脯,隐隐传来他郑重承诺:"二哥……重俊……任务……完成!"

洛谦淡淡地拍了拍李重俊坚硕宽肩。

李重俊翻身上马,骏马长嘶,极快地飞奔出院。

至此,那夜前来饮宴的客人,全部离去。

我轻轻关了窗,转身对流苏道:"将那新裳拿来,看看怎样改成武衫……或许,天下将兴武……"

天朔九年,正月二十,雪尽放晴。

院子里洛文备马车,陋鞍骏马,极不协调。

我将刚买回的零碎布条递给流苏,笑问道:"明日有事要出去吗?"

洛文回道:"夫人,爷吩咐明日去拜访破弩堡,备好马车。"

迎着微弱的冬日阳光,我的眼睛竟感到有些刺痛,便眯起了眼:"破弩堡?"

洛文解释道:"夫人可能有所不知,破弩堡乃西北第一堡,堡主是当今武林盟主,势力横贯西北。爷前日去拜访时恰堡主不在,故才决定明日再访。"

"哦。"我轻轻转身离去,却不料洛文从身后赶了上来,递与我一封信,歉笑道:"小人刚才竟忘了,今早收到上官将军写给夫人的信。"

我浅笑接过信:"麻烦文总管了。"

信步走到院后的小池塘边,塘面的冰开始融了,破碎的冰块飘忽在水中,不能把握方向。

扯开信,展开薄纸,纸上惨白,只有寥寥几字,却是铁钩银划,带着一种决绝。

> 扶柳:
> 　　将十万两白银交给洛相即可。
>
> 　　　　　　　　　　　　　　　哥

或许是墨汁太浓,浸透入纸后,在阳光的照耀下,竟反射出白光,刺痛了我的眼。

我的手微微一颤,信就随风飘入池塘。宣纸吸饱了碧水,墨迹也随之晕开,字亦渐渐模糊,直至不可辨认。

深夜,我裹着厚袄,偏坐在炕上,摆着棋谱。流苏端着一盆热水进来:"小姐,洗漱睡吧,明天一早还要赶去破弩堡。"

袅袅热气,挡住了流苏的脸,看不见她一向清冷的眸。我懒笑道:"大清早的,我可起不来,今年伊水坊就让雪君她一个人胡闹,祸是她闯的,我可没有精力收拾她的破摊子。"

流苏背对着我,放下盆子,幽幽叹气,似一道冰剑,冻结了氤氲热气:"那少爷就没有急需的银子了。"流苏的背影在摇曳的烛光中有些怅然。

"流苏,有话就直说,每次都这样,憋在肚子里又不甘心,想讲又吞吐犹豫。"

流苏微耸肩,踏步若流星,直视我的眼,坚决如斯道:"流苏求小姐帮少爷一次,为少爷筹足十万两白银!"

"流苏你一心向着哥。"我抛下棋子,看着棋子无章地滚滚滑动,乱了一局棋阵,而后唇角苦笑:"你可知道,我若这样做了,将置自己于何地?"

自然地忆起哥的前一封信来。

> 扶柳:
> 　　哥晓再无颜面向你提出任何要求,但如今事态紧急,哥也只好做个不

知好歹之人。望你能尽快集结十万两白银,送与军中,以解军费燃眉之急。此事关乎上官家生死存亡,倘若心中不愿,但念娘之情,尽力为之。切记,切记。

哥

流苏毫无退缩,反而更进一步,决然之态更盛:"流苏不及小姐聪慧,也不懂国家大事,只知做事由心而已。现在流苏唯一能肯定的是,要不惜一切帮少爷达成心愿。"

我瞧着流苏,心中百转千回,愤怒的、怜惜的、忧虑的,只能化为一声幽叹:"我也想由心而已!可如今我被逼得走入这般境况,就不得不权衡再三,想一想,什么该做?什么不能做?"

"流苏,你以为给了哥银子就是圆了他的意,可你清楚吗?男人的野心在权力面前永远都无法圆满的!这自古以来,独揽了军权,又掌控了经济的人,哪一个不是人上之人?我给了哥十万两白银,就等于给了哥造反的野心!"

突地,流苏双膝落地,震得地上的灰尘直扬到了胸前,眸子却是更加犀利,盯着我,一字一顿,声音不大,却极用力:"就算他罪诛九族,不容于天下,我也会陪他走到底!"

眼角有了酸胀的异样感觉,慢慢地弥漫了眉眼间。

流苏,当初哥只给了你一个笑容,你为何死心眼地给了哥你的全部呢?

闪闪似水晶,占据了我眼内的所有空间,折射出无数个流苏。我霍然起身,指尖颤抖不止,对着模糊的流苏,尖锐地道:"流苏,我要骂你笨,骂你傻!你为他付出所有,那你有没有问上一句,上官去疾,在你心中我流苏是什么?或许哥只不过把你当做一个听话的工具。流苏,值得吗?"

流苏声固若磐石:"流苏对自己的选择无怨无悔!"

心像是被无数根丝线捆绑在一起,丝线在晃悠地收紧,最终心失去了挣扎的动力。我无力闭眼,有一滴水淌过了脸颊,叹道:"流苏,我真的无法答应。做了就要陷入政治旋涡,而我没有能力把握朝堂走向,太变幻莫测了。"用上最后一丝力,艰难道,"哥要我把全部白银交给……洛谦,我看不透他。"

流苏声音没有刚才突硬的尖角,变得几分柔和:"丞相不会害小姐的!那几日小姐中梅花落,丞相忙得几乎未曾合眼,连夜招来已告老还乡的沈太医,而后又不辞辛劳地寻找青尾毒蝎。"

是吗?真真假假,虚虚实实,我能相信几分?

"他会为权势抛弃苏婉,若再遇此事,他又会怎样选择?七年之情都可舍弃,他我相识不过半年,以后之事谁可妄断?"幽幽道来,竟含有几点断肠的哀痛。

流苏平静说道:"其实,少爷昨日已写信告知丞相,十万两白银由小姐筹备。流苏将所知之事全部告诉小姐,小姐若心意坚决,流苏也坚决长跪不起!"

顿时,我像是失去了牵线的木偶,软软地瘫倒在床上,睁大了双目,却是不见光明。原来他们还是不曾为我留下回旋余地,或者该这样说,从我踏入上官府后就已无退路。

"让我再想想吧……"

天朔九年,正月二十一,天晴朗,有微风。

贺兰山下,一条黑色巨龙横亘大地,坚不可摧。黑色城墙,破弩堡之绝,光可鉴人,滑不附物。堡门朱红,包有熟黄铜,雕刻螭蛟破云身形,中间插有拳头般大小的门钉,西北第一堡威严尽显。

门下守有练武汉子,衣着光鲜,只是精神不佳,大清早的竟有昏昏欲睡之态。

洛文上前道:"这位大哥,麻烦通报一声,平罗司仓洛谦求见龙堡主。"

守门汉子打着哈欠,骂骂咧咧道:"就这种不入流的芝麻官还想见我家堡主,小爷都不屑相见,铁定害得爷白跑一趟。"守门汉子极不情愿地挪开步,边说边懒洋洋地走进堡内。

许久,守门的粗汉才慢慢地回来,吊着三角眼,轻蔑道:"爷爷早说了,堡主是不会见你这种没名小官,赶快回去守着破仓库,如果不小心丢了东西,连芝麻官也得当了,呵呵……"而后眼角又斜睨我,嘿嘿笑道:"不过你他妈的还真有狗屎运,娶了个如花似玉的小娘子。"

我本心情不佳,这番话犹如火上加油,腾腾地激起了昨夜的怒意,便伸手探入腰间,取下一面西泠银牌,朝着那粗鲁汉子嘴上砸去,眉下沉,含有冰霜,冷声道:"不长眼的奴才,去告诉龙傲天,西泠柳庄的表小姐到了,叫他亲自出堡相迎,否则我今日就拆了他的破弩堡!"

粗汉一见气势,就怯了意,忙乱地扑住银牌,刚看上一眼,旋即变了面色,跟跄地奔回堡内。

这次效率快了许多,不多时,一道青影从门口飘出,接着就搂住我的脖子,清逸的声音在耳畔甜甜响起:"柳儿妹妹,云哥哥一年来可是天天都在想你哟,你有没有想过云哥哥啊……"柳云还是老习惯,抱着人不放,絮絮叨叨地讲上一大堆话,活像个孩子。

我正要启唇叫柳云松手,勒得有点儿痛了。

却发现柳云瞪着圆溜溜的大眼,没好气地大叫:"你是谁?干吗要凶神恶煞地盯着我?"

我侧头回望,洛谦的眉峰的确稍稍皱起,但绝对说不上凶神恶煞,依旧带着惯有微笑,只是隐隐含着阴寒:"因为阁下抱着我的夫人不放。"

柳云顿时身子僵住,口张得老大,一脸的不可置信。

我也趁机摆脱了他的拥抱,旋即淡笑,低头整理起揉皱的衣襟来。

"柳小云你给我住手,扶柳是我的,谁也不准碰,要抱也只能我一个人抱!"是雪君脆生生的话音,她一抹绿裙倚在门旁,一手叉腰,另一只纤纤玉手指着我,眼中尽是得意和掩不住的欣喜。

柳云突然连连后退,仰天哀叹:"啊……柳儿妹妹你怎么就嫁了呢?"

雪君刚到,自是不清楚状况,白了一眼柳云:"二哥又发癫了,胡乱说些什么,扶柳怎么可能嫁人呢?"随后笑嘻嘻地向我走来,待近了,忽激动叫道,"扶柳把头发全部盘起来了,真的嫁人了啊?是谁让你看上眼了?什么时候嫁的?在哪儿?我都没去当伴娘……"

噼里啪啦的一大堆问题劈头盖脑地向我袭来,嗯,该先回答哪个问题呢?我还在掂量着,柳云倒是先替我答了话,指着洛谦道:"就是他,自称是柳儿的相公。"

雪君来了劲,跑到洛谦身旁,踱着八字步,绕着圈,开始上下打量起洛谦来:"嗯,模样挺俊的嘛!"

"到底谁俊了?"不知何时龙傲天也到了堡口,他一身黑色劲装,只是脸色比起衣裳更为黑沉。

雪君立即笑呵呵地走过去:"当然没有龙老大俊啦!"

龙傲天僵绷的线条方才有些许柔和,但寒眸依旧,睨着我:"西泠柳庄的表小姐,好大的口气,竟要拆了破弩堡。"

我浅笑回应:"龙堡主也好大的架子,竟闭门不见。呃……其实要拆了破弩堡倒也不难,只须拐了你破弩堡中的小女子即可。"

龙傲天一挑浓眉:"你确定君儿一定会听你的挑唆?"

我亦一扬柳眉:"龙堡主若是不信,可尽管一试!"

龙傲天忽地展眉笑道:"不必确认,我相信,所以亲自到堡门相迎。"微微一转身,挥手道,"请各位进堡。"

我学得江湖规矩,抱拳莞尔道:"多谢龙堡主的盛情款待。"

到堡内大厅,各人寻着位子坐下,待丫鬟们上完茶,龙傲天作为主人先开口道:"柳家的表小姐是否应该介绍一番,大家也好打个招呼。"

大家从堡门一直瞅着洛谦到现在,只是洛谦神色如常,并无不安之态,笑对众人,倒叫他们不好开口了。

我莞尔道:"我相公,平罗司仓洛谦。"

雪君眨着灵动的眼,调皮笑道:"原来真的嫁了啊!难怪大半年没消息,却是逍遥快活去了。扶柳你重色轻友,害得我与雨蕉瞎担心。"

我泰然一笑,顺着雪君的话问道:"雨蕉,二叔,还有医邪呢?怎么不见人影啊?"

"医邪,气死我了。"雪君激动拍桌,看来他们真的是八字不合,总是对着干,"他居然说我会严重影响他儿子的健康成长。雨蕉还怀着呢,他凭什么就肯定是儿子啊,还有我哪点对不住他儿子？"

雪君动作之大，倒是吓坏了常年冰霜脸的龙傲天。龙傲天长臂随即一伸，按着雪君坐下，抚背柔声道："你也怀孕了，莫要激动，很容易动胎气的。"随后转头对我道："医邪他们另拣清静地方去了，二叔也闹着跟去了。"

我笑意冉冉，没想到一年不见，她们两人竟先后怀上了。

"洛谦？前丞相洛谦？"柳云悄无声息地走到洛谦面前，笑容甜美，酒窝深深，眉弯眼亮，却犹有犀利光芒。洛谦微抬眸，笑若月光柔和，眸眼似水，淹没了所有咄咄光芒："不敢当，现在只是平罗司仓。"

柳云笑容更甜，两颊上的酒窝溢满了蜜，声音却是凛冽的冰凌，刺破了他甜蜜的外表，指向我："上官扶柳，西华大将军之女，你一直隐瞒得很好。"

我直视他清澈的双眼，笑对他周身的丝丝怒气："云表哥，你若责怪扶柳欺瞒，扶柳无话可辩。我只想说，扶柳一直都是柳依依的女儿，也可惜父亲是西华大将军上官毅之，这一点从出生起就无法改变了。"

柳云的笑止了，无言，回座。

雪君反嚷嚷起来："扶柳，你当时不是说只是什么校尉的吗？怎么一变就成了大将军啊！"

我扬唇轻笑："十多年过去，该升官的也升官了，爹也不小心做到了大将军的位子上。而且官越大，未必越好，这风口浪尖的，跌下去就是粉身碎骨，是好是坏谁能辨清？"

"扶柳说话也耍官腔了，在肠子里绕了几道弯。"雪君故意说得阴阳怪调，对我挤眉笑道，"像我们这种平民小百姓，还是少搭关系为好。"

我瞟了一眼雪君小人得志的笑脸，微微笑道："雪君长大了，毕竟是要当娘的人，也知道说话要得体，用词要先经过脑子想一想。"

雪君立即嘟嘴："又拐着弯子说人，骂我没脑子。还有啊，既然知道我怀孕，你们竟狠心将伊水坊丢给我一个人。"

丫头片子还敢提伊水坊的事，我正色道："雪君，你还敢抱怨，今年伊水坊推出的新裳能穿吗？"我斜睨龙傲天问道，"二表姐夫，你可愿让雪君穿这身衣衫出门？"

雪君赶紧转头，眨巴着大眼睛向龙傲天求援。

可龙傲天仍阴云满脸："绝对不可以！"

雪君瞬间垂头丧气。

我浅笑道："雪君死心了吧，知道今年伊水坊因你要赔多少银子，损失多少顾客？不如这样，我出个主意，你来张罗，或许还可弥补亏损。"

"生意上的事可再从长计议。"柳云沉默许久，突然开口，"柳云倒是好奇了，洛相与夫人为何屈尊光临寒舍呢？"

我侧头回望洛谦，他风轻云淡，优雅品茗，仿若置身事外，权当一名看客，竟毫无

开口之意。心静如止水,我淡看柳云的深究,温柔笑道:"也没什么,只是想来凑足十万两白银而已。"

大厅内瞬间鸦雀无声,凉气充盈。

我眼含笑意,一一扫视过厅内人。

首先是龙傲天。

"去年秋,你与霜铃借入京城的三万两银子,如今霜铃尚未归还,堡内确无足银。"

而后雪君:"扶柳,你又不是不知道,我是个钱漏子,哪有什么存款!"

的确,雪君一向花钱大手大脚,从不存钱,典型的月光一族。

最后是柳云:"事关重大,我要考虑。"

柳云竟无笑容,反蹙起眉,想来是极为认真的。

我清笑道:"不敢劳烦各位为扶柳的事操心。云表哥,问一句,扶柳名下有多少存银?"

柳云眯起眼,缓缓说道:"柳儿妹妹几年经商,赚了七万三千一百九十八两五钱银子,再加上姑母留下的两万四千两,一共是九万七千一百九十八两五钱银子。"

洛谦依旧品茗,清茶泡开的雾气笼了他的眼。

"哦,还差三千两。"我温温舒笑,"先要麻烦云表哥取出我所有存银,剩下的不多,我可再想办法。"

柳云甜甜笑起:"银两数目太大,一时难以凑齐,明日可否请柳儿妹妹来具体商议一下。"

"那是自然。"我笑吟吟地望着龙傲天,"小妹,这几日可要叨扰二表姐夫了。"

当夜摆宴于破弩堡,只是大家各怀心事,气氛惨淡,草草散席。

而后随着破弩堡管事进了一个独门独院,百草居。初春北方还是犹如严冬寒冷,草木凋敝,没有冒出一丝绿芽。可就在这荒凉之处,百草居的西北隅,簇簇盛开着深蓝大花,无叶只有怒放的花。花似浸透靛蓝染料,深蓝、蔚蓝、粉蓝、浅蓝、淡白,从花蕊至花瓣边沿,层层荡开,似水波逐浪。空中半轮月洒给了蓝花通透的清华,飘起明媚花香,却又夹杂着一缕说不出的苦味,当真是难以描绘的异魅,可偏又赏心悦目,让人忍不住张望。

管事在前方提着灯,慢悠悠地说:"百草居是医邪公子与夫人的院子,平日里公子不许他人进入,公子喜好种植各种奇异花草,以观药性。如今表小姐暂住于此,最好不要碰触这些花草,因为老奴也不清楚哪些有毒?哪些致命?"

再看一眼诡异蓝花,移开目光,止住步,我浅笑道:"多谢管事提醒,时日不早,也请回歇。"

管事垂背,几声咳嗽:"老奴离去,表小姐安心休息,若有不便,可再唤老奴。"

又是数声轻咳,管事弯腰渐远离,步子细碎,却是毫无声响,只有一盏昏灯伴着他退出百草居。

我回身,见到洛谦清逸的背影单伫花田前,墨发随风丝滑,似锦缎裂开,搅乱了全身月华,仿若天地间,他与蓝花独占了满月清辉。出神一会儿,我重重一叹,打破静谧:"洛大人,扶柳有话要说,可否单独详谈?"

洛谦亦叹气,却是轻若鸿羽:"外面太冷,身子容易受冻,还是进屋说吧。"

屋内只有一盏清油小灯,光线浑浊,照在人的脸上,像是隔着一层油彩,蒙眬的,看不真切。我放了几片茶叶在如玉白瓷杯中,从容淡笑道:"哥已写信告诉我,将十万两白银交与洛大人。只是银子数目太大,难以一时调齐,不知洛大人何时急用?"

洛谦眸深如潭渊,幽幽的,深沉无比,嘴角却溢笑道:"扶柳,你真让我意外,上官家的女儿,西泠柳庄的表小姐,握着江南几处大买卖,真不知还有什么令人称奇的地方?"

第一道茶水泡开了,枯卷的茶叶陡然间就舒展开来,浮起一层茶末,我弯唇淡笑,带着一丝自嘲,将杯内茶水倒尽,余下了润泽的茶叶:"小时候跟着娘住在西泠,耳濡目染,学了一些生意手段。却只是商人角色,比不得官场人物,难道哥没有告诉洛大人吗?"

洛谦的眉稍淡淡扬起,似唇角畔的微笑,弧度恰好,让人舒心:"我今日方知,你这个西泠柳庄的表小姐,还是腰缠万贯的奇人啊!"

我提起紫砂壶,滚热的泉水汩汩流入瓷杯。

"上官将军昨日来信说,小妹有法凑足十万两,我初始不信,就算与首富柳家亲缘深厚,它西泠又怎会轻易拿出十万两白银,扯入这场纷争?今夜才晓是我目光浅短,乾坤之大,焉不能有奇人?"

我执壶手腕一颤,热水倾涌,溅湿桌面。

"竟不想奇人就在身畔,自己却毫无知觉。"

抛下茶壶,我抬头凝望洛谦,瞳似墨,光如镜,映射出了自己的身影,扯出一分轻笑,颤声问道:"哥只是说,扶柳可凑齐银两,便再无他言?"

洛谦缓言:"的确,上官将军言辞极短。"

我干笑两声,终于摘下微笑面具,仅余满身疲惫,软瘫倒下,陷在青缎软榻中,再也挺不直腰了。

榻旁木窗向西,遥望空际,不见明月,唯有漫天星斗,与院中奇异蓝花争艳。

亮白,艳蓝,色彩过于绚烂,我的眼承受不起,合目,沉入思绪。

原以为哥已将所有事情告诉洛谦,包括银子的来源,是故今日才随洛谦到破弩堡。却不料哥只说了一句话,小妹可凑银!

逸出一丝闷笑,哥其实还是不想让我牵入太深,没有告诉洛谦任何原因,只丢下一言,扶柳能做得到。好像是我自己暴露于洛谦面前,可是哥你想过没?你透一点儿给洛谦,他也就自然有能力将我查个通彻。

"你不问那十万两白银究竟用做何事？"洛谦温和的声音从上方传来。

我依旧闭着双目，只是将头微微仰起："若是想让我知晓，哥早就该在向我要银子时，说明用途。既然到现在也不肯透露，自是你们商议好的机密大事，倘若我问上一句原委，也是白费口舌而已。"

我就这样懒散地躺着，半睡半醒，闻到了一股明媚香气向我靠近，渐浓时转为草药苦涩之气，而后又破出淡定的墨香，香气萦绕，压住了我所有的气力。

那是洛谦身上散发的，刚才他在蓝花前站了许久，沾了一衣花香，香极转苦，最终还是他原本的墨香。他灼热的呼吸烫过我的脸颊，止于耳畔，幽然的声音，似在叹气："扶柳，不想把你扯入，但世事就是这样，让人无可奈何！不过我保证，此事绝对成功，不会牵连他人。"

洛谦，你为什么要向我保证？你我似乎都将对方放错了位置，你说过，扶柳，我给不了你要的安宁，我也说过，这本是场没头没脑的婚姻，事成之后，我拿休书潇洒离去。既然是形同陌路的两人，又拿保证做什么？

眼角蓄有泪水，只一滴，滑落，浸入发鬓，不见。

恍然间，香气骤然抽离，余下了袅烟清风。

我霍然起身，双眼却仍是睁不开，只能感到一个模糊的白影还尚在门口，便大声叫起，嗓子沙哑："洛谦，我要用十万两换取自由，这样，你我永远不再相见！"

不相见，亦不相知，再无纠葛，也不必挣扎。

白影僵硬："可惜你是上官毅之的女儿，十万两买不到置身事外……"

我颓然倒下。

一夜再不想事，居然睡得极沉。

第二日清晨就被雪君摇醒了，我睡眼半睁，瞧着床头人，一身长裤衬衫，腰束丝带，倒有几分飒爽英姿。

雪君动作利索，一把拉起我，嚷道："你倒说说，我这一身哪儿不漂亮了？"

我斜瞟着她的小腹，将青丝盘起，懒散笑道："不要瞎折腾了，怀着小宝宝呢。"

雪君撇嘴道："才二三个月，不碍事的。"

我扯下她腰中丝带："就是刚怀上，才要格外小心，这段时期最容易流产。"

雪君不管，依旧兴致勃勃，追问不停："到底哪里不好？"

缠得无法，我笑道："以古人的眼光，它没有一处漂亮，他们认为长裤外穿，败坏道德。以后啊，设计衣裳时要记得与时共进，要与西华女子的眼光保持一致。唉，真担心哪天你把吊带迷你裙给挂在伊水坊卖！"

"我是有想过的，但怕官府查封铺子，所以才选择长裤。"雪君乌溜溜的眼珠转着，"我刚设计了几套新的衣服，去看一下吧。"

雪君拽着我出了百草居，几经折转，到了一间花阁。桌面上散着一沓画，我没看画,反拿起盘中糕点吃起来。

"雪君,我倒有一主意,将衬衫添上围边,改为长衫,遮住膝盖,腰间仍束丝带。这袖口缩紧,再配上一双精致短靴,嗯,最后将口号加上一句,就叫,不爱红妆爱武装,从此做侠女。重新搭台发布新裳,请上几个会武功的女子,挥舞一段剑法,估摸着也就有了几分效果,或许尚可挽回损失。"

"岂只是挽回损失,今年伊水坊又要挣大钱了!"柳云笑嘻嘻地走来,"柳儿妹妹果真是经商奇才,刚才几句话,就化腐朽为神奇,将这不伦不类的衣裳变成了千古女儿心中的侠客梦。"

看着柳云的可爱笑容,弯弯的眼,颊边流露的深酒窝,我亦清甜笑起:"云表哥夸奖了,扶柳哪比得上云表哥,这些都不过是雕虫小技而已。"

柳云亮晶晶的眼更弯了,如弦月:"柳儿妹妹,现在可有空?去书房商讨一下十万两的大买卖。"随后一转星眸,戏谑道,"既是商业会谈,某些商业白痴也就不用跟来了。"说完便哈哈大笑,踏着轻功跑了。

气得雪君在后面直跺脚,向柳云的背影狂扔糕点。

破弩堡柳云别苑的书房内,清秀的少年埋首于账簿堆,光洁的额头泛有安定的气息,弯叶修眉也显得英挺,水漾的桃花眼更是冷静,带着商人天性的狡黠,捕捉暗藏于账簿的商机。

面对如此巨大反差的柳云,我早已习惯。自从与霜铃、柳云合开汇通钱庄来,就知道了什么叫变脸的速度,嘻哈少年换成精明人杰只需一瞬间。柳云常笑称:"老天爷给什么我就能用什么,老天爷给柳风一脸威严,可以吓唬他人。老天爷开玩笑给我一张娃娃脸,那我为什么不用这张可爱皮囊去骗骗人,同样是做生意,柳风正大光明地抢钱,我就歪门邪道地拐钱。"

这样的柳云,在商界呼风唤雨,并不比柳风逊了半筹。

我浅笑走向书桌,随意取了本账簿,摊开来看:"云表哥,最迟哪天可以将白银给我?"

柳云抬头,眼如利刃,凝视着我:"怕是凑不出十万两白银的。"

"哦?"我轻提眉梢:"难道钱庄经营出了问题,连区区十万两也没有?"

柳云愤然起身,怒气冲顶:"扶柳,不要任性了!你知道洛谦拿着十万两干什么勾当吗?如果卷入此事,你会有什么后果吗?"

账簿做得真混乱,根本弄不清资金的来龙去脉。我蹙起眉,轻声道:"我的确不知道银子的用途,但洛谦向我保证,此事一定成功。云表哥你似乎很清楚这件事,不知十万两银子要用在何处呢?"

柳云眉头打结:"密部没有查到任何蛛丝马迹,不过一定会是震动朝野的大事,既然涉及权势斗争,就无法预测,他洛谦凭什么能保证绝对成功,可以重新掌权?扶柳,你又不是不明白,为什么还要义无反顾地卷入其中?"

我翻书的手一顿,纸随即滑落,起了褶皱。握住笔架上的狼毫,轻点墨汁,铺平账纸,圈起账目错误的地方,然后眸转望着柳云,浅浅笑开:"这些天我也一直在计算,利益得失在脑子里转了好几个圈。不如现在我与云表哥就以此畅谈一番。"

柳云稍愣,而后颊边酒窝渐渐显现:"那就以天下为题,辩论朝堂走势。"

我低头,执笔在账簿上写下"资金来源不明"又笑道:"云表哥,天下太大,不如就从朝堂核心,当今皇上谈起吧?"

"当今皇上?"柳云修眉高挑,水眸蕴光:"算是一名合格的帝王吧,至登基以来,减负轻徭,百姓的日子尚过得去。"

我摇头笑道:"又不是史书评价,需要这些做面子的话做甚!说皇上的性格吧。"

柳云亦摇头道:"性格难以琢透,尚是朔王之时,就隐忍极深,最后出其不意登上皇位。已是皇上,仍忍耐八年,等待时机方发动政难,一举挑落丞相将军两派势力。嗯,他心机深,计谋亦深……人就更神秘了,我也看不透此人。"

"云表哥,你若是皇上,会放过上官家与洛府吗?"我问道。

柳云皱起鼻子:"怕是不会,斩草需除根,一定要赶尽杀绝的。"

"倘若上官与洛谦败了,他用何种罪名最好?"我淡笑询问柳云。

"当然是叛逆谋反之罪最妙,诛九族,干净利落,不留祸根!"柳云自然说出,毫无停滞。

我翻页,重新观看账簿,叹了一声,写下"需重做"三个字:"所以啊,败了,是要诛九族的,我怎么逃得出皇上的问斩名单!"

柳云直摇头:"不对,不对……"

"事情就是这样,没有十万两,他们必败,凌迟处死,我也会被送上断头台。既然如此,我何不放手一搏,拼出一条生路?"我觉得手指有些颤抖,不知是兴奋,还是恐惧。

"我不会让你卷进去的……不会的……"柳云开始喃喃自语。

"很简单的理由,我要活下去。"我的声音陡然拔高,左手紧握成拳,指甲深深嵌入手心,一阵痛楚,"所以,我会不择手段!"

柳云笑起,却是眼露凄痛:"扶柳,做了就没有回头路,我会阻止你的。破弩堡无银,你若想从钱庄取钱,我不同意,休想提出一个铜板。你若向大哥求助,回江南一去一来,加上我从中阻扰,至少要花费半年时间,那时所有事也该尘埃落地了。"

我握笔的手不听使唤地开始乱画,一横一竖极用力,划破了纸张,心里是怒极的,反而对着柳云清甜笑起,轻声道:"云表哥怎么还不明白呢?我出身上官,就已入政治。路无回头,后退一步,就是悬空,摔入万丈深渊!"

柳云却是暴怒,狂舞挥袖将满桌的账簿扫入半空,然后抓住我的手臂,拽向屋外:"我们现在就回西泠,出海去南洋,永远都不回西华了。"

"柳云,你疯了。"我气得直向他挥拳,打在胸口,一声砰响,空洞洞地在心里回响:"我们不负责任地逃了,西泠怎么办?破弩堡怎么办?皇上又会怎样对他们?"

柳云呆住,双眼晶莹闪烁,啊的一声惨叫,颓然倒地,全身蜷缩成一团,脸深埋进双膝,像是一个寻求温暖的小孩。

我抖了抖变形的衣袖,恢复平静,叹道:"西泠会被朝廷查封,破弩堡将被军队围剿,皇上会将怒气发泄到与我们相关的每一个人身上。所以我要留下,努力将牵连范围缩到最小。"

柳云依旧埋头,闷声道:"扶柳,让我相信你有能力可以保全自己。一月为限,不借西泠之力,在平罗挣下三千两。这样两月后我为你凑齐十万两。"

我在柳云的前方空地,坐下,举起右手,浅笑淡然:"击掌为誓。"

柳云缓缓抬起头,腮旁尚挂有泪珠,闪闪的,与月牙弯的眼一同明亮。

清脆声响,击掌为誓!

柳云恢复了惯用的可爱笑颜,酒窝甜腻腻,嗓音软糯:"扶柳,其实上个月余杭换了知府,他新官上任三把火,查抄了一家西泠暗地操控的铺子,说是掌柜的匿藏钦犯。"

我略惊,皇甫朔已经开始全面撒网,手段果真高强,深吸一口气,稳住心神,他几月以来,却不曾向平罗下手,定是无法直接打击上官家与洛谦,所以只能在边缘动手。

"嗯,以后请人小心些,便没事了。"我轻声回道,然后收拾起满屋的狼藉。

"可我想与鼎鼎大名的丞相大人会上一会!"柳云嘻嘻一笑,亮瞳里满是戏谑闪过,"要商人投钱,总要先验一验货物如何……"

我停止整理地上的账簿,斜仰着头,抱紧了怀里的一堆账簿:"这是我下注的货物,与你无关,不用云表哥操心去验了。"

"哪里?"柳云笑着低下头,"柳儿妹妹,不要忘了十万两是要从我手中流过的!"

我垂下目光,账簿漫出一股陈年的腐味:"好吧,今晚你到百草居来。"

百草居幽寂庭院中,皓月当空,柳云施然而来。

"知道柳儿妹妹一向小气,绝不会请人喝酒,所以我特意带了一壶祁山的黑泽酒。"柳云笑眯眯地将一瓶大肚黑瓷摆上藤桌,衣袖带风,竟有几分西北豪气。在洛谦对面坐下,他脖子前曲张望了一眼桌面,啧啧道:"果然没有料错,就只有几碟清淡小菜和一杯无味寡茶!"

我端起茶碗,茶水碧漾,映上月光说不出的清泠:"还是茶水养生。"

"一生留名,数十年足矣,要那么多年赖活作甚?"柳云眼波如潮水涌起,瞥向洛谦,咄咄逼人,"所以男人终归是饮酒豪爽!"

"不想柳二公子也是个性情中人,洛某今夜陪柳二公子不醉不归!"洛谦面色如常,淡淡笑着,将茶碗中的清水尽数洒出。

"好!"柳云亦是泼了碗中茶水,开启酒瓶,灌满了整碗茶杯。

酒香浓烈,夹杂着山林甘醇气息,我望了一眼碗中酒水,不禁一惊。这酒水竟然发黑,像是墨汁融在水中,细微颗粒沉浮其间:"怎么还有黑色的酒?"

"没有这独特的颜色,怎会被称作黑泽酒呢?"柳云已同洛谦饮了一杯,白皙肤色微然嫣红,他眼眸儿一转,盯着我湛湛有神,"柳儿妹妹不知吧?传闻祁山黑泽酒是当年审食其特意酿造的,只为博吕后一乐!"

"真有这个传闻?我倒要试一试!"我也腾出茶碗,缓缓地注了一杯黑泽酒。细小抿上一口,微甜,带有山果的清爽之感,忍不住又饮了几口,"口齿留香,难怪当年吕后爱喝!"

"洛相与审食其同位,怕是更能体味其中深意吧?"柳云桃花眼一睐,媚如丝却寒似冰。

蓦然间,酒意尽扫,我不禁一颤,算是清醒了。原来这一切,不过只是为了给洛谦难堪。西汉丞相审食其无德无才,不过靠着吕后的裙带爬上了丞相位置,如今我替洛谦凑齐十万两白银,柳云暗讽,嬉笑怒骂都掺和进了一杯酒!

又不能当面驳斥,我只得在桌下伸脚轻轻踢了柳云一下,暗示他不要继续说了。柳云随即对我甜蜜一笑,花开似的:"柳儿妹妹,我听大哥说霜铃好像在长安被一个大户请去做客几个月了。唉,人家门大户大,霜铃一个小姑娘哪里转得出来⋯⋯"

我轻轻一笑,掩下怒气,到底是低估了柳云,他从不肯善罢甘休!今夜是他主动要来,就定不会让气氛融洽!我缓缓饮了半杯酒,淡叹,还是不要闹僵的好。又伸出脚,想再次暗示柳云,不要挑衅洛谦了。

只刚刚抬起足尖,双腿就被人夹住,进退不得了。

洛谦这时端起茶碗,对柳云淡笑,恍若浮云悠然:"古人常以人品论酒品,柳二公子以酒品论人品,倒也是一件新鲜事!不过难免有失偏颇!"

柳云一愣,笑道:"我口若悬河,你倒沉稳如石,这样子也激不出什么火花,一点儿也提不起劲来⋯⋯"

"不如饮酒!"洛谦喝下半碗黑泽酒。

"酒入肚肠,滋味各种体味⋯⋯"柳云倒似真的醉了,饮酒自斟,唱了起来。

到底是酒能解愁,我也饮了起来,三人同喝,一瓶黑泽酒很快见了底。

柳云倒干最后一滴酒,饮尽,摇摇晃晃起了身,指着洛谦厉声道:"你若欺负了我家妹子,柳云天涯海角也找你索命⋯⋯"醉眼轻扫了我一眼,踉跄走出百草居,清唱起,"西湖梦,柳絮雪,一字字离别。此去人难在,更声是愁结。千古落花无处葬,三分随流水⋯⋯"

柳云歌声渐止,他也放开了我的腿。

"这不是普通的清酒吧?"我的头隐隐发昏,眼前事物似乎都有了叠影。

"黑泽酒入口清甜,容易贪饮,但是它后劲奇大,一般人受不住的!"

昏昏然的十分不舒服,我索性趴在了藤桌上,面容埋在双臂之间,看着自己小腿轻摆,裙裾层层叠叠地荡开:"十万两买不到我的自由,总该可以换得霜铃的自由吧?"

他沉默。

我继续埋头:"我没有通天的本事,可以逃出你们的天罗地网!更何况……不会眼睁睁看着你们……哥去死的……"

依旧寂静。

偏起头,我斜睨着他,眼里泛起薄薄水雾:"你是不是很相信,酒后吐真言?"吃力地撑起身子,脚步蹒跚,晃到他眼前,咬唇道,"我的确是喝不得几杯酒,今儿就吐了真话!"

再往前一步,竟踩到裙角,一摇晃,扑在了他胸前。

顺手抓紧他的衣襟,切切道:"知不知道,棋盘上如果小卒过了河,便无法无天,谁也管不住了的……管不住……"

心过了界,也是管不住的!

脑子里热气涌上,终也抵不过酒意,熟睡了去。

今日中午时分尚有一缕慵懒阳光,可到了傍晚却是突降白雪,细碎地铺了一地琼花。我手捧暖壶坐在朱窗边,微支窗棂,恰看得雪中妖艳蓝花,不畏寒天,反开得更为舒放,似一女子在飘零扬花中欢畅舞蹈,细碎的雪花在她身旁袅袅落下,只当是她旋转时散发的快乐。

低首回望房内,就瞥见了床头的一枚棋子,红色的"帅"字有些刺眼。早上酒醒时,第一眼就瞧见了这红如血的棋,怔怔愣了片刻。

"流苏,这平罗的倒春寒可真厉害啊,都已经立春好几日了,却不想还有一场大雪。"

本以为流苏会以一贯的沉默回复,不料她却端上一碗红枣粥:"刚才相爷离堡,吩咐我做的,说是红枣粥暖胃,小姐怕冷,喝了对身体好。"

早上洛谦和洛文离了破弩堡,回去平罗官仓,说是有公务在身,但小小一职有何事可做,只怕是明里看守,暗里部署计划反击皇甫朔。

我舀起一勺红枣粥,不够暖,但却甜如蜜:"流苏,他只留下了这句话吗?"

流苏一怔,转头凝望空中飞雪:"银子最迟只能等三个月。"

我轻笑,洛谦,只有三个月的时间吗?放下手中粥碗,合上窗,道:"流苏,准备白锦氅风,今晚我要去堡中大厅将一些事定了。"

虽然时辰不晚,但天已黑透,破弩堡大厅内灯火辉煌,香气四溢,可下人丫鬟们却全都在门外恭敬候着。我踏雪前行,至厅口,解下毛氅,递与流苏,轻笑道:"流苏,看来今晚你不能与我同桌吃饭了,在外面欣赏月下雪景吧。"

跨过门槛,身后厅门已然紧闭,我一眼扫过厅内人——龙傲天、雪君、柳云,便嫣然笑道:"还以为我是最积极的,没想到竟是最晚来的。"说完,随即入座,斟了一杯酒,浅浅抿饮。

龙傲天寒眸锋利,目光焦点锁在了我身上,沉声道:"今天清晨,洛司仓回平罗了。"

"哦,职位虽小,却也总要恪守的。"我把玩起酒盅,略微挑眉道,"看来今天真是个出门的黄道吉日,连龙堡主亲自守着堡门收过路钱。"

龙傲天瞟眼,冷然道:"不得已,总需要保护自己的。"

我淡笑,夹起桌上佳肴,嗯,果然好味道,眯起眼问道:"雪君,可你知道该如何保护自己吗?"

雪君还是老样子,依旧快言快语撇嘴道:"龙老大不要我插嘴,你们老把我当成小孩子,我又不笨,当然知道你们要干的是危险事,可不论怎样我都是还要和你们在一起的啊!"

手连颤,泼了半杯酒,我缓缓说道:"雪君,我就不会把你牵入危险之中的,也不会让任何人伤害你们。"

从开始就一言不发的柳云突然笑道:"她与我一样都姓柳,注定要涉入旋涡,避无可避。"

龙傲天也冷静开口:"可惜龙某人的妻子是洛夫人的二表姐,这层血缘关系无法改变。"

我浅晕淡笑,喝下剩余的半杯酒,抬眸瞧着龙傲天:"二表姐夫是个明白人,扶柳亦相信姐夫完全有能力将破弩堡脱身事外,又为何要巴巴地蹚浑水呢?"

龙傲天嘴角翘起一丝不易察觉的微笑,浓眉挑起,眼神些许兴奋:"能遇上千载难逢的龙虎斗,何等幸事,我龙傲天当然不能错过,要下注赌上一赌!"

我掷杯在地,声若珠玉落盘,破碎的白莲瓣瓣盛开在冰冷的地面,而后明媚笑起:"扶柳也就直话直说了,但请二表姐夫将平罗城中的怡心阁交与扶柳打点一月。"

龙傲天垂眸,一言不发,显然在思考。柳云反问起:"扶柳你确定选它吗?怡心阁怕是破弩堡最小的产业,每月只有一百两入账。"

我水眸流转,余光瞧着柳云,抿嘴巧笑:"世人都言女儿家的脂粉钱最好赚,可哪及得有时候,男人们的一掷千金啊!"

龙傲天冷傲双眼盯着我,似要将我看透,我亦不退缩,对上他的寒眸,坦然傲笑。

"怡心阁便交与你,但要收取一百两的使用费。"

我清扬笑道:"君子一言。"

龙傲天接口道:"驷马难追。"

"呵呵。"柳云笑嘻嘻的,一副顽童笑颜,"柳儿妹妹,你我击掌已有五日,可要抓紧时间骗钱啊!还有,钱庄去年的账簿混乱,麻烦柳儿妹妹重新做一遍了。"

我雅韵淡笑:"麻烦可以,但要收取工钱两百两。"

柳云立刻惨兮兮地大叫:"抢钱啊!"

"云表哥,扶柳也是巧妇难为无米之炊,总要有些银子来经营怡心阁的。"我支腮眨眼浅笑。

雪君终于熬不住她旺盛的好奇心,脆声问道:"扶柳,怡心阁是什么铺子呀?一个月可以赚三千两,我也要玩一下。"

瞧着雪君的透亮双眸,我不禁冉冉笑意,却带着一丝狡黠:"青楼。"

"啊!什么?妓院?"雪君顿时兴奋异常,"我一定要去长见识。"

龙傲天俊脸立即变得惨兮兮的,阴沉得紧。

我又回首瞟着柳云,几分挑衅:"扶柳事实上能一月赚得三千两,也希望云表哥也能在三月之内集齐十万两!"再看雪君仍旧跃跃欲试的小脸,我挑起柳眉,抛了一个眼色给她,笑道:"雪君,想加入吗?那就把平罗的大街小巷全部贴上告示。破弩堡的告示,怡心阁要招姑娘,不论条件,只要她有惊人才艺,怡心阁就尽量满足一切要求。"

雪君听完,就撩起裙摆,边说边走,急向书房:"我现在就去写告示啦!"

我莞尔一笑,对上龙傲天铁青的脸:"多谢堡主夫妇的鼎力相助。"

【洛谦番外】

"你是不是很相信,酒后吐真言?"

她伏在藤桌上,脸颊处的细腻肌肤被锦衣花纹压出了浅痕,晕出婴儿般的淡淡粉色。

站起来,后退几步,与她隔得远了,我才缓缓地对上她的眼。

一旦近了,幽香迷离,总是有几分心不在焉。

黑泽酒是宫廷贡酒,似乎也曾饮过几杯,记得当时贪图酒感清新,多喝了一坛,醉得不省人事。第二日才发现皇甫朔躺在身旁,他狭长的眼暗蕴亮芒:"白子谦,你也很讨厌皇后与太子吧?"

那时我与他只有十五岁。

从此以后,我时时饮酒,过了数年,千杯不醉,再不会醉后乱语。

后来,我与他一同铲除太子,扳倒月贵妃。

他登上皇位,年号天朔。

"我的确是喝不得几杯酒,今儿就吐了真话!"

她醉眼蒙眬,摇摇晃晃向我走来。

一直沉默不语,只因她道出了我的用心。的确是相信酒后吐真言,她的心里到底藏了什么?

"你若欺负了我家妹子,柳云天涯海角也找你索命……"西泠柳二色厉内荏。

他外表狠厉,怕是内心柔软,舍不得她受了半分委屈。

还有那西泠柳大也是一般心情吧。

早该知晓,她如素莲,在西泠柳庄的湖水中盛开多年,那杨柳绿绿的岸边多有沉醉于幽香的人。只是猛然间发现了这些如玉少年,自己却滋味难寻。

酸涩,到底是止不住地往上涌。

瞥见身边的妖艳蓝花,只觉它也是在嘲笑。

她绊了裙角,靠在我的胸前。

丝发如缎,暗夜芬芳。

扶柳,你的心里装着谁呢?

"知不知道,棋盘上如果小卒过了河,便无法无天,谁也管不住了的……管不住……"她微扬着头,扯住我的衣襟,切切道。

一字一句莫名哀愁。

这般近,这般凉,她埋在我的肩头,暗暗无声,却有水晶般的珠子滑过我的脖子。

"卒子只能进不能退,你做得到吗?"声音微哑地问出。

如果有一天卒子过了楚河,无法无天,你是否能勇敢地一路到底呢?

如果有一天你站在我身旁,面对上官,你是否会坚强地不离不弃呢?

你会不会与阿宁一般,为了家族,舍我而去?

我低下头,月光氤氲了她的面容。

真好,没有听到答案。

她醉得不省人事。

我抱着她进屋,鼻端幽香不散。

放下那枚棋子,红色的"帅"字。我给不了你自由,只能给她自由,这样,你是不是不会再在我的怀里流泪?

扶柳,我们都需要画地为牢,阻隔情愫蔓延,不要等到那一天,你我相对,刀剑互搏,心痛如割。

第十章

掌 上 舞

天朔九年,二月初二,龙抬头,平罗城内草丛中长出第一片嫩叶。

"扶柳,又过了五天了,一个月只剩下二十天啊,你怎么还拖着不开张呢?"

"没有一个中意的姑娘?我瞧着有几个就挺漂亮的。"

"你动作要快一点啦,照这个样子下去,一百两赚不赚得到都是个问题啊。"

"喂喂,扶柳,到底在听我讲话没有?"

雪君的嗓音的确清灵,可再好听的声音在耳边聒噪个不停,一直响了三天,任谁也受不了的。我轻皱起眉头,看着雪君在书桌前晃来晃去的身影,长叹一口气,搁下手中毛笔,真是皇帝不急,急死太监。

还好将钱庄账簿赶做完了,重新做账花费了我不少时间。我起身轻弹长衫,刷地打开纸扇,手腕轻摇,潇洒踱步到雪君身旁,微微笑道:"我看龙夫人清闲得很啊,现在可否帮在下将这本账簿送给柳二公子,顺便取回两百两银子?"柳云向来狡猾,只肯收到账簿后,才将银子给我。

雪君这时才止住了乱晃的脚,盯着我猛瞧,眼也不眨一下:"扶柳这几年越发的俊俏了,当真是比过那什么宋玉潘安的。"

我不禁略白了雪君一眼,嘴角露出一丝巧笑,抖腕收住纸扇,轻点雪君额头:"丫头傻了,我可不是真的帅哥,再这样看得流口水,估计你们家的龙老大今晚就要把我给毁容了。"

这次经营怡心阁不像以前在西柳,在幕后指挥便可游刃有余,如今任何事我都必须亲历亲为,为了方便做事,我改作书生打扮,以柳四公子的身份入主了怡心阁。

几天来,男子长衫换身,不自觉地连走路姿态也作了书生模样,羽扇纶巾,迎风展袖,学得满身的翩翩风度。只是男女声音始终有别,尽管已尽量压沉嗓子,但细细

听辨,仍可闻到女子娇媚尾音。倘若对方是精明之人,我想这女扮男装之事也是瞒不过的。但我偏偏却以破弩堡堡主的小舅子的身份出现,怡心阁他人就算发现了什么蛛丝马迹也不敢声张,见了我依旧恭敬地称一声柳四公子。

正想借账簿的机会将雪君哄回堡内,腾出一段清静时间,好好想事。却不料怡心阁的玉娘推门而进,福身道:"给夫人与柳四公子问好。"

我翻转折扇,淡笑道:"玉娘,客气了。"

玉娘仪态万千地起了身,笑容妩媚。这玉娘就是那日上元佳节伊水坊发布新裳的主持人,她本是怡心阁的鸨母,以前也曾是红极一时的姑娘。如今年龄大了,学得一些手段,在怡心阁站稳脚,当起了鸨母。

当日妆浓瞧不出她真实年龄,接管了怡心阁,方知晓她真实情况。玉娘不过三十有五,但这年纪在勾栏院里算是暮年,迫不得已退了风尘。听破弩堡管事言,一二十年前玉娘也是平罗的头牌姑娘,歌声倾城,唱春曲便百花齐放,歌秋调便风雨凄凄,天籁嗓音绕梁三日不绝。

我与玉娘相处数日下来,也是明白她的,在滚滚红尘中活了数十年,早已打造出一副精明圆滑的心肠。现在怡心阁内不少事,我也是交给她在打理,玉娘做得也是不差分毫。

"四公子要的玉坠子,伊水坊的掌柜刚刚送来的。"

我接过玉坠子,细细摩挲。

"到底是个什么宝贝玩意,你巴巴地从伊水坊寻来?"雪君一把抢走玉坠子,摊在阳光里审视一遍,"也不是个什么好东西,连个刻花也没有,光秃秃的一块翡翠!"

"夫人这个好像是满绿翡翠?"玉娘眯着眼。

雪君又瞧了一通:"什么满绿翡翠?"

玉娘笑道:"满绿翡翠非得缅甸万年玉种不可得,我也只是陪客时远远瞥了一眼,这翡翠碧透,一眼难忘!"

"是件稀罕物!不能给你把玩,免得摔成玉碎子了!"我伸臂从雪君掌心取过玉坠子,握紧了不再让人看见。听说好玉通灵气,大概是洛谦常戴的,玉坠子似乎吸取了人的精华,一直暖暖的。

雪君冲我一皱鼻子:"小气!"

我不理会,径直问向玉娘:"有入眼的姑娘没?"

玉娘一丝媚笑:"今日前来应聘的姑娘不多,我瞧了一阵子,没有拔尖的,也就全部打发走了。刚准备关门时,可巧就来了一位姑娘,小曲唱得不错,只是衣衫破烂,浑身肮脏。公子要见上一面吗?"

沉吟一声,玉娘以前唱曲了得,既然能入得了她的眼,必定是块好玉,我摇扇浅笑:"带进来吧,既是玉娘推荐的,曲子一定唱得妙。"

其实这段时日平罗沸腾得很,比起新年更为让人喧闹,只因破弩堡在城内贴满了公告。天下第一堡破弩堡的公告,盖上了破弩印的公告,绝对的震惊,破弩堡虽是名声在外,但从没有像这般宣扬过。大家都在打听怡心阁,在什么地方,有什么特色,最重要的是与破弩堡有什么密切关系。似乎就在一夜之间,怡心阁彻头彻尾地火了,火得平罗每一个人都可以在大街上毫无顾忌地谈论怡心阁,这个烟花之地。

我是应该满意前期的宣传效果的,毕竟将怡心阁的名号传遍了大街小巷,成功地吸引了人们好奇的眼球。但是在如此大的影响力之下,居然没有招到一个称心如意的姑娘。来怡心阁来试聘的女子不能说不多了,环肥燕瘦,娇颜巧手,可硬是没有一个可以撑起整个台面的女子。若是美比娇花的,则无压台绝技,若是技惊四座的,却无通身气质,选来选去,也只招得几名弹乐女子。

想着是该定个人选了,就算不能完全如意,也应该可以凑合地迷倒平罗的富家公子。正琢磨着,玉娘就领着一名姑娘进了书房。那姑娘倒是懂得规矩,脚刚踏进房,就屈膝福身,姿态优雅,说不尽的袅娜风流。

我微微一笑,清声道:"姑娘不必多礼。方才听玉娘说,姑娘歌声嘹亮,若天籁飘飘,不知现在能否为在下弹唱一曲,一饱耳福呢?"

那姑娘淡雅起身,动作如行云流水,没有一分的不通畅,不瞧她的褴褛衣衫,倒还真以为是官家闺秀一展歌艺。

我双目凝神,将她瞧得越发仔细了。脸上有一层黄尘蒙脸,看不出真实样貌,不过一双杏眼却是清丽似水,秀眉高挑,隐隐含着一股清傲之气。她被我盯着,并没有显得丝毫慌张,反是清冷一笑:"公子客气,只是小女唱曲需七弦琴伴奏。"

有见识,态度不卑不亢,气势逼人,若是上台,定能镇住台面。

我盈盈浅笑,道:"玉娘,取来七弦琴,备清水,焚幽香,上清茶,今日我与龙夫人要听姑娘高歌一曲。"

琴到,水至,香焚,那姑娘将手浸透入水,洗下手中尘垢,而后十根白葱玉指轻挑琴弦,铮铮两响,似在调音,行动之清雅,仿若画中仕女在浅吟弹唱。

她缓缓抬首,眸光晕转,红唇轻启:"小女子献丑,一曲《枉凝眉》,还望可入公子耳。"说罢,纤细白指便似花般在七弦琴中上下翻飞,挑弦勾指,一曲清音哀婉响彻屋内,曲调清幽,恰似一缕甘泉冲洗了这浊流俗世,也冲开了我的记忆。

一段惊世骇俗的绝妙前奏后,她慢启朱唇,唱出一魂幽怨:"一个是阆苑仙葩,一个是美玉无瑕。若说没奇缘,今生偏又遇着他;若说有奇缘,如何心事终虚化!一个枉自嗟呀,一个空劳牵挂;一个是水中月,一个是镜中花。想眼中,能有多少泪珠儿?怎经得秋流到冬尽,春流到夏!"

她唱得很到位,每一个音调都捏得极准,最重要的是感情丰富,似投入无限真情,让听者无不随之黯然神伤,独自蹉跎。而我却是以扇为节,轻轻敲打桌沿,和着拍子,似完全陶醉其中。心下暗自喝彩,好一首《枉凝眉》,不比原唱差了多少。

面露满意微笑,半凝目,再次留意观察起这位姑娘,哦,或许现在不应该再称其

姑娘,是否同志更为亲切一些,毕竟都是天涯沦落人,不知她是怎么也掉进了这个陌生的时空?

得先管住雪君的嘴,不能让她泄露了我们的底细。我略撇头,一望雪君,反有几分惊讶。雪君趴在书桌上,眼泪掉得稀里哗啦,像是完全被曲中悲凉打动。我轻舒气,估计这首《枉凝眉》年代过于久远,再加上她新潮的性子,哪耐得住看《红楼梦》啊,所以雪君以前未曾听闻此曲,也就猜不出唱曲人的来历。

正掂量着应该如何不露痕迹地从她口中套话,恰好弦止曲终,妙音骤停。我立即起身抚掌笑曰:"果然是天仙妙音,人间哪得几回闻啊!词美曲妙,姑娘又唱得动情,当真有余音绕梁三日不绝之感。"

她只是淡淡回礼一笑:"公子过奖,小女子愧不敢当。"

瞧着她的清丽双瞳,我温柔笑问:"敢问姑娘芳名?是否真心有意在我这怡心阁登台献艺?"

她目光闪烁,带着一丝黠促,婉转回道:"小女子姓贾,名宝玉。"

"哐当"一声惊响,茶杯摔碎,雪君低呼道:"贾宝玉不是一男的吗?"

我不禁皱了眉头,暗叫糟糕,自己也粗心大意了,只想着雪君猜不出她的来历,岂忘了最难料是人言,早知应该先封了雪君的嘴。

假意慌忙奔至雪君身前,从袖子里掏出手绢,替她擦拭起衣服上的茶水:"怎么不小心打破了呢?"待擦至衣襟处,我顺势贴在雪君耳畔,低声沉严道,"不准再说话了,莫要泄了身份,一切交给我。"

随后将帕子递与雪君,便悠然转身,对她歉笑道:"我二姐从小性子就直爽,反应总是过大,刚才的话若是冒犯了姑娘,还望姑娘见谅。其实,也怨不得二姐,只因家乡故宅旁确有一贾户人家,生有公子取名宝玉。却不想天下竟有这等巧合事,会与贾姑娘同名同姓!"

贾宝玉先是轻咬着下嘴唇,眼里露有疑惑,闪有防备,但很快便浅浅笑开,声音清朗:"无巧不成书嘛,看来贾宝玉还真是一个好名字,也让我与公子牵起了几分缘分。这样,宝玉就大胆开口直问了,是否可以按公告上所写,自行提出条件?"

我亦浅笑道:"不知贾姑娘有何要求呢?"

贾宝玉爽直开口,不做任何拖沓之语:"首先,我卖艺不卖身;其次,我要拥有绝对的自由权;最后,每月五十两纹银,一个铜板也不能少。"

不愧是受过现代教育的人,开出的条件将自己保护得滴水不漏,但我岂是省油的灯,任她欺凌在头上。我轻摇折扇,徐徐凉风迎面,含笑等着她一口气开完条件,便止了笑意,双眉略沉,目光锐利盯上她的眼,毫不留情地针对她所提出的条件一一打压:"怡心阁不是饭馆,你我都清楚它是青楼,我不会雇用一个无用之人。就算我要请怡心阁的当家,也不会给他绝对的自由。所谓吃人嘴软,拿人手短,既然为我做事,哪有我还要听手下人话的道理?贾姑娘也未免太漫天开价了吧?现任平罗太守一月俸银不过二十两,如果有月银五十两的歌姬,不知道太守大人知道了,会怎么想呢?呵呵……"

贾宝玉方才清澈的目光开始渐渐闪烁不定,最后却是一扬尖俏下巴,不甘示弱道:"久闻公子招贤若渴,这几日没有一个女子入得了眼的,宝玉猜测公子要的不是通常的庸脂俗粉,而是能够一鸣惊人的才艺绝色女子。小女子不才,却也自认为可以让怡心阁一月之内红透西华,成为西华第一的烟花之地。公子是个聪明人,不需宝玉多言,既然公子所求之人来了,公子又岂能因为一两个不痛不痒的条件,而将我拒于门外呢?"

果然有胆识,一语点破我现在的要害,我急需的,就是她那种能够为我带来滚滚财源的才情奇女子。可我商场混迹多年岂是白玩的,悠悠一笑,漫不经心地瞟了她一眼,懒洋洋地问道:"宝玉姑娘只是唱得一两支好曲,可是只凭这个怕是无法艳压群芳的。"

贾宝玉眸子透亮,不自觉地将声音扬了几分,带着一股骄傲道:"公子错了,宝玉会的曲不止一两首,而是无数首。而我最擅长的并非曲调,而是舞蹈,我曾十年苦学舞艺,自信在西华无人可出我之右!"

我散漫收起折扇,端起茶碗,抿上一口清茶,才缓言:"我瞧着姑娘这身装束,沉泥垢面,想必吃了不少苦头吧?现在谁更需要谁还说不准呢?"

我叹了一口气,淡笑起:"我觉得与宝玉姑娘好像尚有几分缘分,不如这样,我保姑娘清白,每月给十两纹银,姑娘则在怡心阁卖艺。"而后搁下茶杯,抬眸嫣笑,"最后再提醒一句,这怕是青楼能给出的最好条件了。"

望一眼窗外天色,拉起雪君,走向书房外:"天都快黑了,二姐我们也回家吧。"

六、七、八……我噙着笑,在心里默数步伐,嗯,十。

"公子请留步。"贾宝玉有些焦急地叫住了我。

"宝玉愿在怡心阁献艺,但公子如何保证条件落实呢?"

我回身,盈盈浅笑:"以破弩堡为保证,不过,贾姑娘也要保证一登台便可艳压全国。"

贾宝玉扬眉道:"只要给我三日准备。"

够爽快,我亦扬眉道:"口说无凭,玉娘,立契为据!"

"再问公子一句,签的是几年合约?"

"一月!一月之后,姑娘要走便走,要留便留。"

"签了!"贾宝玉挥笔一签,喃喃自语道,"妓院、登台、唱歌、迷男人,我祖国的大好青年,怎么一穿就变身成了天雷娘娘呢?唉,这世道不雷雷,怎能混到一口饭吃……"说着她还颇有幽怨地瞟到门口,扫了我们一眼。

眼见雪君跃跃欲试,我狠掐了她一把。果然,吃痛,雪君叫出了声:"疼——"

我顺势抚摸着她微微凸起的小肚子,柔声道:"怎么这样不乖呢?瞧踢得娘亲多

痛啊！"说着就架起雪君极快地离去。

在马车上，见再无他人，雪君两只黑白分明的大眼瞪着我，撇嘴道："干吗掐着我不让说话？不过就是要安慰她一句，雷雷更健康！"

"同道人，同道话。"我沉声道，"可不同路……"

雪君奇道："既然她和我们一样，为什么不相认？反而要隐瞒呢？毕竟大家难得有缘才一起到了这里。"

我眼角略微挑起，正色道："这也是我要向你特别交代的，不要跟她说了我们的来历。记住，在她的眼里，你是龙夫人，我是柳公子，没有和她一样的现代人。"

望着雪君眼中的不解，我叹声道："你肯定无法理解我为何如此绝情？"

"我告诉你原因，因为我、你、雨蕉与霜铃早已不是曾经的现代人了，我们在西华生活了近二十年。西华，不是以前的平等社会，它是一个真实的封建王朝，等级森严，刑法残酷，我们要生存，就必须处处小心。"

"贾宝玉除了和我们生活过同一个时空，其他的我们一概不知，她对我们而言就是一个陌生人，不知底细，亦不晓是敌是友？若贸然相认，也就等于我们将把柄自动告诉了她，因为我们同样是西华的异类。百姓眼中我们会是巫女，妖魅，该被火刑，该被祭天……"

还有没说出真正的理由，因为对于皇甫朔而言，这将是他除掉我们的最好借口，妖女转世，祸在上官，洛谦勾结，西泠破弩助孽，皆必斩立决，上平天怒，下慰民心。

我沉眉道："我不能让她成为我们生活的一处威胁，所以绝不与她相认，特别是你现在怀了宝宝。"

雪君忽地变得成熟起来，坚声道："扶柳，放心，我绝不会露马脚！"

我会心一笑，却又加重语气："你以后不要与贾宝玉说话了，她太精明，你应付不了。"

"既然如此，我们何不辞了她，这样永无交往，便不用担心任何事。扶柳，为什么你一定要留下她呢？"

我慢悠悠地笑起，手不自然地握成了拳头："因为只有她才能助我一月赚下三千两！"

手指缓缓滑过腰间的玉坠子，一片沁凉。

"很有趣的游戏呢，一环套一环。"

天朔九年，二月初三，天微晴。

清早我独自一人到怡心阁，昨晚给雪君分析了现处环境的厉害关系后，她今天倒没吵着要与我同去，反是留在破弩堡安心养胎。

刚踏入在怡心阁的临时书房，玉娘就急急禀报："公子，贾姑娘今儿一大早就找我说，要为了三日之后的登台事宜，与公子单独详谈。"

动作倒挺快的，我嘴角逸出一丝笑意："那就请贾姑娘到书房商谈吧。"

很快，贾宝玉的身影就出现在书房的门口，我迎着朝阳，温柔笑道："贾姑娘聪慧过人，一夜之间就已想出登台的相关事宜了。"

昨日见她之时，她满身污垢，遮住了本身容颜。今日梳洗打扮后，现了真实样貌，倒也是一名小美女。虽无倾国倾城之丽色，却自有一股韵味，似一株幽谷深兰，独自散发清冷幽香。再仔细一打量，又像与林黛玉有几分相似，几分文弱才气，几分娇怯惹人怜，几分看透浊世的清丽眸光。

贾宝玉行事谨慎，待流苏、玉娘等人都退出书房后，方开口道："公子过分夸奖了，宝玉昨晚与玉娘说了些话，知晓公子出自西泠，本事大，心中想了几分主意，还请公子裁定。"

果真有些手段，看来昨夜从玉娘口中套出了不少话，我依旧洒脱摇扇，笑若春风："不知贾姑娘有什么好法子？"

贾宝玉眼光微闪，缓缓说道："昨夜经过大厅，瞧见公子命人搭建的华丽舞台，心里就有了最初的想法。"

为了尽快开张，我一接手怡心阁，就要人在大厅搭建华美舞台，为的就是让一位绝色女子在此表演惊世才艺。

"宝玉不才，想三日之后在舞台上跳一段傣娘妖娆。"

傣娘妖娆？傣族？孔雀舞？我轻挑眉尖，她那稍嫌瘦弱的身子跳得出吗？而后故作惊讶道："何为傣娘啊？在下竟未听闻过。"

贾宝玉已抬起手臂，玉指捏成孔雀指，开始踏起舞步。只是轻轻地转了一个圈，就证明了她数十年的舞蹈功底。不可否认，她的确抓住了孔雀舞的精髓，仅是手指的旋转，也是十足的傣家风情，七分张力，三分野性。

贾宝玉停下舞步，嫣然一笑，为我解释道："傣族是南疆一个部落对自己的称呼，那里的人终日与孔雀为伴，视孔雀为他们的神灵。每逢重大节日时，傣族的少女们就会跳起这种模仿孔雀美丽姿态的舞蹈。而我准备跳的就是这种舞蹈，叫做傣娘妖娆。"

我面露赞色，笑道："宝玉姑娘不仅舞跳得妙，见识也广博，柳某真是自愧不如。"

贾宝玉也晓刚才自己锋芒太露，忙打起圆场来："宝玉只是道听途说，舞也是以前在教坊里学得，比不上真正的傣娘。"

顺着她的意，我也不再深究，另换话题："贾姑娘能确保这支舞足可震撼西华？"

贾宝玉笑得一丝敏慧："如果公子鼎力支持，宝玉自信此舞可以风靡西华。"说着从袖中取出一张薄绢，轻抖展开，"听闻玉娘言，公子与龙夫人都是天下第一绣坊伊水坊的当家，不知公子能否三日之内做成一套衣衫。傣娘妖娆一定要配合这身服饰，方能发挥最大魅力。"

127

我接过薄绢,上面是一个少女彩绘。这身孔雀舞的行头我是熟悉的,绚丽的孔雀羽毛头饰,缀着亮片的露腰小背心,彩绣大摆纱裙,无不体现出女人的娇媚。

扫视过薄绢,我皱眉为难道:"这身衣衫太过奇怪,我在伊水坊多年,也从未见过。"

贾宝玉忙道:"这是傣家女子的传统服装,与中原差异极大。"

"原是如此!"我点头轻笑道,"如果姑娘执意穿这衣衫上台的话,在下也就勉力一试,让伊水坊在三日之内赶出一套,就是怕达不到姑娘画中的精细夺目。"

贾宝玉面露喜色:"能有一套就好。只是还有些许事麻烦公子。其一是,舞蹈配曲特殊,公子能否给我一支专门乐队,我想亲自调教。其二,就是舞台的灯光效果,最好是可以突出人的影子,将所有的灯光全部集中在一人身上。宝玉知道此事很难,但公子并非普通人,还望公子尽力为之。"

我摇头叹气道:"乐队好说,让玉娘将阁中会乐女子任你挑选。至于姑娘所说的灯光要求,前所未有,我无法保证,只能尝试一下。"

我心里清楚得很,她所要求的灯光是怎样效果,可这里是一千年前的古代,哪里给她变出些高科技设备?

贾宝玉开心笑起,福身道:"宝玉先在此,谢过公子了。"

我舒眉浅笑道:"不必多礼,柳某也希望宝玉姑娘一曲舞动西华,怡心阁才可沾光名倾四方。"

贾宝玉笑道:"如此宝玉便不打扰公子办事了,先行退下。"行若绿柳,飘走至门口,忽回首,笑道,"差点忘了,还请公子嘱咐伊水坊调配出荧光粉,宝玉需此以画妆容。"

我只能无奈一笑,点头答允,唉,真是不好应付!

天朔九年,二月初六,炫霞铺天。

平罗城内炸开锅般的热闹,不为别的,只因传说了许久的怡心阁重新开张。如今又添加传闻,怡心阁广招绝艺女子,寻多日不得,终在三日前,偶遇丽人,色艺无双。或许这也算不上什么,西华境内秦淮河岸的名楼艳坊,哪一家没有国色天香的角撑着,可今儿不同的是,这位尚未露面的美人竟能让破弩堡堡主龙傲天亲自捧场,试问天下坊间女子何其多,可有谁能吸引武林盟主呢?

是故,所有的平罗男都想弄到怡心阁的一个位子,甚至西北的豪强们也不惜连夜赶来,只为一睹芳容!

暮色渐降,我完全陷入了怡心阁偏僻雅间内的软榻中,斜支偏颊,侧头遥望,清甜笑起,对上了远处龙傲天的寒霜星目。龙傲天脸色肃沉,眼光含剑,直挺挺地扫视怡心阁,顿时四周噤若寒蝉。他每踏上一级台阶,目光便增加一层寒意,睨着我,直至进了阁内的中央套间。

的确,我得承认,为了能够让怡心阁可以一炮而红,我利用他龙傲天做足了宣传。但效果却是超乎意料的好,至少引来了西北各地荷包鼓鼓的名流人士。

端起榻舷上的茶水,润尽咽喉,我懒懒起身,伏在好奇不已的雪君身上,笑问:"怎么说动龙堡主前来的?"

雪君笑嘻嘻地转身,故意拔高音调:"我厉害着呢,什么事能难倒我!"

"这叫什么法子来的?嗯,就是以柔克刚,说上几句好话,龙老大就跟着我到怡心阁,再小小地威胁一两句,他就愿意坐在中央看歌舞了。"雪君说得眉飞色舞,可很快眉间就有了疑惑,"可为什么只有龙老大听我的话呢?像你,像二哥,每次都是我听你们的话。"

我温柔笑道:"因为我们不是你的钢,所以你的绕指柔也就拴不住我们。"

"哪里来的这么多糊涂的道理,我还是不懂。"雪君又撇嘴道,"不管了,扶柳,我把龙老大给你弄来,坐镇大厅,你答应的惊天表演可不许马虎哦!还有你借去的六颗夜明珠是我最喜欢的,不要丢了!"

我又半躺在软榻上,浅缓笑起:"放心,答应你的一个都不会少。"旋即闭了眼,养神休憩,这段时日确实累得够呛,为怡心阁绞尽脑汁地宣传,为贾宝玉的舞台服装精心选料,为闪亮的舞台灯光连夜设计,为最后能赚三千两不择手段!

玉娘莲步进屋,打了一个唱诺:"玉娘见过柳公子,龙夫人。"

雪君笑颜说道:"玉姑姑,到底是什么节目啊?"

玉娘瞟了我一眼,讪讪笑道:"夫人何必着急知道呢?待会儿亲眼一看,岂不要比说的精彩万分。"随后,玉娘脸上止了笑,对我道:"公子,西北所有有权有钱的老爷公子哥们都到齐,宝玉姑娘也准备妥当,是否可以开始了?"

我陡然睁开双目,笑吟吟:"既然该来的人都已来到,那就开始吧,毕竟不应让贵客久等的。"

玉娘点头一笑,便扭着腰肢离去。

很快,玉娘风情万种地登上厅内的舞台,妩媚身行礼,引得台下一群男子盯着她不放。顿时厅中鸦雀无声。玉娘轻抬手腕,一抹发鬓,便媚态横生,慢启朱唇,声若黄莺出谷,娇滴滴地直酥骨头:"玉娘先给各位爷行礼了,感谢爷今晚到怡心阁捧场。"而后勾唇一笑,秋波频传,"只是待会儿宝玉姑娘舞完一曲之后,各位大爷可不要忘了玉娘。"

台下立刻响起细碎笑声,玉娘依旧巧笑媚视:"宝玉姑娘的舞姿的确惑人,不过,玉娘先提醒一句,宝玉姑娘跳舞时会命人将灯火熄灭,到时候大爷们可不能丢了男子气概,惊慌失措地叫出声来。"

"爷们儿岂会是个胆小鬼!"

"不如快些叫宝玉登台,大爷或许会高兴得叫出声来。"

男人们顿时嚷吵起来。

玉娘丝帕一甩,抿嘴吃吃娇笑,又再几个媚眼,让男人们安静下来后,才扭腰下台。大厅内的蜡烛瞬时全部熄灭,漆黑一片。因为方才说明,所以厅内还算安静,并没有人大吵大闹。

舞台上幔布散开,一丝悠扬笛音响起,声音由小到大,由轻入高,好似远在天际之声飘然,转眼就近了身旁。

此时,舞台中心陡然亮起,亮点逐渐扩大,光线普照之处事物亦逐渐显现。整个厅内只有舞台后方有一人高的圆形物体散发着柔泽和光,恰似一轮明月翱挂黑夜,月中几株绰绰竹影,摇弋生姿,最妙的是,清傲竹枝畔的少女身影,俏立月辉之中,曼妙侧姿,犹如月宫仙子。

她静若闲花,忽然间,笛音骤停,万物皆静,叮咚一声响,若天晓露珠滴散青竹,脆音袅袅。少女仿佛被惊醒般,手指轻微一颤,双指巧捏,形如孔雀翎,劲力上扬,置于头顶。忽而,笛音大动,似无数露珠敲打竹节,滴答水流,少女手臂也随之扭舞,声若珠打玉盘,急急雨声,少女亦翩翩舞姿,快若旋风。

笛声渐缓,泠泠琴音和起,少女舞动合拍柔曼,如浮云飘逸。

台下低呼不断:"莫若月宫仙子下凡乎?"

我嘴角逸笑,调整姿态,端坐身子,睇眼欣赏难得一见的舞蹈。贾宝玉果真舞艺精湛,倒不枉费我辛苦营造气氛。

雪君早已是坐不住,凑过头问道:"扶柳,你是怎么做到的啊?"

我轻声道:"看似复杂,其实简单,最主要的是把握时机。这几天我先做了个大屏风,将其中间挖出一人高的圆,然后铺上白纱,再在上面画上几株瘦竹。表演时,屏风后搭有小斜坡,将夜明珠固定在一个小木板上,木板顺着斜坡滑向白纱,这样,人在白纱前舞动,犹似明月中,纱上竹枝也像被风吹动。"

随后,乐声戛然而止,少女的身影也停止舞动,舞台的灯光熄灭,厅内又恢复漆黑。还未等人群惊呼,厅中光线又起,与明月柔白光线不同,四周发出绿色浅光,碧绿,青绿,粉绿,不同的绿色交错重叠,全部洒向了舞台中的艳丽少女。

不及雪君发问,我先行回答:"一样用的夜明珠,只是蒙了一层各色绿纱,放在大厅四周。"

人群惊呼一片,却并非为这变幻莫测的灯光,而只是为舞台上的人。

贾宝玉定于台中央,身姿犹如高傲美丽的孔雀,虽然她连手指都没动一下,但她的袅娜静姿就告诉人们,我才是现在厅内最魅美的女人,你们的目光必须跟随我。

我淡笑,眯起双眸,盯着台上的贾宝玉。舞台使得她变成了另一个妖娆的女子,若说台下的贾宝玉似一株幽兰,那现在的她就是一朵艳光四射的蔷薇,引得男人们为之疯狂。

头戴孔雀羽头饰,亮闪闪的银片点缀在前额,与水润杏眸交相辉映。露腰的小背心,镶有一圈耀目银片,随腰肢扭摆,叮玲作响。胯间的碧绿纱裙,绣有五彩孔雀纹饰,金丝银线,在夜明珠的光泽之下,闪着魅人彩影。

不似平常的清淡妆容,她浓妆艳抹,精心雕琢,高挑入鬓的远山眉,迷蒙闪亮的浅绿眼影,娇艳欲滴的红唇,还有身上的彩绘。裸露在外的手臂及腰肢上绘有碧色荷花,等待绽放的花苞,用荧光粉细细描画,应音乐而动,竟有一种说不出的千万风流。

无可否认,现在的贾宝玉就是每个男人心目中的女神。

旋转、跳跃、跺足、扭肢,贾宝玉完全化身为竹林中最美丽的孔雀,流转含情的眼波,娇艳如花的笑容,萤光闪闪的手臂,柔软似柳的腰肢,旋动张扬的裙裾,整个人就是原始野性的美丽。

贾宝玉随音乐而舞动,乐音渐至高潮,舞蹈也越发欢快,牵引住台下每一个人的眼球。

曲调越拔越高,直冲云霄,陡地升至顶端,便直转急下。

这时,厅内灯光也随曲调下落,而逐渐消失,最后只剩下一束光从厅内上方直射在贾宝玉身上。

贾宝玉亦停止住狂野的舞姿,动作慢慢趋于柔和轻盈,清越笛音独奏,似回到了闽南竹林深处,似一名情窦初开的纯洁少女,用她的丝丝轻旋,表达着甜蜜情愫。

乐曲渐渐细不可闻,贾宝玉的舞姿也越发柔情,缓缓地立于开场时的孔雀造型。

最终,曲停舞毕。

丝竹已止,厅内旁立侍从众人四周涌入,手执火星,点燃香蜡。

只是观舞之人尚沉醉于舞乐之中,久久不能自拔。

良久,偌大花厅竟无任何声响。

无奈,贾宝玉勾唇薄笑,双臂微展,优雅压沉腰畔,娉婷一拜,娇言软语:"宝玉谢过各位爷不辞辛苦前来怡心阁捧场。"

这时,人群的激情才被燃烧爆发,纷纷畅言。

"宝玉姑娘,面若桃花,姿动撩情,真乃人中仙子!"

"甚矣,倾国倾城者乎!"

"绝代佳人也不过如此耳!"

男人们已经开始争相向贾宝玉谄媚了。

贾宝玉怯怯甜笑,似乎被人们的热情吓住,不经意小退数步,等着玉娘上台。

玉娘满笑入场,俏目瞪了几眼急切的人群,道:"大老爷们都没见过世面似的,猴急成什么样,可惊吓了我家的小宝玉。"玉娘经验老道,出口几句,打情骂俏,压住场面却又恰到好处地勾起男人对宝玉的渴望,"好了,玉娘再说上一两句,只怕就要成为破坏月老红线的婆娘。怡心阁还是照旧,按着行里的老规矩,银子说了算!"

"宝玉姑娘的表演各位是看在眼里,玉娘想识货的老爷们,心里也是有数的。那玉娘爽快开口,在座的哪位爷出价越高,就可与宝玉姑娘同处雅间,共唱今夕!"

话音刚落,就有人开出价格:"我愿出价十两!"

第十章 掌上舞

"真是穷鬼，十两也敢丢人现眼，爷出五十两！"立即有人参与竞争，叫起板来。

"五十两也想一亲芳泽，我出七十两！"

"宝玉姑娘，在下张生，愿出百两白银博美人一笑！"

"一百二十两！"

"哎呦，花掉白花花的真银，就只听美人唱几支小曲，看来平罗城内到处都是有钱人啊！"一道笑嘻嘻的声音从哄闹的人群中传出，音量不大，却偏偏又压住了众人的声音，徐徐传入每人的耳朵，听得清楚明白。

人群冷了下来，被这狂妄之语惊住，四处张望，寻找说话之人。很快，便发现厅内右角一名绯衣公子慵懒靠柱，双臂抱怀，亮着一对桃花眼，眨巴中望向众人，笑容无辜可爱至极。

"难道只是听曲？"

"不是老规矩，抱得美人归吗？"

台下顿时议论纷纷。

绯衣公子不闻争吵，仿若置身事外，偏起头，向上张望，甜甜笑着，像是在寻找一人，不急不躁，渐露颊旁深深酒窝。

过了一会儿，绯衣公子打量完楼上所有雅间，眼流失望，低首浅笑转向玉娘，脸上讥讽之色表露无遗："如果我会意不错，这同处雅间共唱今夕，就只是宝玉姑娘陪着喝喝茶，听听曲吧？"

玉娘被挤对得脸上一阵红一阵白，勉强开口道："宝玉姑娘是我们怡心阁的头牌，规矩难免特殊了一些，只是卖艺不卖身而已……宝玉唱曲可要胜过舞蹈千百倍，绝不会让各位爷失望的……更何况能与美人同室饮茶的机会也是……千载难逢的……"玉娘早已辞不达意，一时支吾，根本招架不住绯衣公子的言辞犀锐。估计玉娘干这一行许久也是第一次遭遇，头牌姑娘卖艺不卖身，无法措辞打上圆场。

"什么？真的就只唱两句小调？"

"谁要花银子就和美人喝一杯茶？"

"傻子才只看美人，不碰美人呢？"

台下人群更是哄闹，混乱场面一触即发。

"二哥到底搞什么嘛！"雪君瞧得沉不住气，愤然大声叫起，"不帮忙就算了，居然还惹乱子，与我们对着干！"

这名舌璨莲花的绯衣公子正是西泠的二少爷柳云。

"扶柳，怎么办呢？现在要是砸了，今后就一定挣不到银子。"雪君霍然起身，急忙走向门口，嘴中依旧说个不停，"我下去跟二哥去说，要他回堡，不要在这捣乱了。"

我也急忙奔至门口，拉住怒气冲冲的雪君，安慰笑道："没事的，老天爷一定会帮我们渡过难关，你身子有孕，我来处理这事。"

突然间，走廊上斜蹿出一名小僮，望了一眼我与雪君，小心翼翼地慢慢行来。

我稳住雪君,交代流苏道:"先扶二小姐进屋。"

小僮随即奔来,匆匆说道:"少爷要我传话给表小姐,赌约只定一月之限三千两之数,所以其间做任何事,不论是帮助或倒戈,都不算违背约定。"

小僮一口气说完,咽下口水,胆怯抬头,似乎等着我大发脾气。

长叹息,莞尔一笑,侧过身,凭栏而立,我俯视众人,寻找到那双带着桃花艳的清澈水眸,定然直视,单纯地挂上惯用的浅笑,背对小僮淡雅道:"就这样回禀二少爷,一个字也不要弄错了。"

"扶柳早已设好戏台,请云表哥务必唱完这段好戏。"

随后,我手弹木栏,一节一拍,断续间竟成了戏中曲,不由得清唱和起《苏遮幕》。

柳云从小便爱看戏,常说戏中人物活得性格鲜明,错即错,对即对,哪有尘世中那么多理不清的理由?他最爱唱上一段《苏遮幕》,却不想他长年在我耳畔高歌,竟连我也记入了心中,能够随时唱出。

"俗,俗,真是一群俗人!"高亢之声突然从人群之中响起,顿时,所有人都停止了争论。

一名灰衣文士从容起身,环视众人,洒意撑开纸扇,缓缓摇动,长袍随风微摆,一身的书生意气浩然而生:"宝玉姑娘犹似月宫仙子,清灵高洁,岂能被你们这群俗人的龌龊念头给玷污!世人不解其中风味,能与不食烟火的仙子赏月共话,是何等幸事,人生可有几回得?在下愿出白银一百五十两,只求听宝玉姑娘仙乐一曲,还望可与仙子秉烛夜谈,畅快人生!"灰衣文士慷慨激昂,一番话说得极富感染力。

人群开始呆愣,但很快就爆发出热烈的反应。

"谁说爷是俗人了?爷出一百八十两和宝玉姑娘谈一谈雅事。"

"两百两!证明爷也是文雅之人。"

"都给爷闭嘴!今晚爷出两百五十两一定要听到宝玉姑娘专门为我唱的歌,谁敢与爷相争?"一个红袍年轻男子猛然推开人群,强豪地来到舞台之上,面对人群嚣张大吼。

人群顿时鸦雀无声,人人都面现惊惧神色。

红袍纨绔子弟很是满意众人的恐惧表现,哈哈大笑,指着灰衣文士:"穷酸书生,你敢同大爷一争吗?"

厅内人全都将目光聚集于文士身上,似乎刻意期盼着一场好戏。谁知灰衣文士不争不顶,反是不以为意,笑道:"君子有成人之美,望兄台可以领会到清雅之气。"

红袍公子笑得益发趾扈:"原来是个没骨的孬种!"

台下亦是响起一片讥笑,众人本以为书生应会有几分傲骨,是不肯轻易退让的,但不料书生却是一个怕势之人,短短几句,便不敢再相争了。不过人群中却也无人站出与红袍公子相争。

玉娘见形势突转,自是喜笑颜开,挽起红袍公子的手臂,嗲言道:"请马少爷同宝

玉姑娘共赴雅间。"随即就搀了贾宝玉下了舞台。

再次俯望厅内人群,却已不见柳云绯色衣影,我止了节拍,回味方才惊险,松松淡笑,转身进了雅间。

雪君与流苏一切安好,连龙傲天也不知何时进来,端坐主位,寒眸闪闪直盯着我走入房间。我慢条斯理地整理起刚才吟戏打拍而乱的广袖来,回望龙傲天,无奈而笑,却是抢问道:"二表姐夫,可知那位马公子是何方人物?当真有天大的气派。"

龙傲天冷脸寒声道:"瀚州宁国侯之子而已。"

我轻轻一甩衣袖,慢慢甜笑,入了座:"哦,难怪敢目中无人,原来老爷子是统领一方的宁国侯!"

龙傲天反却更加寒冽,瞟上我一眼:"不需用话激我,只要在破弩堡势力范围内,就算是宁国侯亲自到场,我也能保证他不敢在怡心阁摔碎一个杯子!"

我的确担心红袍纨绔子弟酒后闹事,但听闻龙傲天狂妄保证,心下倒安稳不少,事实也确实如此,试问谁敢在破弩堡的地盘撒泼?

雪君闷了半晌,见楼下情景大转,高兴得眉飞色舞,向我诉说感叹:"扶柳啊,老天爷果然是站在我们这一边的!那书生简直就是上天派来的救星,三言两语就将二哥打败了。"

我应和笑言:"是啊,老天爷比较喜欢我们安排的戏路。"

贾宝玉最终花落侯爷公子,怡心阁也成功地推响了名号,一切似乎都在顺着计划执行。只是现在台下人群又有些哄吵。人们像是失去了兴致,开始三三两两地漫谈起来。

很快,玉娘又上台,试图将气氛再次推向高潮:"各位爷,这夜晚才刚刚开始,可不要为了一个宝玉姑娘没了兴致。接着还有好几位姑娘的表演呢!"

"难道今天怡心阁换了牌子,净是什么才艺展示。"

"好像爷进了戏园子。"

台下人群立即表示出不满。

"哟,瞧这位爷说的什么话。"玉娘随即艳媚笑道:"怡心阁当然还是以前的怡心阁,千百年的规矩哪是一朝变得了的?刚才的宝玉姑娘是头牌,所以未免特殊了点,可下面的姑娘也都是难得一见的佳人!"

玉娘话虽说得含蓄,但厅内的男人们仍是一听便明白其中含义,顿时响起了一阵笑声。见场面稳定,我回头嘱咐流苏道:"跟玉娘取回夜明珠,准备回堡。"流苏应声而去。

雪君却是极力反驳:"还有节目呢?干吗要回去啊!"

我起身道:"最好的已经欣赏完了,其他的就犹如鸡肋,看了不免要破坏了现在的好心情。"雪君虽然仍是不愿离去,但面对我与龙傲天的双重压力,还是极不情愿地上了马车。

第十一章

君不应

怡心阁后门,雪君与龙傲天的马车已缓缓启动,我与流苏也正准备踏入马车。

"柳儿妹妹,等一下。"清甜的叫喊声在身后响起。我回首相望,清辉的月光下,一名绯衣男子甜蜜而笑。

"我的马儿不知道跑到哪里去了,柳儿妹妹,可不可以载我一程啊?"

我亦甜笑:"扶柳荣幸之至,云表哥请上车。"

柳云步伐欢快走至马车旁,将车夫马鞭夺来,塞入流苏手中:"车里太小,只能坐下两人,麻烦流苏姑娘在外赶车了。"

流苏抿唇,僵硬地握着马鞭,眼含怒意瞪着柳云,柳云可爱一笑,便不再理睬,径直进了马车。

见此状况,我也只能浅笑点头,轻拍流苏肩头,跟着进入车厢。

车厢内,柳云早就倚着车背,舒服坐下。他将车厢旁的两个布帘全部拉起,让明月清风尽数入了这狭小车厢。

我在柳云对面坐下,车外马鞭清响,车驰而去,晃过窗外平屋瓦影。

柳云靠着车窗,星眸半睁,淡淡而笑,不如一贯浓烈,带着馥郁的桃花香,这次的笑意是清水般的淡,仿佛蕴有深泉的苍凉。

冷冽的白月光下,柳云止了最后的一丝笑意,叹道:"扶柳,一场跌宕起伏的戏,你赢了。"

不知为什么,我毫无喜悦心情,也无法回复柳云的道贺。

"那个书生是你的人吧?"柳云继续问道。

我这时才扯唇弱笑:"的确是我安插在人群中的,原本只想让他称赞宝玉几句,活跃场中气氛,可以有个好价钱。却不想误打误撞,化解了云表哥的计策。"

135

柳云追问:"花了多少银子收服此人？"

"十两而已。"

柳云冷笑:"扶柳是肯花十两银,只让人说几句话的人？"

我叹气:"那个书生原本只是平罗城内的一个落魄潦倒的秀才,肚子里也有些文墨,所以我花十两请他看过宝玉的表演,然后写出几篇脍炙人口的诗文,传唱一番,也好为怡心阁博个盛名。"自古以来,不靠所谓的宣传绯闻,人哪可一夜而红？人若不红,有钱的大爷们能心甘情愿地掏银子捧人吗？

柳云却是不信:"扶柳,还是不能完全说实话吗？这些本来都是为我准备的,是吗？你了解我定会出手。可我也知道你决不会毫无防备地让我攻击！"

的确,多年在一起经商的经历,让我们都太熟悉彼此的手段。

我知道以柳云内藏的桀骜性格,岂肯轻易让我赚下三千两,他会习惯性地隐藏,谋定计划,等到关键时刻给我致命一击！而我也正如他所说,不会坐以待毙,定会将我能想到的所有可趁之机都布置了防备网,书生就是其中的反击之一。

我松下肩,有些好笑,何时我与柳云都彼此如此了解对方的习惯了？

柳云突然伸手轻抚过我的脸颊,眼里流露出不可保留的哀痛,手指缓慢颤动,最后停留在了我的发梢:"扶柳,你是不是肯为他与天下人为敌,尽管曾经西泠的时光那么美好？"

柳云轻柔一问,我却无法招架,有些呆愣,张开了嘴,可却不知道该怎样告诉柳云。柳云在悲伤地问,扶柳,你是不是愿意为洛谦抛弃一切,甚至可以狠下心肠与我为敌？

可我自己都不知道答案的问题,云表哥,要我怎么回答呢？

"呵呵,好像是我问错了问题！"柳云凉薄一笑,将手从我发间抽离,"扶柳,我怎么觉得,你好像是怕我伤心,而不告诉我真实的答案呢？"

我只能保持缄默,唯一可以做的是,用仿若小时候的温柔笑颜面对柳云的双眼。恍然间,我不能分辨,是天空的月光清亮,还是柳云眼中的流水更为清澈？

在事情不知该如何发展时,马车恰好停下,流苏说道:"小姐,到堡,下车小心。"

我随即打起车帘,手有些不自主地颤抖,这样急忙地下车是叫逃避吗？无奈一笑而过,脚踏实土后,我望向破弩堡。在亮若明昼的大门中,不徐不慢地走来一个人影,待近了,才发现来人竟是洛文。

洛文双手捧着锦盒,低头恭敬道:"爷叫小人为夫人送来百年党参。爷说,夫人怕冷,用此参补身最宜。"

我接过锦盒,挑开一看,须长参白,果然难得好参,不免有了一份好奇,问道:"哪儿得到的百年党参？"如今洛谦月俸不过二两,加之从京城相府带出的银两并不多,是买不起这等珍贵人参的。

洛文回道:"今日宋太守差人送来,爷知道夫人畏寒,特要小人为夫人送来。"

平罗太守终是一枚不能放弃的好棋啊！那宋明珠呢？我嘴角逸出一丝轻笑。

洛文抬眼看了我一眼，继续道："这本是宋太守贤婿李大人特意精选的党参，为感谢爷的从中做媒。"

好个洛文，一句轻描淡述便替他主子澄清了事实，还是洛谦安排好的事更为精妙，不动声色拉住了宋知海！只是没想到才过两月，宋明珠已嫁为人妇，不知她是否也做了她爹升官的一阶玉石？

我感慨而问："谁是李大人？"

"定北将军的堂侄。"洛文回答。

对于宋知海而言是攀上了一门好亲家，可对于宋明珠呢？难道要与那不曾见过一面不曾说过一句话的陌生男子共度一生？

"这位李大人人品如何？"

"李大人是燕州军营校尉，为人端正，去年的武科状元，文武双全，确是能辅助大事的人。"柳云站在马旁，恢复了平常的嬉笑神态，望向洛文，"文总管，是否准确呢？"

洛文点头："柳二公子所言分毫不差。"随即又对我道，"爷尚有事吩咐小人。夫人安好，小人就先行离开了。"

我微笑："既然文总管有要事在身，扶柳也不便相留。但烦转告一句，扶柳谢过洛大人的关心。"

洛文退离，柳云走上前，笑道："还是我送柳儿妹妹回院吧。"

我不置可否，先行走动，柳云笑着跟行。

春寒料峭，月色独好。一阵寒风袭来，我不禁轻咳了两声，打破月夜沉静。

"看来还是洛相心细，记得扶柳身子弱，禁不得风寒。"柳云唇角讥笑，"我与扶柳共处十余年，却记不住，倒还让你吹了一路寒风。"

我不由得停了脚步，回头望柳云，脸上无笑，眼中却渐渐有了愠意。

柳云嬉皮一笑，双手作揖："扶柳，我错了，在此向你赔礼道歉。"而后却是仍旧说道，"方才你说，谢过洛大人的关心。我又怎会不明白，如此生疏的礼节，岂是夫妻之间的蜜话？扶柳，你想让我知道你与洛谦不是我所认为的那样吗？"

柳云总是那么聪明，无论多小的暗示，他都可以心领神会。我刚才这样说确实别有目的，在向他撇清我与洛谦的关系。

"可我却希望你没有这样做，你故意说了，其实这表明扶柳你的心很虚。"柳云仰望冷月，我瞧不见他碎碎的目光，但他却努力给我一个清甜的笑容，"人的感情本就复杂，一旦沉溺其中，自己却往往不知。"

是当局者迷，旁观者清吗？我摇头不语，柳云你我两人都处于棋局之中，皆不是旁观者，所以我们俩的想法都是错的。

许久，我们伫立风中，月色如乳，白蒙蒙地隔了一层雾。

柳云缓缓叹气，担心地说道："扶柳，放手吧，退得早伤得也轻。"

"与洛谦这样的暧昧,你玩不起。"柳云加重了语气。

我虚弱连笑,柳云,难道我不知道吗?

暧昧,进退不得的暧昧,我在陪洛谦玩一场危险的游戏!

长安竹林中,太守饭桌上,平罗花灯前,我与他都在有意无意地试探着对方的底线,只是我们手指稍稍触动底线,便立即抽回,余下的残局我们都猜不透。

或许暧昧,才能让我们感觉到安全,因为我们将上官家与洛府以往的水火不容早已铭刻于心。是的,我与他曾经对立,如今为了各自利益而并肩,以后呢,没了共同的敌人皇甫朔,我们将会还原成政敌吗?

面对我与洛谦都不能肯定的未来,可以冲破这层暧昧吗?不能的,我们之间没有信任,没有信任的感情只会成为畸形的祸胎。

柳云看着我恍然失神,哀笑道:"扶柳,原来你是真的放不下!"

我挑起眉,淡定浅笑,清扬了声调,问道:"云表哥,你也在玩暧昧吗?"

柳云眼神顿时晦暗,与月光同时失去了清澈。他撇嘴苦笑:"我正努力让自己清醒,得不到就不要浪费时间了。"

我自嘲淡笑,柳云与柳风不同,他有一股残忍的理智,我永远也达不到的理智。什么好的,他会不计后果地做到,什么不好的,即使是心底最爱,他也能含痛生生剜去。

柳云释然轻笑,抚掌打起节拍:"柳儿妹妹,我刚学了一段戏唱与你听。"

他清了清嗓子,便含笑唱起:"细水绵绵乱,谢花庭前苦相思。郎不许终生,妾心正徘徊,西窗雨如烟,谁与诉衷肠?秋风起,只剩落红残。"

我遥听得"郎不许终生,妾心正徘徊"……

在如练月光下,我独自一人回到了百草居。此时,蓝花开得正妖。

白皑皑的广漠一片,大雪覆盖住了地面上的一切事物,天地间就只剩下纯色的银白,可却是白得那么苍凉。

鹅毛飘雪中,我独自一人单薄衣衫,踯躅行走在深雪地里。

恍然间,眼前的阴冷空气,氤氲形成一个模糊人影,渐渐水汽越聚越浓,人影益见清晰,是身着紫蟒官袍的洛谦。

他面无表情,没有微笑,也无愤怒,只有一双寒冷的墨眸,冷然锐利地盯着我,然后一言不发转身离去,仅留下一排整齐的脚印。

我怔住,没有任何动作,眼睁睁地瞧着他走远,只从心底感到一阵彻寒。直到全身冻透,我才颤巍巍地拉拢衣襟,一低头,就瞧见了脚边金灿灿的黄金簪子,月牙形,艳光四射的碎红玛瑙镶嵌其中,竟是胭脂碎。

不禁惊得我猛抓手臂,阵痛传来,随即睁眼清醒。

窗外早已是艳阳高照,流苏端着一碗汤药坐在床头:"病了,喝参汤。"

我爽快起身笑道:"我好着呢,哪里来的病,只是头微微有些痛罢了,想是睡得太久的缘故。"披上外衣,下床道,"时辰不早,赶快收拾一下去怡心阁。"

流苏却是极不配合,端着参汤挡在我面前:"大夫诊脉说,劳累过度,牵引旧疾,微发热,须服参汤补气。"

我接过参汤,一饮而尽:"我喝了,也该药到病除。现在是怡心阁开业的头几天,我必须亲自到场打点。"

流苏更为倔犟,堵住了我的去路,似乎命令道:"留堡,休息,养病。"

瞧着流苏毫无畏惧的眼,我便知今日是不可能出堡了,不免叹气:"好吧,我不去怡心阁了,但流苏你要去给玉娘传几句话。告诉她,以后都不要让贾宝玉在大厅登台,只在雅阁表演,并且每晚只陪一位客人,同时价格不降,二百五十两一个子都不能少。还有其他的姑娘都翻倍地涨价钱,酒水也一律往上涨。"

流苏听得摇头不止,我轻笑道:"这一行越贵越有人肯花银子,有钱的爷们拼的就是一个面子,姑娘要价便宜了,他们反而还瞧不上眼。"

流苏点头,转身离去。我也失了撑着我的精神支柱,身子一软,便躺回床上昏昏睡着。

眨眼十五日过,怡心阁早已盛名西华,一跃成为凉州风月楼之冠,一时间宾客从云,银钱广进。

阁内后院小房里,我拨弄算盘,一条一条地逐查账目,三千两的数目一个字也不能马虎。

"流苏,换碗热茶。"记下昨日进账的最后一笔银子,我放下笔,抬头一望,天已然黑了,"时间过得还真快啊……"

"公子!前院出事了!"玉娘身边的小丫鬟惊呼着闯入。

流苏端着茶,瞪了小丫鬟一眼:"安静点!"

小丫鬟缩肩忙往后退了几步。

"什么事?"我问道。

"宁国侯二公子在宝玉姑娘的雅阁里撒泼,说是今晚宝玉姑娘不陪他过夜,便砸了怡心阁,玉娘劝不住,要我请公子过去!"

到了雅间外,并未见到混乱,屋里反而是飘出小曲。

玉娘叹道:"这个二公子一直仗着宁国侯跋扈平罗,前些天到酒楼里吃喝,一个菜不满意,就砸了酒楼招牌,到现在酒楼掌柜还躺在床上。唉,宝玉姑娘正在哄着呢,也不知行不行?"

仗势也要有个度!我冷笑环顾四周,拦住了端酒水的丫鬟:"等一下,加点东西!"从袖中取了瓷瓶,加了点粉末进酒,"好了,进去后,悄悄地告诉宝玉姑娘这酒不能喝。"小丫鬟惊惧地望了我一眼,没敢移动一步。我淡笑,"放心,一切由我负责!"小丫鬟迟疑片刻,还是进了雅间。

第十一章 骨不应

玉娘亦是惊恐:"公子,可是要害人?"

"只是迷药而已!"我掂了掂瓷瓶,没想到霜铃给我的百日醉竟用在了这个人的身上。

片刻,宝玉袅娜走出雅间,无半分慌乱:"他晕了。"

"流苏,搜了他身上的银子,入到账里。"我将瓷瓶放回袖内,笑道:"补齐了三千两,我明日也就不用来了。"

幽幽灯光下,贾宝玉笑得有些虚假。

第二日,在百草居我颇悠闲地记完最后一笔账,撂下毛笔,吹干墨迹,小心翼翼地合上账簿。捧上它,弯曲穿过小径,迈入柳云书房。看见柳云尚伏在书桌打盹,便银铃轻笑,一把将账簿掷于桌上,直震得柳云发丝浮动。

柳云睡眼惺忪:"柳儿妹妹,早啊。"

我指着账簿,刻意板起脸,闷声道:"云表哥,好生惬意!扶柳也趁着让云表哥忙碌一阵。"

柳云脸色一惊,随即慌忙抓起笔,写写画画不停,嘴里还念念有词:"我最近很忙啊,实在是没空帮忙。"

我狡黠一笑,柔言:"扶柳不请云表哥相助,只是让云表哥遵循诺言。这是怡心阁的账簿,各项账已算明了。至开张十五日来,除去成本费用,净赚三千零五两。现请云表哥点收,另外算清之后,云表哥就可以开始调集十万两,扶柳还等着急用呢。"

柳云垮下脸庞,挤出一个可怜兮兮的笑容:"柳儿妹妹何必心急,离我们约定的一月期限,还有好几天呢!就让我多玩三两日,调动十万两可烦着呢!"

无视柳云一贯装可怜的苦肉计伎俩,我笑得事不关己,继续柔声道:"望云表哥君子一诺千金,两月过后,希望扶柳能在此处提取十万两白银!"

我步子轻快,离开书房,身后悲惨叫声冲天而起。

不加会意,我径直拉起流苏的手:"流苏,我们回去吧。我开始想念院后那池塘旁又疏又黄的竹子了。"

三月的西北偏城,有了暖洋洋的阳光,透出春天的明媚。

只是闻名天下的破弩堡,进来容易出去太难。我瞧着堵在堡门的雪君以及一脸极不情愿的龙傲天,浅浅笑起,看来我今日是要上演过五关斩六将,刚甩脱柳云,就要面对雪君。

叫流苏去备马车,我独自上前走到堡门,会阵堡主夫妇二人。

我还没任何表示,雪君丫头就已先流下两颗豆大的泪珠,然后手紧紧地拽住我的衣袖,最终整个人索性完全扑上我的身,鼻涕眼泪直往我衣裳上蹭。

雪君的先发制人倒弄得我不知该如何是好,无奈只能轻抚她的背,安慰道:"好了,又不是生离死别,我回平罗城而已嘛,我们还是很近的。"

雪君松开我，撇着嘴，一抹眼泪道："谁说是为这哭了，我是伤心你走了，我以后再也玩不赢二哥了。"

我立即僵住在那儿，嘴角勉强扯出一丝笑容："你一天到晚都和我在一起，某人会非常不高兴的。所以我就不打扰你们的二人世界了，我先回去。"

这一个月来，雪君一直黏着我，龙傲天瞧我的脸色一天比一天冷郁，想必是将被雪君忽视的怨恨全放入了瞪我的骇人眼光之中。

雪君回头，娇俏地瞪了一眼龙傲天："他敢！"

望着龙傲天越发铁青的脸，我忙笑道："我不敢！"随后抱拳，"多谢堡主一月的多方照顾，扶柳感激在心，今日将名楼怡心阁正式交还，望破弩堡财源广进。"言外之意，就是我虽在破弩堡吵闹一月，但是为你破弩堡栽培了一棵摇钱树——怡心阁，我们也就算两不相欠了。

龙傲天微颔首，便拉着雪君回堡。

淡金的阳光中，我遥遥望着他们依偎的背影，突然觉得幸福的味道溢满周身，不由得深呼一口气，是时候该回去了！

马车走得不快，可以说是有些慢了，慢得我能将窗外路边的风景细细品味一番。

一辆，两辆，三辆……看来月余不在，原本冷清的平罗官仓竟变成了凉州最炙手可热的地方。如今门庭若市，车马从流，拜访的人排起长队。

我勾唇一笑，放下车窗帘子："流苏，我们还是从后门进吧。"

拐过一个弯，穿越小巷，便到后门，却不料后门前更有多车马，四顶暖轿，六辆马车，挤得巷子行路不通。

流苏皱眉冷道："马车没法通过，只得走路。"

我无语摇头，戴上斗笠，随流苏扒开人群行至门前。正要叩门之际，一道身影突地斜插身前，高声厉喝："小姑娘，没看见我们都在等着吗？要见大人，先排队候着。"

这人粗衣短衫打扮，应该是某位轿中官员的轿夫，见我与流苏贸然插队，心中不平便上前教训。而后面的轿夫听后也是纷纷附和，有些甚至已撸起袖子，将我与流苏围堵起来。

"老子等了好几个时辰，小姑娘们凭什么插队……"

"还不快逃，否则老子可不客气了。"

稳住流苏将要拔剑的右手，我清声细道："各位误会，我们并非拜访洛大人之人……"

"是谁胆敢在外喧哗？"门后传来威严雄厚之声。

"吱呀"一声，木门打开，一道严厉目光扫射而出。各轿夫立即恭敬后退，虚噤无声。

洛文这身气派倒不逊于地方大吏，威慑住一帮大汉。

扬腕取下斗笠，我淡笑："文总管，是我，没有什么大事。"

洛文很快便收敛住了一身霸气,低首道:"小人无礼,夫人见谅。"

我轻笑摇头,示意无妨,然后推门而入。

院子还如往常静谧,似乎没有什么变化。只是遍地的亭亭白杨换了新颜,抽出绿叶,郁郁青青,占据了大半空间。

遣散了洛文与流苏,我漫步于白杨间,偶尔摘下一两片树叶,试着吹响,可每次总是无嘹亮哨音,只有低哑噗噗之声。

"老夫已布置妥当,送信之人也回报,一切俱按计划进行,请洛相放宽心。"白杨丛间,石桌旁,一名锦服男子沉声道。

我也随即止步,立于白杨树后,相隔十余丈,遥遥望去。

石桌旁坐有另一男子,宽襟白袍,温和如玉。

月余不见,洛谦似乎清减不少,但精神却神采奕奕,依旧是如沐春风的微笑:"劳烦马大人尽力而为了。"

从背影看,那锦服男子应是凉州刺史马如龙,饺子宴上曾见过一面。马如龙起身,微微倾身:"请二爷放心。"便大步离去。

待到马大人的身影完全消失后,我方从树后走出,带着一丝戏谑,浅浅笑道:"不知洛大人能否从百忙之中,抽空与扶柳对弈一局呢?"

洛谦忽地见我,自是惊讶,眼睛微微瞪大:"扶柳,你怎么在这儿?"

我故意重叹气,满脸揶揄之态:"看来洛大人着实不欢迎扶柳。唉,今日刚被龙堡主扫地出门,想来晚上定要流离失所了。"

洛谦早已恢复常态,唇角温和笑容荡漾开来,墨眸闪烁,透着喜悦:"请落子!"

我坐入方才马大人之位,感受到洛谦身上散发出的喜悦。为何喜悦?是那些门外的大批官员?是我可能带回的白银?抑或是真的只为我的归来?

不知,也想不透。

一歪头,便瞧见酥软阳光下盛开的野花,勃勃开放,纯净却又充满生机。顿时,我转念一想,自己又何必执著于知晓呢?就算不明白,但我知道,现在我的心情很好,便已足矣。

随后拈起一枚棋子,手指触棋,便觉一股怪异。棋子底面,槽沟交错,似被尖锐之物划割出粗细线条。我仔细瞧起棋子,普通陶子,并无特殊,只是棋局旁有一棋谱,封面书写"棋谱"二字,却无出处,也无落款。

洛谦亦夹起一枚棋子,笑道:"这是刚才马大人送来的棋与谱,还未用过,也不知是否顺手?"

我刻意放慢呼吸,换了另一枚棋子,细细抚摩底面,然后低头摆起棋子,一盏茶后,方抬首淡笑。

棋局之上,摆一字"成"。

成,成功之成。

洛谦缓缓浅笑,似乎在意料之中。我却是扬眉,翻起一枚棋子,底面朝天,露出横竖刻画纹案:"洛大人,熟识拓跋文字吗?"

棋子底面刻的就是拓跋文字,再按棋谱摆置,就是一段秘密。

洛谦看着我,眼光炯然:"你也知晓拓跋文字?我曾经与拓跋使节会谈,学过一点拓跋语,你呢?"

我答道:"小时跟着泓先生认了几个最简单的拓跋文字而已。"

洛谦合上棋谱,温笑道:"扶柳,不要陷得太深,否则连保护也起不了作用。"

他在委婉地告诉我,不要离朝堂太近,不然有些人想保护我也会爱莫能助。将棋子翻回正面,我莞尔笑道:"既然我所办之事成功,那就要邀功,不求别的,只要洛大人这局让我十子即可。"

洛谦眉头却皱:"让十子我必输,最多也只能八子。"

"那也行。"我举手便落下一子。

后来,晚霞渐散,我们才收棋,并无胜负,只因不曾将此棋下完。

时光在这方小院中恢复平静,没有柳云与雪君的热闹,没有无穷无尽的商战,有的,只是一杯清茶陪伴下的棋局,或者是,阳光微风下流苏的一段迎风舞剑。

而院子的前方却是人间繁华,各色人等匆匆往来不绝,也常彻夜灯火通明,窃窃私语。

近在咫尺的喧闹似乎对我没有丝毫影响,我甘心蜗居于陋院之中,不问世事,云淡风轻,沉醉在自己营造的一方乐土。每日按自己的心,随性而为,兴趣所至,俯拾皆来。摆棋,描画,临帖,甚至还向流苏学一套简单剑法,强身健体。

我珍惜每天的生活,这样安宁的生活,偶尔,深夜无眠,也会想算一算,我还有多少天平静可以挥霍?

不多,不多,时日太少。

院外,朝堂上,形势开始风起云涌。洛谦大张旗鼓地热络各级官员,大至守关大将,小至地方县令,更甚者连京城命官也千里迢迢奔来。哥亦在军中,大操练兵,广备刀剑。还有那不知用途的十万两白银,马上便要聚齐。

平静下的波澜,等着爆发。

天朔九年,四月二十五,阴云。

院后水塘边,我执剑随风而舞,不在乎什么章法。我本非练武之人,哪知以气运剑,不过只求得一分临风挥剑的潇洒。

见我舞得实在混乱,流苏觉得不堪入目,留下孺子不可教之言,转身回屋了。

并不在意流苏的评价,本就不求绝世武功,我依旧我行我素,觉得怎样舒坦,就怎样挥剑,剑随心动,人随心宽。

一刻钟时间,我已大汗淋漓,可能是渐入炎夏,气温升高,稍微活动一下筋骨,汗

水就已流出。

微喘气，将宝剑回插入鞘，一抬头就见流苏向我走来。

我笑着手背一抹额头，轻抖手腕，几颗晶莹汗珠便洒入池塘。

流苏亦轻抖手腕，一封信轻飘飘地飞向我："二小姐的，刚到。"

我伸手接住信封，低头一瞧，的确是雪君，上面那歪斜的字只有她才能写出。

这段时日间，雪君给我写过不少信，无非是发一通牢骚，如无聊之类的，而最后一般会要求我回破弩堡。不过，为了难得的清闲，我总以闭关修炼为由，逃避着。见我不肯赴约，雪君倒是来过几次官仓小院，对我练剑指手画脚一番。

我叹气拆开信封，不知雪君又要抱怨谁了？

展开信纸，我却愣住，不是雪君字迹，落款竟是贾宝玉。

柳公子：

已别两月有余，公子安康否？公子栽培之恩，宝玉没齿难忘。现宝玉再厚颜求公子一事，盼公子二十五日到怡心阁一叙。宝玉感激不尽。

宝玉敬上

止住笑意，蹙眉沉思。虽不知贾宝玉要耍什么花样，但应该不会涉及到如今一触即发的朝堂大战。无关朝野，再大的事，也可从容解决。

只是我退出怡心阁时，不曾留下丝毫痕迹。显然她无法联系上我，只能迂回求助于雪君。可粗心如雪君，不知向她透露出什么消息了！

将信撕碎，撒入水塘。见我举止奇怪，流苏疑道："何事？"

我沉声道："流苏，回屋更衣，要去怡心阁一趟。"

依旧是我在怡心阁的书房，但更见奢华，料来近期盛名远播，日进斗金，故将怡心阁修饰得越发豪华。

轻摇折扇，一副浊世佳公子作派，我优雅入座，瞟着书房角落里甚为亲密的两人，清声道："不知宝玉姑娘遇着什么麻烦事？"

贾宝玉还未开口，她身旁的雪君就抢先笑道："宝玉，我说得很准吧，不需担心，她一定会来的！"

贾宝玉毕竟是识大体的人，起身行礼道："公子，宝玉确有一事相烦。三日之后，宝玉重新登台大厅，希望公子可以像上次一样，为宝玉准备舞蹈衣裳。"

我望着那张不沾一丝风尘的清秀脸庞，挑眉奇道："不是只在雅阁内献艺，怎么突然要到大厅，难道有人逼迫？"

贾宝玉婉约笑道："多谢公子关心，并无人强迫宝玉。只是前日有一位外地公子来此，扬言愿出百金，让我在大厅表演，请民众瞧一瞧这贾宝玉到底有什么能耐敢如此高傲！我见他狂妄，心中有气，一怒之下便答应，三日之后在大厅登台。"

她一口气讲完原委,顿一下,很快又笑道:"现在想来我的确过于冲动了,但事已至此,退半步便是砸了怡心阁的招牌,宝玉恳求公子再次出手。"她如此沉稳的人,岂会被言语激得沉不住气?怕是不会像她说的这般简单,但现在也不是追问时机,我便顺势问道:"宝玉姑娘这次需要何种服饰?"

贾宝玉面露喜色:"同以往,我将其画在了绢上,不过放在我房间,现在我就去取。"

等到贾宝玉出了书房,我立即回头瞪了雪君一眼,微怒道:"你到底和她说了些什么?"

雪君苦着一张俏脸,赌咒发誓似的道:"我真的什么都没敢说,是她主动找上我的。现在我连你女扮男装都没讲。"

我长舒一口气,轻声道:"雪君,人想平安活着不易,还是小心点好。"

雪君水灵大眼盯着我:"其实我知道的,扶柳看起来对我凶巴巴,但实际都是为我好,怕我让人给欺负了。"

听到门外脚步声阵阵,我快速将食指放于唇边,示意雪君止言。

贾宝玉手里捏着一方丝绢推门而入,笑道:"让公子久等了。"

我接过丝绢,展开打量,雪君也好奇地凑头一瞧究竟。

画功依旧细腻,色彩依旧浓烈,女子依旧妖魅。

"旗袍?"我还未言,雪君已尖声高呼。

顿时我有了一股掐住雪君细白脖子的冲动,刚才雪君一番动情言语,还让我欣慰不已,小丫头终于是明事理了。

可这声大叫,无疑将我再次推入深渊。有些人的性情是天生的,绝对无法改变一小点。雪君这颗不定时炸弹轰然爆炸,给我引来难缠的恐怖事件。上次的贾宝玉事件,我尚可勉强补圆,但眼前的贾宝玉姑娘不是省油的灯,第二次岂能瞒过她?

我慢摇纸扇,表情不变,仍旧淡然微笑瞧着贾宝玉。

所谓,敌不动,我不动;敌若动,便见招拆招。

相望片刻,贾宝玉终是先开了口,笑吟吟地说道:"同是天涯沦落人,相逢何必曾相识。既然大家都是穿越过来的,又何必遮遮掩掩呢?"

我冷眼看雪君,小妮子,倒是说话啊!知道闯祸了,就当缩头乌龟,躲在我身后不言不语了。无奈只能我来应付,面向贾宝玉,温和笑道:"你我心中知晓便好,又何需点明呢?"

贾宝玉一声哧笑:"你们是早已知晓我的身份,当然是心宽体胖。可我却是绞尽脑汁,才猜得那么一点点真相。"

我不理她话中刺,淡然处之,依旧笑问:"你怎么猜出我们的身份?"

她面带几分得意:"第一次见面,当我说出贾宝玉时,龙夫人反应激烈,虽然你圆得漂亮,但我还是起了疑心,便故意在签约时,故意叹了一句'我祖国的大好青年,怎

么一穿就变身成了天雷娘娘呢？'原是想借此看看你们的脸色，哪知你们走得快，查不到痕迹。可龙夫人是个直肠子，什么事都瞒不住。贾宝玉，旗袍还有一些日常说话习惯等，相处久了，还是很容易猜出来的。"

"至于你呢，可就狡猾多了，任何事都做得滴水不漏。我也只能看出你女扮男装而已，其他的我就抓不住一丝证据。不过你一味地帮龙夫人收拾破摊子，这也就暴露了你与龙夫人是同一类人。"

我轻笑反问："既然大家已经相认，是不是应该自我介绍一番？"

贾宝玉落落大方："林宝儿，S大舞蹈系。"说罢伸手，摆了个握手姿势，我亦伸手，做了一个同志相逢的握手动作："上官扶柳，Z大工商管理。"

雪君这时才从我身后伸出小脸："这样多好啊，大家喜庆相认！"接着，对林宝儿笑得花开似的灿烂，"我叫柳雪君，Z大美术系的，和扶柳同一所大学。"

林宝儿随即亦热情地挽起雪君的胳膊，笑道："那我也算是找到穿越的组织了。"然后回望我一眼，"大家都是同乡人，可要尽力帮忙啊！"

泛泛而谈，说了些陈年趣事，三人坐谈笑言，不知不觉中过了一个时辰。等到破弩堡的护卫来请雪君回堡时已是响午了，雪君有些舍不得回去，我软硬兼施将她哄出怡心阁："你家龙老大还等着你呢？万一弄不好，他将火气发到我们身上，我和宝儿可经受不住！再者说了，我们这群人空闲得紧，一抓大把的时间来闲聊，以后多的是机会，今天就先回去陪陪你家龙老大。"

雪君离去，怡心阁瞬间冷清不少。

天空始终压着阴云，浓浓的铅灰色，生出一种别样的抑闷。

我又拈起方才林宝儿给的丝绢，细细琢磨一阵，抬眸望向有些疏懒的林宝儿道："这个旗袍需贴身裁剪，今儿就去伊水坊，选布样式花纹一起搞定，也免得我来来回回奔波！"

林宝儿妙目顾盼，扫了我一眼，才揶揄道："我说柳家公子呀，你这一天到晚躲在哪位帅哥的怀里，片刻也不想分离？不过只是麻烦你挑选几段丝缎，弄出些像样的旗袍，你便这般不耐烦，竟要将数日的细活全部挤在半天搞定！"

林宝儿声音娇脆，一句"片刻也不想分离"敲入心头，涌出百般滋味。

我耳垂发热，面上却不慌，疲笑道："前一个月为怡心阁心力交瘁的，你又不是没见到？现在当然是累得慌，一步也不愿迈出家门，只盼着躲在屋子里清静数日。"

"随你怎么说吧！"林宝儿笑道，如丝乌发柔媚地浮在肩头，遮住半张素颜。不知道她信还是不信，但至少她是个极懂分寸的女人，人与人之间的距离把握恰到好处，亲近而不失尊重。

折好画有旗袍的丝绢，放入袖口。

"流苏，叫玉娘备轿去伊水坊。"我推开门，唤了流苏。流苏穿过院子去大厅找玉娘了。

"唉,你们的命可真好啊!丫鬟奴仆的一大堆,可怜我来这里时只是卑微的小小乞丐!"林宝儿靠在门框上,幽叹数声。

我瞥了她一身绫罗,笑道:"你一夜名扬西华,什么都有了,况且当初也只签了一个月的合同,你也不必留在怡心阁。"

"不在怡心阁,我去哪里找饭吃呢?"林宝儿清秀的眼中渗出淡淡寥落,"……可托付的人又在何处……"

一路上,我与她都是安静的。

"公子,这位是凉州最好的裁缝师傅。"分管凉州伊水坊的店主指着她身后的一名中年女子。中年女子身子微微发福,模样本分,她上前福身道:"柳公子。"

我瞧着她露在袖外的指尖,老趼满布,便拿出丝绢展开,递与她:"这个样式的裙子你能裁出吗?"

她刚看了一眼,便惊吓地退步,诺诺道:"这般露膀开叉,我从没有做过。"

"那你就开始这头一遭吧!"我指着正在选丝缎的林宝儿道,"具体的事宜去向这位姑娘讨教。"

林宝儿回身亲热地拉住裁剪师傅,甜笑着比划起琐碎要求来。见她们说得火热,我移步到了店里清静的一处地儿,淡淡地喝着茶,看店铺内人来人往。

倒是有些奇怪,平罗的男人比较心疼娘子,喜欢进绸缎胭脂铺里为娘子挑服饰?

"小姐。"流苏脚步几乎无声走到我身边,拧眉低声道:"似乎有不少人跟踪。"

我合上茶盖,随意抹平长衫上的折痕,淡道:"大概什么时候发现不对劲的?"

流苏亦是漫不经心瞟着屋内的锦缎,沉声道:"很可能早上出来时就盯上了。"她半转过身,几乎挡住了我的大半边身子。我很安全。

"你去保护宝玉姑娘回怡心阁。"

"为什么?"几乎是厉声质问了。

不能让林宝儿知道我的真实身份,卷入朝堂的权力争斗。她意图不明,很可能是一把致命的尖刀。轻拍流苏紧绷的肩头,我笑道:"你们从前门引开那些人,我从后门回去。"

流苏眸色似雪:"不行!"

"放心!"我坚持己见。跟踪的人一定是朝廷中人,只要见不到我,他们也不会轻易下手。等到流苏将林宝儿引走,我也好方便摊牌。

流苏不肯退让。

我轻叹:"你送宝玉离去,她如今是怡心阁的头牌,受不了惊吓,这片刻功夫,我就在伊水坊等着你。这儿好歹是西泠的地盘,谅他们也不会胡来。"

流苏勉强点头。

林宝儿一圈忙下来,也就随着流苏离去了。

在伊水坊后院内,我随意取了本账簿,翻看几页。

"公子,新泡的茶水。"一个约莫二十出头的女子端茶进来。

她的声音太尖锐了,我颦眉回首道:"你的声音太尖了……"

"呵呵……"她扑有厚重脂粉的脸突然笑起,有一种说不出的诡异,"洛夫人,你发现得太晚了!"

我的确发现得太晚,她身形过于高大,而且有很小的喉结。

一掌劈在颈后,我失去了知觉。

一道阴冷顺着耳后蜿蜒至锁骨,像是一条爬虫游过肌肤,战栗从脖颈直传到心间。我惊醒了,躺在茅草堆里,张望周围。应该是平罗城外土坡上的破败神庙,腐朽的神像上挂满了蜘蛛网。

又是那种阴冷感觉爬在脖子处,我微眯起眼,抬头望去,丝线般的雨漏下,恰好滴在了我的耳后。双手被捆在背后,无法撑起身子,只得艰难缓缓挪动,移到较为干爽的地方。

"不长记性的龟儿子,不知道公公吃酥饼从来不加青红丝的吗?"破庙里一个华衣男子翘着小指,喋喋骂道。

缩在一旁的男子惶惶低头:"公公恕罪……"

"错了还不改?愣着干吗,我象牙签子剔掉青红丝!真是晦气,跑到这种鸟不拉屎的荒凉地方,连一顿饭也吃不好!"那公公尖声抱怨一阵,回过头,对我一笑,脸上皱纹纵横,"洛夫人,受委屈了。"

我深吸一口气,挣扎着起了身,淡笑:"张公公,也受委屈了。"

那颐指气使的正是皇宫总管张德子,曾经在相府为我捎过真妃的珍珠金莲钗。而低头默默挑青红丝的那人也正是假扮送茶侍婢的小太监。

试着扭动手腕,竟得不到半点回转空间。

张德子移步向我走来,用脚扫走地上的茅草,才笑着坐下:"洛夫人不必白费气力了,这麻绳上的结是宫中专门为惩罚罪人绑的,没有上等内力是挣不脱的。"

我停止手腕的活动,冷眼瞥着张德子:"想来张公公也是驾轻就熟,不知手中沾有多少鲜血呢?"

张德子笑脸不改,却伸手扯下了我腰间的玉坠子,细细地端详片刻,才眯起小眼,感叹道:"老奴只是一个在皇宫里讨生活的人,在宫里底层也看惯了悲惨事情,现在沾上几滴鲜血,倒也习惯。哪如洛夫人有灵玉护身,歪门邪道都不敢近身呢?"

他又瞧了玉坠子一遍,似乎确认了什么,才咳嗽数声。几道鬼魅黑影从山神庙四周奔到他面前,单膝下跪,沉静垂眸,像是等待主人命令的猛兽。

"把玉坠子交给洛相吧!顺便再写上一封信,请洛相今晚子时独自一人来山神庙。你们也早做准备,该藏好的藏好,该设陷阱的设陷阱。"

为首的黑衣人毫无表情地接过玉坠子,一挥手,全数人都似鬼影般无声无息地

148

离去。

"原来皇上的目标不是我,换成了他……"

张德子竟然叹道:"洛相太张扬了,一个月内派了好几拨儿人联络朝中各位尚书大人,所以老奴也才要动筋伤骨地来到平罗……"

"那你知道不知道他不可能为我到这山神庙的?"

张德子忽地一扬眉,整张老脸竟因此而生动起来:"洛夫人,不试试怎知结果呢?"

一人一生一条命,更何况他本就不必来此冒险!

破旧的神庙木窗上,几张蜘蛛网破了,风呼呼地刮。

真是满目凄凉,我闭上眼,听见外面雨声淅沥,断断续续。

"洛某已到,请神庙主人出来一叙。"

似如轻纱浸过细雨般润泽,他的声音在这阴魅黑夜里听来格外安宁。

我挑眉望向火把下的张德子,大概是临时胡乱做的,火把烧得不旺,冥黄火光照在张德子的老脸上,像是泼了一层酱油,看得腻人心烦。

"洛相,真够准时啊!"张德子在破旧木窗后,咧嘴一笑,说不清的诡异。

"原来是张公公……"

张德子眯起眼,盯着窗外的黑夜:"熟人好办事啊!"

"你要什么?"

"洛相的命!"

摇摇欲坠的门外一片死寂。

"张公公想要洛某的命,洛某也要先看看人。"

"那是当然!"张德子一努嘴,跟在身旁的小太监立刻小跑着打开了门。

风雨一下子涌入,吹得我耳根发凉,却无语。

嘴上蒙着张德子的丝绢,勒得极紧,嘴唇丝毫也动不得。好在张德子也极爱干净,丝帕没有任何异味。

我安之若素,静静地望着门外。

他一袭白衣,提着一盏素白纱灯,立在黑夜细雨里。灯光微弱,屡薄淡光映上他的脸,异样青白。

"很好……"他薄唇微动,淡淡地叹息。

我没有再看他,越过那清俊身影,瞧着墨黑如漆的夜空,有些发呆。偌大的空中,只有几点星光,很遥远,却很耀眼。

有的时候,发呆最不会影响到他人的神思。

等到我回神时,他就在我的眼前。

素白纱灯陷在泥土里,里面的灯火随风飘移,将灭将熄。

微凉的衣袖滑过我的脸颊,上面有点点雨珠。丝帕很快松掉,落在灰尘里。

第十一章 骨不应

149

是该告诉他这山神庙里横梁上藏有两个大内高手,在后窗下藏有手执匕首的武人,还是庙外的密林中有无数的陷阱等着他……

愣了一会儿,我淡道:"你来了!"

他眉眼润过雨水,更显晕染如墨。

还是一叹,他俯身,沾着雨水的发丝腻在我的脖子里,阵阵冰凉。

他在为我解锁在背后的绳结。

"为什么来呢?"

因为我是上官家的女儿,他还是需要上官家手下的万千雄兵;因为我是西泠柳庄的小姐,他还需要那十万两白银去完成某件惊天大事……

有没有别的理由呢?

他一僵,随后轻声道:"总是有缘由的……"

山神庙里此起彼伏的闷叫声完全掩盖住了他长长的叹息尾音。

黑衣人全部跌倒在地,脸色苍白,扭曲着挣扎在地上。

"你在食物里下了软筋散……"那个小太监瞪着眼,不可置信地望着张德子,他的胸口有一把锋利的精钢匕首。

张德子似乎是很惋惜地拔出匕首,鲜血如花溅到他微笑的脸上,诡异非常,"公公很早就告诉过你们,在皇宫里活着是不容易的……"

他解开了绳结,转身对张德子笑道:"这次要让公公受些皮肉伤了。"

张德子瞥着庙外赶来的洛文,轻笑:"老奴皮肉粗糙,为了皇上相信老奴的忠诚,这点苦还是禁受得住的。"

"洛文,先打张公公左肩一掌烈云掌,再在腹下右侧划一道三寸长的剑口。"洛谦淡声吩咐着:"其余人,随意吧!过一个时辰,叫宋知海派人来收尸,告诉他,以江湖斗殴结案。"

洛文出掌。张德子含笑倒下。

山神庙内阴冷刺骨。

他转身,扶我起来,瞥见手腕处挣扎时磨破的皮肉,蹙起眉:"为什么总要反抗呢?"

看着他深沉似海的眼,我一字字说道:"囚起来时,我没有安全感!"

他默然地缓缓将那满绿翡翠玉坠子放入我的掌心:"听老人们说,玉能安神。"

玉坠子在他的手中摩挲过,带着他淡淡的体温。

那一夜,我跟在他的身后,踏过大内侍卫的鲜血,回到司仓小院。

【洛谦番外】

静静地望着掌心的满绿翡翠玉坠子,一种莫名的感觉,似曾相似。

刚十岁的时候,我就将这玉坠子摸了个透,线条起伏,玉纹肌理,莫不烂熟于心。

那坠子绿髓晶莹,放在阳光下宛若水滴剔透,娘说,像是爹在春日里的眼,温柔得让人沉沦。

娘喜欢看玉坠子,日日夜夜不曾离手。

十五年前,爹游湖时不小心将这罕见的满绿翡翠遗失,偏偏由娘拾得,牵出一段孽缘。有情皆孽。

后来,娘习惯坐在藤椅里,晒着暖洋洋的春阳,偏过头,对我笑道:"子谦,灵玉安神,可不要让一个女人整天对玉宁神,多了,寂寞会腐蚀了玉和心。"

迎春花在娘的身后勃勃簇放。

那时娘的心是否与我现在一致,忧虑中夹杂着淡淡甜蜜。

信中写得很清楚,有人抓了扶柳,逼我子夜到城外荒芜神庙中相见。很明显的陷阱,他们是想让我有去无回。

可忍不住欣喜,她终究是特意上伊水坊取回了玉坠子。

又一次摩挲起熟悉的玉坠子,温润质感在手间滑动,不禁想,这些天,她是否也如此细细抚过,纤纤微凉指尖停留在翡翠,感受过藏在玉坠子里的故事。

淡淡一笑,抬头告诉洛文:"回话吧,准时赴约。"

洛文急了:"张公公明明来了密信,已布置好一切,山神庙里的大内侍卫我们也早已摸清,爷何必亲自担惊前去呢?"

"她被绑了。"

"庙内有张公公照应着,夫人不会有危险。"

喃喃又说了一遍:"她被绑了。"

玉坠子在掌心煨了许久,暖烘烘的。

"张公公想要洛某的命,洛某也要先看看人。"

提着纱灯的手竟沁出热汗,生怕见到一张毫无生气的芙蓉面。

门缓缓打开。

她安静地坐在地面上,周围茅草凌乱。一条丝帕遮住了她半张脸,遥遥相望,就只见她一双眼漆黑如墨。

安之若素。

心中释然,淡道:"很好……"

很好,她很好。

她视线飘游,像是陷入了冥想。我不觉弯起唇角,扶柳,永远都是玲珑圆滑的。救人之时,最是忌讳扰人心思。她年纪尚轻,怕是没有见过几次刀剑鲜血,乍然突见,不免皱眉或惊叫,兴许就乱了我的注意力,可能便因此遭人暗算。

其实,大内侍卫早已萎顿如泥。

踏入庙中,我为她解开丝帕。大概是勒得太久,她的唇微微肿胀,但色艳似胭脂,如花开荼蘼,绚丽到了极致。

第十一章 骨不应

她怔忡一会儿,清丽眼眸闪过数道流光,有担忧,有犹豫,有喜悦,许多的东西混杂在一起,她却开口说:"你来了!"

你来了,听着似乎是一种解脱。

更是隐隐的依赖。

轻叹,原来她与我都没有守住自己的心牢。俯身而下,环着她,手指摸索到绑住她手腕的麻绳,慢慢解结。

娘说,姻缘是月下老人手中的红绳,可红绳有结,非当事人亲解不可。

她在我的怀里,触到沾雨的衣裳,瑟瑟微抖:"为什么来呢?"

那是含了一种期冀的提问。

理由有许多,我需要上官家的军队支持,我需要柳家的十万两白银……

"总是有缘由的……"

总是有缘由藏在心里说不得的。

绳结解开,她将手腕摊在火把下,一道道红肿伤痕赫然狰狞在玉肌上,分外刺眼。

"为什么总要反抗呢?"

她明明知道挣不脱捆住手腕的麻绳,却执意挣扎,不在乎是否弄伤了自己。

"囚起来时,我没有安全感!"

清泠声音中我的心慢慢下坠,冷了胸腔。以前,现在,将来,我都给不了她要的安宁,只有权谋交织的网,囚住她,暗箭不断。

将翡翠玉坠子郑重地交到她冰凉的手心。

"听老人们说,玉能安神。"

很多年后,她会不会像娘一样,沐浴在春日里,对着玉坠子偶然失神?

第十二章

月如钩

天朔九年,四月二十八,傍晚,夕阳斜照。

怡心阁高朋满座,其实也无惊讶之处,这段时日怡心阁每每皆是座无虚席。只是今儿特殊,来的每一位不是权倾州府,就是富甲一方,如何吸引得满厅的权贵之人?皆因宝玉姑娘又将登台之故。

照旧选在怡心阁二楼的偏僻雅间,我观看舞台表演,顺便控制事态发展。

悠闲地啜着新茶,听着身旁雪君滔滔不绝的八卦,同时留意打量厅内的各色人物。突地,雪君抓住了我的衣袖,指着楼道上的一名颇有威严的华服中年男子,叫道:"哎呀呀,宝儿的魅力无边啊,连那个苦瓜脸刺史马如龙也能请到!"

我抬眼凝望,果真是那日在白杨丛中的凉州刺史马如龙。

"还有啊,苦瓜脸身后的帅哥,可是云中侯的二公子哦,听宝儿说他都来了好几次……"雪君兴奋喊着。

我毫不客气地打断雪君看帅哥的目光:"不要再盯着年轻帅哥不放了,唉,如果龙傲天知道了,一定会将怡心阁拆得片瓦不留。"

雪君很不服气地嘟嘴道:"只是看看而已,又不会动手,况且龙老大又不在!"

不得已,我只能用强力扳过雪君那张眼睛变成桃心状的小脸,询问道:"你怎么知道这些朝廷中人的?都是林宝儿告诉你的,你又跟她说了些什么?"

雪君撇着小嘴,轻推开我的手:"我承认我平常是很迷糊,可在大事上我还是非常坚定的,绝不会吐露半点消息!"雪君眼中闪过难得一见的严肃,继而又调皮笑起,"我和宝儿就谈一些闺中八卦,无非就是最近东城帅哥喜欢上了西域麝香,西街美女的细腰突然粗了好几圈。再深层次点的就是,回忆一下过往的美好生活,有冰激淋可以吃,还有专业的学术交流,色彩搭配之类的啦……"

"哇！千年难得一见的极品帅哥啊！"一声高呼，雪君抛下我，双眼发光愣呆盯着楼道，径直流下口水。

怡心阁的喧闹顿时安静，感觉到所有人的目光都聚焦于楼梯，我不禁颇有些好奇，转首向楼梯口望去。

一个骄傲得犹如太阳般的人影挺立在楼道。

我微眯双眸，用心观察起来。或许他能够吸引住全场目光的，并非靠的是完美的外形，而是他与生俱来的临俯天下的气势。他要告诉见到的每一个人，我就是人间的太阳，会释放最耀眼的光芒，你们必须臣服我。

张扬于外，锋芒毕露，他霸气十足地走进了二楼的最好雅间。

距离的拉近，让我更加清楚地看见他的样子。若说开始是他的气势让我有所震撼，那现在我就要惊叹上天给予他的完美五官。

他英气浓眉，直挺高鼻，深邃眼窝。最完美的还是那碧海蓝天的双眸，深粹的蓝，是风平浪静的大海深处，泛着浅碎流萤光芒。

雪君一抹衣袖，擦干口水，便挥着两只小魔爪在我眼前乱舞，笑嘻嘻道："好厉害的帅哥，竟能把我们家的扶柳都迷住了！"

那人进了雅间，他的随从们立即把守两侧，甚至封锁了走廊。

真是天大的气派，我轻皱眉，问雪君道："什么人？"

雪君转着眼珠，故装神秘道："感兴趣？想知道？"

我深知雪君脾气，玩心极大，越是追问越不会说。倘若不理睬，她反而会自动讲得一字不漏。

我瞟了雪君一眼，然后就一言不发，独自喝茶。

"太没趣了。"果然一会儿，雪君就自动爆料，"他就是那个花百金要宝儿在大厅登台的人。"

我悠悠合上茶盖："真实身份？"

雪君双手一摊："他刚到平罗几天，谁知道底细啊，只晓得下人们都称他元公子。"

如此气势之人，岂是普通人家？又这般招摇，仍无人知其来历，料来出身定是富贵异常。可想遍西华，也无元姓大户。蓦然回顾那双深蓝眼睛，或许是拓跋人，抑或是西域人，也不能排除西华人，平罗地处边疆，是对外经贸之地，经常留有西方诸国人，城内混血之人亦不少。

唉，混乱如缠线，理不出一丝头绪。

思索之际，激昂的金属乐声迸然响起，但在这令人沸腾的音乐之中，却透出一缕琴音，慵懒的、妩媚的、勾人的。

厅内众人尚沉醉于奇妙曲调之中时，舞台上已是莺莺燕燕一群娇娥，当真如春日入百花丛之感，花娇乱人眼。

台下惊呼一片。

台上的姑娘们全部身着艳红旗袍,青丝高盘,黑色繁复的牡丹盛开在红艳艳的丝缎之上,随佳人摆动,摇弋生姿。

扇开,扇合,纤纤玉手中的别致丝扇,开而合,合而开,姑娘们在翩翩起舞。

旗袍不愧是最能展示东方女子美好身段的衣衫,合体的裁剪,柔美的曲线,使少女们无处不散发着诱人的魅惑。

可这群妙龄少女的婀娜身姿仍掩不住林宝儿的夺目光彩。

林宝儿作为领舞,充满自信地站在这群佳人的最前端。与其他少女旗袍不同,她身穿暗纹黑缎旗袍,精绣怒放的红牡丹,红黑两色的经典搭配,更衬得她肤白如玉。

一朵娇艳牡丹斜插入如云发髻,黑粗眼线,浓烈眼影,突显着林宝儿的风情万种。

少女们随音乐轻轻摇摆着,脸上绽放妖冶笑容。其实这支舞远比上次的傣娘妖娆简单得多,只是要通过简单的肢体动作,来展现出风情女子的妖媚,却是极难。这帮怡心阁的小姑娘只练舞三日,仅能表现出面部的妖媚,远不及林宝儿的收放自如。

林宝儿朱唇轻启,微微沙哑的歌声响起,声音虽不清亮,却透着一股入骨的慵媚:"天涯呀海角,觅呀觅知音。小妹妹唱歌郎奏琴,郎呀咱们俩是一条心……小妹妹想郎直到今,郎呀患难之交恩爱深……哎呀哎哟一起不离分……"

唱至高潮,全台的少女和声附和,使整台表演趋于完美。

乐停,舞止,雷鸣般的掌声响起,其中夹杂着不少年轻男子的欢呼声和口哨声。

人声鼎沸中,雪君侧过头,水眸带着些许玩笑:"扶柳,这次你与宝儿是将大上海搬到怡心阁吗?"

我瞧着舞台中的女子:"只怕她想要比大上海更轰动。"

林宝儿盈盈浅笑,优雅收拢丝扇,置于指间,右脚后退小步,微微屈膝,低首道:"宝玉献丑了。"

娇言软语直煽得台下越发火热。

雪君也站起身子,直鼓掌叫好。瞧着她略略隆起的小腹,我不禁轻揉额头,龙傲天,你是不是应该付给我特别照顾妻儿费?

无奈起身,我抓住雪君还在舞动的手臂正色道:"雪君,时辰不早,要回家了。"

很奇怪,雪君没有像以往那样的吵闹不休,执意不肯离去,而是眨着灵气双眸,神秘兮兮地凑到我面前,低声道:"扶柳,难道你不想看,等会儿表演结束,极品帅哥与宝儿之间会发生什么事?"

是啊,两个如此心高气傲之人,互不退让,激情碰撞,会擦出怎样的火花呢?

见我脸上神色微微一动,雪君趁机道:"现在才八九点钟,又不是很晚,何况待会儿回去还有堡中护卫相送,担心什么呢?"

我仍旧严肃道:"继续看可以,不过你要保证安静坐下来,不准随意乱动,以免动了胎气。"

雪君笑眯眯地点头答应。

台上林宝儿拨动琴弦,音声美妙,配上玲珑唱段,回响不绝。

红烛流淌成蜡,林宝儿也止弦,清雅起身,盈盈一拜,巧笑连连:"宝玉在此感谢各位爷的捧场。"说着清丽目光一转,盯着二楼中间的雅间,眼中几许挑衅,"更要感谢元公子让宝玉有机会再次登上大厅的宽广舞台,不知元公子有什么要指正的吗?"

林宝儿的一席话已让大厅内所有人的目光聚集于二楼雅间,而如果元公子的回答稍有不善,只怕是要被这满厅的热情男人们给生吞活剥了。

还带着来时的耀眼光芒,骄傲的元公子走出雅间,靠着木栏,一抹微笑:"宝玉姑娘果真不负西华第一舞之称,人美曲艳。"

他声音略带磁性,字字说来,如在耳畔低语。只是汉语讲得太过流利,并没有一般西域人的磕巴。

"只是在下今晚还有急事,无法继续欣赏姑娘才艺了,实在可惜,可惜,可惜……"在他连说可惜之时,已脚踏栏杆,借力一跃,如大鹏展翅般飞离怡心阁。

突然变故,使得大厅内鸦雀无声,难得的绝世轻功震惊了所有人,林宝儿亦愣在台中,不知如何是好。

估计她也没有料到事情竟会发展成这个样子,原本预料的针锋相对场面没有出现,而精心准备的犀利言语也无法讲出,就由元公子轻飘飘的两句话结束了一场精彩的表演。

我轻笑,没有见证到火星撞地球的火暴场面。空乏的赞美,飞离的背影,就这样终止了两个高傲人的第一次交锋。我今晚算是白等了一场好戏。

在破弩堡的大厅上,我再次感叹,好奇心害人不浅!

那日,在怡心阁正准备回去时,雪君拽住了我的胳膊不放,软声求道:"扶柳,陪我回去吧!现在时辰很晚了,龙老大一定会骂我。如果你和我在一起,龙老大信任你,就不会骂我贪玩了。"

看着雪君可怜的小脸,加之本来我也有意看完表演,心也就软了,便答应雪君与她一同回破弩堡。

谁知一踏上这艘贼船,就无法下船,这几日净陪着雪君瞎胡闹。

红日铺地,霞光绚烂,面对夕阳,我终是下定决心,今日必须离开破弩堡,再也不能被雪君自来水般多的泪水给欺骗了。

长舒气,我便匆匆转身,直直地向门口奔去。

"砰"的大响,我竟撞上一堵人墙,捂着疼痛难当的额头,蹙起眉,抬头望去,惊呼:"云表哥!"

云表哥也痛得龇牙咧嘴嚷嚷道:"柳儿妹妹,不就是晚了两天,为了十万两值得这样吗？竟用头撞我胸口！"说完还刻意抚胸咳嗽几声。

瞧着柳云的可爱抱怨样，我也不禁忘了头痛，畅笑不已。自从我将怡心阁账簿交给柳云后，他就一直躲着我，活像我是个老鸨，如果他拿不出十万两，我便要逼他卖身还债。

"那十万两在哪儿呢？我现在就要！"

柳云依旧揉着胸口，装痛道："柳儿妹妹也不关心一下表哥，真是重利轻情！不就十万两，我早已放在百草居了。"

柳云得意忘形地笑起，像个孩子得到了最爱的蜜糖。可又有谁知他本质乃是奸猾商人，处大事果断利落不留情！他的本领比之柳风更胜三分，只是用惯了懒散富家公子掩饰自己。若柳云手段不够厉害，他是无法在短短两月间，在西北贫瘠的土地上凑足十万两白银的。

既然我要的十万两白银已到，那我也没有什么理由再留在破弩堡，与一群厉害人打交道了，回到清静院落才是上策。

略提起裙摆，我再次准备冲出破弩堡，实在不能再等了。

"人已到齐，就到厅中商议。"沉静冷冽的声音响起，龙傲天出现在了大厅偏门。

唉，我只得幽叹，还是没能躲掉。其实我一心想要离开破弩堡，并非忍受不了雪君的吵闹，而是今日晚餐时，龙傲天一本正经地说："洛夫人，晚上大厅有要事商议。"

要事，即麻烦事。

可事已至此，避无可避，只能迎头而上，我寻了座位，笑问："龙堡主，有什么重要事情？"

龙傲天立即一使眼色，厅外仆从快速将大厅所有门窗紧闭。顷刻间，偌大的议事厅，只剩三人呼吸。

龙傲天锐利目光扫向我，沉声问道："最近听说过一名叫元公子的外邦人吗？"

元公子？怡心阁中出现的那名元公子。他如此张扬，不在平罗引起一场地震也是不可能的。可龙傲天为什么也对神秘的元公子感兴趣呢？

我还在编着说辞，柳云却是皱眉抢先说道："你也注意到了，我几日前派密部调查此人，收获甚微。现在根据所掌握的线索，也只能推测到他是拓跋贵族，再具体的就无法得知了。不过，这段时日，他与关外的拓跋军队往来密切，更让人担心的是，他出百金请怡心阁头牌宝玉大厅献艺，竟是想遮掩耳目，好趁喧闹之际与凉州刺史马如龙密会！"

龙傲天冷淡的眸子滑过一丝惊讶："短短数日，密部竟然可以查到这种程度。不过——"龙傲天有些骄傲，"我破弩堡地处边塞，所以消息要比你多一条，就是，元公子不是拓跋贵族，而是拓跋太子！"

拓跋的下一任可汗？我不由得打结眉头，离政治中心太近了，似乎危险的气息在开始蔓延。西华政坛风波最盛之际，拓跋太子竟亲自到是非边城平罗，外带拓跋铁骑压进边关,同时密见凉州刺史,他王储至尊何必以身犯险?"

龙傲天锐利双目捕捉到我眼中一丝不惑,奇道:"难道你一点儿也不知道?那洛相知道吗?"

我轻摇头:"不知!我不知元公子的底细,亦不知洛谦知否。"

我的一句轻声不知,竟震得眼前两位久经风浪的大男人连声惊呼,失态得犹如莽撞的毛头小伙。

龙傲天深吸一口气,缓缓问道:"洛夫人,你确定你什么都不知道?"

望着他们不可置信的表情,不得已,我再次重申:"我从不过问朝中事,如今爹、哥以及洛谦商议之事,一概不知!"

两个男人彻底绝望,只是表现手法各异,龙傲天是扶椅失落跌坐,想维持一贯的冷静,默默不语。而柳云则是延续了他特有的夸张表情,搥胸顿足大号:"扶柳啊!你可对得住我啊……我可是将身家性命都赌了进去……现在你却不负责任地告诉我,你什么都不知道……"

无视柳云的存在,我径直走到龙傲天面前:"你们究竟在这场斗争中投下多少赌注?"

龙傲天垂首:"不多,但足以让皇上将我们归于丞相将军一党。"

还不多,已经同党了!我有些焦急,追问:"具体如何?你提供了什么?又想得到什么?"

龙傲天叹道:"两月前与洛相达成协议,我将出云七十二骑借他三月,事成之后,他解除朝廷对破弩堡的封锁,让破弩堡的商队可以自由出入照壁关。"

此后厅内死寂沉默,只余蜡烛线芯燃烧时发出的轻微声响。

一刻钟过,龙傲天傲然起身,打破寂静:"只有如此了,今晚我们夜探怡心阁。拓跋阳这些天每晚都去怡心阁,我曾在怡心阁设有暗室。在暗室里监看拓跋阳,或许能知晓他在平罗究竟有何目的。"

夜探、暗室、怡心阁,我一个也不喜欢。壮起胆子问道:"我可以不去吗?"

"不行!"两个男人居然同时暴喝。

柳云继续道:"从现在开始,朝中大小事你要一律清清楚楚。"

看来我不晓朝中事,的确给了这两个男人巨大的打击。我好奇扬了扬眉,反问道:"为什么我一定要知朝堂局势呢?"

龙傲天一挑浓眉,冷笑道:"因为你是上官扶柳,大将军上官毅之女,骠骑将军上官去疾的胞妹,丞相洛谦的妻子!"

柳云亦扬眉接道:"还因为你是无双公子泓先生的入室弟子,商场上呼风唤雨的柳表小姐,以及上官扶柳的命运!"

我浅笑冷然:"命运?"

命运是什么?也只是世人由身份定下该做的事。公子该读圣贤书,小姐应守妇德。家人皆谋权官场,我也应该通晓朝堂。

所以半个时辰后,我就在漆黑一片的暗室中,透过墙壁上的些许小孔,看清室外一切。

龙傲天忽然沉声道:"拓跋阳来了,不要乱动,以免出声惊动了他。"

果然话音刚落,雅间木门已被推开,林宝儿首先进入。她一身鹅黄衣裙,清秀又不失娇俏。随后便是那位光芒四射的拓跋王子,一衣金丝锦袍,犹如草原上的耀眼太阳。

林宝儿巧笑嫣然,悦耳声道:"元公子今夜想听哪首曲子?"

听这般柔意语气,看来几日光阴,林宝儿与拓跋阳熟稔不少。

拓跋阳温和笑言:"但凭姑娘做主,宝玉姑娘每曲皆是天籁之音,可洗涤心底浊念。"

林宝儿低眉浅笑,袅袅走向七弦琴,沉吟一声,纤长手指急急拨弦,清透琴音响彻心扉:"你的笑支撑我虔诚的最初,狂风下使我得到依附,穿越亚细亚的迷雾,谁带我踏上孤独的丝路,追逐你的脚步……"

婉约的歌声,含着对爱情的执著追求,不顾一切,抛开世俗,只为爱情。

尾音渐消,原以为此曲将会完美谢幕,却不料最后一次拨弦,铮的一声,弦断,鲜艳的血液如红莲般从林宝儿的指尖喷薄而出,滴在断弦上,汇聚成细流血溪。

林宝儿吃痛,皱眉呻吟。

拓跋阳早是飞身至林宝儿身旁,捧起受伤的手,语气焦急,含着心疼:"痛吗?"

林宝儿脸上浮起红晕,娇羞地挣脱拓跋阳的双手,低头轻声道:"只是小伤,不碍事的,我回房包扎一下就好。"说完,抬头妩媚一笑,袅娜出了雅阁。

我躲在暗室,将一切瞧得一清二楚,好一对郎有情妾有意!不知怎的,看着情浓璧人,一丝酸楚游入我心中,不禁冷笑出声。

笑声极弱,几乎不可闻,但身边的柳云还是极快地捂住了我的嘴。

拓跋阳突然转身,双目锋利,盯着暗室入口,像是发现猎物般,厉声道:"不必再藏,都出来。"

我惊讶,拓跋阳从进雅间来并没有向暗室看过一眼,如何得知暗室中藏人?

"拓跋阳武功已入臻境,十丈之内的任何细微声响都逃不出他的耳朵。你刚才笑声虽小,却足以让他察觉。既然已经被发现,我们不如直接面谈了。"龙傲天边说边打开暗室机关,雅阁中的书柜缓缓移动,我们三人从中依次出来。

龙傲天领袖风度,毫不退让,一身傲气道:"拓跋太子好兴致,肯屈尊光临怡心阁。"

拓跋阳亦霸气十足,针锋相对:"龙堡主也好兴致,竟在见不得人的暗室,特意会见本太子。"随后蓝眸一紧,盯着我与柳云冷笑道,"想不到大名鼎鼎的破弩堡堡主也会带帮手啊!"

柳云带着招牌式的可爱无害笑容,抱拳笑道:"在下西泠柳二,这点儿的微末功夫哪入得了太子的眼。"

我亦温温笑起,抱拳横胸道:"西泠柳四,根本无点墨功夫,从来只拖他人后腿。太子不妨这样想,龙傲天带着一个傻小子,岂不是我的变相帮手呢?"此次出门,我依旧男装打扮,故学着柳云,自称柳四。

拓跋阳的湛蓝双眼上下打量着我,迸发犀利蓝色光芒:"本太子只听闻,江南西泠柳庄年轻一辈中,只有二位公子三位小姐,何时多了一位柳四公子?或许称为柳四小姐是否更为确切!"

果真男女有别,不然为何每次碰上精明人都可识得我男扮女装。我依旧微笑面对拓跋阳,脸上毫无任何不妥之处,安稳解释道:"我名小人微,太子高在天端,不晓我等平凡之人亦是常理。我本是柳家远方亲戚,小时家中遭有重大变故,从小就寄养在西泠柳庄。柳老爷见我尚还懂得一些事理,便疼爱有加,视如己出,故在下也大胆自称一声柳四,倒让太子见笑了。"

拓跋阳目光仍然锁定于我,显然是对我的一番说辞存有疑惑,但却又不知哪里是假的。

龙傲天怕我再遭质疑,露了马脚,便转移话题:"敢问太子在此敏感时期前来平罗,究竟意欲何为?"

拓跋阳终被转移了注意力,回眸对上龙傲天的鹰眼。

我心底舒上一口气,拓跋阳毕竟是将为王之人,一身气势着实压人,刚才短短几句对峙,我极用心力。

"平罗好风景,好人情,我当然是来游览一番的!"拓跋阳忽然朗笑,破了整个的压抑气氛。

龙傲天岂肯罢休,追问道:"既是游览,理应放松心情,为何太子还要操劳军务,亲自指挥关外拓跋军队?又何必费劲劳神,会晤马如龙呢?"

拓跋阳脸色大变,顿时阴沉无比:"这与破弩堡无任何关系,龙堡主大可放心。"

龙傲天谨慎反问:"拓跋大军仅一墙之隔,龙某何以放心?"

拓跋阳耐心已到极致,他以太子之尊,遭人监视,如今又被强加逼问,怎肯再加忍受,正欲发怒。

这时,雅间木门却被林宝儿推开,一脸惊讶望着我们。

不等林宝儿开口询问,我先笑吟吟地走上前:"宝玉姑娘几日不见,越发地脱尘了,不知能否现在陪在下外出赏月呢?"

林宝儿眼扫雅阁,也感受到了气氛紧张,虽蹙眉却仍顺着我的意笑道:"宝玉荣幸之至,柳四公子请。"

我轻笑着挽起林宝儿的手臂,施施然出了雅阁。

怡心阁后院布置还算不错,荫荫高树下一间石亭,倒有几分清致幽远。

坐在微凉的石凳上，抬头仰望夜空中的一弯新月，耳畔响起林宝儿的询问声："大初一的哪有什么圆月好赏的？"

依旧望着若隐若现的淡淡月华，我亦淡然道："弯月也别有一番风味啊，淡然清静。"

林宝儿笑道："好了，莫要再学林妹妹伤春悲秋的。你我也算是熟人，我就直接问了，屋里到底发生什么事？"

笑着回头正视林宝儿的清丽双眸，我问道："既然你没把我当做外人，那我也就直接问上一句，你喜欢屋内的元公子吗？或者说是你爱他吗？"

林宝儿讶异，嘴唇微张，失神好一会儿，才问起："你怎么知道的？"

我浅笑答道："你一向清高，何时曾将男子放入眼中，如今却对这位元公子格外关心，想是他入了你的心。只是，短短时日，你肯定爱上他了吗？"

林宝儿一笑摇头："几日之间怎会轻易地爱上一个人陌生人。"随后她目光化为清水，柔情四溢，"可他不是陌生人啊，他是我以前的男朋友，像极了，简直一模一样。你可能觉得荒唐，但对我来说却是那么真实。他是中英混血儿，大学时回国读书，然后他很倒霉地碰上了我。在学校的时候，我们一起，生活波澜不惊。我常嫌他带回一身英国的古板，没有激情，不够刺激。"

"有时候，我会任性，一味地乱发脾气，可他总会默默地包容我，从不让我受到半点委屈。现在，我掉到了这个陌生的空间，就再也没有人关心我、爱护我了。"

不忍打断，可我还是要说："只是外表相同，可他们根本就是两个人，性格不同，心也不同。"

林宝儿斜眼瞟着我，幽幽笑道："我也知道，也曾不断地告诉自己，他不是他。可却忘不了，只是单纯忘不了他！后来我就想，以前是他纵容我，现在在这里，大概就是老天爷要我还他的情，让我来包容他。"

一抹满足的笑意漾开，月光之下的林宝儿竟如此纯洁："或许你会觉得我很傻，可我心里知道，他给我的感觉一直没变，永远都是暖暖的、窝心的！"

弯月下，我们皆不言语了，静默相坐。

"砰"的一响，一只毛笔从雅阁中破窗而出，直插入厅旁树木儿两寸，犹自颤动。

突然变故，惊得我与林宝儿都连忙回头，张望雅阁。

雅阁内烛火忽明忽暗，窗上两条人影忽离忽合，激烈打斗不断。

林宝儿几许激动，急急起身奔向雅阁。见她一只脚已踏出石亭，我一把抓住她的手腕，急道："危险！"

林宝儿优雅尽失，满面焦虑，高声厉道："他在与武林盟主龙傲天交手！"

这就是爱情，遇到危险，不需思索就肯为他挺身而出。我不禁莞尔道："你大可放心，他们俩武功不分伯仲，谁也伤不了谁。"

林宝儿些许平静，仍无法放心："你确定？"

161

我轻笑点头："当然，否则他们俩交手已久，为何现在还没分出胜负？"

林宝儿望了一眼雅阁，窗上身影依旧错落交叠，可她神色已然安宁，悠悠问道："你已知道我爱他，那可以告诉我，你来此的原因了吧？"

我淡笑，缓缓对林宝儿说："因为元公子的真实身份是拓跋太子，未来的拓跋可汗！"

"太子？"饶是林宝儿已有心理准备，仍是不免震惊。

我笑着反问："真的白马王子，不好吗？"

"只是更重要的是他将成为草原的可汗，也就注定了不止有一位阏氏！"现代女子与古代社会最难以融合的无非就是对婚姻的态度，古时天经地义的一夫多妻，与我们从小认定的一夫一妻总存在不可调和的激烈冲撞。

林宝儿恢复往常，带着自信笑容："以前所有的规矩对我来说都是过去的历史，而我就是要打破这种制度。"

"从我以后，拓跋的可汗就只有唯一的阏氏！"

林宝儿忽地话锋一转，直视着我："扶柳，你或许比我更怕这男尊女卑的社会，因为你没有我的决心。你在害怕，怕没有结果的爱情，所以你在犹豫，没有勇气，不敢去爱。"

我依旧挂着微笑，听林宝儿侃侃而谈："我敢抛开一切，一心一意地随着他，一心一意地爱着他。不管他如何，是可汗也好，乞丐也罢，我只要知道我爱他便已足够。而你，扶柳，负担了太多，总是思前想后，不敢也不愿放手一搏。可你知道吗？爱情是这世界上最特殊奇妙的事情，你无法计算，若想获得，必须去追！"

夜风拂面，我的手心微微冒着汗，或许这句话是对的，最了解你的人，也许并不是你最亲密的朋友，而是你惺惺相惜的敌人。

扯起唇角，我凉薄一笑，或许现在我与林宝儿之间还称不上真正的敌人吧。只是她我心知肚明，我们在相互利用而已，我利用她捧红怡心阁，赚取三千两白银；她利用我在西华求得一个安身立命之所。

我抬首，对上林宝儿的眼睛，浅浅笑道："我的确有很多放不下，也害怕爱过会留下的伤痕，怕这伤痕我无法愈合，痛苦无比。所以我选择不爱，不爱他人，亦无需他人爱我。"

林宝儿摇首，轻叹道："你啊，还是不懂自己的感情。你不是不爱，而是心里有了爱，却强制着控制自己不去爱。唉，何苦呢？爱很简单，只是心之所系情之所向！"望着林宝儿几分叹息，几分担忧，还有几分怒其不争的神情，我不禁开怀笑起。

林宝儿不解，皱着眉头问道："有什么可笑的吗？"

我仍旧笑语："刚才你的表情像极了我的一个朋友。每次我与她谈及感情，她总是那副表情，拿我无可奈何。"是霜铃，可以果断处理繁杂事情的女子。

我的笑声未止，更为豪爽的笑声冲出雅阁。

"多年未逢敌手,今夜打得最为酣畅。"拓跋阳豪气冲天。

"彼此彼此,可惜你我国家不同。"龙傲天亦傲气不减。

淡然的月光下,我斜睇着林宝儿,心中怅然,若是你我早逢,或许也可成为姐妹,只是现在你坚决地选择了拓跋阳,我们之间也就有了一条坚决的鸿沟。

第十三章

便 如 是

新柳垂湖,碧青水烟笼了一池绿水,湖波潋滟,暖风袭人,江南春夏之景徐徐展开。

我在湖畔,随手摘下一支柔软柳枝,无规律地绕上手指,心中感叹,原来龙傲天也是一冷面心细之人。似处余杭西湖苏堤,却实在西北边城平罗中。龙傲天心疼雪君,便将这名满天下的西湖名景缩小了复制到破弩堡,以解雪君思乡之情。

虽然破弩堡中的小西湖远不及余杭的雅致,但是,风情却不让真正的西湖分毫。风景好坏,皆在一字"情",风中含情便是风情,风情万种本就是一种极致的风景,更何况这里还透着丝丝甜蜜呢!

夕阳西下,流苏捧着素白外袍,不徐不疾走至柳树边,将外袍与一封信递给我:"风起,小心着凉,另外密部刚到的信件。"

昨天忙碌半夜,夜探拓跋阳,却无任何收获。今日傍晚我便好生泡了一个热水澡,洗去一身疲惫。现在长发尚是湿的,并未干透,所以任由一头青丝散落,没有任何装饰。

披上素白外袍,收紧腰间,这时才发觉手中无物,便无奈浅笑:"流苏,你忘了拿腰带。"

流苏亦是无奈,一言不发,足尖离地,转眼便要施展轻功离去。

我却是赶紧叫道:"算了,我也要马上回去吃饭,有无腰带并不要紧。流苏,你也不必来回奔波了,先去吃饭吧。"一口气堪堪说完,若是慢了半拍,流苏定会不见身影的。果然,话音刚落,流苏几个掠步,已消失在我视线之外。

五月之初,已是入夏,可破弩堡位于西北荒山上,太阳下山,阵风起,仍有点点凉意,我不禁拉拢了外袍。忽瞥得身旁有柳枝垂落,心头一喜,随即踮脚伸臂摘下一根叶枝繁茂的长长柳枝。

　　柳枝本为极柔韧之物,恰是做腰带的好材料,我便将柳枝绕上腰间,随手打了个结,固定住衣料。湖水随风起涟漪,水清倒影岸边人,我低头望着水中影,芽青柳枝在一片素白之中更显碧翠,似翡玉绕身,衬得纤纤细腰仅盈盈一握。

　　收回视线,撇开湖面,宛然一笑,不想我随性一举,倒让一身素装生出别样风情来。拣了个清静地,轻轻斜倚柳树干,我打开密部信,取出白笺,迎风展开,俊秀小楷跃然眼前。

　　扶柳:
　　　　当断则断,莫要考虑过多。随心而为,莫要将来后悔。决心一试,方知
　　结果如何!
　　　　　　　　　　　　　　　　　　　　　　　　　　　　　　　　霜铃笔

　　依旧撒信入湖,湖水浸透信笺,墨迹晕开,渐渐沉入湖底。

　　淡然一笑,我心中问道,霜铃,这是你给我的答案吗?你也要我勇往直前,若不试,焉知结果?你竟与林宝儿的看法一致!

　　其实,早在与林宝儿月下长谈之前,我已将心中困惑,写信通过密部转交于霜铃。我洋洋洒洒几千字,竟写不完心中烦恼,可霜铃寥寥几语便直指我心中要害,要爱便要有决心!

　　夕阳仅剩几缕微弱光线,而月牙儿也在天边若隐若现。长吐胸中气,换得一身舒畅,我心结已解,正欲转身离去,带上了好心情去品尝雪君的勺下佳肴。

　　回首一见,我有些愣住,不禁怀疑起来,我是否真的应该去学些功夫,不然为何每次有人在我身后作画,我都无法察觉呢?

　　碎步上前,我扬起明媚笑容:"原来洛大人也有雅兴作画?"

　　我今早派人通知洛谦,可以到破弩堡来提取十万两白银,却不想他没有到百草居点收黄金,反来这里悠闲作画。

　　一张不大的宣纸平铺在了青石板上,洛谦神情专注,勾勒线条,可脸上依旧带有儒雅微笑,温言道:"画由心发,不关风月。刚才情景触心,便提笔画下。"

　　温暖的橙色夕阳下,洛谦玉冠束发,月白长衫飘动。若不知详情之人,恐定要认为,此情此景,仍是西子湖畔,一名出尘的江南才子挥毫泼墨,优雅地要将这人间美景收入寸纸之中。

　　洛谦似融进了画中意境,不思旁,不言他,只是抬腕挥笔,细细描下每一笔。

　　我也不再言语,似怕打乱了作画思路,只是上前走得更近,一览纸上画。我略略扬眉,心下讶异,画中风景数笔带过,却是极费笔墨地渲染了柳下女子的轻曼背影。长发如墨,绿柳束腰,白衣飘摇,似风飞扬。

最后一笔，勾勒出初升弯月，洛谦搁下毛笔，笑意暖暖，望我问道："还请才女评点，比之上官将军如何？"

你本与大哥不同。我嫣然一笑："扶柳不通画技，每次哥作画，我都不曾乱言。只是常依画中景，写上几句，以附和画意。"说罢，我提笔写到：月上柳梢头，人约黄昏后。

洛谦似乎有分惊讶，随即又笑起："约的哪家公子？那人好福气！"洛谦笑容如往常还是那般温润如玉，只是眼中目光与以往不同，不再波澜不惊，而是带有一分失望，两分嫉妒，三分关心，四分温柔。是的，这个笑容没有隔上一层雾，它十分纯粹、干净地展露出他心中的真实想法。

山坡之上，晚风习习，泛着青草的清新气味，还有久违的浓烈墨香，更掺杂着一丝别样的甜蜜。

清风起，吹得我的黛青长发在风中飞舞，轻柔地擦过洛谦的脸颊，与他的如墨发丝卷在一起，根根纠缠。

浅绵的呼吸声与浊重的呼吸声交错着，慢慢地融为一体。

娘，知道吗？月光照进了心底最柔软的地方！

于是，我温柔浅笑，曼声细语，问道："洛谦，我们能不能试着谈一下？"

试着谈一点儿的恋爱，好与不好，我们可以慢慢品味。

洛谦眉峰浅扬，墨眸淡笑："嗯。"

"扶柳，你还未署名。"他的右手包起了我的右手，他的手一向温暖，我的手一向冰凉，从现在开始我在感受他手中的温度。

笔落字现，仅"扶柳"二字，不是我的娟秀字体，而是他的飘逸书法。

这一刻，春暖花开。

清甜的声音从山坡另一头清晰传来："扶柳，到时间吃饭了。今晚可是我亲自下厨，做的西湖醋鱼，酸酸甜甜口味的哟。"草地上，雪君俏立山坡，眉开眼笑。

果真如雪君所说，正宗的西湖醋鱼，鱼肉鲜嫩，入口即化，带着浓烈的酸甜味。可我却是像失去了味蕾，每一道菜放入口中，都成了酸甜味，微酸中包裹着蜜糖。

饭桌上，雪君乌溜溜的大眼转啊转的，目光不断地从我脸上瞟到洛谦，又再将我扫视一番。洛谦自是定力极强，面对如此严重的骚扰目光，依旧如往常笑不改色，优雅用餐，甚至还能开口夸赞雪君几句厨艺。

可我却是无法忍受她的黏人眼光，不免狠瞪了雪君几眼。雪君收到我的警告眼色，总算是收敛了几分，不再明目张胆地张望，只是偶尔趁着夹菜的空隙仍瞟上几眼。

待我放下筷箸，雪君就一个箭步冲了过来，一把拽住我，拉向她的房间，留下了惊愕的三个男人以及一桌酒菜。

在雪君的闺房中，我与她皆喘着粗气，我没好气说道："今晚你生病了？莫名其妙的,看来怀孕的女人还真是不可理喻。"

雪君不甘示弱,立即反驳道:"你才奇怪呢!自从到平罗后就一直神秘兮兮的,刚嫁出去的女人才不可理喻!"

白了雪君一眼,我便不再理她,径直去了书桌,临摹起字帖。

一盏茶的时间过后,雪君自觉得无趣,悻悻怏怏地走到我身旁,挽起我的左臂,依偎着撒起娇来:"好扶柳,你就跟我说了吧!我可好奇死了。"

我仍在练字:"有什么可说的?"

雪君慢慢地攀了上来,在我耳畔吹气如兰:"洛谦,我们能不能试着谈一下?"声音很轻,明显是在刻意学我刚才的语气。

"谈什么啊?看样子,是想谈恋爱。"

轻声细语,却惊得我手指一颤,笔从指间滑落,跌在桌上,墨水污了一沓白纸。

雪君立即软语道:"我真的不是故意偷听的,刚才想叫你吃饭就碰到了。真的是谈恋爱啊?你们不是早结婚了吗,怎么现在才干这种事啊?我实在很好奇!我知道你嫌我嘴巴不牢,不愿意跟我讲。可我可以对天保证,绝对不说,连龙老大也不告诉。"

雪君一个人自言自语,一股脑儿地将心中疑惑倾泻而出。我心中也是百转千回,将各种后果考虑了个遍,最终还是决定将此事向雪君说个明白。小妮子最喜欢幻想,这件不跟她讲个清楚,以她的丰富想象力,指不定给我套上了一个朱丽叶与罗密欧的悲情浪漫剧。再加上她的大嘴巴,估计不出一月,这个精心编想的故事就要传遍整个破弩堡了。

端起一碗清香花茶,我将这近一年之事娓娓道来,当然事后所牵扯的朝廷利害关系,自是一并省略,这些见不得光的事雪君知道得越少对她越好。

大概我颇有说书的天赋,将故事讲得跌宕起伏,精彩纷呈,雪君也听得津津有味,竟让一向好动的她安安稳稳地坐了一个时辰。当我讲到生日那夜,洛谦为我做孔明灯许愿时,雪君一脸艳羡,嚷嚷着她今年过生日也一定要龙老大为她做一盏。当我讲到身中奇毒梅花落,命在旦夕之时,雪君又一脸惊恐,直掀起我的袖子,查看伤口。

"好了,以后的事,你在山坡上都看到了。"讲了许久,总算是收了尾,我长舒一口气,"雪君,也该轮到你讲闻后感了。"

果然不愧是雪君,语出惊人:"扶柳,你挑了这么多年,最后竟然相中了个以前还有一个漂亮未婚妻的二手货。"就这开口一句,就已惊得我差点被茶水呛了个半死。

"不过除了这点,那个洛谦也算是金钻级别了,有长相,有学识,工作也不错,人还温柔。"雪君继续发表着她的大论,"扶柳,总的来说,你的大将军老爹给你选的老公还是不错的!"

随后,雪君一握她的小拳头,横置胸前,一脸诚恳地对我说:"扶柳放心地去打你的婚姻保卫战,我永远都是你坚实的后盾。管什么以前以后的,现在你才是洛谦的合法老婆,如果那个苏婉来死缠烂打,她才是第三者插足,破坏别人的家庭幸福。"

听完雪君的一番奇谈怪论，我不禁开怀笑起，或许雪君的想法也不错，从另一个角度看，苏婉现在才是第三者，而我则成为了这段婚姻的保卫者。

回到百草居，院门半敞，我慢推开木门，便见到妖艳蓝花畔的洛谦。他目似清辉，在我打开院门之际，缓缓地罩住了我的全身，而后柔软地扬起唇角。

一瞬间，我似乎不知身处何地，安和笑起，避了他的黑眸，转身轻轻将门关上："与龙堡主和云表哥议完事了？"

"本无大事，只是闲扯家常而已。"洛谦淡淡说道，低磁的声音像一缎丝带，缠绕了空气。

"嗯。"我回眸望去，银色的月华洒在他微挑的眉峰，密而不浓，恰到好处。

"扶柳，傍晚你说我们试着谈一下，有什么事吗？"

我愉悦笑起，回旋转身，裙角拂动蓝花，震起阵阵幽香。闻着馥香，我略抿起唇，微微想了一阵，轻快说道："谈朋友啊！"

洛谦，夕阳下，其实我在说，我们试着交往一下吧！

洛谦仍旧尔雅浅笑，说道："朋友吗？圣人孔子曰'有朋自远方来，不亦乐乎'？"

清泠笑声连连响起，我实在忍不住笑个不停。洛谦似乎不明所以，依然温和笑言："这句有何不妥吗？难道你嫌孔孟沉闷，那也有文人曾言'君子之交淡如水，小人之交甜如蜜'。"

我已经笑得形象全无，扶腰喘气。敢情一开始洛谦就会错了意，以为我是有重要朝堂事与他相谈。他就在院中等我至夜晚，而后我说只谈朋友，他又认为是谈论朋友之情。可叹啊，我的第一次表白就在这样的误解中错过了。

瞥得洛谦脸色显出错愕之情，我方渐渐止了笑声，拂去眼角笑出的点点泪水，正色道："扶柳失礼了。"

"其实，比起从前的习惯笑容，我更喜欢刚才没有束缚的真实笑声。"洛谦也恢复常态，柔声道，"可我还是仍有疑惑，显然扶柳是不同意我所解释的朋友之意，不知扶柳的看法是什么？"

我哪有什么高见，只不过在千年之后，谈朋友就是开始一段美好的爱情。

我略偏起头，嫣然笑道："今夜时辰已晚，若洛大人明日有空，扶柳可以详细解释一整天。"

洛谦莞尔淡笑："明早恭候扶柳赐教了。"

我浅浅愉笑，回了房间，思索着，谈恋爱的男女们都做了些什么事情呢？

点燃粗烛，我下笔如飞，快速写下一封信，递给流苏，叮咛道："以最快的速度亲手交给雪君，并嘱咐她，一定要按信中要求布置好一切。"

第二日清晨我特意起了早床，稍稍洗漱打扮一番。一直嫌脂粉耗时，而且要补妆不断，所以我也只是点上一色胭脂，遮掩住稍显不足的气色。然后绾了简雅发式，插上镶银青玉簪，一身紫罗衫裙，清爽干净。

遥见得院中青藤下的洛谦,青衫长立,面色如玉。

我含笑迎了上去:"让洛大人久等了。"

洛谦笑道:"扶柳,可以解释何为朋友吗?"

我轻摇额头,笑而不答。

朝阳破晓,云蒸霞蔚。我突然拉起洛谦的手,抓得很紧,奔向破弩堡的大门。

山中的凉风,哗哗地穿越过我们的身体,吹起飞扬的发丝,吹起摇摆的裙裾,吹起我与洛谦身上的清水墨香,可吹不过手掌间缝隙。我感觉手心的火热,热得密实,透不过一隙风。

飞身钻进已停好的马车,我立即吩咐车夫策马加鞭。

骏马一声啸,车奔驶而离。

车内我掀起车帘,望着洛文与流苏呆若木鸡的样子,轻快笑起。

洛谦略疑惑,问道:"如果不想要他们俩跟着,吩咐一声就好,何必这样麻烦?"随即又轻皱眉,"你不适合激烈的运动。"

我面带红潮,额角泛着细汗,笑道:"不觉得这样很刺激吗?看他们俩受惊吓的表情,千年难得一见,不好玩吗?"

洛谦浅笑道:"的确,洛文从来没有失过态,刚才真的把他吓住了。"

马车迎着朝阳驶去,直达戏台。

戏台上名角浓彩登场,才子佳人,山盟海誓,情意绵绵,可转眼之后,两人已是劳燕分飞,悲情戚戚。

没错,现在我与洛谦就在平罗最好的戏园里听戏。雪君昨夜回信给我,保证这出戏是平罗最好的,堪比《泰坦尼克号》。

为什么是在戏园呢?因为我思索良久,一般人约会都去电影院,那古时候的电影院就应该是戏园了。可惜,不知是我高估了戏剧的作用,还是我终究无法达到雪君所说的高雅艺术的水平,总之,我没有感到一点儿的浪漫气息,倒是昏昏欲睡不已。

台上的盛装花旦正在怒叱薄幸人,我却在心里一百零八遍地后悔,选择这出戏实在是错得离谱,且不说乐师演奏瑕疵,就仅听唱角淋漓尽致的方言,也会让我有一种猜谜的感觉。

这时,洛谦恰好问起:"扶柳,戏就要演完,可这与朋友之意有什么关联吗?"

我一扫睡意,提起十二分的精神,笑道:"的确无关,应该是选错了戏园。已近中午,不如我们去酒楼吃饭吧?"

开始实施第二步计划,烛光餐宴,去平罗最好的酒楼价格最为昂贵的包间。

如果昨夜在此饮酒的客人,现在再进入包间一定会大为惊叹。或许这也可以成为平罗奇迹,一夜之间,包厢内所有的东西都变了。没有了雕花屏风,没有了碧纱窗,没有了水墨画,代表中国古典雅风的装饰一概不见,取而代之的是,暗红厚重的锦帘,层层叠叠,几乎覆盖住了全面墙,仅留下一方小窗,透射进少许阳光。

房中黄花梨八仙桌换成了铺着方格棉布的方桌,一盏纹饰繁复的银烛台放在正中间。烛台上的彩烛放着幽幽光芒,一闪一烁,弥漫起暧昧情绪。

处处皆有情调的西餐厅!

没想到雪君的动作挺快的嘛,昨夜我写信就是为了布置这一切,效果很好,我愉快笑起。

饶是参加过无数晚宴的洛谦也不免惊叹:"很奇特,但却又很和谐。"

我笑言:"此乃烛光晚餐,平罗酒楼准备推出的新菜式。所以要请洛大人品尝一番,提出几点意见。"所谓的说谎不打草稿,面不改色也不过如此吧,这烛光晚餐是我连夜要雪君特意准备的。

一道道菜品陆续端上,完全的西餐,一盅浓汤,一碟沙拉,一盘主菜,冒着嗞嗞热气的七分熟牛排,外加了一碗清粥,怕洛谦不习惯西餐而准备的。

一壶红酒放置桌角,因为没有玻璃高脚杯,用的是塞外的碧玉夜光杯。轻倒水红色的葡萄酒入杯,闻着醇香美酒,我不禁浅吟:"葡萄美酒夜光杯。"

"青瓷小碗女儿红。"洛谦浅笑,对上我的诗句,而后浅酌一口红酒,赞道:"好酒,西域塞外的极品佳酿。"

"塞上牛羊,肉松味美。"我感叹,雪君做的牛排真正宗。

"园中青蔬,清脆爽口。"是沙拉,难道洛谦要对诗?

"小米清粥。"

"老鸭浓汤。"

"才饮长江水,又食武昌鱼。"

"先游洞庭湖,再品碧螺春。"

这架势是要斗诗吗?你洛谦不及弱冠,高中状元,是才高八斗!小女子两辈子加起来读的古文也不及你多。

好,你要对,就让你一次性对个够。

深吸一口气,我脱口而出:"宫保鸡丁,麻婆豆腐,金玉满堂,鱼香肉丝,油淋茄子,水煮鱼片,梅菜扣肉,西芹百合,酒酿丸子,八宝甜粥,东坡肘子,牛排沙拉。"

说完后,我笑得几分得意,几分挑衅,还带着几分恼怒,斜睨着洛谦。小样,看还不把你对得呕出几升血来。这份菜单可是通贯古今,融合中西,外加几个自己胡编乱造。

可洛谦竟想也没想,只是看着我,温柔笑道:"扶柳,这些菜都是你喜欢吃的吗?待日后回府了,写下来交给厨房好生准备。"

如果说刚才我是胀满气的气球,那洛谦的温柔一言就恰似绣花针轻轻一蜇,我便泄了气。

满腔怒气无处可发,我只得举起刀叉,攻向牛排,化怒气为食欲。

浪漫的烛光晚餐就这样的被毁了。

坐在回破弩堡的马车上，回想今天所谓的约会一天，我不由长吁短叹，人生的第一次约会还真够乌龙。

可能是我叹气次数过于频繁，引起了洛谦的注意："扶柳，有什么不舒服吗？"

是啊，约会一天没有任何进展，再次无奈叹道："可能是刚才吃得太多了吧。"当好胃口遇上好佳肴，当然是一番惊天动地的大扫荡，说着还不禁揉了一下胀痛的肚子。

见我这番举动，洛谦自是开朗笑起："的确很多，不愧为大将军之女！"

气得我直向洛谦瞪白眼，洛谦这才收敛住笑意，问道："一天已过，我还等着扶柳解释朋友之意。"

再气我一次，就不能忘了朋友这一茬吗？

既然不给答案不死心，那我就随便说上几句，就当考试写论文总要挤出一两个字来，我无精打采道："朋友，最为侠义的是两肋插刀，生死可托；最为柔情的是将你放于心上，时刻想念；最为温暖的是无论何时总会陪伴你的……"

我的废话还未发表完，洛谦却已打断我的话："真正将你放于心上的，是爱你之人。"

洛谦眼睑下垂，墨色瞳中有一种莫名的哀痛。

我们皆不再言语，静默相坐。

但是，洛谦，你心中，可有我？

天朔九年，五月初九，晴空万里。

上次与伦比的失败约会沉重地打击了我的积极性，所以这些日子我都非常安分地待在百草居，查查账簿，点点银子。近几天可真是悠闲得紧，雪君因为进入怀孕关键时期，被龙傲天禁了足，而洛谦、柳云及龙傲天则是围着十万两忙碌不已。

而我却是以旁观者的姿态，不闻，不问，亦不知十万两做了何种用途。

是否自己的表现过于冷淡？毕竟我已是游戏中的一员，按柳云的话，可是押上了自家的身价性命的！

正想得乱七八糟之时，流苏突然进来，递过一封信。

流苏依旧很酷，没有言语，也无表情。

低头一瞧，竟是林宝儿的信，自从上次与她月下谈话之后，就对她有一种怪怪的感觉，似敌非敌，似友非友。

扶柳：

　　我已打算明日离开平罗，离别之际，希望可以畅谈一番，不枉你我相识一场。今夜怡心阁摆酒相候，还有重要事情告之，务必前来。

　　　　　　　　　　　　　　　　　　　　　　　　林宝儿留

林宝儿要走,莫若她要随拓跋阳远走大漠?她我奇异相逢,今日离去,倒也应该相送。况且每次与她相见,在一种若有若无的争锋相对中,我似乎总能领悟到一些东西。

折回信纸,对流苏笑道:"流苏,收拾一下,我们今晚去一趟怡心阁。"

傍晚,天渐暗。

从怡心阁后门直入林宝儿的闺房,我却扑了个空,房内无一人身影。

林宝儿你葫芦里卖的什么药?既写信叫我前来,却又不见踪影。我沉吟道:"流苏,叫玉娘立即过来。"看来只有问怡心阁的嬷嬷,为什么怡心阁的头牌不见了?

很快,玉娘就急急奔来,见我毫无惊慌之色,反而脸上露出欣喜神态:"柳公子在这我就放心了。"

这是什么话?我皱眉不悦问道:"宝玉姑娘在哪儿呢?"

玉娘这时方慢条斯理说起:"中午时,宝玉姑娘说是要出门办要紧的事。宝玉姑娘是楼里的头牌,脾气又大,我们这些人谁敢拦啊?况且以前宝玉姑娘出门总是在傍晚时分准时回来。可哪晓得今天宝玉姑娘出门后就没有了信息!"

"现在客人们都到了,正候着宝玉姑娘呢!可哪来的宝玉姑娘啊,直急得我全身冒汗,方才玉娘乍见柳公子,便喜得忘了分寸。玉娘在此给公子赔礼了,还望公子给玉娘出个主意。"

不知所踪?凭空消失?林宝儿你究竟打的什么算盘?我思索一阵,沉声道:"告诉外面的人,宝玉姑娘病了,今晚暂不见客,明儿再向各位客人赔罪。"

玉娘无奈笑道:"这些好话我也说尽了,可今晚的客人偏偏又是那位元公子,他不依不饶定要见宝玉姑娘。"

我拧起了眉,难道林宝儿没有和拓跋阳在一起?

"元公子还放言,今晚一定要见到宝玉姑娘,否则就要放火烧焦了怡心阁。"

拓跋阳,好狂妄的口气,要砸了我的场子!

那我岂能不接招,我高扬眉,笑道:"玉娘,回复元公子,稍等片刻,宝玉姑娘将带恙会客。"

见有人替她出头,玉娘自是欣喜不已,忙点着头,准备出门传话。

"玉娘莫急,还有一些事情需要玉娘尽快安排。"我叫住了玉娘,嘱咐道。

怡心阁,上等雅间,西华第一歌女宝玉的专门会客雅阁。

这房内似乎与往常一样,别致清雅,可又似乎与往常不同,多了一道竹帘,将宝玉姑娘与客人们隔开,只闻其声,不见其人。

玉娘亲自将客人们引入雅间,妩媚笑言:"宝玉姑娘今日偶染风寒,嗓子嘶哑,本是不见客的。但因为元公子是熟客,我劝了许久,宝玉姑娘这才答应唱上一曲。"

这件事本就是怡心阁理亏,收了钱却又拿不出姑娘,玉娘自是低声下气,好言好语。那拓跋阳也自视身份高贵,不屑与玉娘争辩,冷哼一声,便坐在了矮几上方。随后拓跋阳的随从也鱼贯而入，人数之多竟占了雅间一半空间。

同时，在及地的竹帘后，无视流苏的骇人眼光，我径直从她怀中取过琵琶，端坐木椅之上，轻拨两下，试调音阶。

流苏虽然读书不多，但古时的妇德观念却也深入骨髓，认定了三从四德。哪有正经家世的闺秀会在青楼卖艺，即使不露面，也是伤风败俗之举！

可我这一骨子里的现代女子哪会在意他人眼光！想来林宝儿也算是西华的超级大明星了，我能冒名唱上一曲，又何乐而不为呢？

本来拓跋阳与林宝儿关系亲密，彼此声音应该熟识，想要冒充的可能性并不是十分大，但是一般说话与唱歌时的声音通常都会有一定的差别，再加上风寒嗓子有所不适，声线略有不同也是合情合理之事。至于琵琶还是小时在西柳一时兴起，随柳依依学过几手，只是多年不弹，不知能否完成一曲？

我急忙启唇，刻意模仿起林宝儿的声音，期望能蒙混过关："烽烟起，乱世临，负手仰天笑！谁的江山，马蹄声狂乱，寒彻疆场无人归。帝王事，千秋业，只当浮云看生死，锦绣河山一局棋！"

指停弦止，曲毕，泠泠杀气尚弥漫在雅间，久久不散，亦久久无人出声。突得清脆掌声响起，拓跋阳起身鼓掌，沛然高声道："好一句'谁的江山？马蹄声狂乱，寒彻疆场无人归'。敢问柳四小姐一句，这到底是谁的江山？"

我惊，流苏亦惊。

拓跋阳如何得知这曲歌乃是我所唱，就算他练武耳目灵敏，能听出唱歌之人并非林宝儿，可他又怎能肯定出自柳四小姐之口呢？

厚重的脚步向竹帘走来，极快，竹帘已被掀起一条缝隙，一股压迫之气倾然涌入。

流苏早已沉肩敛气，右手握于腰间软剑剑柄之上。

竹帘挑起，精光暴现，流苏执剑直挑来人腋下。

"在下虽有冒犯之举，但柳四小姐也不必刀剑相见吧？"拓跋阳虽被流苏一剑逼到竹帘之外，但说话语调仍似平常般谈笑自如。

虽听不见竹帘外的刀剑相交的铿然之声，但仍可揣测拓跋阳与流苏交手异常激烈。

拓跋阳武功奇高，能与龙傲天平分秋色，流苏定然不是他的对手。但我却也知，与高手过招乃是提高武艺的最佳方法，电石瞬间的一击要远比十年单独苦练受益更多。既是如此，且不如让流苏痛快一战，也让她领悟甚多。

我缓缓卷起竹帘，方见得帘外的激烈相斗。

原来拓跋阳的武功高至如此，他竟仅用一根细软竹枝抵御流苏的快剑，尚不落下风。细如筷的竹枝应该是他方才为了躲避流苏的突然一击，顺手从竹帘抽出的一支。看来拓跋阳不仅只是纯粹的武功高手，而且反应奇快，智谋也深。

拓跋阳与流苏一战虽不够惨烈，但也足以留名武林，只因它的奇，奇在兵刃。流苏软剑用料为精铁，铁本坚硬，但锻造出之剑却薄如纸，灵动异常。而拓跋阳手中的竹枝，本脆而弱，但在他的阳刚内力灌注之下，竹枝却是坚若钢。这阴阳颠倒，倒也十分有趣。

百招过后，流苏身形比之先前有所缓滞，已成败相。

想必流苏已从拓跋阳学了不少，我淡笑高声呼道："流苏，收剑吧，元公子并无恶意。"流苏听言，恰好接着拓跋阳一掌之力，几个翻身，轻巧地落在了我的身后。

拓跋阳亦将手中竹枝掷于厅外，豪爽笑言："先前听宝儿说，柳四小姐是难得一见的人才。我原本是不信的，小小平罗有一位奇女子已是难得，哪会出两位不世之才，今晚我才知是我孤陋寡闻了。柳四小姐的一名贴身丫鬟的武功竟如此之高，看来柳四小姐是真正高手啊，深藏不露！"

林宝儿此时已婷婷立于拓跋阳身旁，笑道："多谢柳四小姐的赴约。"

事已明朗，拓跋阳与林宝儿合计骗我来此。先是林宝儿写信，故意隐藏不出，后是拓跋阳点明定要听宝玉唱曲。他们料定我在此一定会出面解决此事，总之，我被设计了。

我无奈笑言："真正高手乃是太子身旁之人，计谋高深啊！"

不理我话中讽刺，拓跋阳却是饶有兴趣地问道："柳四小姐还没回答在下的问题，这究竟是谁的江山呢？"

虽不知他们骗我到怡心阁有何目的，但现在是不能输了气势的，我微仰起头，直视拓跋阳的蓝眸，自信笑曰："这江山当然是皇上的江山！"

拓跋阳一愣，随即哈哈大笑，回首望去："柳四小姐答得妙，可谁是皇上呢？洛相你说呢？"

洛相，洛相，我定住了，拓跋阳问的就是洛谦。

洛谦站在拓跋阳的一大群随从之中，他身穿半旧的蓝袍，头发随意绾起，如同普通百姓一般，普通到从他进入雅间起就没有人注意过他。

其实，洛谦并不普通，他只是内敛于心，让人感觉不到他的存在，可转瞬之间，他又能锋芒毕露，伤人于无形之中。

洛谦一如往常，和煦微微笑道："能坐在龙椅之上的便是皇上，柳四小姐你说呢？"

我木然，不笑不怒，脸上失去了表情，只是呆呆地望着洛谦。

洛谦依旧有笑，眼底却有稀薄的雾气，氤氲在他我的目光之中。凉寒的雾气在扩散，遮住了他深不见底的墨瞳，却透出浅丝丝的冷然，缠着怒意。

他该是怒的，我与拓跋阳大谈江山，早已牵动了他心底的弦。

拓跋阳大概见我神情古怪，嬉笑戏言道："看来本太子远不及洛相有魅力，瞧柳四小姐见了洛相便失了魂魄。"

根本听不见任何言语,我只知道我很无助,像是陷入沼泽,沉沦入底。

只能眼神空洞,脑中白茫,怔怔不语,盯着洛谦。

洛谦凝住笑容,无可奈何长叹一声,向我走来,没有温柔的笑言,只有皱起的眉峰。但我的心却顿时明朗起来,他的无奈一叹,像极了我每次为雪君收拾烂摊子的叹气,甩不掉的宠溺。

洛谦轻轻地握住我的手,拉我转身,面对拓跋阳笑道:"太子,洛某为你介绍,此乃内子。"

洛谦的手很温暖,我的笑颜也很温暖,只是拓跋阳与林宝儿并不觉得温暖。

瞧着拓跋阳与林宝儿的一脸不可置信的惊愕,我笑得越发畅快,能让这两个绝世高傲的人狼狈不已,当然值得高兴了。

拓跋阳仍无法相信:"洛夫人……洛夫人……应该是上官大将军之女啊?"

林宝儿突然惊呼:"上官扶柳,你上次自我介绍是说过的。可是你又怎么自称江南西泠呢?"

我笑道:"家父确为上官大将军,家母乃是西泠庄主之胞妹,在下自称一声西泠柳四应不为过吧!"

空气仍在凝固之中。

哈哈,拓跋阳忽地仰天长笑:"洛夫人才真是高人不露相啊!"而后对林宝儿笑言,"宝玉,准备酒菜,既然是自家人,当然要畅饮一番。"

瞅着洛谦,我眼带质问,自家人?什么意思?何时与拓跋成为一家人了?

洛谦反不为所动,笑若春风,低头在我耳边轻声道:"原来你不是宝玉姑娘啊。"

我嫣然浅笑,瞟了一眼洛谦,戏道:"原来洛大人是特意来看宝玉姑娘的啊!"

"宝玉蒲柳之姿,哪入得了洛相的眼啊?更何况洛相还有珠玉在侧呢。"林宝儿不知何时回到雅间之中,从我与洛谦身后斜插了一句。

随后林宝儿便挽起我的手臂,娇笑道:"上官姐姐,不要再理会那些男人了,我们姐妹去说几句私房话。"

被林宝儿拉入卷起竹帘的隔间内,不想林宝儿已经重新布置好桌椅,还准备了一壶茉莉花茶。

"为什么要骗我来怡心阁?"我心中疑惑问出。

林宝儿避而不答:"那你不也是一直瞒着我,洛夫人。"林宝儿将"洛夫人"三字咬得极重。

啜上一口清茶,我轻笑道:"你又不曾问我是否嫁人,这又怎能怪我欺瞒于你呢?"强词夺理我还是有几分在行的。

林宝儿被我一番抢白,只能转移话题:"那天月夜,我还以为你是为情所困,却不想原来是早已钓得金龟婿。"

为情所困?我一挑眉,不再言语。

新鲜的茉莉花香飘逸开来,只是为何头有些眩晕呢?我脚下一软,竟倚在了林宝儿的身上。流苏一惊,也仅仅是脸上露出惊讶神色,便凝固不动了,只因拓跋阳手指快如闪电,直点流苏背后三处大穴。

眼皮铅重,似乎再也睁不开了,透过勉强的一丝缝隙,看见洛谦也好像缓缓倒下。在失去意识之前,我知道了,真的被拓跋阳与林宝儿设计了,茉莉花茶中下了迷药。

【洛谦番外】

平罗,府衙。

宋知海匆匆行来,低声道:"相爷,马大人领着太子来了。"

话音刚落,门厅处一个高大男子锐目扫来:"你是洛谦?"

"正是洛某。"

他目光肆虐,似沙漠里的野狼,泛出莹莹绿光。

"听闻你们中原人重视礼仪,本太子亲临,你为何不起身接驾?"

我不禁扬起唇角,拉出一丝笑容。

或许他人看来,拓跋阳是霸悍气傲,向他折腰是理应之事。不过,这般蛮横,到底是显出了他的气弱。野狼喜耸肩弓腰,利爪刨地,以此威慑敌人,不过当遇上懒洋洋的狮子,狼终究是狼,依旧是夹着尾巴离去。

饮了一口茶,唇角润泽后才斜眼瞥着拓跋阳,清声道:"太子学而不精,怕是贻笑人前了,宋太守你说是吗?"

宋知海不知如何回答,只得低下头,冷汗涔涔。

拓跋阳脸色青白:"诳语!"

我放下白瓷茶碗,正视拓跋阳,朗声道:"你我分侍二君,我西华之臣又何需向你拓跋太子屈膝?"末了又添上一句,"更何况是一个没有前途的太子?"

他怒气盛凌,脸皮青筋暴起。但过了一会儿,便阴下脸,冷道:"怎说?"

不至于太差,拓跋阳有点儿能耐,压住怒火而敢于下问。

我淡道:"你没看清太子之位,不是没有前途么?但凡认为太子乃一个之下万人之上而飞扬跋扈的都是蠢材,迟早要丢了脑袋!"

"不示威如何服人心?"他问得恳切。

我叹道:"一味逞强,是很容易结仇的!"

"天下间最难做莫过于太子,如果表现太弱,不免让众臣诟病无能,如果朝政之事太抢眼,不免遭受皇上猜疑。这太子是否有一日等不及,直接逼宫呢?"

淡转眼眸,扫了一眼沉思中的拓跋阳,轻哂:"到底是左右难做……"

他作揖,箭袖长靴,英武非凡:"请洛相指点一二。"

"你心中早有计划,何需再问我呢?"

"不知这样做是否正确？"

"嗯。"我点头，起身，"太子既已到此，对错都不重要了，只有事成才是立足拓跋的砝码！"

到了府衙库房，命宋知海打开了银箱。

十万两白银光芒亮目。

一路十万两让皇甫朔截取，另一路十万两由重俊一月前运到平罗。

拓跋阳瞧了一眼："洛相，这里怕只有十万两吧？"

伸手掀开角落里的厚布，银光闪闪。这是刚从破弩堡运来的，整整值十万两："太子，可以点清后再谈。"

他罢手："不必了，今夜我会派人来取。一个月后，拓跋铁骑自会挥军南下，佯攻照壁。"

"太子错了。"我亦罢手，"是先请太子点清十万两，而另外的十万两是事成之后再奉给太子。"

"能看不能拿，不过存在洛相手中，本王也是放心的。"他爽朗一笑，冰蓝色的眼珠熠熠光芒，自傲无比。

"久闻西华最难打交道的便是洛相，此话果然不假。"拓跋阳步出库房，挥手招随从嘱咐几声，转过头笑道，"这事谈得爽快，今夜本王宴请洛相，以表情谊。"

"好。"我领首。与一个陌生人合作，多接触总是能有所收获的。

刚进怡心阁，便有秀丽女子迎上拓跋阳，低声笑语几句。

"洛相请进，今晚宝玉姑娘作陪。"拓跋阳笑说。

雅间装饰不错，我随意坐下，等着听曲。传言，怡心阁的头牌宝玉歌声如天籁。

"烽烟起，乱世临，负手仰天笑！谁的江山，马蹄声狂乱，寒彻疆场无人归。帝王事，千秋业，只当浮云看生死，锦绣河山一局棋！"

铿锵有力，竟不似女子胸怀。

拓跋阳忽地欺身到了竹帘外："敢问柳四小姐一句，这到底是谁的江山？"

兵刃相交，只是一瞬间的事。可攻向拓跋阳的身影却很熟悉，是不离她左右的流苏。

猛然一怔，不由得站起来，在人群里上前几步。

竹帘缓缓卷起，莹然如玉，芙蓉含笑，果然是她。

原来这些时日她成了艳名远播的宝玉姑娘！

是否她曾为搏他人一笑而翩翩起舞，为他人一掷千金而宛转歌喉……

"可谁是皇上呢？洛相你说呢。"拓跋阳咄咄而问。

敛住分散的心神，我如往常，微微一笑道："能坐在龙椅之上的便是皇上，柳四小姐你说呢？"

她呆呆地，只是木讷地盯着我。柳眉轻颦，墨瞳黯然，只像是做错事的孩子，讨要宽慰笑容。

于之她，于之我，棋局都已混乱。

我轻轻地握住她的手，并肩对拓跋阳笑道："太子，洛某为你介绍，此乃内子。"

她一笑倾城。

此后，拓跋阳诸般表情变化。

侍婢们端上茶水，我一闻，淡淡醉香。茶水里下了百日醉。回首望向她，她竟喝下。轻抿茶水，叩指一笑。不论是拓跋阳下的迷药，还是她下的百日醉，这碗茶便陪她一同喝了。

似乎，也该见一见拓跋的右贤王了。

第十四章

破阵子

　　眼皮沉重,勉强睁开一条缝隙,竟发现自己躺在一个狭小黑暗的空间内,四周刷着黑漆的木盒子,还在不时的颠簸中。
　　猛然一束强光射进,冷风吹入。
　　我眯起眼,努力适应着光线,脑子也开始转动起来。记得,在怡心阁,被林宝儿在茶中下迷药,掳到了这辆马车上。
　　必须要知道自己将要被带去哪里,我深吸一口气,挣扎着起了半边身子,右手手肘抵住车底板,撑起微颤的上身,抬起左手,想撩开车帘,一瞧外面的情况。
　　眼见手就要碰触到了帘子,可恰好此时全身力气像被吸干一般,软弱无力,终于支撑不住,人便直直地向后仰倒。
　　带着一丝痛楚的低哼响起,声音沉重,竟是男子。
　　我本以为将会重重撞向车底板,不料却是一个软绵绵的身体。
　　惊得我直抬头仰望,洛谦略带痛苦的笑脸映入我的眼瞳。
　　"扶柳,还好吧?"洛谦声音喑哑,微微带笑的嘴唇显是勉强扯出的。
　　心中愧疚,不敢面对他的笑容,我低头小声道:"我没事,撞痛你了吗?"
　　"比少林寺和尚的铁头功差了一点。"
　　我扑哧一声笑起,忧愁尽消。
　　"那我倒是应该去学习一下铁头功!"我笑着叹气。
　　"真狠心,非要把我撞得呕血不可。"
　　"以小人之心度君子之腹,我是想用铁头功撞破车板,可以带你逃脱啊。"
　　"柳君子,赔礼道歉了,刚才是洛某人枉为小人。"
　　一时间,狭小的马车内笑声频起。

其实,我正躺在洛谦的怀里,姿态暧昧。但却因为迷药他和我都全身无力,连手指也移动不得半分。就这样,他不说,我不提,两人犹如对座般谈笑风生。

快乐终究短暂,毕竟是让人绑架了。

我心中有了太多个为什么。为什么洛谦会与拓跋阳在一起?为什么拓跋阳要下药绑架我们?唉,还是从最简单的问起吧:"为什么我现在一点儿力气也没有,何种迷药这般厉害?"

洛谦惊讶道:"连自己随身携带的百日醉也不知?"

"百日醉?茶中的毒药?"我些许不信,但还是勉强抬起左臂,再落下,轻飘飘的,没有一点声响,也就是说袖中的百日醉不见了。

难道百日醉被拓跋阳的人偷出,再往我们茶水中下药?

一瞬间,浮现出那夜我迷倒宁国侯二公子的画面,朦胧灯光下,林宝儿嘴角微翘,笑容虚假。她已早知百日醉的厉害,在雅阁挽我手臂亲热说话,怕是趁机取了百日醉吧。

"医书中曾有记载,百日醉乃川蜀莫门特制迷药,服用者将全身无力,若会武功内劲之人将无法提取内力。"洛谦解释道。

看来现在我们完全受控于拓跋阳,性命皆在他手,我亦直接了当问起:"你与拓跋阳略有交情,知道他为什么要擒住我们吗?"我知道我咄咄逼人,不似以往温婉,只是如今生死不明,又何需保持矜持?

洛谦也不伪装,没有假意的微笑,眼神透着锐利,混着阴冷霸气,正色沉声道:"扶柳,你确定想知道吗?知道后就没了回头路!"

当然明白自古官场就无回头路,一入沼泽便深陷其中,逃脱不得。一个西华丞相,一个拓跋太子,一个握有重兵的大将军,外加十万两白银,这一切就是一个惊天大秘密,或许它不只惊天,或许它能变天,变换了这天下主人。

思及此,我不禁轻拧眉心,忽而松畅一笑,道:"路凶险,不知能否安然回去?既如此,何不死前知晓通透,也免得不明不白见了阎王。"

我笑了,洛谦反而高声叱道:"什么性命不保的?我曾经答应过你,此事绝对成功,不会牵连他人。扶柳,你一定会毫发无伤的。"

洛谦竟然一反常态的不沉稳,甚至还将怒气发出,他是在意吗?

我婉转浅笑,轻声悠然道:"泓先生当年为我算命,说我是个要贻害千年的祸根,命硬得很。我只是好奇了,拓跋太子为何辛苦地请扶柳做客呢?"

洛谦叹言:"拓跋太子只是针对我而已,却不想把你也牵涉其中了。"

忽然,一个颠簸,马车停住,车外响起一个清亮声音:"刚才听得上官姐姐的笑声,想来是姐姐醒了。"

人未见面声已先闻,帘子撩起,林宝儿在车外一脸开朗的笑容。一样的清丽样貌,一样的清新笑颜,可在我眼中林宝儿却变了模样。如果说以前在怡心阁时,我们关系微妙似敌似友。那么她亲手沏的一壶茉莉花茶,就彻底地划清了我们之间的复杂关系,我与她是对手。

她为拓跋阳甘愿付出一切,而我为谁呢?世事复杂,当我还没弄清原因时,我与林宝儿已成为敌对双方,可笑我还曾以为我们会成为朋友。

林宝儿笑道:"车马劳顿,一路颠簸,应该折腾得上官姐姐全身酸软了吧?还是让宝儿扶姐姐下车歇息。"

我嘴角噙着淡淡冷笑,睨着林宝儿:"好像还要劳烦宝儿妹妹用百日醉再沏一壶茉莉花茶啊。"

林宝儿似早有准备,知道我会冷嘲热讽,竟毫不在意,反而是掩嘴一笑:"原来上官姐姐是嫌弃宝儿侍候得不周到,不及躺在洛相的怀中舒服了。"

我倒是忘了我与洛谦困在这狭窄车厢内,肢体胶结,的确不雅。林宝儿一句戏言,让我不知该如何言语了,只是俏脸一红。

"那就麻烦宝儿姑娘扶内子下车了。"洛谦自如说道。

林宝儿也不再戏言,扶我下了马车。

瞥一眼车外,我便呆愣,四周乱石飞走,寸草不生,竟是关外的戈壁滩,看来拓跋阳是想将我们掳回拓跋王庭。

拓跋阳的随从井然有序,很快就搭起了一方帐篷。

夕阳沉落,夜幕升起。

一堆明亮的篝火,一只酥黄的烤羊,一袋塞外烈酒,组成了游牧民族拓跋人特有的夜晚。只是围着篝火的不是载歌载舞的欢快人群,而是四个各怀心事的人。

明亮的火光照在拓跋阳年轻骄傲的脸上,更显得他神采飞扬。拓跋阳豪爽笑言:"荣幸之至,能请得洛相与夫人作客拓跋。"

洛谦默默不语,似乎是疲惫不堪,无力言语。

我则似笑非笑道:"不过太子的待客之道也太特殊了,连走路也需要人伺候着。"

拓跋阳笑道:"两位皆是高人,在下也是迫不得已之举,必须小心谨慎地看住二位啊。"

我眼角斜睨着拓跋阳,嗤笑道:"哪有什么高人?只不过是手无缚鸡之力的书生与弱质女流而已。倒是太子武功盖世,却怕我们从眼皮底下逃走。扶柳原本以为太子乃是当世英雄,不料只是一胆小之人,真是失望至极啊。"

话中讥讽之意表露无疑,我就是要激他拓跋阳,打击他的高涨气焰。

拓跋阳果真是听惯甜言蜜语的人,一闻此言,立即变了脸色,嘴角轻微抽搐。

"洛夫人何必言语相激呢?"林宝儿盈盈笑道:"你恼我偷了百日醉,也是常理,却又何必将气撒向他呢?"

林宝儿三言两语,谈笑间化解了这话中讽刺。

忽地,狂乱的马蹄声响起,声如雷鸣,一队骠骑直向帐篷奔袭而来。

夜月繁星下,只依稀见到一银盔将军带领着军队策马前来,气势非凡。见如此浩大阵势,拓跋阳的随从们纷纷拔出刀剑,围成一个半圆形,护住了拓跋阳的周身。待那将军逼近至二十丈远时,在滚滚沙尘中,可看见他的脸,高鼻深目,竟有一双蓝色眼珠。

这时,拓跋阳面露喜色,喝退随从。

蓝眼将军也矫健下马,龙行虎步至拓跋阳面前,旋即单膝跪言,声若洪钟。只是他说的是拓跋语,虽然我晓得简单拓跋文字,但却从未听说过,也无法知道他向拓跋阳禀告了什么。可从拓跋阳的面色看来,应该是一件喜事。

等到那蓝眼将军汇报完军情,拓跋阳竟亲自将蓝眼大将扶起,料来那将军也应该是拓跋的重要人物。

随后,他们君臣相谈甚欢。

突地,久未言语的洛谦斜插一句:"这等区区小事,何需大汗派出拓跋第一人铁木那将军及一万铁骑。"

拓跋阳甚是惊讶,停止了与铁木那的谈话,盯着洛谦道:"洛相果真文采过人,就连拓跋语言也是精通熟识。只是连洛相也曾丢失过的十万两,敌国又怎能不重视呢?"

那蓝眼将军自是拓跋第一人铁木那,可是十万两白银怎么会落入拓跋阳手中?而洛谦又何时丢失银两呢?

一番迷雾对话,搅得我头昏脑胀。

而后拓跋阳对铁木那附耳几句,铁木那对洛谦抱拳道:"洛相言重,铁木那早已不是拓跋第一人,五年前这称号易主他人,而那人是铁木那穷其一生也无法超越的。"铁木那本就只会说几句简单汉语,这段话能勉强说完也极为不易了。

铁木那剽悍英勇,可当提及现在的拓跋第一人时,眼神却极是敬佩。不过铁木那也应是一条汉子,这世上能真心佩服超越自己之人本是极难,更何况铁木那还是拓跋重臣。

但在这几句对话后,拓跋阳与洛谦都闭口不言了,他们刚才所说之事也如黄沙,风吹飘散,不再有踪影。

此后一连十天,走戈壁穿沙漠。

第十一天傍晚,林宝儿扶我下了骆驼。早在进入沙漠前,拓跋阳便命人将骏马换成骆驼,虽然缓慢,但要比马上颠簸来得舒服一些。只是骆驼双峰之间的围帐空间狭小,仅能坐一人,且舒展身躯也不得便。

在骆驼上蜷曲许久,我甫一落地,双膝酸软,竟将半边身子挂在了林宝儿身上,嘀咕道:"早知道百日醉药效这样厉害,当初拼了命也要往他茶水里下……"

林宝儿眼睛一眨,吹气在我耳畔道:"真舍得吗?"

几丈之外,他立在高大的骆驼旁,神情委靡,不复往日飘逸。

我回头,域外的草原分外绿,多有骏马自由奔:"若是知道现在,当时剜心也会给他灌了百日醉,免得如今这般磨人……"

远处夕阳如红盘,染红了半边草原。几匹骏马极速驰来,扬起点点泥土。

待近了,林宝儿忽地轻声惊呼,忙后退几步。我没有依靠,双腿乏力,软软地瘫倒在草地上。

马蹄声震得地面微微颤抖,软草也随之轻摆,叶子拂过我的后颈,一阵麻痒,我不禁轻声一笑,笑音清脆。

雷霆般的马蹄声突地停止,一大片阴影投在我的脸上。

马上是一个衣裳华贵的拓跋汉子。圆领窄袖,是典型的拓跋服饰,便于骑射。只是衣料却是难得的金陵云锦,这在西华也是极其昂贵的,非大富大贵人不可穿。那人打马又向前走了两步。扬起头,将他看得更加仔细了。卧眉细眼,容貌委实普通,倒是发辫上宝石相缀,耀眼夺目。

他目光放肆,盯着我,如打量猎物一般上下扫视,而后咧嘴一笑。

心里极不舒服,我反瞪他一眼。

他却饶有意味地呵呵大笑,伸臂如电,探身将我抓上马背。

一时间头昏眼花,好不容易稳住,刚抬头,一股浓重的膻腥味便冲入鼻端。心下怒极,也不管四肢无力,挥手就扇了他一巴掌。终究是气力不足,手掌打在他粗糙的脸上,力道几乎没有,只有指尖轻轻刮过。

他一怔后,便嚣张大笑,眉眼之间看我像是待宰的羊羔。

这一笑还未结束,他突然脸色忽变,方才得意荡然无存,只余惊恐之态。

他胯下骏马长嘶,不知是受了什么刺激,前蹄不断踏向半空。

烈马脱缰,它挣扎几个回合,我便受不住了,只觉胸口恶心,整个人被抛到了空中。重重落地,小腿撕裂般的疼痛,可上身却是毫发无损。

只一回眸,看到了洛谦的眼,压在心里许久的恐惧便爆发出来,张开嘴狠狠地咬在他的肩头:"痛!"

洛谦眉头微皱,双臂环着我,轻拍后背,淡道:"到底是晚了一步,不过以后绝不会再有这样的事了。"

我松了口,深深的牙印隔着衣料嵌在了他的肩头:"大概是小腿折了,很痛。"

又一阵尘土飞扬,那个拓跋人也重重摔在地上,马儿撒蹄奔去。

他哼哼两声,艰难爬起,指着我与洛谦大声呵斥,只不过他说的是拓跋话,我一句也听不懂。但瞧他鼻孔阔张,也知不是什么好话。

洛谦抱着我,支起了上半身子,正色厉声说了一串拓跋语。

那人愣住,细目撑大。

身后又响起呵斥的大段拓跋语,拓跋阳大步走上前来,满脸歉笑着扶起洛谦,我倚着洛谦也缓缓站起,只是右小腿实在是疼得厉害,抽气声连连。

那人瞧了我们一阵,大力抛下马鞭,也转身离去,口中喝声不绝。

拓跋阳抱拳道:"图姆鲁莽无礼,致使洛相与夫人受伤,本该重罚,但因他是侧阏氏的唯一亲弟,父汗一直宠爱有加,一时也不好处置。只有本王先行向洛相与夫人赔罪,等明日向父汗禀明此事,再让图姆亲自向洛相请罪。"

"国舅千金之躯,洛某怕是承受不起。"洛谦冷冷回道,也不正眼瞧着拓跋阳,目光却是飘移到我的右小腿上。长裙早已在跌落时割得破损,还有不少尖锐石子划破了肌肤,鲜血涌出,混着泥土凝在了丝缎裂口处,如破败的花。

"先忍一忍,实在是痛,就闭上眼睡一下。"洛谦温柔浅笑,手臂温暖环住我的腰,抱了起来,"还请太子给一处安静陋室,我要为内子包扎伤口。"

他坚定地迈出步伐。淡淡余辉洒在他的额角,将豆大的汗珠照耀得如同完美的水晶。或许要忘记一处伤痛,必须想起另一种疼。他与我一样身中百日醉,在沙漠颠簸十日,体力虚弱。可此时,他抱着我,全身流汗,走向拓跋深处。

我缓缓闭眼,听到一声叹息,虚弱若无。

"或许不该来的……"

拓跋王庭偏僻西北角的帐篷内。

环顾四周,拓跋人习惯盘坐在毛皮之上,空大的帐篷内竟无一张木椅。

"快点,快点啊!"林宝儿指挥着一群人走进,笑着来到我们面前,"这里简陋了些,我怕你们住不习惯,特意叫人搬来些中原样式的家具。"

那群人三三两两搬来一些半旧的家具。很简朴,一扇雕花屏风,一张高脚几桌,几张木椅,看来都是有些年头的东西。

"谢谢姑娘的关心。"洛谦淡淡地回应。

他将我放在木椅上,转首道:"在下要包扎伤口,不太方便,还请姑娘及手下离去。"

林宝儿掩嘴一笑,眼里却闪着戏谑:"宝儿倒忘了夫人玉洁,不能让外人瞧去了。不过我待会儿却是要带着上好的金创药硬闯进帐篷的。"说罢,她带着拓跋奴仆们离去。

毛毡子垂落,挡住了外面草原上的夕阳。

帐篷内昏蒙蒙一片,只有少量的光线透过厚实的毛毡落进来。洛谦缓缓地蹲下,头低垂,细细扫了一遍渗血的伤口。我从高处望下,只能看见他的眼隐在幽阴里,几粒灰尘漂浮在额头周围,他的眉微微蹙起。

"待会儿可能很痛。"

我轻轻点头。他依旧垂首,看不见我的脸以及咬住的下唇。

"哧啦"一声,他已经撕开了半边裙幅。

小腿突然间暴露在草原傍晚的凉凉空气里,不禁轻微向后一缩。只一瞬间,温软有力的手卡住了我的右小腿,动弹不得半寸。

裸露的小腿上淤青不少，大片大片地，中间夹杂着条条深紫淤痕。割破的伤口出血已经凝结，突兀的暗红凝痂布满膝盖，看起来十分狰狞。

他手指修长，一寸寸捏过小腿："幸好没有断骨，只是筋脉错乱，休息一两天就没有事了。"

"当然有事啊！"林宝儿右手端着铜盘，左手掀起毛毡，似狐狸一般灵巧地钻了进来，"这样漂亮的肌肤上面留了疤痕，可是要追悔终生的！"

她将铜盘放到地上，从袖口掏出一个青瓷小瓶递给洛谦："天山雪莲调配的祛瘀生肌露，保证不留一点疤痕。"

洛谦接过，铜盘里的热水蒸气扑在他脸上，氤氲中，他淡道："谢谢。"

林宝儿带的东西极全，热水、药膏、绷带，甚至剪刀也有。东西齐全，洛谦动作也十分麻利，清洗伤口、敷药、包扎，只一刻钟便已完成。

洛谦从林宝儿带来的一堆物品中取来一条丝缎薄毯，覆盖住我的一双小腿："好了，不要再咬着嘴唇不放，都快紫了。"

依言，我舒了一口气，放开咬住的唇，此时下唇隐隐发痛。方才他碰触之地，皆是受伤之处，稍触即痛，但我咬唇不放，到底是没有吭出一声。

"透透气吧，憋在棚子里闷得慌。"林宝儿卷起门口的毛毡，清新的空气迎面而来。

帐外远处的草原上，拓跋可汗特派亲信手持图腾狼锦，迎接拓跋阳。是时，擂鼓齐鸣，军队威严，锦旗飘扬，场面甚是壮观。

洛谦坐在我身旁的木椅上，半垂目光，似是疲倦，却淡道："这图腾狼锦怕是很多年没有见阳光了吧？还是五十年前拓跋战神耶烈大胜龟兹，凯旋归来才享有此等排场。"

林宝儿立在门口，回转清眸，瞧了洛谦半刻，才慢慢道："是啊，听说大汗是为了嘉奖图姆攻陷大月氏王都而特意举行的大典，并不是为了太子回到王庭……"

"图姆？"洛谦慢慢咀嚼着这两个字，嘴角逸出淡漠笑意。

林宝儿杏眸一亮，粉颊流露出几许愤怒："图姆便是刚才弄伤洛夫人的野蛮人！"

洛谦抬起头，墨瞳深沉："听闻图姆在破大月氏国都之后，闯入王宫，从女王手中夺取了大月氏皇族之宝——苍狼之眼……"他又顿住，目光飘向深红色的天际，叹息道："好像图姆并未将此宝物献给大汗，这传说中的西域至宝还请拓跋太子查一查下落……"

"苍狼之眼？"林宝儿疑惑。

洛谦手指扶着椅背，淡淡敲击："大漠传说中苍狼之眼可以打开昆仑宝库……从而获得天神的祝福……成为草原上的大昆仑王……"

我一惊，这苍狼之眼要真是从图姆身上搜出，叛逆之罪几乎定论。眼眸转向洛谦，他半靠在椅中，合目似在养神。

林宝儿大喜，随即拜谢："多谢洛相指点。"

她匆匆离去，长裙所过之处青草飞扬。

怎会是这样？我微微着急，伸出手想要摇醒他，可指尖将要触及到他胸口之时，忽地定住。微弱斜阳射入帐篷，恰好金红的光线映在他的脸庞之上，勾勒出侧脸的清俊线条。

怔怔出神之际，他墨瞳睁开，瞧着我舒缓一笑，右手反握住我僵住的手掌。他手指滑过我微凉的手心，落在了手腕脉搏处："心跳正常呀！"遗憾的口气里带着几分窃窃笑意。

我脸颊泛红，快速抽回手腕，急道："方才明明是林宝儿故意让我摔在图姆马前，为什么还要帮拓跋阳？"

他眼角余光瞟了一眼帐篷外来回巡视的拓跋士兵："总要王庭不安宁，我们才有机会逃脱，越混乱越好不是吗？"

末了，语气突地冰冷。

"有些人也总该受到酷刑！"

怔怔然，只觉得幽寒，我不禁拉紧了丝毯。

"累了吧？"他又换上浅浅笑意，环腰抱着我到了屏风后的软榻上，其实也称不上榻，只是在干草上铺了几层毛皮缝的软垫。不过这软垫着实柔软，我刚一躺下，整个人都好似陷入了绵绵云层。洛谦又抱来几床毛毯，替我盖上："好好休息吧，过几天就可以活蹦乱跳了！"

我微瞪着他，翻过身嘀咕道："谁是三岁小孩，一天到晚乱跳的！"

那一夜睡得极其香甜，第二天醒来时，转过头才发现，洛谦便睡在身旁，半张侧脸在清晨的光线下柔亮如玉。来不及思索，脸腾地涨红，急急又闭上了眼。慢慢地才想起，整个帐篷内只有一张榻床。装睡许久，直到听见他起床走到帐篷外吩咐看守士兵弄些早食，我才又睁开眼，轻轻地舒气。

一连几日，拓跋阳与林宝儿都没有再出现。

我慢慢走到帐篷外，在周围转了一圈，忽瞥见一棵歪脖子的小树，便加快脚步走了上去。虽然伤势还未痊愈，但行动也勉强可以了。

猛地身后斜插出一个身形魁梧的大汉，神情颇为恭敬，吐出几句拓跋语来。我回头一望，大概是离帐篷太远，这些拓跋士兵请我回去。

指着士兵腰间的佩刀，我对着那棵树比划了一个砍的手势，意思是请他帮我砍下几根树枝。他愣了一会儿，我又比划几次，他才点头挥刀劈了些树枝递给我。

我接过树枝，展颜一笑，说了声谢谢，就挪回了帐篷。

从帐篷里的长几上取了这几日割肉吃的小银刀，我盘坐在了毛毯上，摘下了树叶，又用刀剥去树皮来。

"做什么呢？"洛谦移步到了我身边，浅笑询问。

刮下粗糙的树皮,我满意地看了看光滑的木质,回首对洛谦笑道:"无聊没事做,就想刻个人儿玩玩。"

"有什么说头吗?"

"倒是有一个说头!"我递给他数根树枝道,"你先帮我剥了树皮,我再说故事。"他微微一笑,浮云回转,安静地削起树枝来。

小小地犹豫了一下,该不该将李探花的故事在西华发扬呢?瞄了一眼洛谦沉静的面庞,说了,这样的人未必会相信李寻欢的存在:"很久以前,有一位大侠惯用飞刀,例无虚发。可是呢,他后来为了曾经救过他的结拜大哥,放弃青梅竹马的表妹,只因结拜大哥对他说,他很喜欢美丽的表妹。大侠在结拜大哥与表妹结婚的那天,离开了中原,在关外流浪了十数年。"

"在流浪江湖的时候,这位大侠总是不停地在雕刻表妹的木像,栩栩如生。可当他每次刻好一个便埋葬一个,直到他也记不清雕了多少尊木像时,他回到了中原……"

我停住了,突然想起李寻欢埋葬林诗音木像时的画面,那木雕面容如画,是他用小刀刻到了心头。

"后来呢?"

我一愣,叹道:"最后,结拜大哥死了,表妹也死了,他又是孤零零的一个人流浪天涯……"

"哦。"尾音憾然。

"怎么会这样?"我一把抢过他手中的树枝,光滑的木杆上有了些深深的刻纹。"我要做算筹的树枝啊!"

"算筹?"他的眼里涌出狡黠笑意,仿若将我看了个透。

我瞄着帐外手执长矛的拓跋士兵,低声道:"难道你没有发现他们的站位以及交换走动是一种高深阵法吗?"

他点头:"真想不到拓跋蛮荒之地竟有如此高人!这阵法环环相扣,我找不到破绽,你呢?无双公子的高徒!"

分明含有取笑的意味,无双公子的弟子居然还需要算筹推演破阵。我脸皮薄红,撇嘴道:"先做算筹,再告诉你如何破阵。"

他细细轻笑,有清淡墨香暗动。

此后接连几日,每隔一个时辰我都会到帐外,心里默记下各列士兵的方位,再回到帐内细细画下图纸。

又是死路,不通。泄气中,一把将算筹洒落了整个长几。

"为什么静不下心?"他翻过一页书,额前发丝微动。

也不知拓跋阳从哪里得到的一堆书,献宝似的送来。

我手里又抓起算筹,勉强只推演两步,便放弃了,转眸看着他手中的书道:"临时

第十四章 破阵子

抱佛脚,佛祖未必显灵。"

他从书中抬头,淡转眼眸瞧了一眼我身前混乱的算筹,笑道:"那也比心浮气躁,乱发脾气来得好。"

我低首,快速地在纸上画出阵型,只是最后收尾时,笔尖一颤,犹豫许久,还是抛下了墨笔,叹口气,强行从他手中取过书,粗粗翻了几页。

只是阵法入门的《周易》。

"看来只差一步了。"他拿着图纸,目光流转。

我闷道:"的确就是最后的一步了,可惜啊,被困在地牢里可以看见光明的地方,似乎触手可及,却又偏偏隔着无形大网……"

"其实最后从参位转到角尾……"他清静目光定着我,唇角逸笑,"如果有轻功的话,瞬间三丈也就破了这阵!"

他光洁如玉的手指滑过图纸,刮起轻微的声响,似乎是一阵兴奋。

没有轻功,他与我都没有一步三丈的高深轻功,这样的闯阵几乎是不可能实现的。我叹道:"可惜……"

"可惜什么呀?"铃铃笑声挤进帐篷,林宝儿在门口毛毡处浅笑道,"洛夫人,我可是来报喜的啊!"

随后,拓跋阳昂步走进,对洛谦揖道:"恭喜洛相胸中闷气得出!"

洛谦缓缓地又卷起书来,侧着脸也不看一眼拓跋阳:"也得谢太子本有此意。"他淡翻书页,方才手中的图纸已不知藏在了何处。

拓跋阳呵呵一笑,也不介意洛谦怠慢:"合作本就各取所需罢了,只是这事处理得不太干净,怕是留有后患……"

"哦?"书后洛谦长眉微挑。

看到洛谦表示出了一点兴趣,拓跋阳沉声道:"昨夜从图姆帐中搜出苍狼之眼,罪证俱在,他本也无从辩解。可侧阕氏在父汗前面一夜悲泣,让父汗稍有心软。今早国师又进言说,图姆虽私藏了苍狼之眼,却并未有任何不轨行动,若贸然诛杀,恐怕人心不服,还是削了兵权以示惩罚……"

洛谦忽地放下书卷,轻声问道:"国师?"

"国师,拓跋第一人。"拓跋阳提及国师时是皱着眉的。

洛谦扫眼拓跋阳,朗朗一笑:"太子莫非认为这位号称拓跋第一人的国师是最大的敌人?"

拓跋阳不语,似是默认。

"他不是!"洛谦俊眉轩扬,"他若是敌人,不必为图姆出头,只等坐收得利,瓜分图姆的势力便好。等过上几个月,再联络侧阕氏,替图姆叫冤,到时太子不免落得个枉杀忠良之名,毕竟太子并没有查出任何实质上的证据……而他却现在帮言图姆,也就是说他不过只是想平衡各派势力……他没有野心,也就不会是太子的敌人!"

188

拓跋阳目光微滞,但极快便一脸笑意道:"这次不能将图姆扳倒,他又是一个有仇必报的小人,而我又不小心将得到苍狼之眼的消息来源告诉了父汗,怕洛相在这里……"

拓跋人直爽,连威胁也是这般直率。

洛谦挑眉冷冷眼光扫过拓跋阳,轻笑:"那太子又怎么打算呢?"

"请洛相进一步说话,不远锦帐内有我的谋士。"拓跋阳的笑容有一种侵略性,不容人拒绝。

洛谦如水目光定定瞧了拓跋阳一阵,终于放下书,对我淡道:"我去去就回。"

他起身,衣角清逸绕过我的手臂,墨香淡离。

等待是一件极其漫长的事。

夜幕降临时,他未归,林宝儿却来了。

她指着我的算筹道:"下一次想要逃跑,先把工具藏好。"

我将一根算筹攥在手心,棱角处他曾细细磨平。

林宝儿黑眸一黯,又笑道:"他无事,只是将他换到了另一处帐篷,也是有士兵守卫,图姆伤不着的。这天下间有谁敢将你们俩囚在一块?迟早是会给你们逃了的……"

"国师,你知道吗?"我淡淡问道。

"怎么突然提这个人?"

我轻笑:"难道拓跋阳扣留下洛谦不是为了拉拢或者除掉这位国师吗?"

她叹息说了一些,便离去了,第二日傍晚提着食盒又来,只是身后跟着拓跋阳。他英气逼人,可我心中有气,没好气地说道:"太子好大的架子,要留人随身伺候!"

拓跋阳微微一笑:"确实是在下的不是,不该抢了洛夫人的枕边人。"

我耳后发热,咬牙道:"既然知道,还不放人!"

拓跋阳倒不在意,只是一笑:"洛夫人如此豪爽,在下也就实话实说了。本王子虽是长于塞外荒芜之地,也曾听说西华洛相乃不出世之奇才,满腹经纶,是治国良才。可惜西华皇帝却是个有眼无珠之人,竟连贬洛相。我闻此事亦是义愤填膺,为洛相愤愤不平。我想既然洛相在西华已无用武之地,何不请洛相到拓跋一展抱负呢?至于夫人的确巧合了。听得宝儿夸赞柳四小姐是当世女中诸葛,能在短短一月之内,使得默默无闻的怡心阁一举升跃至西华第一歌舞坊,所以就设计请柳四小姐到怡心阁见上一面。却不料柳四小姐就是洛夫人,既是这样,在下也就只得将计就计,请夫人陪同洛相一起到王庭作客了。"

我一声冷笑:"只是作客般简单?"

拓跋阳眼中精光闪烁,扬声道:"也不瞒夫人,我乃拓跋下一任可汗已是众所周知之事。可我不甘让拓跋永远偏踞漠北,所以想请洛相助我一臂之力,强盛拓跋,望有朝一日能逐鹿中原,生擒皇甫朔,也算是替洛相报了屡贬之仇。"

皇甫朔乃西华当今天子名讳，拓跋阳的直言不讳毫不避嫌，也表露了他一统天下的野心。拓跋阳讲至此，略微顿了一顿，原来的激昂之声也有些许失落："只是数日求教，洛相却不肯答应辅助于我，所以在下想请夫人劝说洛相。夫人是个极明事理之人，其中厉害关系应该算得十分清楚。"

今日来此，原来是想请我当说客。

我淡然道："我只一介女流，这妇人愚见洛谦未必听得进去，况且太子还可招拢国师，又何需我等雕虫末技之人。"

昨夜我从林宝儿口中知晓了不少拓跋国师之事，他上通天文，下晓地理，无所不能，无所不精。可拓跋第一人，却不是拓跋人而是西华人。五年前，他只身拜见可汗，展绝技，剑胜拓跋第一勇士，论兵法赢下铁木那。当夜又观星相，言三日之后王庭东南五十里沙漠中必有风暴。可汗疑，派人守望，果三日后亲兵回报沙漠风暴大作，是时，拓跋上下莫不称奇，赞曰神仙转世。

拓跋可汗大为欢喜，言天将神人，兴我拓跋，立即拜此人为拓跋国师。从此，拓跋第一人的称号也从铁木那转至此人名下。拓跋国师虽能力非凡，上可安邦定国，下能让百姓富足，但处事却极为低调，常常行为神秘，深居简出。大家也就仅知他姓葛，尊称一声葛先生。

半月前，拓跋阳返回王庭，拓跋可汗大摆宴席，庆贺拓跋阳建功回朝。盛宴中，林宝儿激昂高歌一曲《满江红》。曲停，这位葛先生就起身鼓掌，称赞道："好曲！好词！人生难得豪气冲天！"随后拔剑飞身舞起，口中却是吟唱着《满江红》。当时，剑如流星，歌似奔流，确有逍遥飞仙之感。

林宝儿与我讲述此事时，不免感叹，我只唱过一遍，他却能在只听过一遍后全数唱出，而且音调一个不差，真乃当世高人也！

现在拓跋阳听我提及葛先生，却是皱起浓眉，叹道："葛先生的确是安邦定国之才，只是他从未将我放在眼里。况且这王庭守卫的排兵阵法就是出自葛先生之手，他既握有重权，又怎会轻易听命于我？"

听闻帐外的排兵阵法出自葛先生，我心跳一阵加快，只是不露声色，依旧淡笑言："如此难得人才，太子可晓他的来历？"

我心中惊喜乃是因为有了一丝希望，大约可以破阵，逃离拓跋王庭了。

拓跋阳眼中透露出几许挫败感，叹道："这些年我也花费了不少时间打探葛先生的身世，可惜始终无法确切得知，只晓他出身西华江南，洛夫人也出身西华江南，可曾听说过葛先生？"

我讶道："葛先生出自江南，我怎不知道江南还有这等人物？"而后又道，"或许是这位葛先生故意隐瞒姓名。扶柳自信认得不少江南名人，待我见上葛先生一面，或许就可识别他的真实身份。"

拓跋阳生出警觉，委婉道："夫人有所不知，这葛先生脾气古怪，素来不喜见外人,若我贸然为夫人引见,就怕先生怪罪了。"

见不得人?我不由地轻蹙起眉。

忽地,帐内响起曼妙琴音,凤铮鸟鸣,一曲情意绵绵,正是林宝儿所弹唱:"凤兮凤兮归故乡,遨游四海求其凰……"

情真意切,正是一曲凤求凰,年少时常听得泓先生在碧波竹林弹起。

一曲清音消人烦恼,曲静人心。林宝儿盈盈笑道:"方才见你们为葛先生烦恼,宝儿就自作主张,弹了一曲葛先生所教的《凤求凰》,希望可以化解心中忧虑。"

灵光一闪,我嫣然一笑:"听闻宝儿一曲《凤求凰》,我心中良有感慨,倒是很迫切地想要结交这位神仙先生。"说着,便提笔伏案,在宣纸上写下一首诗:凤兮何所依,凰兮何所依。梧桐枝盘之,叶落思静女。

"这首不成韵律之诗,还请宝儿能转交给葛先生,请先生指点两句,也算神交一番了。"我感叹而言。

林宝儿瞧了一眼宣纸,笑道:"不想洛夫人竟有兴致作诗起来。"说着,望了一眼拓跋阳,显然林宝儿不能完全做主,她还需要征得拓跋阳的同意。

拓跋阳吟诵一遍诗句,点头道:"葛先生倒是喜欢吟诗,或许也会喜欢洛夫人这首诗也未可知?"

他到底是对葛先生不死心,想通过我与国师说上话。我心底长缓气,浅笑道:"不过是想着相如与文君情事,有感而发,胡乱填了一首,我又急献丑而已。"

拓跋阳笑道:"哪里,夫人才思敏捷,葛先生看见也一定高兴。"随后便携林宝儿离去了。

【洛谦番外】

食指微屈,又轻轻放平。

看着马上的拓跋人,如血斜阳下他那张猖狂的脸冒出厚厚油光。她的手无力地抽上那层该剖下的粗皮。记得曾经纤纤指尖微凉,我握在手心穿过上元节的长街,无数彩灯旋转。

心底冒出一个声音,他该死!

叹气,原来我也有无理智的一天。

怎能出手?中了百日醉,功力大不如前,这贸然出手很可能被人知晓我隐藏许久的功夫。拓跋阳会严加看管,或许他会直接下杀手,右贤王也不再能见到……

指尖充满力量,哧的一声,暗劲划破空气,打入骏马颈部血脉。

马长嘶,蹄踏空。

半空中流岚色长裙如花蓬开,柔软发丝后她的眼是纯净的黑,像是秋夜里平静的湖水,无惊无恐。

坠落是这样的快,快到我还未完全体味恐惧的滋味,便听到地面上的碎石撞击

骨骼的咯吱声，如同地狱的恶魔在磨牙。

幸好，怀中还有一片柔软，几缕乌丝缠在我的脖子，痒痒的，脉脉幽香。

像是抱着温温的云，唇角不禁淡笑，原来拥有一个人是窝心的。

忽地，肩头传来刺痛，血肉里嵌入细细密密的坚硬东西，她低声，喉咙里似乎含着什么东西，说话似哭泣又似娇嗔："痛！"

第一次在她浓密睫毛下的眼里看到了惊恐，瞳孔微微放大，细瘦的肩膀轻轻颤抖，那是在经历过一场可怕灾难后，抓到依靠时的急剧发泄。

她的细齿咬着我的肩膀，似乎紧合处混为了一体。强烈的痛楚撕咬着每根神经，可却偏偏掺有甜蜜。唇角一扬，环着她，轻轻地抚着背："到底是晚了一步，不过以后绝不会再有这样的事了。"

绝不会的！

她松口，黑瞳内星光点点："大概是小腿折了，很痛。"淡淡的语气，想平静地陈述，她却忘了她的手攀在我的肩头，很紧，固执地不肯松开。

油光满面的拓跋人跌撞爬起，他喝道："西华来的南蛮子竟敢抢老子的女人……"

她听不懂，神色一片迷茫。

我以一种占有姿态环着她，目光阴冷，对着浮有一层厚油的拓跋人大声喝道："她是我的女人！"这是草原上的宣言，直接明了，高亢的吼声可以在胸腔内产生厚重的共鸣。

拓跋人惊讶得掉了马鞭。

又一遍地铿锵重复："她是我的女人！"

真是一种畅快淋漓的宣言！

"图姆，还不快赔罪！"拓跋阳从后面出现，冷冷的笑扬在嘴角，锐利蓝眸似乎在看一场好戏。

图姆怒道："凭什么？他不过只是……"

"他是本太子的贵宾！"拓跋阳打住，他并不想让事态扩大到全王庭都知道西华丞相的到来。

图姆狠狠瞪了拓跋阳一眼，愤恨全露。"太子有什么了不起的，老子才是打赢战的人！"他踉跄离去。

她倚着我站起，素裙上有深深浅浅的血痕。

"先忍一忍，实在是痛，就闭上眼睡一下。"我抱起她走得异常坚定。

残阳如血，鲜艳的色彩似乎不太吉利。

"或许不该来的……"

或许就像当初不该向上官毅之索要一件信物，她拴住了上官，似乎也拴住了自己。

大帐内弥漫着美酒的甜香。

饮了一杯酒,微微倾身靠着矮桌,闲闲地看着歌舞。欢快的节奏,扭动的腰肢,以及草原女人身上的特有乳香,都在冲击着我的大脑神经。

很不舒服的感觉。

我眼光转向正在饮酒的男人。他很魁梧,胡须浓密,是拓跋的右贤王。淡皱眉头,想改变这样吵闹的情形,对他轻蔑地说了一句:"在美女怀里饮酒是得不到草原的!"

他浓眉猛挑,像是一杆沉重的铁枪挑破敌喉,带着浓浓杀气:"杀人的第一步是要让敌人放松警惕。"

浅抿烈酒,我淡淡一笑,不置可否。

他宽肩一沉,臂中搂着丰腴女人,斜望我:"洛相应该知道,沉溺在美女柔软胸口的男人最容易被人忽视的,也最容易刺杀他人!"

"王爷认为夜夜歌舞便可以让大汗相信你甘于臣服吗?"我的眼里滑过一丝讥笑,把玩手中铜杯,徐徐道,"猎手们从不会因为狮子在打盹就认为它是弱小的食肉者,反而猎手会趁机捕杀狮子……"

"狮子该怎样做呢?"

我笑而不答,继续慢慢说:"一个成天昏昏欲睡的狮子,它不仅猎食不到足够的食物,还会因它的无能而遭受挑战,失去统领的地位……"

他的脸色阴沉,怀中的丰腴女人已被推倒在地。

该说的总要说完的:"如果右贤王再沉溺酒色,也就不配再率领拓跋最勇猛的剽螭铁骑,大汗会这样想,草原牧民们也会这样想。君民一心,什么人拉不下马呢?"

"哐当",他手中的铜杯重重地摔落在地,流出的美酒污了舞娘的翩翩长裙。

"统统滚出去——"

草原上的狮子终于怒吼了!

帐内的乐伎舞女纷纷骇得脸色苍白,匆忙间丢下琴瑟,混乱地奔向帐外。

终于是清静了,我揉了揉隐隐发痛的额角。

他双目圆睁,瞪着我:"洛相是如何逃过王庭护卫,来到本王帐中的?"

"走过来的。"

"不可能,国师布下的守卫没有人可以穿越!"

"国师也不行吗?"

"莫非洛相能破解那施了魔法的兵阵?"

我懒洋洋一笑:"或许可以!"扶柳的图纸便放在胸前,最后一步三丈,这样的轻功我十二岁时便已熟练。

"或许可以……"他如刀锋利的目光下垂,闪烁不定。隔了片刻,他望着我朗朗笑道,"或许可以与你这个西华的狡诈狐狸合作……"

我盯着眼前的拓跋狮子,笑得豪爽:"拓跋的狮子终于迫不及待地要探出利爪

第十四章　破阵子

了！"

他亦是大笑："那西华的狐狸能给我献上什么呢？"

"草原，大昆仑的草原！"我扫了一眼大帐，仿若俯视整个莽莽草原。

"草原……"他的眼神里充满了渴望。

狮子永远是警惕的。他神思稍纵便立即回神，嗜血兴奋的黑瞳望向我，像饥饿的雄狮盯住了肥美的麋鹿："就你一个人，囚在拓跋，凭什么要相信你能给我带来整个草原？"

悠闲地饮下小杯酒，草原的酒烈得像火。我笑意从容，淡淡道："两个月后，拓跋阳将会领兵攻打照壁，王庭空虚，正是王爷展雄姿的好机会……"

"狡猾的狐狸！"他盯着我，冷冷道，"你先骗拓跋阳攻打平罗，再来唆使我起兵谋反吗？"

斜斜地瞥一眼似乎是发怒的狮子，我轻轻摆手，纠正道："是王爷抓住了这次太子错误南征的机会，发泄了积压在胸口的多年不满！王爷征战多年，却始终遭大汗猜忌，百般欺压，这次大汗不顾百姓疾苦强行用兵，王爷顺天意取代这等昏君而已！"

"好一句顺天意！"

"至于在下献给王爷的就是拓跋阳帐中的十万两白银！"

"洛相真会开玩笑啊？那银子早已是他的囊中之物，我如何可得？"

"王爷都要夺了他的汗位，难道连区区的十万两白银也夺不了吗？"

他仰天长笑，忽而低首，目光阴沉盯着我："知不知道，这守住拓跋王庭和十万白银的就是铁木那，那头只认拓跋阳的狼？"

我浅笑，双眉轻扬："初次见面，洛某就送给王爷一个见面礼！"

"见面礼？多大？"

"不大，铁木那将军的一个习惯而已！"我淡道，"这次来拓跋恰好是铁木那将军护送，洛某与将军相处多日，发现将军拔刀喜握刀柄底部，这样用力大而且速度更快，但却有一个麻烦，就是拔刀时极容易猛烈冲撞刀颚，虎口处常有细小裂口。"眼眸挑向他，似笑非笑，"如果王爷可以派人在那里涂上一点见血即溶的毒药，铁木那将军便成了一具稻草人，再也无法挡住王爷剽螭骑的铁蹄了……"

他沉默片刻，目光阴冷得像一条蛇："洛相有没想过，太聪明的人一般会遭人嫉杀！因为没有人会希望留着一条随时可能反噬自己的毒蛇！"

"哦，是吗？"我起身，轻抖衣袖，恢复了一身平整，"猎物没有死之前，也没有猎人笨到杀死强壮的鹰！"

淡然一拜，转身离去。

"本王一向喜欢桀骜的鹰……"

出了暖得有些气闷的大帐。

夜幕深黑，星光明亮。

凉爽的夏风吹拂起衣摆,缓缓行走,突然脑海里闪过"孤独"一词。

遥远黑暗的另一端,她是不是会感到孤独?离开,只是因为新的帐篷距右贤王的大帐比较近,仅仅是这个原因吗?

我知道心底有一丝挣扎,靠她太近,幽香袭人,总是会做出一些本不该做的事,就像是受了蛊惑一般。

着魔似的,我停住了脚步,方才轻功飘移,竟然是到了她的帐篷前。

拓跋士兵列队走过,我藏身在草丛里,额头上涔涔细汗,越来越控制不住自己。脚步声远去,我还是掀开了毛毡,弯腰走进漾着熟悉清香的帐篷。

旧的黄杨屏风后,她睡得很熟。

暗夜里,她年轻饱满的面容像是盛开的花,幽夜里的南海素莲,皎洁轻盈,周身绕着不知名的魅香。

娘说,南海有莲,暗夜芬芳。惑人采撷,沉身入水。

这是一种杀人的花,被杀者却以为是看到了天堂。

我的手指轻颤,触及到了她的脸颊,光滑微凉,是最娇嫩的花瓣。蛊惑心神,慢慢地流连在纤细的脖颈,不经意碰到了脉搏,忽地一跳,从指尖传到我的心头,猛烈震动。

闪电般缩回了手,灼热燃烧,如遭电击。

心里爆发出一阵吼叫:白子谦,不能再靠近了,她姓上官,这朵南海素莲迟早会扎进你的心,然后狠狠拔出,血肉淋淋!

什么是祸水?

她便是!

可惜,水已漫过胸口,呼吸艰难。

咬牙转身离她很远,幽暗中忽地瞥见一堆树枝。

她说,一个男人想念一个女人,不停地雕刻,不停地埋葬……

回到自己的帐篷,发现手里的树枝,默默无语。抓起桌上的小刀,细细雕刻,一刀一刀切得很深,深到自己的骨髓里。

望着亚黄色的木雕脸,眉眼是初见时她的清雅模样。

心里一紧,手中的木头碎如粉屑。

扶柳,知不知道,那个雕人的男人,他是后悔了……

第十四章 破阵子

第十五章

夜探营

　　天朔九年,五月二十三,夜已深。

　　帐篷内点着一盏豆黄油灯,我倚靠长几,借得一缕昏黄灯光,看着古书。帐外已打过几道更,哨兵也换了几轮,可我仍毫无睡意。

　　书上记载,武乡侯诸葛曾在平阳用孔明灯传军情,而破敌兵。

　　如今,我暗号已传,泓先生知否?

　　换岗哨声又响,这时,恰好帐篷一角被掀开,眼前一花,人影快闪,一名如青玉的男子已立于案前。

　　青衫宽袍,玉带锦靴,一身贵气,如墨长发随意绾于脑后。

　　忧郁的琥珀色眼瞳,苍白清瘦的脸颊,是泓先生。

　　心头一喜,我立即起身,正要行礼,却马上被泓先生止住。泓先生打了手势,示意让我安静。待我与泓先生默默坐下后,泓先生才低声道:"外面还有哨兵,刚才我是趁变阵之时的空隙溜进来的。"

　　声音很小,只有两个人听得到。所幸这帐篷还比较大,只要说话音量稍加注意,外面之人应该是听不见的。我淡淡笑起,轻声道:"扶柳第一天就发现了这阵与先生所授极为相似,只是多了一些变化,可惜扶柳愚钝参详不出其中要领,否则应是扶柳闯阵亲自拜会先生。"

　　泓先生微笑颔首道:"的确是加入不少变化,我将北斗七星阵与水辰阵相互融合,创出此北斗辰阵。此阵我花费五年心血钻研而出,丫头才到此半个月,怎能破阵呢?"

　　难怪我屡次试着闯阵总是落败而归呢!

　　泓先生含笑望着我,叹道:"九年不见,以前的小扶柳长大成人了。只是丫头越来越刁钻,若不是我还依稀记得丫头的笔迹,恐怕是无法发现暗号的。"

当然那首诗就是暗号。以前也有不少人将暗语藏于诗词之中，只是这法子用的人多了，大家未免都能猜出，更何况拓跋阳与林宝儿皆是聪明之人。
　　当时，我也思索不少，若将扶柳二字直接嵌入诗首，太过直白，定会被拓跋阳与林宝儿看透。所幸灵光突闪，将暗语嵌入诗尾，并改为依依之女。拓跋阳和林宝儿都不知道我娘闺名依依，可柳依依对泓先生而言却是刻骨铭心。
　　我浅笑言："扶柳相信先生才智过人，一定看得透。"
　　其实此法确实惊险，我也不能肯定泓先生一定看懂。
　　泓先生无奈淡笑，忽而问起："丫头怎么会被囚禁于此呢？"
　　我摆摆手，示意也很无奈，随后就将九年之事娓娓道来。听罢，泓先生轻叹一声："九年来我长居塞外，对西华之事所知甚少，却不想丫头不仅长大，还嫁了人。"
　　小时数年时间与泓先生朝夕相处，早已生出父女情愫，这乍然异地相逢，泓先生一叹，不禁往事浮现，我心中早软，不经意间泪花闪于眼中，强忍着不落，随后向泓先生恭敬一拜道："以前跟着先生学习时，先生总是不肯让扶柳行礼，说是承受不起这样的大礼。但今日扶柳无论如何也要一拜，谨谢先生的恩情。"
　　泓先生也受感染，声音哽咽："原以为找了个聪明丫头做传人，却不想也是个傻子。丫头，当年我将天权玉牌传给你，便是认了你做传人。"
　　我一惊，原来那天权玉牌竟是武乡侯传人的信物！
　　"丫头，我留给你那本册子中的天权五阵学了多少？"泓先生转而淡笑，化解了方才述及往事的浓浓愁思，"先生现在就要考考丫头，若是错了一字，这板子丫头是逃不掉的！"
　　我忍不住轻笑，秀眉舒展愁意消尽："丫头是没有学透天权五阵，但也不能怪丫头，因为丫头的先生两袖一挥，抛下丫头自个儿逍遥去了！"
　　"丫头的嘴还如小时候一样的利！"泓先生莞尔，可笑着笑着一滴泪珠便从眼眶落下，"真是怀念江南的日子啊……"
　　默然，帐内灯火飘移。
　　抿了抿唇角，我展颜浅笑，眼儿一弯如小时纯净模样："丫头请先生帮忙。"
　　"哦？"泓先生琥珀色的眼珠暗光一闪。
　　我半垂眼眸，望着长几上的算筹，坚声道："请先生救他出王庭！"
　　"为什么？"
　　我不语，只是瞧着那些两寸长的算筹。
　　"丫头动情了……"
　　急急摇头，却也不知说些什么，只得又垂下头，耳垂燥热。
　　"或许当初应该听你娘的话，不要教你权谋之术、攻城之略。"
　　我心中亦有触动，当初倘若我不学权谋之术攻城之略，便不会涉入这场斗争吗？不会的，流着上官家的血就脱离不了朝堂。不学，也只能让我看不清朝野，活得单纯一点。"

我轻摇头,抛开这些如果的想法,面对现实。

我目光毅然望着泓先生,坚定道:"丫头早已卷入朝堂,没了回头路,还望先生可以帮丫头一把。"

"好吧,拦是拦不住的……"泓先生缓缓道,琥珀琉璃眼珠忽地绚丽,"不过丫头要先通过我的考验!免得到时候断了我诸葛家的千年阵法!"

免得将来有一天丫头在朝堂失败,天权阵法从此失传!

丫头不准断了我诸葛家的阵法,丫头也不准在权谋中失败!

无法反驳,这是一种奇妙的关心,我点头,愿意接受泓先生的考验。

很简单,也很复杂的考验。

泓先生说:"丫头一个月内,完完全全地学会天权阵法。"

此后,泓先生每夜前来,详细讲解天权大阵。

第一夜,泓先生淡笑道:"洛谦在王庭的另一端,丫头要是想去,必须横穿整个北斗辰阵……"

第二夜,泓先生疏眉半扬:"拓跋阳把他像个菩萨供着呢……"

第三夜,泓先生微微眯着眼道:"今天在拓跋阳的大帐里见上了他一面,锋芒全部内敛于心,是个人物……"

第四夜,泓先生叹道:"拓跋阳野心勃勃,可是性子太急,若要成大事必要遭些磨炼,哪能这样收服人心……"

六月二十,初更。

泓先生侧身走进帐篷,一挥袖袍:"事情也该有个了断,丫头,跟我走吧。"

我疑惑:"什么事?"

泓先生一笑,琥珀色瞳内暗潮涌动:"去看一场好戏!瞧瞧他们的实力到底如何!"跟着泓先生出帐,先生对北斗辰阵了然于胸,如何变换行踪分毫不差,从王庭的西北角到东北角竟未遇上一个哨兵。

蜿蜒曲行三刻钟后,泓先生停住脚步,指着偏角的一座灰色帐篷道:"这就是囚禁洛谦的帐篷,我们悄悄走过去,待会儿无论发生什么事,丫头可不能出声……"

泓先生话语未完,突然我感到肩头一沉,已被泓先生压倒,匍匐于草丛之中。"有人来了。"泓先生声如细蚊。

果然,前方亮起一盏灯笼,很快人已到洛谦帐外,来人竟是拓跋阳。

拓跋阳抛下灯笼,对身后随从厉声道:"谁也不准进来,违命者斩无赦。"

同时,我腰间一紧,已被泓先生抓着飞身穿越草丛,落在帐篷外哨兵巡逻时的死角。泓先生的一系列动作既快又轻,在拓跋阳掀开帐帘的一瞬间便全部完成,丝毫没有惊动任何人。

泓先生轻轻地划开帐篷毡毯,透过这一丝缝隙,我们将帐内一览无遗。

夜已深,洛谦也没入睡,正在用拓跋割肉的小刀雕刻一根木头,由于视线太远,我并不清楚洛谦雕刻何物,只看得见木屑纷纷扬扬地落下。

拓跋阳阔步走至洛谦面前,潇洒入座,笑言:"不知洛相考虑得如何了?在下特来提醒一句,时间不多了,若是错过了时机,就没了生机,洛相到时可是追悔莫及啊。"

洛谦并不理会,只是低头默默地雕刻木头,或者可以这样说,从拓跋阳踏进帐篷的那一刻起,洛谦就没有瞧他一眼。拓跋阳自小就受人瞩目,何时受过这等冷遇,不禁微怒道:"本太子也是为洛相着想,洛相又何必拒人于千里之外呢?"

洛谦略有反应,抬头淡看拓跋阳一眼,冷声道:"恕不远送。"之后又低头雕刻。

这种完全不将他放入眼中的行为,激怒了拓跋阳的全身神经。拓跋阳青筋暴露,大喝一声,怒道:"本太子也不必留情了。"

拓跋阳突然拔地而起,右手变成虎爪,直取洛谦咽喉。

这次变招速度奇快,下手毒辣,杀气重重,是一招毙命的狠招。待我明白拓跋阳想杀洛谦的意图时,为时已晚,拓跋阳的虎爪离洛谦的咽喉仅有五寸了。

直骇得我张口大呼,可却无任何声音发出。原来泓先生见我神情有异,手指快如闪电,连点我身上六处大穴,顿时我不能动也不能出声。

只是这稍微一滞,拓跋阳的虎爪就向前进了三寸,咔嚓一声响,拓跋阳手中的木块已被捏得粉碎,细小的木屑四处飞扬。洛谦却在三丈之外,冷笑道:"太子好功夫!"

原来在那生死边缘的一瞬间,洛谦的右手以不可思议的速度和角度,将手中的木块向上直插,抵住了拓跋阳的虎爪,然后再借着拓跋阳的一抓之力,往后飘身至三丈以外。

快速的反应,精确的计算,以及熟练的身法,无疑都表明了洛谦他会武功,而且并不在拓跋阳之下。

突变连连,我由骇变惊,若不是泓先生点住了我的哑穴,我定然会叫出声来。

千算万算,就是未曾想过状元及第的洛谦竟然还是一位武林高手。按照常理说,习武之人往往都会有一些特征,武林中人可以辨认,可是连龙傲天也未曾发觉洛谦身怀武功。

拓跋阳亦愕然,应是没有料到洛谦居然会武,而且如此轻巧地化解了他的杀招。但拓跋阳随后并无太多的惊讶之色,冷哼一声道:"洛相果然是位绝顶高手。"听闻拓跋阳这一句,可以揣测他早已知晓洛谦会武。

洛谦目露精光,抛下雕刻小刀,双手负于背后,淡笑道:"洛某自负将此隐瞒得很好,从未让人知晓。不知太子又是从何看出的?"

拓跋阳浓眉高扬,略带得意道:"洛相的确隐藏得很好,只是太好了,反而暴露了秘密。习武之人的呼吸声一般很轻,一呼一吸之间规律可循。可洛相为了掩饰这一点,故意将呼吸放得平稳。但是太平稳了,喜也平稳,怒也平稳,惊也平稳,不似常人

惊喜恼怒之时,呼吸会变得沉重。这些反而揭示出了洛相的深厚内力,只有精湛的内力方能控制呼吸。"

洛谦身子未动分毫,脸上自嘲一笑:"倒是洛某自作聪明了。"

拓跋阳双脚微张,全神贯注,提拳横于腰肋,旋即摆了一个起手式。

洛谦亦将双手化为刀掌,斜挡在胸前。

此时的洛谦不再是江南的文雅书生,而是一名傲视群雄的武林高手,浑身散发出凛冽霸气,冲散了原本的儒雅之气,粉碎了温文气韵。

拳出掌击,划破长空。

两人以快打快,只过了三招,我便分不清他们的身影了。

激酣打斗中,两人竟若无事,悠闲的唇语往来不断。

"难怪洛相不肯臣服于我,原来是有这般的好身手。"

"洛某不甘心臣服于皇甫朔,当然也不会甘心臣服于你!"

"呵呵……我终于明白皇甫朔为什么要对你赶尽杀绝了。我若是他,身边有了这样一位敌人,任凭谁都会不择手段除掉的。"

"可惜啊,他皇甫朔仍棋差一着,而你,拓跋阳,还不配与我对弈。"

拓跋阳暴喝一声,猛出一式狠招:"不配吗? 本太子就说出你洛相的全盘计划。"

"去年秋,皇甫朔决心下手除去朝中党派势力,但是他出手太急准备不足,却反而中了你设下的陷阱。想你洛谦为官十年,哪一件事做得不是滴水不漏,岂会轻易留下把柄让皇甫朔抓住,有借口将你连贬数级? 这次乃是,洛相趁皇甫朔打击上官家之机,与上官毅之结盟,暂时化解以前恩怨,终于定下了一石三鸟之计。"

"这第一鸟就是攀上了上官世家这门亲事,上官一家世代为将,军中大权尽揽其手。洛相以前最怕就是手中虽握有朝政大权,但却无兵,犹如高空建屋根基不稳。可这次借皇甫朔推动之力,洛相轻易地就搭上了上官家,一年以来,洛相从中获益不少吧,至少现在大风营中应该也有了洛相的亲信。"

"第二只鸟,乃是探出了洛相党中的奸细。皇甫朔登基已有九年,势力渐张,恐怕在洛相身边也安插了不少奸细,只是他们隐藏得太好,洛相根本无法查出任何证据。奸细就在身边,随时都可以给自己致命一击,洛相怎能熟视无睹? 所以,洛相便利用皇甫朔的这次削权,将计就计,假装失势,让皇甫朔的人自动暴露身份。这招果然有效,洛相刚达平罗,朝中局势就大变。洛相党中的吏部尚书和户部侍郎立即遭贬,而工部侍郎却因功升官,毫无疑问这位工部侍郎就是皇上安插在洛相身边的奸细了。然后,洛相再依工部侍郎这条线查出所有奸细,如我估计不错,奸细名单早已在洛相手中了。"

洛谦冷笑不已:"太子的消息好灵通,我都不禁要怀疑,太子是否也在洛某身边安插了眼线呢?"

拓跋阳继续道:"不过,本太子最佩服的却是这精妙的第三只鸟,就是复权。自古以来官场之上，一降一升才更能彰显权势。洛相就是要告诫皇甫朔，西华朝离了我洛谦一日，便要天下大乱！朝里可以没有你皇甫朔，但却不能少了我洛谦。"

"洛相遭贬平罗，由明退暗，颠倒乾坤。国家稳定无非两个方面，银钱和军队。洛相在离京之前，早已将这两方面之事安排妥当。银钱所属户部，而户部之人都是洛相曾经为吏部尚书时提拔的亲信，对洛相忠心耿耿，所以洛相想对银钱下手不难。若我推测不错，今年秋收之日，西华国内各地将会纷纷上报粮食歉收，州府税银不足。恰好皇甫朔国库无银，因为洛相在离京之时，带出了二十万两白银，国库早已被掏空成了一个空架子。"

"其二，关于军队，洛相也是用心良苦，通过上官毅之及马如龙联系上我的父汗，达成协议。洛相给我父汗白银二十万两，请我父汗出兵假意攻打西华边境。洛相好计谋，用皇甫朔的二十万两替你攻打皇甫朔的城池。"

"洛相利用这双面夹击，迫使皇甫朔不得不向你低头，重新拜你为相，来解决你制造出的内忧外患。只是洛相忘了螳螂捕蝉，黄雀在后，我拓跋岂肯甘心成为洛相手中的一枚棋子？既有了银两，军需充足，我拓跋自是要奋力一战。"

洛谦讥笑道："看来王子还未弄清何是螳螂，何是黄雀？"

"洛相怕是假壮肝胆吧！"拓跋阳道。

洛谦讽刺道："太子向来夜郎自大，总以为拓跋无人可出其右。"

拓跋阳脸色大变："你还联系了他。我早知他右贤王有心叛逆，却不想洛相竟与他也有交情。"

洛谦叹道："你不如皇甫朔，他毕竟当了九年皇帝，岂是泛泛之辈！"

拓跋阳阴沉笑道："皇甫朔当然有手段，他劫了洛相运往平罗的白银。二十万两银子分两路，却被皇甫朔抢下一路，丢掉十万两。"随后又惋惜道，"只可惜啊，皇甫朔还是败了。虽说洛相低估了皇甫朔的实力，而陷于困境；但皇甫朔却忽略了完整的一个人，而导致自己被逼入绝境。"

洛谦淡道："哦，是谁？"

拓跋阳快速道："洛相之妻，大将军之女，西泠柳庄的上官扶柳。皇甫朔没有料到，怕是洛相也没想到，这场龙争虎斗的关键竟是洛夫人！"

两人招数快至极限，砰的一响，两人双掌相抵，之后各借对方劲力向后跃至帐篷东西二角。一场激斗后，洛谦与拓跋阳皆是气定神闲，脸不红，气不喘，倒叫人觉得刚才的拳脚乃是幻觉了。

洛谦微皱眉峰，清声道："太子知道的事情很多，不知道的事情也很多。内子对方才太子所说之事一概不知，她也不是成败关键。"

拓跋阳显然不信，冷笑道："洛相又何必急于替夫人清脱呢？若无夫人，我拓跋帐中的十万两雪花白银从何处得来？"

拓跋阳左脚上前，踏移半步，右手自腰间缓慢推出："皇甫朔竟忽略洛夫人，他当

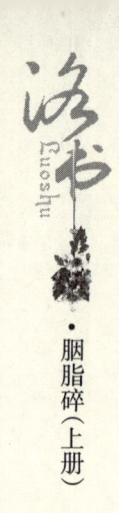

然必败无疑。人都道：西泠女儿厉害挣下西泠柳庄半壁产业，但殊不知，这西泠女儿身后的洛夫人才是个中高手，掌控了江南银钱。想必洛相从中获益不浅吧？且不论那十万两，就单论从洛夫人人脉中得到了武林盟主龙傲天和西泠柳云的支持，就足以让洛相在与皇甫朔的斗争中处于不败之地。所以这等奇女子又怎能不是左右大局的关键人物呢？"

洛谦出手也极慢，左手在胸前缓缓地划了半个圈，封住了拓跋阳的右手。

此时，洛谦面色变得凝重，气势迫人，沉声慢道："洛某最后提醒一句，也要太子记住。扶柳与朝中任何事情都没关系，太子以后也不能将她扯入。"

拓跋阳左手自下而上地撩起，这一动作竟比刚才更慢，可是他左手中却隐隐含有白光。拓跋阳咧嘴一笑："洛夫人拿出了十万两就脱不了干系。只是洛夫人女中陶朱，本太子很荣幸可以请到夫人作客王庭，也非常希望夫人可以为拓跋出一分力。"

洛谦不再回话，只是眼神冷峻森然，盯着拓跋阳不放。洛谦随后右掌一翻，直斩拓跋阳左手手腕，掌中闪有森森然的银光。

拓跋阳急抽回左手，叫道："洛相何必动怒，痛下杀手呢？"

洛谦冷哼一声，右掌直撩拓跋阳左胸，掌心似是透明。拓跋阳变得面色凝重，不再言语，双掌发出金光，对上洛谦的双掌。

一时间，帐篷内劲风大作，将两人衣袍猎猎吹动。

二人双掌之间光芒大盛，一股炙热之气从帐篷缝隙中倾泻而出，直拂上我的脸，烫得我双颊通红。一炷香时间后，巨大的爆炸声惊天响起，拓跋阳抚胸踉跄后退几步，吐了一口鲜血。洛谦亦步法章乱地向后急速倒退，直到用手扶住书案，才堪堪停住。

拓跋阳抬袖一抹嘴角鲜血，狞笑道："洛谦就算你武功盖世，也休想逃出这北斗辰阵，就等着困死在拓跋吧。"

洛谦毫不理会，只是面无表情冷眼相对，拓跋阳大笑扬长离去。

拓跋阳刚转身离开帐篷，洛谦就软软地瘫倒在地上，面色惨白犹如纸灰，嘴角沁出一丝鲜血，红得触目惊心。

刹那间，我的心好似有千百把刀在割，鲜血淋淋，痛不欲生。

终于我知道，有些感情压制不了，也控制不住！卒子开始蹚过那湍湍楚河，无法无天，爱上了对岸那个如迷般的男子。

不可遏止的痛楚袭遍了我的全身。

血自他唇角蜿蜒而下，滴在衣襟处，溅开，如破碎的血玉。

猛地腰间突紧，泓先生已带我腾入半空中，轻巧一转身，飞离了帐篷。泓先生足尖一点，全力施展轻功，远离拓跋王庭向东方奔去。

耳畔风声呼呼作响，也不知过了多久，直到一个悬坡之上，泓先生才将我放在了草地上。其实，这段时间内，我早已麻木没有任何知觉，满眼都是洛谦嘴角边的刺目鲜血。

看着我痴痴傻傻的表情，泓先生一声幽叹，手指灵动，解开我周身穴道："洛谦无事，只是比武真气消耗太多，导致气血不顺，才呕出几口淤血。只要调养数日，便可恢复原样。"

一瞬间，百般滋味涌上心头，疼痛的、庆喜的、心酸的、欢愉的混在一起，自己也辨别不清了。

这时，泓先生清声朗道："一别中原九年，长安人才辈出。这一石三鸟之计，端的是老辣无比，我倒也要自叹不如了。如今后生可畏啊，也低估了拓跋阳，想来他也花费了不少心血，识破了这惊天大计。"

听得泓先生的清朗之声，似乎其中蕴含温润内力，使人清宁安神。

我随清声缓缓平复心神，接道："拓跋阳的确有过人之处，但以他的眼力尚不足以发现洛谦身怀武功。"

泓先生略一惊，继而笑道："丫头总算是回过神了，你是如何看出拓跋阳尚差火候呢？"

我沉吟一声："拓跋阳性情急躁，做事急于求成，倘若是他从洛谦呼吸中发现破绽，定不会等到今夜才挑明。如果扶柳猜得不错，应该是泓先生发现洛谦会武，然后将这个秘密告诉了拓跋阳。"

泓先生笑道："丫头越大越聪明了，这才不愧是我诸葛天权门的传人！的确是我发觉的，但是却无法肯定洛谦出自何派，所以故意将此秘密透露给拓跋阳，就是要让他替我打上这一架，从而好让我看出洛谦的武功来路。"

也不愧为武乡侯之后的诸葛泓，这投石问路之招使得精妙。我凝望着泓先生，淡笑道："想必现在先生已经了然于心了吧！"

泓先生一点清瘦的下巴，道："拓跋阳使的是西域密宗的无相大印掌。这套掌法刚猛威武，世上少有掌法能与之一对。可洛谦却是硬接下了这一掌，还将拓跋阳震得呕血。这等纯厚掌法也只有春风化雨功！"

"春风化雨功本是至柔至和的无上内功，在武林中已经消失了几十年。因此神功需心静如水苦练十年，十年内无喜无怒无嗔无怨，故极难练成。几百年来，练成者也不过寥寥几人。上一位以春风化雨功威震武林的乃是北侠白飞，可白飞早已隐退江湖六十多年了。这洛谦与白飞有何渊源？他又怎么练成春风化雨功呢？"

泓先生最后两句直指于我，我亦摇头道："我也是今夜才知道他会武功，更不晓白飞与春风化雨功是何人何物。"

泓先生应早从刚才我的惊讶中知晓我完全不知内情，只是怀着侥幸问了一句。见我摇头，泓先生仍有一丝失望，继续道："白飞乃是六十年前的武林高手，与我爹并称为北侠南侯。当年，北白飞，南诸葛，威震武林，无人能敌。"

"江湖传闻中，白飞曾追杀一名江洋大盗，至大理时，三掌击毙大盗，但却也中了

恶贼临死前放出的剧毒。白飞心知命不久矣,便想找个僻静的地方静静离去,就来到了大理郊外的密林中。也许是老天有眼,北侠命不该绝,恰在毒发之时,巧遇迦南教圣女。圣女心善,见中毒之人自是全力解毒。这二人,一个是少年英侠,一个是妙龄少女,相处久了自然就生出情愫。五年后,北侠携圣女隐退江湖,过着神仙眷侣的逍遥日子。"

只羡鸳鸯不羡仙固然美好,但这故事中白飞的妻子却是迦南教圣女。那日,我身中落红梅,用的就是迦南教特有的青尾毒蝎解的毒。当时,我还以为是洛谦权倾天下,派人四处寻得青尾毒蝎。可照泓先生所说,春风化雨功与迦南教,这其中只怕还大有渊源。

我疑惑问道:"迦南教又是什么教派?"

泓先生道:"这迦南教一直以来就是江湖中最为神秘的教派,大家都只知迦南教的总坛在云南境内,却无一人知晓其具体的方位,知道的怕也是早被毒死了。"

"迦南教教众极少在江湖行走,但名气却是极大,那是因为迦南教中的个个擅长使毒,常杀人于无形,使人防不胜防,江湖中人皆闻之色变。迦南教之盛名来源于镇教之宝,五种剧毒。传闻这是天下间最毒的五种毒物,分别是蓝斑蛛王、黑爪蜈蚣、青尾毒蝎、红冠金蛇,还有一种毒中之王,却是无人知晓,只有迦南教教主代代相传。"

虽然泓先生讲得极为平淡,但我却听得心惊胆战,因为我曾亲眼见过青尾毒蝎的恐怖模样,还被它蛰过一下。此时,坐在草丛中听泓先生的描述,似感觉迦南毒物就在身边蠕蠕而动,直惊得我额头冒出一层薄薄冷汗。

这时,夜风凉凉吹过,轻轻带动我已经微湿的衣裳,冷得我身子微微颤动。

泓先生见我颤抖,温和一笑,将手掌置于我头顶百会穴,顿时源源热气不断涌入:"女孩儿们就怕这蛇虫鼠蚁之类的,不想扶柳丫头也怕得紧。迦南教不常现于江湖,况且极少人见过迦南人,难免有点儿以讹传讹,夸张得吓人。"

全身渐渐暖和,我撇嘴道:"聪明的丫头就不能怕小虫子了?"

泓先生撤了掌,笑言:"丫头嘴利,看来是完全恢复了。"

我轻轻一笑,道:"扶柳无事,只是先生怎么到了拓跋,还成了国师呢?"

泓先生的琥珀色眼眸忽变得闪烁不定,嘴角笑容凝固,一声长叹,怅然转身。

月朗繁星下,泓先生立于山坡边沿处,清风徐来,吹起青衫飘然入空,似乎整个人就要融入了这漫漫长夜中。

幽白月色下,凄凄长草中,不知怎么的,只觉得泓先生的背影散发出一种彻骨的忧郁寂落。良久,我与泓先生皆不言语,这小小的山坡上一片静谧。

"扶柳。"泓先生的声音似乎从远方飘荡而来,带着一丝无奈:"听说过胭脂碎吗?"

胭脂碎,胭脂碎,新月黄金玛瑙簪子,那个将我带入这个尘世的胭脂碎,我怎能不知呢?"胭脂碎"正是让我刻骨铭心的三个字,只是这十八年来,我第一次听见有人提起它，不由得神色大变，低声惊呼。

泓先生背对我而立，瞧不见我的惊变脸色，但这细微的惊呼声却逃不过先生的耳朵。泓先生身子微微移动，声音些许颤抖，带着一丝惊喜："扶柳，你知道胭脂碎，是吗？"

事关重大，我努力调整心神，镇静说道："扶柳也是第一次听到胭脂碎。只是觉得这个名字奇特，才呀了一声。碎，玉碎，将完整的东西生生分散，胭脂碎，听着就让人心底生出一股凄凉之感。"

如何能将这件事情从实告诉泓先生，若不是我亲身经历，我亦不会相信这等离奇之事，仅凭一支簪子就可以穿越时空回转千年。

泓先生落寞一声轻笑："是我太敏感了，你从未来过格尔沁草原，又如何得知胭脂碎呢？"

泓先生一甩长袖，身旁的灌木连根拔起，冲入空中，分散成为根根枝条。泓先生飞身一跃，握起其中一根最长的枝条，迎着银白月光，潇洒挥起剑招。

"失我祁连山，使我六畜无蓄息。失我焉支山，使我嫁妇无颜色。"

苍凉歌声随着剑招缓缓消音："丫头，知晓此曲的来历吗？"

我微微一笑，当然知晓："昔年西汉名将霍去病率军大破匈奴，连取祁连山焉支山，直至狼居胥山封禅。匈奴人从此被迫移居漠北，创作此曲以寄托丢失祁连山焉支山的悲痛。"

泓先生缓缓道："传说这胭脂碎就出自于盛产胭脂的焉支山中。"

我追问道："先生可见过胭脂碎？"

"不曾，只是在拓跋常听人谈起。可每个人的说法不一，有人说是上古宝玉，有人说是千年奇石。但所有人都说，胭脂碎就在拓跋可汗手中，代代相传，保佑拓跋繁盛。"

"难道先生就是为了胭脂碎才到拓跋王庭的？"

"嗯，可五年以来，我搜遍拓跋王庭也未曾发现它。"

"先生为什么一定要得到胭脂碎呢？莫非它真的有什么神奇功能？"

泓先生叹道："传言胭脂碎有颠倒乾坤，逆转星辰之能，也许可以利用胭脂碎逆转时空……"

"逆转时空！"我忍不住地叫起，原来这世上真有胭脂碎。

泓先生对我的惊奇反应不再追问，只是认为我忽然听到如此荒诞的传闻而不可置信。理了理脑中的思绪，我犹豫问道："难道先生想利用胭脂碎的力量，逆转时空，改变往事？"

泓先生幽幽叹道："也许我真的只是比上官毅之晚见到依依而已，若倘真如此，我为何不试？我早遇依依，依依或许就会改变心意了！"

竟不想泓先生痴情至斯，我轻叹道："若是这样，这世上就不存在丫头了。"

"丫头不存于这个世上了,去疾也不存在了,所有的事也不存在了……"泓先生仰头望着满天繁星,喃喃自语:"现在的这个世界也不复存在了。星辰剧变,所有的人将会消失……"

忽地,泓先生仰天大笑,随后又极快地舞起剑招,树枝狂风般卷起茂密深草,在泓先生的身旁簌簌落下,狂魅似网,缠了泓先生一身。

泓先生惨笑,声音震耳:"可叹,我诸葛泓研学一生,竟连这等基本的道理也未曾明白。"

"改变往事就是毁灭现在!"

改变往事,就是毁灭现在!那我们穿越时空而来,是否也曾改变了历史?

我不可抑制地颤声急问:"那胭脂碎存在的意义又是何在?"

泓先生挥起衣袖,将树枝远掷,直插入地底:"若是胭脂碎真的可以改变星辰,那它顺天意而为颠倒乾坤,就是要维持这个世界。"

改变这个世界,就是要维持这个世界运行下去。

或许事实就如泓先生所说,原来的世界出现了裂痕,胭脂碎顺天意,逆转时空,就是要改变要弥补,让这个世界维持下去。

"丫头,阵法学会没?"泓先生已恢复常态,如玉清淡。

"差不多吧……"

"差不多?"泓先生疏眉高挑,"十天后丫头若是通过了天权考验,想要先生做什么呢?"

我轻咬唇角:"丫头想请先生为他疗伤……"

泓先生敛眉道:"救他?"

我轻点头:"必须救!刚才先生也听到了一石三鸟之计,我,上官家,柳家把全部身家性命尽押于此。所以它只许成功,不许失败,我与洛谦一定要活着离开拓跋,回到西华。"

泓先生浅笑道:"怕是理由不止这些吧?"

我眼睑下垂,默默不语。

"他的伤倒是小事,只是如何回西华?"泓先生继续道:"想逃离拓跋王庭不难,难的是如何过戈壁穿沙漠,逃脱掉拓跋阳的追捕,安全抵达平罗。拓跋阳武功虽是一流,但却并不是他最厉害的地方,他最擅长追踪之术。拓跋人从小与马为伍,对马常常比对人更为熟悉。拓跋阳更是其中翘楚,天赋异禀,可以仅从马的脚印推断出马奔走的方向,甚至还可以估出马上负重多少,已走了多少时辰。因此要想逃脱他的追捕可以算是难于上青天了。不过,这事虽难,也不是完全没有机会。等上一段时间,便是七月十五,是拓跋人的传统节日拜火节。到时候拓跋人举行盛大庆典,场面难免混乱,是逃脱的最佳时机,到时我会安排好一切的。"

第十六章

杨 柳 心

草坡上,泓先生手执断枝,又舞了一套剑法。

"丫头,记住了几招?"

我无奈摇头:"丫头没有学武的天赋,记下的不足两招……"又垂下眼睑,沉默一会儿,才抬头莞尔,"泓先生,这世上保命的不是武艺,而是头脑!先生对此应是最为了解,也不要逼丫头练武了,说不定丫头花架子一出,真的毁了诸葛家的盛名!"

泓先生甩手抛掉树枝,抿唇浅浅一笑,眼里闪过几许无可奈何:"第一眼看丫头就知道不是一个练武的料,不及流苏一半天赋,骨骼太细受不住练功的苦。"

"是啊,丫头懒着呢!"我眨着眼,铃铃笑出声,"以前在一品竹时,就常背着先生和云表哥偷偷去清茶溪摸鱼,连功课都是哥胡乱帮做的……"

"去疾好吗?"泓先生琥珀似的眼里滑过淡淡的希冀,却问得小心翼翼。

我猛地点头:"好,哥很好!早几年前就当上了骠骑将军,骑马扫视三军,威风十足!"

"他还是入了官场……"泓先生眼中的绚丽骤然消散,手臂轻颤,缓缓地抚摩上我的额头,直到手指滑过我肩后的发尾,才淡然道,"丫头,如今再也没有竹林里的去疾了,以后也不能像个小孩依靠着他。他现在是披甲执剑的将军,剑锋锐利,一不小心就伤到了身边人。丫头,离远些……"

我轻嗯一声,望向夜空极北方,那里有颗明亮的星,传说可以指引迷路的人回家。

"回去吧!"泓先生转身,面朝远方连绵起伏的帐篷,低叹道,"丫头,流苏那孩子……没有去疾,她是最坚硬的盾……为了去疾,她就是最锐利的矛……"

夜风拂起先生的长袍,勾勒出清瘦的骨架:"她有一点随我,感情太激烈,一旦深

陷不能自拔……丫头……不要怨她……"

"——她只是一个寻求最初温暖的孩子!"

我面对泓先生的背影郑重点头。

他们是一类人,有着不顾一切的爱,从不问回报。

如果,我与他都有这样歇斯底里疯狂的爱,会怎样?没有想下去,跟着泓先生回到了王庭内的帐篷。

"丫头,十天后来考你的天权阵法。"泓先生离去。

大帐内空荡荡的,冷清无声,心头似乎有一群蚂蚁在噬咬,痛而灼热。

我知道心里生出了一种不知名的力量,开始被它牵引。

掀开毛毡一角,透过缝隙窥探外面走动的巡逻兵。高大士兵身上的铁甲随着走动发出金属相撞的清脆声响,没入了远处的深夜。

我猫腰踮脚步出帐篷,随后极快地隐身于长及腰间的草丛。屏气等了一会儿,数名士兵又是大步走过帐篷前。手心里冒出一层热汗,脚步迈得极小而慎重。这是我第一次单独行走在北斗辰阵内,也不知能否顺利通过来回交错的佩刀士兵。

心里默念起泓先生教的口诀:紫微转太徽,青龙变白虎,角亢西移……而后启动咸火阵,东南斜七步,正北五步,定于朱雀轸位……

长裙拂过青绿的草茎,有一阵微微的细响。路过之处,脚下的青草被踏碎,散发出幽幽清新芳气。黑暗里不知名的昆虫扇着翅膀,吱吱地响。偶然狭长的草尖掠过脖子,不禁轻吸一口凉气,忍住喉咙里的欢快笑意,以及稳住猛然加快的心跳。

像是黑夜里的一场私奔,带着慌乱的脚步,追寻心底的悸动。

清华的月光洒在草尖上,随熏暖的夏风,盈盈起舞。从一个帐篷奔向另一个帐篷,恍然间只觉自己像是很多年前的柳依依,不顾一切地逃亡进一个人的怀抱。

心跳在加剧,徘徊在厚厚的毛毡前。

手挑开一丝缝隙,又犹豫着放下,直到听见沉重的脚步声和铁甲的撞击声,我才侧身入了帐篷。

黑暗,沉静,几乎听不到人的呼吸声。

帐篷内黑得几乎不见物,摸索着向前迈了数步,暗夜里几缕若有若无的清水墨香冲击着嗅觉。熟悉的墨香似乎化成了无形的丝网束缚住双脚,再也踏不出半尺。

到底着了什么魔?自己会坐立不安潜入他的帐篷!

胸膛左边的一颗心好像困入了着火的屋子,进退不得,却烫得灼热。

缓缓地抬起微颤的手臂,手指在冰凉的空气里探寻,向前,向前,那如梦般的墨香就游荡在周围。

烫热的心中涌出异样的渴望,只想紧紧地攥住漂浮的墨香。

指尖突地受阻,指腹下是光滑肌肤,同时温暖的气息像流水一般,沿着我微凉的手指下的血脉,传入猛烈跳动的心脏。

"扶柳,是你吧?"

淡淡的声音就在近处的正前方,我的掌心可以感受到他呼吸时的温度。

极快地缩回手臂,连忙后退几步。

黑暗里似乎是撞到了什么,小腿一阵发麻。又胡乱地移动步子,根本不知道脚应该落在哪里?

脑子就像眼前的一切,黑洞洞的,没有任何想法。

慌忙中,脚踝处狠狠地磕上了刚才碰倒在地的家什棱角,一吃痛,便站不稳,整个身子直直向前倾倒。跌落时出于本能,几乎想也没想,双手抓住了前方的直立物。

手心一滑,他温暖的身体随着我一起跌在矮榻上。

耳垂处有柔和气息滑过,像是白羽在轻轻摩擦,生出莫名的燥热。随之便是一叹:"半夜里的笨贼,连站也站不稳,怎么偷东西……"

急急反驳:"整个帐篷没个值钱的东西,能偷什么?"

他轻叹,却带着某种满足:"那东西的确换不到金子,你偷去便偷去吧!"

"我不偷!"

"拿走了便不能还……"

顽固的争执中,脸颊上突然间覆上了几点滚热的液体,瞬间刺鼻的血腥味蔓延开来。心像是被一双大手扼住,止不住地疼,急忙伸手触摸到他的唇角,腥热的液体不断地流下。

僵硬的脑子突然运转,方才的比武,他倒下时衣襟处的鲜血,统统呼啸地挤入脑海,似乎深夜里来就是为了看一看他的伤势,让自己安心。

心没有安定,只有更加的混乱。

"我马上去请泓先生来,先生一定有办法治疗拓跋阳的什么无相大印掌……"

挣扎起身时,才发觉他的手臂环着我的腰,异常顽固。

"偷去的东西,要不要?"

"你受了内伤,在流血……"

"要不要?"

"要,我偷了再也不还了!"

他咳嗽着笑起,空气里的腥味更重了。

"这点小伤不必去麻烦无双公子了,我休息几日便可痊愈。"

我僵住,现在才意识到情急之下自己说漏了嘴。如果没有随泓先生夜探,哪里知道他与拓跋阳的比斗?

咬唇缓缓地问出一句:"你都知道了?"

黑暗中,我只能感觉到他似乎点了头,刚溢出的鲜血滴入了我的脖子,很烫。慢慢地压在腰间的力量消失,他的手臂软软地落在矮榻上,发出空洞的声音。

极快地撑起身子,跑到帐篷边缘,用力扯开牛皮帐子,月光一下子涌进,夜里的夏风吹冷了落在脸颊的血,也平静了猛跳的心。几乎是强迫自己冷静下来,环顾周围,取了铜盘里的白麻布,再次回到矮榻前。

淡淡的月光下,他安静地躺着,犹如熟睡一般,似乎连呼吸也静得没有了。这样的静谧,我却觉得彻骨寒冷,目光游弋在他的脸上,苍白的面颊,唇角的累累鲜血,毫无生气的画面。手不禁颤抖,白麻布落在了他的胸口。

"难道无双公子没有告诉你,身受无相大印掌会气血郁结内力受阻,三日内必有淤血流出……"他半睁开眼,黑瞳依旧亮得像夜里的星辰,血却又溢出些。

有的时候人并不是刻意冷静便可心中漠然,所以我现在还同方才般乱如麻:"我又不懂什么武功,先生说春风化雨功也是绝世神功,怎么就挡不住拓跋阳的一掌呢?"

他眼眸微垂,眼睫下的浓重阴影挡住了眸色,只听见淡淡的叹息声:"果然是瞒不住无双公子……"

蓦然,我身子僵住,嗓音微哑,问道:"其实,你全部都知晓,是不是?"

"扶柳,这世上能困住你的阵法,除了无双公子诸葛泓还有谁呢?"他全身好似木头般僵硬,只有薄唇缓缓张合,"你没有任何功夫,能深夜里不惊动兵卫到这里,一定是破了这高深的阵法……想来也是联系上了拓跋国师无双公子……"

他的声音很轻,偶尔还带着几声咳嗽。

"其实无双公子心中的疑惑并未完全解除吧?"他唇角上扬,几缕鲜血随之扭曲在白皙的颔下:"他明明知道你不会内息功,迟早会被我发觉,却依旧让你在帐篷外偷听,无非是想通过你来问出一些东西……"

手脚发凉,我努力不让身子发颤,忍了好一会儿,才开口:"如果我问关于迦南教和白飞的事,你会告诉我吗?"

静得让人窒息,我端坐着,背脊绷得紧直,心里默默地告诫自己,无论怎样的回答,就算是绝情得像千斤大锤砸在心窝,也必须挺直了腰!

"不会!"他合上了眼,极淡的声音缥缈在掺和了墨香的空气里,"扶柳,我不想骗你……"

又是一缕鲜血沿唇角溢出。

我慌忙拿起掉在他胸前的白麻布,擦拭起来,却发现怎么也擦不尽,血依旧流,染红了素白粗布。

手背蓦然一凉,上面有一滴水珠在滚动。

我深吸气,眼眶有些酸:"我马上去求先生!"

跨出一步,手腕就被铁锁固住似的,牢牢不动。

他双眼闭着,如同安睡般,可右手却紧攥着我的手腕,勒得手腕周围都红肿了……"静静地陪我一会儿就好……只要一夜气息就通顺……不会再咳血了……"

挣脱不得,只能安静地坐在旁边,听着他匀长的呼吸声,意识渐渐模糊。

第二日醒时，发觉自己蜷缩得如同母亲肚中的婴儿，依偎着他，像是寻求温暖的小孩。

我眼皮抽搐几下，无声无息爬起来，咬唇走到一旁的水盆前，拿起一方棉布沾了凉水，擦拭起昨夜滴在脸上的血迹，直到觉得脸颊的温度降到了正常水平，才掀起帐篷毛毡，准备呼吸新鲜空气。

帘子掀开，砰地撞头，我捂住额头猛吸冷气。

"果然在这里！"林宝儿也是捂住额头，疼痛中极力笑道："大清早守卫忽然跑来说洛夫人不见了，我就想你能跑哪儿呢？还不是只有这儿……"

我冷道："想怎么办？"

林宝儿叹息："能怎么办？拓跋阳昨夜挨了一掌受了内伤，我守了一夜，哪有什么精力管夫人私自夜奔的事？只能多派些士兵看住了。"

我望了帐外，果然多了不少披甲执戈的拓跋士兵。最初他们仰仗着泓先生的北斗辰阵，困住了洛谦与我，如今我夜里私逃，无疑告诉了他们北斗辰阵已经无用，所以林宝儿才急忙调集了大量士兵围住帐篷。

"洛相安好？"林宝儿的目光越过我，向里面探寻。

我移步挡住她的视线："很好！"

林宝儿浅笑："我怎么闻着有股血腥味啊？"

挥袖扇了扇，我轻皱眉头，盯着林宝儿的眼睛道："我闻着好像是你身上散出来的血腥味？"

"有吗？"林宝儿低头一嗅，"大概是照顾太子时沾上的血味吧？"

"太子既然病重，你怎会有心情在这里与我浪费时间呢？"

她脸色一变，转而蒙上一层哀色："你我在这世间活得都不容易，好歹也算半个亲人，我对你说了实话，帮我出个主意。"她秀眉紧蹙，眼里流出几缕愁绪，"阿阳如今昏迷，根本无法顾及我，而我初来王庭时得罪了他的大老婆，估计这几天那女人便要想法除掉我了……"

"太子大约需要三七二十一天闭关疗伤，这段时间内你能保证我们的安全吗？"洛谦平静的声音从帐内角落徐徐传出。

林宝儿点头："洛相能保证我无恙，我便能保证这里的安全！"

"很好！"帐内响起低沉的嗓音，"太子的正妻是拓跋大族桑格尔部酋长的嫡女，但一年前桑格尔酋长却请了一批神秘的西华打铁人在格塔山内锻造精铁兵器……"

一炷香后，林宝儿福身笑道："多谢洛相指点！"

她离去时，帐外拓跋士兵的长矛锋刃处正发出阴冷寒光。

天朔九年，七月十五，夕阳如火。

很多天都是安宁的，现在住的帐篷没有原来的大，晃来晃去人也只有两个，可好东西却源源不断地送来。今儿说是右贤王的心意，明天就有林宝儿呈献的感激，总之，小毛毡篷子里挤满了各类豪华摆设，恍若还在长安的大宅深院里。

隔着黄花梨六扇屏风，听不到任何动静。

大概他在看书，或者运功疗伤。我放下算筹，身子歪歪地陷进宽大的躺椅中，闭上眼养神。当初拓跋士兵扛进这个躺椅时，我就两眼发光，终于，不用再每夜提心吊胆地昏昏睡去，第二天清早睁眼看见一张咫尺之距的如玉脸庞，然后眼皮抽搐。

对于这种怪异的行为，我只能将它归结于非典型梦游，大概由于多年的娇生惯养，自己潜意识中不肯吃苦，所以入睡后，因不能忍受缩在角落而没有温暖床铺的折磨，会主动地挤上那一方小小的矮榻，然后……

一切在各种慰问物品进帐后发生改变，用屏风将帐篷一分为二，以刻苦学习阵法为由闭关修炼，窝在躺椅里，果然再没发生非正常行为。

"丫头居然在偷懒！"清润笑声在头顶响起。

我急忙睁眼抬头，帐篷顶子上的一块毛毡已被掀开。泓先生纵身跃下，手指轻弹我的额头："浪费光阴，不好好学……"

"晚辈洛谦见过无双公子。"洛谦绕过屏风，对泓先生施了一礼。

"岂敢令洛相折腰！"泓先生面容清冷，袖底生风，托住了洛谦下拜的手肘，"只不过有几句私话与徒儿一讲，还请洛相回避片刻。"

洛谦黑沉眼眸扫过我，淡淡浅笑："那晚辈便不再打扰了。"说完就掀起毛毡出了帐篷。

我把弄算筹，盈盈笑道："丫头学得可认真的，任先生考！"

"不要扯开话题，他是什么人，你心里清楚吗？巴巴地向着人家……"泓先生琥珀眼眸颜色深沉，盯着我絮絮说了一会儿，忽而叹道，"丫头人大了，心也留不住的！算了，还是先办正事，把天权阵法九九八十一种变化的图纸给我看。"

我依言将画过图纸的一册纸递给泓先生。

泓先生略略翻过几页："丫头，起个誓吧！"

虽然不明所以，我仍旧照着泓先生的话，举起右手，对天起誓。

"好，我说一句，丫头跟着念一句。"

"丫头知道。"

"天权门弟子上官扶柳面北对诸神起誓，受之天权，宁死不滥用，否则天雷焚身，魂魄无存！"

"天权门弟子上官扶柳面北对诸神起誓，受之天权，宁死不滥用，否则天雷焚身，魂魄无存！"

泓先生缓缓放下手臂，抚过我的头顶："扶柳，记得你的誓言，以后不论怎样切不可因为私情而枉用天权。"

我点头:"请先生放心!"

"也包括他。"

"丫头明白!"

"他的野心太大,所以记住今日立下的誓言,不因他而开杀戮!"泓先生淡淡地说,琥珀眸子却射出强大的压迫目光,盯着我不禁背脊生凉。

"丫头,可曾记得天权来历?"

"武乡侯言:此乃上天之权,吾等凡人慎用!"

泓先生轻拍我的肩膀,似乎是一种仪式的传递:"任何时候都要记得这句话,慎用,用之不慎,便有天谴!"

"丫头谨记一辈子!"

"好,那枚天权玉牌带在身上吗?"

"在,从没离身过。"我从胸前取出玉牌。两寸长一寸宽的羊脂白玉,一面雕龙,一面刻字。

泓先生接过玉牌,眼神复杂,手指来回摩挲一会儿,忽而坦荡一笑:"真是年纪大了,担心这担心那,连性子也放不开!"又望向我,笑道,"上天注定也好,上天谴责也罢,我诸葛泓便将它传给丫头!管它天翻地覆,海潮翻滚,我自问心无愧笑对天地!"

泓先生手掌一翻,露出一枚小巧银刀。刀锋淬寒,轻轻贴上先生手指,便立即有血丝涌出。泓先生面色肃容,用带血的手指轻轻描绘着玉牌上的"天"字。银刀突转,对着我,泓先生盼咐:"割破手指,血书'权'字!"

刀刃划过指尖,几乎没有丝毫痛感,血顺着锋刃滴进土里,很快不见,寒锋依旧,似乎不曾沾染血迹。

沿温润玉痕写下"权"字。

最后一笔落下,羊脂玉像是松软的土地,将鲜血吸尽。玉质清透,血丝丝渗入玉中的流程清晰可见。一点一点地晕染,最终将整个字浸成鲜红色。

天权!上天之权!

"丫头,跪下!"

我低头缓缓跪下,面容肃静。

泓先生将天权玉牌郑重放入我掌心:"先祖在上,今日天权门第十六代门主诸葛泓正式传位于第十七代门主上官扶柳!"

我猛然抬头,直直盯着泓先生:"先生,我……"

"我知道你要说什么!你也不必推辞,其实我最初也并非想传给你的!"泓先生轻叹,"当初一心一意教导去疾,原本指望着他……可惜啊,深陷了官场,再也不是年少时不染污泥的人……"

垂下眼眸,握紧玉牌,我字字坚定道:"上官扶柳决计不以天权阵征战四方,乱造杀戮,换取自身权势!"

第十六章 杨柳心

"起来吧！想用也用不了！"泓先生弯腰扶起我，他琥珀色的眼珠散发出柔泽光芒，像是雨后的湖泊，"丫头，学了所有的五阵，你觉得可以将它们融合成天权阵吗？"

"不能！五阵相互牵制，根本融合不到一起。若是强行糅合，怕是要……"我摇头。

"强行糅合，五阵相冲，逆天而行，必是阵毁人亡！"

我不解："这样岂不是不存在真正的天权阵？"

泓先生浅笑，眼眸转向玉牌："先祖武乡侯创了一套流回诀，引导五阵相融。只是这套口诀不传天权门主，而在公输家代代相传。所以几百年来，天权阵法极少现于世间。"

"公输家？"

"巧手夺天功的公输家！将来丫头有机会遇见将玉牌交给公输传人看看，他自会辨认真伪。只是他说不说出流回诀，却是他自己的事，天权门主也勉强不得半分！"

"难怪天权阵几乎没有现世过……"

"我也遇见过公输家的倔老头子，只不过他看我不顺眼，不肯告知我流回诀！"

低头瞧那天权玉牌，已经恢复成了白如玉的模样，再也查不到一丝血痕。大概是武乡侯认为天权阵杀气过重，所以才弄了许多怪规矩……

"洛相怎么单独在帐外吹冷风呢？"声音娇脆，是林宝儿。

"看看拓跋拜火节的胜景。"

"洛夫人没有陪着吗？"

"她有些乏，不想吹风。"

一问一答，有条不紊。

"竟然是她来了。"泓先生神色一变，纵身一跃，抓住帐篷顶上的绳索，双脚轻巧一勾，便靠着绳索定于空中。

我也立即正身坐下。

帐帘随后就被人掀开，林宝儿款款行来。

我轻翻着案几上的书，低头浅笑道："宝儿妹妹怎么不陪着太子参加宴会，却反而到我这冷清之地。"

林宝儿并没有反驳，甚至没有说一句话，只是将秀眉皱得极紧，似有沉重心事。她欲开口说话，却又是不发出半点声音，如此反复几次，终是一咬嘴唇，将一卷羊皮纸抛在长桌上，切声道："罢了，你我到底有些情谊，还是给你吧！"

我摊开一看，密密麻麻的线条："给我地图做什么用？"

林宝儿目光如炬，直视于我："你又何必假装，反正还是准备要逃离王庭的！"

我冷声打断林宝儿："我的确有心逃跑，但凭我一介弱质女流，他又有伤在身，我们如何逃出这铜墙铁壁？"

林宝儿冷笑道："上官扶柳，你这话拿去骗骗他人或许还有效果，但你我知根知底，又何必用这假话来唬我。那日你写诗让我转交葛先生，请他指点一二。我是没有看透其中玄机，但我却是能肯定诗中一定有问题的。如果我猜得不错，你与同样来自西华江南的葛先生应该以前熟识，你想借此联系上葛先生，商议逃脱大计。而今日又是拜火节，大家都守备松懈，现在就是逃脱的大好时机，你……"

一条青影从天而降，两根白玉指急速地封住了林宝儿的全身大穴。泓先生微微笑道："你也是个聪明的丫头，只可惜你知道得太多了。"

泓先生右手化掌，掌边隐含白光，砍向了林宝儿的脖颈。

我急急道："先生收下留情！"

泓先生叹道："丫头，她可是知道了我们的秘密，况且她乃拓跋阳之人，若留下她，将此事告知拓跋阳，我们就逃不掉了。"

我缓缓走到林宝儿面前，盯着她的清丽双眸，笃定道："先生，她并未将此告诉拓跋阳。若是如此，就不是她单身一人来此，而拓跋阳带领军队将我们包围了。"

泓先生掌中白光渐消。

"丫头还请先生解穴，有句话想要说清楚。"

林宝儿目光一沉，咬牙道："上官扶柳，休想因为你的一点恩惠，我就会听命于你。"

我幽然长叹："林宝儿，若不是你选择拓跋阳，或许你我将是难得的知己。"

林宝儿一愣，随即无奈一笑："一定会成为朋友的。"

我深吸一口气，坦然直言："成一刻朋友也好！作为朋友我将实情全部告之，葛先生其实就是我的授业恩师，我们计划在今晚逃离。"

林宝儿似有极大的震撼，眼光复杂，明暗闪烁。

"丫头，时辰已不早，我们快走。"泓先生催促道。

或许是相处久了，竟产生了一丝奇怪的相惜之情，我望着林宝儿的娇颜，失落道："保重，后会有期。"

林宝儿眼眶中忽闪有光芒，一行清泪滑落脸颊，却是恨声道："最好后会无期，日后你我相见定是各为其主，到时莫怪我不再留情！"

我亦咬牙道："再会若是敌人，我亦全力以赴，决不留情！"

一掌落下，林宝儿闷哼一声，随即到地。泓先生叹道："自古多有互为欣赏的敌人，少有心意相通的朋友啊！"

"快走吧，我只用了两成的力将她打晕，待她醒来时我们就难得离开了。"泓先生边说边带着我走出帐篷。

仲夏草原之夜，星月洒下温柔的光晖，浅风拂过茂茂长草，在一片银色光晕之下，荡漾出层层银白波浪。就在这静谧之时，洛谦从容转身，一身白衫反射着淡淡月光，如墨发丝如锦缎般飞扬在空中，嘴角勾出完美弧度，散发暖暖笑意："私话说完了？"透着慵懒的微哑声音就这样飘散在盛夏月夜中。

"倒是让洛相久等了。"泓先生冷冷回道，"既然洛相等不及了，就请处理掉这些碍眼的大块头。"

对于泓先生的冷淡，洛谦好像并不在乎，嘴角依旧挂着一抹微笑，不缓不慢抬起手，手指间是削尖的木片："还请无双公子指教一二。"

木片激飞，撞向各个方向的拓跋士兵，数声闷哼后，高壮的身影纷纷倒下。今夜是拓跋的拜火节，大多数人都在篝火边庆祝，只有少量的人还在守卫。

泓先生眼眸微眯："看来洛相竟骗住了拓跋阳，让他相信你被无相大印掌震伤五脏，至今仍是咳血不止，所以拓跋阳才放松警惕！"

"差不多。"洛谦浅笑回首。

曲折婉转出了王庭，踏上草原的柔嫩青草，发出细微响声。

我微眯起眼，瞧着不远处的前方，一轮满月，点点繁星，三匹骏马。

"丫头，跟我来。"泓先生牵着一匹枣红骏马，走到离洛谦大约有十丈远的地方才止步，回身对我低声道，"丫头，既然你们尚无夫妻之实，回到西华后就立即解除关系。若那上官老匹夫再逼迫你，丫头就告诉先生，先生定会为你撑腰，去找上官老贼算账。"

没想到泓先生清雅脱俗之人也能讲出这等浑话，"上官老贼"如此流利地脱口而出。我不禁抿嘴一笑道："倘若扶柳受欺侮了，定会第一时间找先生撒娇的。"

泓先生却是淡眉微皱："丫头，莫要再当做说笑话了。要将先生离别前的这番叮嘱记到心坎里。"

离别？我一怔，止住笑意："难道先生不与扶柳同回西华吗？"

泓先生眼眸一闪，散发出的宁和光芒取代了以往的忧郁："那夜在山坡之巅，突然醒悟，也算是小有悟道了。天地万物自有定数，不容我们刻意改变。若是真有那改变天地的神物胭脂碎，胭脂碎真的转移了星辰，那也是顺应了天意，我等凡人岂可强求。"

"既不在意胭脂碎，留拓跋与回西华又有何区别呢？在以前漂泊的日子里，我曾听西域商人说过，西方的大食国有一种不同于中原的术数，唤作占星术，堪比易经。我也想去游历一番，见识一下番邦术数。"

泓先生原本是个极痴情之人，数十年来相伴柳依依左右，这一路坎坷饱受痴情之苦。他若能放开心中情结，也未尝不是一桩美事。思及此，我欣然一笑道："先生到大食国学成占星术，可一定要回来让扶柳见识一番。"

我哪里是想让泓先生教我占星术，就是现在我都可以立即告诉先生十二星座之事。其实我只是想日后还可再见上泓先生一面，虽然我与泓先生仅相处短短几年，但比之上官毅，我与先生恐怕更像父女。

泓先生何等聪明之人，怎会听不出我的弦外之音，便怅然叹道："丫头，有缘自会再见的。还有那洛谦城府极深，若日后相处，你怕是会吃苦不少。听先生一句话，不如趁现在了断关系，以免将来徒惹伤心。"

我勾了勾唇角,徒然薄笑,若情丝是一挥剑就能斩断的,它就不是情丝了。

泓先生极快地翻身上马,未留下任何时间让我说一声道别,仅留下一滚尘土。我怔怔地站在原地,望着泓先生不再寂寥的背影渐渐远去,不禁莞尔一笑。在银华的月光下,我看到了,泓先生留下的晶莹液体,洒落半空,虽只有寥寥几滴,却已足够。正如泓先生心中有娘,那娘也许就在伴着泓先生漂泊天涯。我记着泓先生,那离别与相见又有何区别呢?

望了一眼已小的模糊不可辨认的背影,我缓然转身,浅笑着走向洛谦:"泓先生脾气古怪,你莫要在意。"

洛谦温和笑言:"你也莫要在意,日后总有相逢的一天。"

我笑了笑,走到马边。泓先生心思缜密,挑的都是可跑千里的良驹,且配好众多物件,大至遮蔽风沙的斗笠,小到清水干粮一一俱全,甚至连马掌也用柔软羊皮包起。这样虽然不能安全消除马掌印,但也能缓一下拓跋阳的追踪速度,赢得时间返回西华。

我深吸气,手脚并用地跨上马。虽说姿势极为不雅,但经过努力也终是骑上了马背,望着天边明月,我略带豪气道:"策马而行,我倒要看一下你拓跋阳,怎能奈何于我!"

顿时一阵清朗笑声响起,我侧头看去。洛谦虽是满脸笑意,却是狐疑问道:"世代大将上官家中也有人如此上马?扶柳,你会骑马吗?"

我立即狠狠地瞪了洛谦一眼,可心中的确是底气不足。我长久居住在江南西泠,从未练习骑射,只是小时候在长安将军府时跟着哥粗浅学过几日。可我性子倔犟,岂肯轻易低头,当下一挥马鞭,奔驰而出,还不忘回了洛谦一句:"时日不早,若洛大人想留下来为拓跋效力,那扶柳就先行告辞了。"

随后一连数日策马快行,穿越漠漠草原,抵到腾格里沙漠边缘。

这些天我虽骑术不精,但好在以前跟着哥学过几日,也有点儿底子,再加上洛谦从旁指点一二,所以也算是策马而行了。

腾格里大沙漠绵延数千里,万里风沙,实乃人类的禁区。除了军队与商人,很少有人会横穿腾格里沙漠。但如今情势所迫,我与洛谦为摆脱拓跋阳的追捕,不得不涉险进入这变幻莫测的沙漠。

洛谦的一袭白衣早已沾满尘土,变成了淡黄长衫。连日奔波,他已不似往日俊雅,满脸疲惫之态、憔悴之色,只是唇边的淡淡笑意从未消失。我亦淡然一笑,估计自己也好不到哪里去,风沙摧残,指不定脸上横生了几条皱纹。

刚进沙漠十里,天色就变得极暗,周围风啸声四起,阵阵狂风吹得黄沙漫天,根本已睁不开眼。

"快下马,莫要让风沙迷了眼。"突然手腕一紧,我已被洛谦拉下马,接着就被按

趴在沙漠之上,"遇上沙漠风暴了,虽然猛烈危险,但只要伏在地面上……"

风啸声越来越大,似隐隐含着雷鸣之声,洛谦后面的话也就被狂风啸声盖住,听不清楚了。不过我倒也知道,遇上风暴的最佳方法乃是趴于地面,因为暴风对地面的冲击力是最小的,所以我趴在沙漠之上,一动不动。

这沙漠中的风暴来得快去得也快,只一刻钟便风平浪静了。

感觉狂风已过,我才微微抬头,便瞧见身旁的洛谦也同我一般,趴在沙漠上,身上盖着一层薄薄黄沙。

此时晴空初露,太阳亦从乌云之中拨出。我缓缓起身,拍落一身黄沙。洛谦也已起身,坐在沙漠之上,嘴角挂着一缕笑,不知是喜是悲:"也算幸运,没有卷入狂风也没深埋黄沙,只是马儿不见了。"

我这才发觉,狂风过后两匹坐骑不见了踪影。若无马,假设幸运或许我们还可徒步回平罗,但没有了马上所负的干粮与清水,则是寸步难行。更重要的是林宝儿所给的西域地图也放在了马上,茫茫沙漠,没了地图,如同坠入地狱。

我不由心头焦急,迈步小跑到沙丘之上,眺望四周,希冀可以发现马儿的踪影。可却是沙丘壑壑,一望无际,似乎天地之间除了这漫天黄沙再别无它物。顿时心中涌上一股颤心的恐惧,这苍凉荒漠中不知掩埋了多少白骨,难道我们也将埋骨于此?

"马儿自然会被狂风惊得奔走的。"洛谦不知何时也上了沙丘,站在我的身后俯览大漠,说话平淡,就像一位江南士子谈论烟雨美景般云淡风轻,一股安宁的气息从他身上散发而出,慢慢地绕住了我,"不如我们边走边找吧?或许还能碰上一支商队,这样多了一些人同行,不似两人般孤单了。"明知他话中只是安慰,哪有这般好运气可以遇到商队?但我的心不知怎么的就平静下来了,不像方才般急躁。

一阵清风拂面,洛谦迎风而行,衣袂飘飘,真似飞仙般,我不禁跟着他走向沙漠深处。

盛夏沙漠,骄阳似火,炽热的阳光恰似一把炎热利刀刺入我的皮肤,刺痛难耐。可我知道我必须咬牙挺住,因为我要活下去。人一旦遇上生死关头,求生本能就会被激发出来,变得坚韧无比。

已经在这寸草不生的腾格里沙漠走了一天一夜,却未进滴水粒米,现在我仅凭一丝意志,强迈着步子跟着洛谦。

太阳真毒,不过阳光却十分漂亮,五颜六色,流光溢彩,迷幻着我的眼。呼吸越来越沉重了,为何现在吸一口气都这般艰难?为什么我听不到洛谦的脚步声了?

眼前全是一片金黄之色,绚烂极点,可我实在是累极了,只想休息一下,就只要五分钟的休息时间,恍惚间我闭上了双眼。

睡着真舒服,像是躺回了软绵绵的床上,只是被子好像太单薄了些,根本就不保暖。

一阵刺骨寒风终于将我激醒,我悠悠睁开双眼,映入眼帘的竟是缓缓而动的沙漠。这到底是怎么回事？我不由得收紧了双手,手似乎被什么东西搁着了,正要细细查看之时,清扬之声忽从耳边传来:"醒了吗？你受凉有点儿发烧,不要乱动了。"

原来我是伏在洛谦背上,双手挂在了他的脖颈之间。洛谦的温度透过衣衫不断地传来,一时间我不知所措,也不知该说些什么了。

"沙漠日热夜寒,大概是昨夜受的风寒。"沙漠之中白天温度奇高,热似蒸笼,夜黑则寒如冰窖。这温差极大又无添加衣物,我应该是牵引旧疾,小染风寒,挺一下或许便没事了。

夜幕已经降临,沙漠起了阵阵凉风,我轻声咳嗽,声音些许嘶哑:"我已经好多了,你也累了吧？不如先休息一会儿。"

洛谦一声深叹,缓缓将我放下。大概是许久没有脚踏实地了,我刚立住,脚底一阵发软,又倒了下去。我靠在了洛谦肩头,跌坐在沙丘之上。

就这样,我没动,他没动,我们一直维持着这个姿势。

我淡然轻笑,微微仰头,尽览苍穹。在这天地苍穹中,人何其渺小,人的生命又何其渺小,或许我的生命就结束于浩瀚黄沙中。

沙漠的天空如清水般澄净,碧蓝碧蓝的,幽幽不见底。

眼前之景就是,月光如水,黄沙似镜。

月光如水,黄沙似镜,让我想起小时候,小时候,也是在这如水的月光下,娘抱着我轻声述说着往事。那天,月光如水,黄沙似镜,我遇上了他……

恍惚之间,我似乎看到了娘的脸,苍白的容颜,忧郁的眼眸。

心底瞬间弥漫起一股苦涩,苦涩得很,苦涩得我无法承受,只想将它倾吐而出。我轻声说道:"洛谦,我给你讲一个故事吧！"

"嗯。"淡雅的声音仿佛是从天边飘来。

"很久很久以前,我也不知道久远到了什么时候。有一个少女,她美丽而且骄傲,心比天高。她在及笄之年便接下祖业,经商不让须眉。可是有一年,就在她经过丝绸之路时,遇上了一群凶残的拓跋人。拓跋人很快地将她同行的家丁杀害了,她绝望了,犹如沉入深潭。"

"后来,她说,那是上天给她的一份惊喜礼物,因为她在绝望之中看到了未来的幸福———一个骑着白马的英姿少年。英气勃发的少年救了她,并在她耳畔轻声呢喃道,扶风弱柳,果真江南女子。"

"后来,她将'扶风弱柳,果真江南女子'铭刻在了心里一辈子。少年与少女一见钟情,私定终身。"

"后来,少女爱得决绝,决绝地拒绝了一个同样优秀少年的爱。半年后,少女怀揣着美好的爱情,北上成婚。"

"再后来,少年成了将军,少女也经岁月洗礼成了妇人,爱情也消失殆尽。"

"再后来。少女病入膏肓,临终前要她的女儿问上少年一句,曾经真心爱过江南

的柳依依吗？"

"再后来，也许是八年，九年之后或许是更久之后，长大了的女儿才问了将军。"
不知怎么的，感觉喉咙被什么东西堵住了，我再也说不下去了。

"为什么这么多年之后才问？"洛谦问道。

"因为怕在天之灵的娘听到答案后心碎。"

"那又为什么问了呢？"

"因为怕，怕以后就再没有机会问了，娘永远都不会知道答案。"

"答案呢？"

"曾经刻骨铭心。"我的声音完全哑了，眼中也是氤氲一片。

"这就是曾经沧海难为水，除却巫山不是云。"洛谦说得很淡，淡得似在叹息。

曾经沧海难为水，除却巫山不是云。这也只是从我所知的事情，推断出的上官毅之与柳依依的爱情，可究竟如何恐怕还是他俩最为清楚吧。

不由得忆起，那年除夕大雪夜，爹剑指哥的咽喉，冷声道，你何时赢我，我何时告诉你原因。不知如今十年后，哥是否打败了爹，知晓了当年娘独自离开的原因。或许匆匆岁月早已冲淡了哥的记忆，没有再向爹提出挑战了。

人生漫长，不知什么才能记住一辈子？人生短暂，不知什么又值得记住一辈子？

唉，我幽幽一叹，人面临死亡之时，倒全部放开了。我心中已没有了昨日失马之后的慌张恐惧，在这将死之时，心中却是一片沉静。只是在这一片沉静之下似有波澜，一丝不甘，一丝后悔。

月光如水，黄沙似镜，若说柳依依爱得决绝，爱得一往无前，爱得不计成败，可她却终生不悔。那我呢，小心翼翼，一辈子藏在心底吗？

是的，我不甘心，既然就要葬身沙漠，那我要在临死前，问清楚我的爱情。

心跳得飞快，我努力压制住全身的紧张，轻颤说道："洛谦，我告诉你实话吧，谈朋友的真正含义——"

"嗯"若有若无的淡雅声音。

跨出了第一步，心却怯了，我轻抿起嘴，慢慢湿润着干枯双唇，心里百转千回，终于合上眼，怯声道："算了，还是不知道的好。反正就要掩埋黄沙了，到时候见到阎王再说也不迟。"

一声叹息，带着淡淡的失望，洛谦轻声道："我早就已经知道了。"

惊得我立即有了力气，坐直了身子，离开洛谦的肩膀，睁大双眼，颤声问道："你……你怎么知道的？"

如水的月光下，洛谦的笑更显温柔："那日我就觉得不对劲，第二日便问了龙夫人。"

脑子炸开了，一通混乱，周围都是嗡嗡之声，不绝于耳。

我怔住，全身僵硬，动弹不得，只知道自己的心脏跳到了极限，不能再快一分了。

沙漠深夜的刺骨寒风,自己身上的火烧滚烫,都像是隔着一层纱,感觉朦朦胧胧,不大真切。

洛谦望着我,无奈地轻声长叹:"傻丫头,还是我告诉你谈朋友的真正含义吧。"他如玉般的脸越来越近,水墨双瞳,流光溢彩,泛着丝丝柔情,好看的唇线慢慢上扬,带着深深笑意。

后颈一股灼热之力,拉引着我的脸向前移动。浅绵的呼吸划过我的脸颊,干涸的嘴唇被微凉似玉的气息包裹住,滑如丝缎地触及我的唇,渐渐炙热,麻木地忘记了呼吸。

许久,夜风挤进一丝缝隙,炎热的气息移至耳垂边,魅惑的声音低哑道:"扶柳呵,这才是谈朋友啊。"

我心跳如鼓,身子却还是如石雕般僵硬。

"傻丫头。"洛谦将我抱起,墨瞳里溢着宠溺笑意,"还真的想葬身荒漠啊。再往北行走一个时辰,就有一片绿洲,那是商队的必经之地,等到了那儿,碰上一支商队我们就跟着回西华。"

靠着洛谦站稳,我才缓过神来,哪敢再提及刚才之事,想了一会儿,疑惑问道:"没有了地图怎么能找到绿洲?而且按照计划我们不是应该向南,到天丝绿洲吗?"

洛谦也不回头,牵起我的手,缓缓向北行走,轻声道:"丫头受了点凉,连脑子也烧笨了。"

我立即轻哼一声,以示我的不满,怎么笨了?

"马儿不见了,再去天丝绿洲,岂不是自动送上门给拓跋阳?这天丝绿洲是丝绸之路的必经之地,也是回西华最快的一条路,但却不是唯一的路。在腾格里沙漠的北方还有一条路,是专门贩卖西域玉石的商路,在这条商路上也有一个必经之处,玉月绿洲。"

虽然不满他说我很笨,但我却无法反驳,因为洛谦说得很对。取玉月绿洲而舍天丝绿洲才是活命之道,而且还可以迷惑拓跋阳,将他引往天丝绿洲。

在代表希望的初升太阳冲破地平线时,我与洛谦也顺利地抵到了玉月绿洲。有生机勃勃的绿色,还有一弯净澈的清水,我兴奋地挣脱了洛谦的手,奔到清水旁,捧起一掬清水,直接扑在脸上。一股清凉直蹿心底,舒爽不已。

第十七章

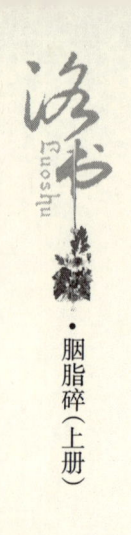

醉颜酡

一串清脆的驼铃声打破了沙漠晨曦的寂静,现在这单调的铃声就是我有生以来听过的最美妙的声音。我立即奔到高处眺望,果然一队商旅正向绿洲缓缓行来。

待商队进入绿洲,洛谦立即上前攀谈。

商主是一位年近四旬的精悍汉子,脸黑红黑红的,还有一大把络腮胡子。这商主外表甚是凶悍,说起话来却是和善至极。知道我与洛谦一天一夜都未进食后,他立刻掏出干粮,笑着递给我们道:"不够吃的,我还有。"

商主是个山东汉子,为了糊口不得已才冒险贩卖玉石。做这玉石生意一要眼光准,能挑出上等璞玉,二要运气好,避免碰上沙漠强盗,方能挣上几两银子,商主絮絮叨叨地讲了一阵子,才搓起手干笑着望着我与洛谦,用一口浓烈的山东口音问道:"俺说,这位小哥和大妹子都是有学问的人,怎么会在这鬼沙漠?"

我睁大双眼,忘了编说辞了,要怎样才能让人相信呢?

那商主却是双手一摆,不好意思地笑道:"唉,是俺多嘴了,不该问的,让大妹子为难了。"

洛谦温和笑起,眼中却带着一闪而过的狭促:"大哥是我们俩的救命恩人,我们也没有什么可瞒的。"

"我本是平罗城中的一个穷秀才,家徒四壁。可柳儿却是城东柳员外的掌上明珠。今年元宵佳节,我俩偶遇,共猜灯谜,心生情愫。但柳员外却嫌弃在下家中贫苦,棒打鸳鸯。一个月前柳员外逼柳儿嫁与城西张公子,柳儿不愿便从家中逃出,和我商议后,我们决定先到拓跋避上一阵子,待日后有了孩子,再回平罗员外也无法拆散我们了。可不想在这沙漠中迷了路,多亏大哥相救。"

商主听得一脸惊愕,张大了嘴:"私奔?"

我则是狠瞪洛谦,运起手肘向后撞了洛谦胸口。洛谦立即捂着胸口,皱起眉,一脸委屈道:"柳儿,大哥又不是外人,我们应该实情相告。"

商主忙摆手,大声道:"大妹子放心,我决不会将私奔之事告诉他人的。俺是很敬佩你的,不嫌贫爱富,真是一位烈女。"不告诉别人,商主你嗓门那么大,每个人都知道了。刚才还在干活的伙计们,都在望着我与洛谦窃窃私语。

看着我越发阴沉的脸。听着伙计们的低声言语,商主才知说错了话,红着脸低头道:"大妹子,对不起,我要去打理货物了,待会儿起程时俺再来找你。"说完便一溜烟地跑了。

见他逃了,我横眼对着一脸愉悦笑容的洛谦:"你黑白颠倒,明明是上官老匹夫为了攀你,卖女求荣,逼我强嫁。"我骂得兴起,又给了洛谦一肘子,"你们这些当官的,欺压良民,强抢民女。"

洛谦一挑眉,轻笑道:"上官老匹夫?"

跟着泓先生说顺了嘴,一时间竟忘了礼数。罢了,破罐子破摔,我也图个痛快,白了一眼洛谦,继续道:"你要愿意向上官老匹夫告状好了。去年老匹夫设计将我骗回府,又欺我不会武功,将我囚禁,还威逼我嫁人。这样正好,我回去后与上官老匹夫一算总账。"

洛谦嘴角上扬:"那我倒要备上一份厚礼,好好谢过上官老匹夫。"

就知道你们官官相护,与上官老匹夫是一伙的,我正要发作时,商主牵着一匹瘦马过来,低声道:"小哥,大妹子,俺的马实在不多,只能腾出一匹,既然你们已经……共乘一骑应该没问题吧?"

洛谦温柔笑道:"当然没问题,多谢大哥。"

商主望着我,一抹额头,长舒一口气:"大妹子没问题就好,俺已经准备好水,马上出发了。"

看着商主一脸紧张,我不由得怒火中烧,难道我就如此可怕吗?当我是泼妇不成?忽地,腰身一紧,我便腾空而起,坐在马上,身后洛谦一甩马鞭,策马而行。

洛谦在我耳旁轻声道:"莫要再皱眉头了,板着脸,商主当然认为你很凶了。"我真的很生气,心想:还不是因为你一番胡诌。遂眉头深锁,又一连给了洛谦好几肘子。洛谦故意压低声音痛叫了几声,引得周围伙计同情目光,以及对我的畏惧神色。

原来生气也是会累的,刚走了几里路,我便倒在洛谦怀里睡着了。

一路跋涉,风吹日晒十几日,吃了不少苦头,好歹这日傍晚在沙漠边境见到了几间连在一起的粗砖坯房。

总算是盼到了希望,回头脱口问道:"是不是快要到家了?"

身后的人轻轻嗯了一声,尾音绵长,似乎要绕进心里方肯罢休。洛谦抖了抖手中缰绳,身子向前微倾,距离又近了几分,才在我耳垂边淡道:"什么才是家呢?"

他不安好心,我也不必客气,随即正经解释道:"从字面上应该这样理解吧,屋檐下养着一头猪的地方就是家！"

忽地，他右臂一弯，搂住我的腰，眉角上扬，浅浅一笑如春风拂过："原来这世上还有如此瘦的小猪……"

我啪地打掉他的手，对着如玉脸庞横眼："也有这样恶毒的猪！"

"管它什么猪呢，只要在家里都是好的！"他轻叹，挥鞭赶着马快走几步。

远处已有袅袅炊烟升起。

"洛老弟，这个猪与家有什么讲究吗？"范大作骑马靠近，脸色十分好奇地问了一句。范大作就是在绿洲中救了我们的商主，此人不是一般的直爽，也不是一般的秀逗。果然，没有听到洛谦的及时回答，他便头一仰，两眼泛出无限渴望光芒，吞着哈喇子嚷道，"话说俺很久很久没有吃到一口肥腻腻的红烧蹄髈了。"

"真是怀念啊……"范大作再次感慨一番，又眯眼眺望道，"前面就是熟悉的家园，出入关口的必经之地，美食的天下，有着西华最美丽老板娘的客栈——头道湖客栈！"

"知道吗？那里老板娘亲手烧的蹄髈可是一绝，皮软汁足，入口即化，恨不得咬掉自己的舌头……"范大作唾沫星子飞扬，颇有覆盖周身一尺的气势，"其实，俺是觉得和老板娘一起吃蹄髈才是人间绝顶享受！"

"香玉老板娘，香玉……"商主马上挥鞭朝土坡上的简陋坯房奔去。

睁大眼惊讶之余，我不禁小声说道："难道范大哥和那个香玉老板娘很熟？"

"很多人都和头道湖客栈的老板娘很熟，因为出照壁关不管你往哪条路走，总要在头道湖客栈歇脚的。"洛谦淡道。

"你怎么知道的？"

"马如龙收集的有关西陲边境资料里面有所提及。"

"香玉老板娘是不是人如其名很香艳？"

"等一下你自己看吧。"

"香玉老板娘很受欢迎？"

"嗯。"

"那范大哥岂不是竞争压力很大？"

"那我的压力大不大？"

一僵之后，我点头："有压力才有进步！"

正准备等着看他的反应，哪知前方传来一声号叫："香玉啊，一定要为我留住今天的最后一碗红烧蹄髈啊……"

原来是红烧蹄髈的竞争压力很大！

我一脸哭笑不得，只得又一次拜倒在范大作诡异的思维下。

等到进了传说中的头道湖客栈，我终于明白了为何范大作会说，与香玉老板娘吃蹄髈是人间的绝顶享受。不是这位金香玉老板娘美艳动人到秀色可餐，也不是美人一笑任何无味食物也变得五味俱全，而是她全身上下都释放出一种对食物的狂热！

一个很普通的女人，约莫三十五六岁，只是她的眼熠熠有光，只要目光触及食物，便神采飞扬，让人一见就全身清爽，食欲不由大动。

"香玉老板娘，手艺又进步不少啊！"范大作夹起一块油腻腻的红烧蹄髈放进嘴里，小眼眯得已经找不到了。

"少拍马屁！给老娘少吃一点才是真的！"金香玉手中筷子重重敲在范大作头顶，随后便趁范大作扒饭时抢来红烧蹄髈，直接用手抓了一块塞入自己口中。亮红的肉汁立即从金香玉口中溢出，她享受的表情瞬间感染了周围的人。

抢着吃，才是最享受的吃！

果然和香玉老板娘在一起，食欲是挡也挡不住的。

"扶柳，饿了吧？"洛谦不知从何处端来了两碗浇了红烧蹄髈的盖饭，递给我其中一碗，"直接从厨房里要的，菜饭和在一起，别人抢也抢不走。"

哑巴哑巴满是油水的嘴，范大作极为羡慕地望着洛谦手中的饭碗："老弟我以后知道该怎么吃了！"

"你们是谁啊？以前没见过！"金香玉袖口一抹嘴角，将我们俩上下打量一遍。

范大作呵呵一笑，抢说道："我在沙漠里结识的老弟和弟妹子，人家可是读过书的，老板娘可不要把斯文人吓住了。"

"你的意思就是老娘很粗鲁？"金香玉两手叉腰，双目圆睁，直瞪着范大作头窝进了胸前作鸵鸟状，"哼，以后休想再吃到老娘做的红烧蹄髈了！"

金香玉潇洒扭腰离去，范大作流着鼻涕加口水苦苦哀求地黏人而去："老板娘啊，让我有生之年再吃上一口红烧蹄髈吧……没蹄髈吃的人多么多么的可怜啊……"

"放开你的油手！不许碰到我的裙子！"

"再赏一口蹄髈吧，香玉观世音……"

"切，老娘金香玉是浑身喷香的飞天女神，不是阿弥陀佛的观世音……"

"好啦，飞天女神给蹄髈吃不？"

"王母娘娘也不给——"

震天动地的吼叫声渐行渐远。当我吃完浇饭时，金香玉竟被范大作追得奔回大堂。

"香玉，话说当初我提着一块猪肉踏进头道湖客栈时，就知道这一生再也离不开这里的红烧肉了……"

"少恶心了！"金香玉转到我旁边，弯眼一笑，"走，妹子跟我去洗澡，看他敢不敢跟着来！"

低头瞧了一眼身上满是风沙的外衣，的确很久没有好好洗一次了，听见金香玉的话,我不禁心头痒痒:"也好。"

"挺直爽的,走!"金香玉拉着我迈向后院。

老板娘就是老板娘,洗澡的地方就是全客栈最好的,至少是一间四面有墙的单独房间,比起客房公共浴室真不知好上多少倍。

泡在及胸的温水中全身都舒展开来,水包裹着肌肤,身与心无处不畅快。

隔着薄薄的白纱幔帐,金香玉躺在撒满花瓣的浴盆里,慵懒问道:"妹子,你平常都不用花瓣吗?"

将头浸入水中,直到长发湿润得如同河里的水藻般,我才从旁边高凳上的瓷盒里挖出一块皂角膏,抹上发端,搓揉几下,丰富的泡沫就从指尖四散开来:"一般不太用……"

"刷拉"一声,金香玉扯开幔帐,露出一张脸,忽地艳羡道:"小姑娘年轻就是好,不用像我们这样的老女人天天担心这儿皮肤不嫩那儿没有香味……男人自动就贴上来了……"

她秀目半眯,斜斜地瞟着我:"妹子,你家男人就不喜欢晚上闻着你身上的淡淡花香睡吗?"

一怔,头直接完全栽入水中,慌忙中吃了几口水,才镇定住冲出水面:"这个……那个……他从来没有说过喜欢闻花香……"

金香玉又趴向前几分,顺便往我盆里撒了一大把不知名的花瓣:"男人啊,都口是心非的。"随后眨眨眼,"保证你家男人喜欢,香喷喷的,哪个男人不心猿意马呢?"

"呃——"

左耳进右耳出,既然跳进黄河也洗不清与他的关系,不如将自己洗干净。左搓右揉,以最快的速度完成这次洗澡。

"哎呦,我居然将那瓶花精露忘在外面了!"

我从刚才老板娘捧来的一堆衣服中随意挑了一件披上,颜色挺素雅,就是料子太轻薄。风轻轻一吹,就完全贴在身上,曲线显露。

"妹子,帮我去拿吧。"

"等我穿好衣裳,就去取……"

"不穿得挺好的吗?全身上下又没露出一块肉!快点快点去,老娘等着急用呢!就在右边第二间房,玫瑰色的瓷瓶,你一去就来,不会有人看见的!"

匆忙间只随手抓了件纱衣套上,便趿拉着鞋跑了出去。

走廊很空荡,果然没有什么人出入,我数到右边第二间房,侧身走了进去。房间的空气里弥漫着淡淡的花香,我来到一排摆放瓶瓶罐罐的木架子前,踮起脚尖,开始细细搜索玫瑰色的瓷瓶。

艳丽的玫瑰色很显眼,我取下,打开一闻,浓香扑鼻。

"老弟,你换好衣服没?"

男高音突然在门口响起,我还没来得及做出任何反应,门就被一脚踢开了:"磨磨蹭蹭干什么呢?快点,我还等着你说如何打动老板娘的芳心呢。唉,就指望着可以哄着香玉老板娘再为我煮上一锅蹄髈……"

范大作杵在门口,瞪大眼,随即脸上通红,支吾道:"呃,其实,其实,我并不知道妹子也在……"

顺着范大作的无辜眼神,我望向后方,同样僵住。

他也像是刚沐浴完的样子,半湿的头发披在肩头,偶尔几滴水珠落下,清脆的落地声如同琉璃珠子裂开的瞬间脆响,听着心头不禁一跳。

"俺……俺还是先走了好。"范大作一把关上门,一溜烟跑了。

听见门关上的碰撞声,我立即举起玫瑰色瓷瓶,就如同小小的瓷瓶是传说中的神盾:"我帮老板娘取花精露的。"

洛谦向前走了几步,宽松的衣裳步履生风,长袖飘飘若云。他低头嗅到:"老板娘很懂得货,这是西域乌孙国榨出的上等花精。"

衣裳不整,距离很近。

我全身僵硬,他忽地抬起头,黑瞳如墨盯着我,淡道:"就算不是为这花精,你进来也无妨。"

耳垂滚烫,我知道现在脸上一定是能煮熟鸡蛋的温度。

寂静中,他没再说话。

瓷瓶里的花精浓香就这样缓缓地渗入我们之间的空气。

"客栈里的人统统出来,这里已被包围!"

似乎是从四面八方传来的吼叫声,其中似乎还掺杂着铁骑奔跑时的咆哮声。极快地,一个高亮女人声响起:"哪里来的狗崽子,竟敢在老娘地盘上撒野!"

"他们……"我仅说出两个字,就被洛谦抱住腰,拖出了房间。

瓷瓶跌落,艳香顿时冲起。而我只能看见周围的土墙在移动,极快,有些眩晕的感觉。突然飞速中又停下,眼前的木门挂着几处灰色的蜘蛛网,他拉开破落的门,灰尘四起,随后将我推入:"就躲在这里。"

里面阴暗狭窄,黑洞洞的长甬似乎望不到边,偶尔只有些火光从土墙破洞射入,潮湿泥土上光圈斑驳。砰,那扇破门关上,他弯腰挤入:"慢慢地走到尽头,小心脚下可能有酒坛子。"

空间很小,我微微半转过身子,肩膀就抵在了他的胸口:"谁来了?这里是哪儿?"

暗黑中瞧不清他的面容,只能看见一双清亮的眼。

"先躲好!"他顺势搂住我肩头,挤压我向前步入冰冷黑暗中:"是拓跋阳带人追来,大概他沙漠里失去我们行踪后,沿着丝绸之路没有发现任何痕迹,便直接赶到这里,毕竟这是通往照壁关的必经之路。"

清淡的话语飘在耳边,随着他的步伐,渐渐走入甬道深处。

黑暗中手摸索到了一面粗糙墙面,我停下,提醒他:"已经走到尽头了。"

他压下我的肩,轻轻地舒气:"只要不出声,拓跋阳要找到我们大概也需一两个时辰吧。"

角落依旧狭小,两个人缩在这里几乎不太可能。

我犹豫着,到底要不要坐下,只可惜还没有思考几秒,腰间便传来一股强大拉力。他早已靠着土墙占了角落里的小块地面,伸臂环住我的腰,将我强行拉下。

猛然下坠,我刚洗过还未束起的长发纷纷扬起,待下巴抵在他肩上时,满头乌丝已遮住了我的面容,与他的湿发纠缠在一起。狭黑角落里他的手臂异常坚固,压着我的后背陷入他温热的怀中。身体相靠,缝隙里的半湿头发挤榨出水分,浸透了披在身上的轻薄衣料。不知时间流逝的黑暗里,他修长的手指轻柔地扒开我眼前的大片发丝,而后在耳边轻语,呼出的气息拂过耳垂,燥热而麻痒:"待会儿拓跋阳找不到我们,一定会放乱箭。拓跋阳这种人未必只想活捉我们,插满箭矢的尸体,他也一样满意。"

他右手敲击土墙,发出闷闷撞声:"这里是酒窖,为了制造出保存酒水的阴凉环境,土墙都垒得特别厚实,一般的铁箭穿不过。而且又为了保持干燥,这土墙会开出几个小洞,流通空气。"

忽地,他右手一扫,干枯稻草带着灰尘落下,露出了几点小孔:"外面的状况一览无余……"

我向前凑近一点,透过那些不规则的小孔,看到了客栈内院的慌乱场景。黑夜已经降临,惨淡月色下数十人脸色惨白,只能无头绪地挤踏在一起,衣裳已被扯烂,不少碎布飘在半空。

"镇定!镇定!"金香玉竟站在马背上,手执明亮的火把,俯睨众人:"都给老娘安静下来!客栈大门用三百斤的大石顶住了,谁也进不来!"

人群依旧有号叫声传出。

金香玉将手中燃烧得正旺的火把抡向了一个高呼救命的中年汉子。火把快似流星,几颗火星子擦着衣裳而过,将那中年汉子吓怔住,呆呆望着马背上骂咧的娇小女人。

"老娘都没有吓得叫一声娘,你们这些大老爷们都哭啼些什么!都听好了,大门已经被堵死,谁也甭想出去!乖乖地闭上你们的臭嘴,给老娘等着朝廷兵马来救!"

骨碌碌,火把在黄土上滚了几圈,火光几明几暗,人群总算是寂静无声了。

"好了,身强力壮的带上兵刃轮流守夜,其他人全部回房安静睡觉!"金香玉手臂一挥,旋身跃下马,火红的长裙迎风飞扬,像极了沙漠里顽强不灭的红棘花。

"现在客栈门窗封死,就是一个城堡,拓跋阳未攻得进来,我们也不用躲在这里……"我撑住土墙,想要起身离去。

腰间被制固得更加紧密,他在身后轻叹:"扶柳,可以小看拓跋阳,却不可以小看拓跋的铁骑,那是在草原里搏杀狼群的蛮悍武士,区区一面土墙……"

轰隆巨响,他的话还未说完,客栈西边的高大土墙已然轰然倒塌。

烟尘陡然升起,如同炸山开路般的沙土飞扬,沉沉地遮住了半边天。

整齐而雄壮的吼声在烟雾后响起,震耳欲聋的嘶叫,就像是深藏在草原上的野兽在号叫,带着原始的浓重血腥。

客栈内的人们在惊傻之后,终于爆发出了哀叫,连金香玉也煞白了脸色。

尘土散尽,土墙废墟后是一列铁甲整齐的骑兵。数十匹高大战马在不停地刨动泥土,似乎只要这些强壮士兵一松开缰绳,它们便化身为龙,将众人踏为肉泥。

苍茫夜色,一支支火把在拓跋铁骑手中点燃,将整个客栈照得亮如白昼。

这时,人们才清楚为何这面土墙会忽然间分崩离析。一排密密麻麻的铁箭射入砖块,将土墙拦腰切断。冷森森的箭锋狠狠地咬住脆裂黄土,犹如野兽犬齿扣住了尚连带血肉的白骨,咔嚓一声,骨骼碎裂。

原始的蛮力在这一刻摧毁了后天的营造。

"将土墙的受力点用铁箭破坏,这需要多大的臂力……"我无法计算出这支铁骑的战斗力将有多么强大。洛谦亦是轻轻一讶,随即淡笑,"拓跋剽螭铁骑中的精锐,专门守护拓跋大汗的狼牙骑。"

眯起眼,扫望远处的拓跋铁骑。中心处的银铠男子双眼湛蓝,正是一路追赶而来的拓跋太子拓跋阳。他的身后飘着一面黑底白图的獠旗,凶猛的狼头,露出白森森的利齿,仿若要吞噬天地一切。

"狼牙骑?"

"大汗的亲身护卫狼牙骑,是草原上的神话。每个狼牙骑士都是草原汉子敬重的英雄,他们都是从剽螭铁骑中经过生死历练的武士,拉得起三百斤的铁弓,也能驯服最烈的野马,杀狼搏虎,这些人一身是胆,也最不惧死亡!"

阴森的狼牙旗飘在黑夜里,有一种说不出的血腥。

目光触及到了铁甲武士手中的战刀,我的手指不禁轻颤,齿锋交错的刀刃,可以撕裂皮甲,也能轻易将皮肉斩断。

"不用怕,拓跋阳只是带了十名狼牙铁骑,他不是大汗,最多也就调领十骑狼牙。"洛谦温和地抚拍着我的背。

我半转头,直视着他深如海的墨瞳:"十骑狼牙足以杀尽这里所有的人,却伤不到你,是吗?"

他眼里有火焰在跳跃,缓缓地熄灭,然后只有一声轻叹。

"客栈里的人都不要动,戴面纱的解开面纱,没有束发的将头发盘起,总之将你们的脸完完全全地露出来!"拓跋阳提马跨过土墙废墟,命令道:"如果有谁不听话,下一刻你的心脏上就会插入一支我们拓跋的铁箭!"他举鞭一挥,扫过所有的人,最后指向了拓跋铁骑手中的利箭。

沉默中,妇女们开始安静地取下面纱,披发男人们也无语地胡乱扎起脏兮兮的头发。拓跋阳唇边逸出满意微笑,回首对手下道:"对着画,一个个看清楚了!"

手下打马向前,举着火把一个个仔细观察起来,偶尔遇上漂亮女子更是动手捏上捏下,淫荡之色溢满脸庞,但多数女子都是敢怒不敢言,其中性子稍烈的也只是怒目而瞪。

轮到金香玉时,那手下歪嘴一笑,竟敢将爪子直接伸向胸脯。

"他奶奶的!连老娘的豆腐也敢吃!"金香玉趁着那手下伸臂前倾之际,一把擒住他,反手一扭,将他摔下马,顺势一脚踩在他脸上,"狗娘养的!姑奶奶今日就送你去地府伺候女鬼!"说罢,右脚便死死地踏在喉咙上,那手下只得在地上抽搐,不停哀求。

"好样的!"人群里忽然爆发开来。

"咻",一支利箭直指金香玉的胸口。

"妈的!"金香玉抬眼咒骂一声,随即后退数步,侧身让过铁箭。那手下甫得自由,立即连滚带爬地回到拓跋铁骑中。

狠狠瞪了一眼,金香玉哼道:"算你兔崽子狗屎运!"

拓跋阳冷望着院落里的众人,蓝眸划过一色阴狠,举鞭落下:"杀!一个不留!"

方才逃回的下人问道:"不找了?他若肯为太子效命,何愁不统天下。"

拓跋阳冷笑:"他是死人,我一样开心!"

"老子今天跟野蛮人拼了!"第一个拔出腰刀的竟然是范大作,那一刻一直懦弱的商主不见了,取而代之的是一个顶天立地的汉子。他高举着朴素腰刀,挡在了金香玉面前,直对着狼牙铁骑的森森箭锋。

"宁死不辱!宁死不辱!"人群里的男人们纷纷拔出了平时护身的短刀,连女人们也拔下尖利的金簪,紧紧地握在手掌中。

拓跋阳微微一愕,随即无情厉声道:"放箭!杀!杀!杀!"

铁箭如流星雨般射向人群,暗黑的箭矢不停地发出令人颤抖的厉啸,一瞬间空气里弥漫着生铁的潮腥气。

很快,哀叫声、咒骂声,在客栈院落里此起彼伏,与坍塌土墙后拓跋人手中火把的明亮光线,交织在一起,共同组成了这个暗夜的沸腾。

"香玉,你从后门逃吧。"范大作挥刀斩断一根铁箭,扭头对身边的金香玉吼道。

金香玉纤影一闪,反身躲过两支呼啸而来的箭矢,骂道:"老娘早就不用老鼠才钻的耗子洞了!"

"天杀的!"范大作龇牙拔掉手臂上的铁箭,带起一片鲜血横飞,"香玉老板娘,有一句话我范大作憋了很久,现在反正也不知道活不活得过今晚,老范就豁出命来问……"

"有什么屁快放？"金香玉右腿踢掉一根铁箭,转身靠在范大作背后。

"香玉,能不能为我做一辈子红烧蹄髈啊？"范大作嘶吼着又劈断三根箭矢,"我很想娶你专门只为我一人煮饭……"

"香玉,我知道自己粗鲁得很,配不上你,可……小心……"范大作反身抱住了金香玉,铁箭射没入他的背心,"这是我第一次抱你……"

"血——"金香玉愣愣地看着自己胸前被滚烫的血液浸湿,随后仰天长啸,劈手夺过范大作手中的腰刀,双目泛红,冲向铁骑吼道,"奶奶的！老娘平生第一次听到告白,就让你们这些王八蛋给毁了,看老娘把你们大卸八块！"

"香玉,不要……"范大作死死地扯住了香玉老板娘的小腿,将老板娘绊倒在地,"好好活着……"

看着老板娘重重地摔倒在地上,我的指甲陷入了我的掌心,疼痛入心。

鲜血从金香玉唇角滚滚而出,她吐出一颗带血的牙,回首骂道:"死人,老娘还不是要为你报仇吗？"

"为什么现在才说？老娘等了你那么久,你一说,就走了!"金香玉爬到范大作身边,拳头如雨般落下,"死呆鹅,老娘不准你死,老娘还没有听到你说我爱你呢！知不知道,不准死,你给我大声说一遍'我爱你'……"

老板娘晶莹的泪水滴在范大作背后的中箭处,血花像是吸饱了营养,艳丽丽地完全绽放。

真是一种嘲讽,非得鲜血流尽才能开出最美的花朵。

轻轻地,我开口:"我爱你……"

对着空洞的小孔,我的泪水与老板娘的泪水一同滑落。

铁箭银芒破空,暗夜里四处绽放有艳丽的血花。

蓦然,眼前一片黑暗,有一只温热的大手完全挡住了我的视线。墨香混着血味冲击着我的鼻端,这是怪异的甜腥。

"不要看了,也许你将承受不起。"

眼睛里没有一丝光明,凭着感觉,我似乎被他移到了胸前,面对面。

"这算不算得上一次屠城呢？"

他沉默。

"而我们本可以消弭这场屠杀,是不是？"

他蒙住我眼睛的手轻轻颤了颤。

"其实,就算我们站在拓跋阳面前,他未必会杀我们,而我们也有机会可以再次逃脱,是不是？"

前方有无奈的叹息声。

"那么多无辜善良的人死去,全是因为我们的自私,是不是？"

他终于出声,淡然中透着掩不住的冷漠:"这只是他们的命,与任何人无关！如果

这些人足够强大,谁也杀不了他们!"

不会每个人都可以强大到掌控天地!

猛然抓住他的衣襟,指骨间抵住了他的锁骨:"可他们会杀了我!或许在每天深夜里,范大作会出现在我的梦里,他站在沙漠的绿洲里微微憨笑,然后他的嘴角蜿蜒出僵黑的血,扑倒在我脚边,背后插着拓跋铁箭,血肉模糊。他会缓缓地抬起头,白森森的指骨深深掐入我的脚踝,狰狞笑道:妹子,为什么不救我呢?"

"——还有这浸满鲜血的客栈,我会徘徊在这里,永远也走不出去,身边到处都是怨恨的双眼,他们不停地吟唱:还我命来,还我命来……"

他的一只手依旧遮住我的眼。

寂黑中,他的另一只手缓缓地覆上我颤抖的肩,掌心的热量灼烧着我的肌肤:"上官扶柳,在天下的争夺中,无论是现在,还是将来,都将会有无数的人死去!不能心软,不能懦弱,不能犹豫,记住从今以后你要陪着我一路走下去!"急促的呼吸渐渐靠近,他沉声吼道,"为了我,学会舍弃……"

背后有冰冷的破空气流划过。

刺锐的酒缸破裂声在耳边炸开,冰凉的酒瞬间喷发出来,我的半边脸洒满醇香的烈酒。酒顺着脸颊落到唇角,沿唇线渗入口腔,火辣一下子烧到喉咙。

就像泼洒出的血,看着那么寒冷,可心里却那么灼痛。

"洛谦,知不知道,看着他们这样无助地死去,我会想到自己是不是有一天也会像他们一样,死去的时候双眼会怨恨地瞪向天空?其实我也和他们一样不够强大,是不是迟早会看着自己的鲜血像花一样绽放,然后干枯地死去……"

"不会的,我不会允许的!"

沾满烈酒的唇被覆盖,他的气息笼罩着我,一点一点地占据,一寸一寸地侵入,深入灵魂,无法抵抗。

婉绵辗转中,理智在脑海里消退,无法控制,我攀上了他的脖子。

他的手已经离开了我的眼,滑到了我的后颈。

没有勇气睁开眼,黑暗也许更像一种保护色,我宁愿沉溺在其中,也不愿看见那夺目的艳丽鲜红色,是血在燃烧,烧得心中空乏。

一墙之隔,外面男人的怒吼声,女人的叫骂声,铁器的撞击声,还有那利箭穿破胸膛的嘶闷声,都不断地冲击着我的耳膜,让我不住战栗。

颊间烈酒在彼此的厮磨中殆尽。

这是一种蛊惑,暗夜里的玫瑰,残酷、甜蜜、欲罢不能。

像是投入一场疯狂的游戏。苍茫夜色下,他隐身在楚河对岸的迷雾,墨香蛊人。偶尔指间利光闪过,杀人成排,鲜血浮起长戈;偶尔温柔笑意弥散,淡若浮云,墨香缭绕周身。

残酷的杀意,甜蜜的温柔,都沉淀在他漆黑如墨的眼中,化为神秘的魅惑。

不由自主,即使一路荆棘,我也在追寻他的步伐……

骨裂般的闷击就在身旁乍响,是锋锐铁箭猛烈卡入土墙。

心随之一颤,更紧地拥着他,仿若自己要融进他的胸里。耳后脖颈处,他温润的唇慢慢地游弋,轻柔却敏感。我将脸庞埋进他的肩窝,微微喘气,急促的气息滑过他半湿的头发,一阵温热。

有一支铁箭插入土墙,似乎可以听到箭尾翎羽在空气中颤动时震起的尖啸声。

感觉血脉止不住地搏跳,指甲掐进他的后肩,我颤巍巍问道:"如果……如果将来……你会不会舍弃……"

黑暗里我的话语纠结。

害怕,所以说不出完整的疑问。

"什么人?"

山坡上洪亮的高喝声似雷声般滚滚传来,接着马蹄声阵阵。

狠狠地咬唇,终究没有问出。

他轻轻舒气:"是重俊。"

抬起头,他的眼底光芒刺目。只是想问,如果将来为了你的天下,会不会舍弃我?

"没事了。"他神色安宁,淡笑道,"这帮小子总算是找来了,客栈离照壁关大风营只十里,斥侯们应该早已查到了拓跋阳的行踪。"

冷冷弯月下,远处的土坡上尘土阵阵,二十名轻装骑兵勒马缓缓逼近。

整齐的马蹄声充斥了整个山坡,透过震动的地面一波一波传入心间,是强大的震慑力。马上的骑兵盔甲精细,每一片鳞甲都磨得雪亮,似杀人的利刃。

拓跋铁骑似乎也感受到了强大的压力,纷纷停止向客栈内射箭,调转马头迎向策马而来的西华军骑。

两队人马在百步之距停下。

坡上一匹高俊白马跃出,马上银盔男子横臂一挥,一柄熟铜长枪划出完美的半圆,冷冷枪锋直指狼牙旗下的拓跋阳。"拓跋阳,交出我二哥,否则今夜我的长枪将要挑穿你的喉咙!"

拓跋阳蓝眸深邃,扫了一眼银盔男子身后的骑兵,冷笑道:"李重俊你也不掂量掂量一下自己的重量,便大放厥词!才二十骑就想挡住我的狼牙骑?"

李重俊枪锋一抖,寒光点点:"不试试怎么知道呢?"

拓跋阳寒眸阴光一闪,勒马后退几步,挥手道:"狼牙箭!"他身后面色硬朗的魁梧汉子拉满铁弓,犬牙般的箭齿泛着硬硬冷光。

"太子,且慢!"铁弓半满时,一匹黑马斜插进拓跋阳身旁,马上男子皱眉正色道:"这里离上官去疾的大风营不到十里,倘若他从后面赶来,两面夹击,恐怕我们这十骑狼牙就要葬身于此!"

拓跋阳冷哼:"你们狼牙骑也怕死?"

那男子一笑,双目直逼拓跋阳:"每个狼牙骑士都是拓跋的珍宝,只能为大汗而牺牲,决不是太子随意用来逞强的工具!"

硬碰硬的无声较量,铁箭绷在弦间,箭头缓缓扭转。

"撤!"拓跋阳挥动披风,扫过暗夜。

尘土猛然暴起,拓跋的铁骑如风驰一般离去。

"拓跋阳,我二哥呢?"李重俊夹马追赶几步,随后便勒住马缰,缓缓收枪置于身后。望着远去的飞骑,李重俊长眉一挑,枪尾重重拍在马臀,激得骏马撒蹄长嘶。

马是西域神骏,龙一样舒展身形,跨过土墙废墟,冲入客栈院落。

"二哥!二哥!"

李重俊策马四处圈转,目光焦急扫过慌乱的人群。

"依旧沉不住气。"洛谦莞尔,手掌抵在土墙上,肩膀微微一震。墙壁瞬间龟裂,片片褐土硬块落下。灰尘散尽,土墙中空了尺长的圆洞,如水月光一下子泄了进来。

"二哥!"李重俊下马,大步奔到洞口前。他将长枪杵地,睁圆双目探头望了一眼酒窖。"这些天我跑遍了整个边防,急得我整整白了一根头发……"他快嘴快语说了一半,眼角余光瞥了我,就忽地脸色涨红,急冲冲地转过头,目光瞟向了遥远夜空。

意识到有什么不正常,我垂下眼睑,果然有问题,也与李重俊一样双颊立刻红潮上涌。衣裳腰间的几根系带已被解开,衣领松滑,半弯肩膀裸露在外。

春光乍泄,尴尬至极。

不可挽回,只能愣愣地低着头,在心里默默数着小绵羊。

突然肩头被温和的手掌覆盖,一股柔力将我带进他的怀里。可是,你也是衣襟半敞,真是越描越黑。我的脸贴在他温热的肌肤上,轻轻地叹气。

"重俊,夜里比较凉,你找一件披风来。"

"嗯,啊……"只听见李重俊含糊的声音,脚步声去了又来,"二哥,属下们都没带备用的,将就用我的吧?"

他的喉咙滑出懒懒的声音:"嗯。"

感觉有件东西隔空抛来,随后全身都被笼罩得严严实实,他的手指绕过后颈,为我系上披风颈带。

"出去吧。"他牵住我的手,走过黑长的酒窖甬道。

弯腰跨过破损的木门,我迎着夏夜里的凉风,深吸一口气,努力平复紊乱的心跳。谁知刚一抬头,就碰上了李重俊红潮未退的脸,顿时心里又是一阵翻江倒海。

轻轻挣脱他的手,我走向香玉老板娘。那里有一摊暗红色的血。

不忍再看一眼插有拓跋铁箭的熟悉后背,我缓缓蹲下,过长的披风滑落地面,还是沾上了潮腥血迹。

"老板娘……"

金香玉终于将目光从范大作惨白的脸上移开,泪眼迷蒙定定地望着我。陡然一瞬间,凄迷眼色化作狠厉,我只觉背后寒气阴阴,本能地向后一仰。

终究没躲过,脖子被金香玉死死地捏住。

"那群拓跋人是不是来抓你们的?"

好似铁箍一般,老板娘的手夺走了我喉咙里的所有空气。只能急促地喘气,根本说不出一个字。

"你再用一分力,我要你全族车裂!"

阴狠的威胁像寒针一样扎进耳膜。金香玉的手微微松动。

"箭是从他背后第九根椎骨左侧五寸射入,箭头进去一寸七分,离心脏大约还差五分,所以并没有死透。"

"你可以救他?"老板娘的身子在颤抖。

不容拒绝的声音:"你先放人!"

"好!"金香玉眉头一沉,松开我的脖颈,"救人!"

刚刚得到自由,还未来得及完整地呼吸一口气,就被人向后大力拖去。脚上趿拉的鞋也掉了一只在范大作身旁。

"重俊,救人。"他就站在身边,淡声吩咐。

"哦。"李重俊低头瞧了一阵范大作的背后伤势,喃喃道,"大概要吃掉我十颗浮生丸才能好……"手急如风,瞬间李重俊就点了几处大穴。随后不知从哪里掏出一把锋锐小银刀,以及几瓶药膏。

切开伤口,拔箭,止血,上药,李重俊做得纯熟无比,几乎没有任何多余动作。最后,递给老板娘一瓶药丸,笑眯眯道:"我救了你男人,你就把他身上的狼牙箭给我,算是报答?"

金香玉翻眼:"这破铁随你,难道还要我把它供起来不成?我男人怎么还没醒啊?"

李重俊无辜地一指药瓶:"你不喂他药丸,他怎么醒?"

"臭小子,居然耍老娘!"金香玉狠狠啐了一口,却没有顾得上再追打了,立即就倒出药丸喂进范大作嘴里。

李重俊呵呵一笑,跑到洛谦身前,举着那支箭,兴奋道:"二哥,这支箭大概是狼牙骑最近配上的,以前从来没有见过。你看,箭锋窄了一些,箭脊变厚了,这样更容易射断骨头。还有倒钩更加犀利了,咬住皮肉会更紧,如果没有充足的工具,贸然拔箭,一定会撕下一片血肉……"

也不知洛谦听进去没,他的目光一直在游移,最后只是轻轻地点了一下头:"嗯,收起来吧。"

"当然好好保存,我就只发现了这一支。"李重俊如宝贝般擦了又擦,才放进他马背上的箭筒。

药效很快,只一刻,范大作就幽幽转醒。

耷拉着半只沉重眼皮,斜斜瞧一眼惊喜状的金香玉,咧嘴一笑:"老板娘,我爱你!嫁给我好不好?"

金香玉猛地撇过脸:"谁说要嫁给你这个草包了?"

"刚才我中箭时,你不是哭着要我说我爱你吗?"范大作龇牙道,"现在说了,你这女人怎么又反起悔?"

脖颈处泛起一片粉红,老板娘依旧不正眼瞧着范大作:"我说过嫁给你吗?刚才有谁听到了?就算说过,那你也没听过反悔是女人的特权吗?"

"你,你……"范大作本来的短粗眉毛早就皱成一团了,脸色铁青,哼哼了半天也没说出话,最后才垂下头,非常严肃地缓缓道,"再晚就生不出儿子了……"

"当老娘是母猪啊!"老板娘瞪了一眼重伤在地的范大作,扭着腰大步走进客栈,眼角含着亮亮的泪花。

"唉。"范大作叹气望向我,哀怨道:"妹子,难道俺老范注定是天生光棍吗?可传说中的天煞孤星都是超级厉害的人啊,俺老范一没貌二没才,怎么就摊上这种苦命呢?"

我忍不住细细笑出声,还没来得及安慰一句呢,洛谦就瞥着李重俊淡道:"重俊,什么时候你的浮生丸疗效这样好了?"

李重俊挠挠头,思索道:"大概是他的生命力特别顽强吧!"

"就像厨房里的蟑螂……"范大作忽地接过话,呵呵笑道,"香玉老说俺是她厨房里的蟑螂,怎么也消灭不了……"

"挺像的!"李重俊点头。

范大作幽叹:"唉,现在的年轻人,都不知道尊敬老人,人心不古啊……"

"居然救了一个话痨!"李重俊终于忍受不住,撇脸望向远处山坡,"噫,上官将军也赶来了。"

闻话,我急忙转身,远远望去。

山坡上果然出现一群铁骑,急速奔来。

极快,领头的一骑就已跨入客栈院落。旋风般,我还没有任何反应,就被马上之人拦腰抱上了马鞍。

"丫头,没事吧?"哥就在眼前,披着鱼鳞铠甲。

我摇头:"没事。"

哥细细看了一遍,又道:"肯定不是很好,丫头瘦了不少。"

我只是笑,静静地看着哥的眉目。他也是精瘦。

"扶柳,鞋掉了,先下来穿上吧。"洛谦手里拎着一只绣花鞋,是我刚才落在范大作身边的。低头望了一眼披风底端露出的粉嫩脚趾,我点头,环住洛谦的肩膀,跳下了哥的马。

堪堪穿好鞋,李重俊就牵了一匹马过来:"二哥,先回照壁关吧。"

236

"好。"洛谦上马,顺手也把我拎了上去,"骠骑将军,这里是关外,毕竟不大安全,还是先进关妥当。"

哥轻轻颔首,沿着来时的路策马而行。

洛谦亦打马跟上。客栈里仍旧趴在地上的范大作在挥手:"老弟、妹子,再来时俺让俺婆娘烧蹄髈给你们吃啊!"

弯月如钩。

同征战的士兵一样,一群人行动快速而沉默。策马过照壁关,只一阵风的时间。回头张望,黑夜里依稀只能辨出关城的大致轮廓,厚重凝沉,像一个默默展开臂弯守护的巨人。

"真的安全了吗?"回到西华的领土,我不禁拉紧了披风。不是风冷,只觉心不安,带着隐隐寒意。

洛谦拉缰的手一滑,马立即向前疾奔。

"拓跋阳攻不进来的,永远——"他低低沉语,手指猛然一紧,瞬间硬拉缰绳后退一尺。马吃痛,鼻孔喷着粗气,缓缓地放慢了脚步。

我不再说话,只缩着肩。

从来令人心寒的不是外敌强攻,而是祸起萧墙。

西华未必比拓跋来得安全。

战马铁蹄踏过边陲的荒芜小镇,雷鸣般的铁蹄声盖过了深夜里的打更声,一路穿过门窗紧闭的青石街。

"这便是照壁镇的驿站了,洛司仓今晚歇息在此,还有什么需要可尽管吩咐?"哥勒住马,回头脸色淡漠道。

洛谦微微一笑,眼光转到驿站孤灯下的身影:"不会打扰骠骑将军了,家中已有下人来此打理。"

一盏昏灯下的那人不紧不慢弯腰躬身,才迈步走上前,牵住缰绳:"爷,驿站已收拾妥当,只是匆忙间带的人手不够,安全方面怕是不能顾全……"

"我说洛文啊,也要好好感谢一下骠骑将军特意为你创造出的锻炼机会,多难得的表现时刻——"李重俊双腿夹住马肚微微用力,驭马斜插至洛文身边,斜斜地望向哥,唇角讥诮。

哥略有些不悦,沉着脸:"李副将也是军营出身,自然比任何人都清楚军规!外人一律不得入营,否则杀无赦!"

李重俊一把推开洛文,策马向前两步:"我二哥是外人吗?"

"他是我手下的兵吗?"哥目光咄咄逼人。

"依军法,我的确不得踏入军营半步。"洛谦伸臂强拉住已向前冲的李重俊,对哥歉笑,"重俊只是未长大的小孩子,还请骠骑将军勿怪。"

"无妨。"哥冷冷扫了一眼洛谦。

237

哼,李重俊胸中有气,凶狠地瞪了一眼哥。

哥不理,径直对洛谦道:"司仓遇险归来,好生歇息。"说罢瞧了我一眼,便调转马头。

"哥,等一下。"我急忙叫道,匆匆从洛谦的马上跳下,追着哥跑了几步,"妹子有话要说……"

几乎是喊出话的一瞬间,已急速奔出的马原地停住,马蹄铁掌重重擦在青石板上发出刺耳的磨损声:"什么事?"

道旁稀疏的阁楼月影里,哥的背直得如同战旗。

"先下马。"我拽着哥的战袍,眨眨眼笑道,"是私密话。"

哥身形微动:"一定要现在说吗?"

我转到哥面前,撇嘴:"憋着会烂在肚子里的!"

"丫头……"哥浅浅一笑,刚毅棱角柔和不少。他翻身下马,挺立在我身旁,"说吧。"

我抢过他手中马鞭,胡乱搭在马鞍上,拉着哥走向了驿站外的疏疏树林中。

"二哥,他们上官家的……"

感觉到哥身体一震,我捏紧哥的手腕,淡道:"哥,不用管。"

哥利眸暗沉,安静地随我进了树林。

"坐下吧。"我靠着一棵粗大桑树坐在草地上,也拉着哥坐下。

"到底什么事,神神叨叨的?"

我轻轻靠在哥的肩头,指着漫天星斗:"陪我看星星行不行啊?"

"行,只是丫头的心思没放在星星上。"

故作惊讶道:"哥是神算?"

"丫头的鬼心思,哥还是了解一二的。"

"不好玩了。"我淡皱眉头,数了数北方的众多星辰,"当初泓先生特别偏爱哥,所以啊,只会让哥一个人在晚上去描绘天上星斗的轨迹……其他人想学也没份……"

"你遇上泓先生了?"哥的声音有些颤抖。

"嗯。"我应诺,脸颊贴着哥的细鳞铠甲,用自己的温度一片一片烘暖冷硬的铁片,"哥,那个时候有没有想过一直跟着泓先生,学完所有的星辰变化?"

哥的嗓音嘶哑着:"有过。"

"现在还想吗?"

哥摇头,硬朗眼角隐没在鼻梁阴影里:"我守不住那个誓言!泓先生大概也明白,我迟早有一天会利用他的阵法杀戮无数……"

"哥。"我缓缓地将掌心在哥眼前摊开,夜色里天权玉牌散发着莹莹柔光,"先生传给了我,可是,最开始的传承人却一直是哥,为什么要舍弃呢?"

哥沉默了片刻,才叹道:"因为家族的责任。"

"仅仅是责任吗？没有一点点自己的欲望？"

哥忽地站起，背对着我，月光游弋在他的铠甲上，细细碎碎的银光像是一层密麻的剑网。"扶柳，男儿总是志存四海——"

"原来你们都是一样的。"我将玉牌狠狠地捏入掌心，棱角硌得手心生疼。

哥半回首，眼如猎鹰："难道这样有错吗？"

"没有！"我淡笑，也起身拍了拍披风上的草屑，"回去吧，天上的星星很乱，我看不清了。"

哥默默地走在前面，一直送我到驿站门口才转身离去。

"哥，不要负了流苏。"我对着身披战甲的男人的背影轻声道，随后步入只有一盏孤灯的昏暗驿站。

洛文站在屋檐下，微微弯腰指向其中一间屋："夫人，这间房刚打扫干净。"

我颔首："麻烦文总管了。"

推开木门，发出一阵咯吱轻响。洛文后退几步，离了数丈远，才吹熄了灯。

又陷入黑暗，像是没有走出那个充满潮腐酒香的地窖。

我重重扣上门，后背抵着门，再一次缓缓摊开手心。玉牌上飞龙般天权二字，在暗夜里静静地释放着湛湛柔光。

天权，是一种诅咒。

此乃上天之权，吾等凡人慎用。对凡人而讲，这不是慎用，而是禁用！谁能做到心胸如天般宽大，又如天般澄净？陷入红尘，总有私欲！我有，哥有，他也有……

难道这样有错吗？哥问过。

没有！每个人都没有错！可世上绝顶处只有一人立足之地，他日两虎相争，必有一伤，也必有一死！

手一颤，玉牌滑落。

心头猛然惊颤，急忙伸手下捞，好在及时，指缝夹住了拴在玉牌上的锦绳。还未来得及庆幸，半边身子就因方才抢玉时的冲力，急急向左边歪去，连续好几个趔趄跨步，也没能稳住。

"砰"的一声，撞到了房间里的长几。

乒乒响个不停，长几上摆设的一堆瓷件和铜器，全数砸在了地面。

我背倚着翻倒的长几，举起手中的玉牌，嗤嗤一笑，顺手又将身旁的瓷器狠狠砸向地上。

边笑边砸，清脆的爆裂声就在耳边盛开。

如同黑暗里绝望的鸣吼。

有朝一日，我身边的人也会像这样破碎消失。他们有着相同的野心，将来会毫不留情地将自己的长枪插入对方的胸口，听对方血管的爆裂声，微微一笑。

颓废地放软自己的手，盯着地面上无数白瓷碎片，深深的裂口像是无言的锋利刀刃惨白地撕裂灵魂。

我瘫软在一角,静静地思索,静静地流泪。

如果有一天,如果有一天……

我该怎么办?我能怎么办?

黑暗无风的屋子里没有答案,生活从来没有假设的未来,只有活着的当下。深吸着气,我缓缓站起,解了披风,散了头发,步步走向床榻。

生活应当是继续。

无光的房间,我摸索到了床榻旁,全身僵硬,声调走样:"你为什么在这里?"

床榻上的修长背影转过身,一双清亮的瞳直直盯着我,低哑反问:"我为什么不能在这里?"

他理直气壮,全身上下都是迫人气势。

"因为……这是我的房间……"

唯唯诺诺的理由还未讲清,刺耳的衣料撕裂声就在耳畔尖锐滑过。

我的半幅长袖在他手中裂成碎片。手腕被炙热的虎口箍住,猛然传来排山倒海的大力,连惊叫也未及出口,身子便僵直倒下。

陷入温软熟悉的怀中,我极快地抬起螓首,上方的眼亮得如同弯刀锋刃:"洛文明明说……是为我收拾出来的房间……"

他的指腹细细游移在我的脸颊,薄薄的细趼摩擦着肌肤,微麻的感觉传遍全身:"铁铠胸前的方菱铁甲的压痕,浓重的铁锈气味,还有未干的咸湿眼泪……"低沉的嗓音不紧不慢地淡淡说着,突地他的手压住我的后颈,不断向他靠近。温湿的气息夹杂着清雅墨香扑在我的脸颊,声音陡然变狠:"上官去疾就那么重要吗?"

如墨的眼瞳里似乎有野火燃烧,愤怒一下子迸出。

"他是哥……"

双唇被狠狠堵住,接下的话也被深深地埋进喉咙。他似一阵肆虐的狂风,所过之处毫无保留。

极致的缺氧中,终于迎来了新鲜空气。我趴在他的肩头,张合着微痛的双唇,贪婪地呼吸。

"究竟有几个挂在心上的哥哥?"闷闷的问声在耳畔响起。

想也不想:"只有一个!"

"那江南西泠的呢?"气息似火烧过脖颈。

认真思考后轻声回道:"算上表哥们,总共有三个。当年都是跟着泓先生学习,时间长久,所以……"

似乎是利齿的噬咬,锁骨处一阵麻痛。

"那你有几个妹妹?"凭什么我老是被动挨打!

"没有!"

"那天和墨斋竹林里散发着牡丹花香的女孩子不是吗?"

"苏婉不是的……"

停滞中的黑暗里,话语权又一次被他剥夺。无风锦帐内,衣衫无声滑落。

这是一场不计后果的沉沦。就像是抓住光滑悬崖边的一根生满倒刺的碧绿藤条,虽然疼入心髓,但至少还活在崖间。无法松手,只轻轻一泄气,便无了勇气去攀上崖顶。

是与非,对与错,统统都抛之于脑后。

甘心陷入沉沦泥潭。

零碎的阳光扎在眼皮子上,微微刺亮。轻轻翻身,寻了一个稍暗的角落,才缓缓地睁开一丝眼缝。

"唔。"

立刻闭眼,又迷迷糊糊地睡上。被一层墨香包裹,温热的体温就在身畔。

"扶柳,天亮了,起床吗?"

睡意未减,只是闭着眼不住摇头。

耳后脖子处一阵麻痒,似乎有发丝涌入。

"起床吗?"

靠近他几分,切切说道:"我要睡觉!"

他细细低声笑着,薄唇贴着我的耳廓:"哦,好像流苏就在外面。"

"什么?"一下子瞪开眼,除了熟悉俊容外,只有一面绣满缠枝蔓菊的秋香色锦帐。

紧张地试探了一句:"流苏?"

"在!"冷清清的声音让我背后发凉。

他依旧贴在耳边:"没骗你吧?"

横了一眼他唇角处若有若无的笑意,我又问道:"流苏,什么时候到的?"

"一刻前。"

好像也不是很短,我双颊微红:"什么事?"

"少爷请小姐说些话。"

"等我收拾一下,马上就去……"

腰间被揽得极紧,他喑哑道:"不许去!"

"没有理由霸道到连亲哥哥也不能见的吧?"我扬起乖乖笑容,说道,"就去一会儿!如果你不同意,为什么要让流苏进屋呢?"

"这个……"他没有说出来。

慌忙了一阵,才跟着流苏进了大风营。

中军营帐内,哥一笔一画正在勾勒军事地图。见到我,便挥手散了帐中的所有人,放下狼毫:"丫头,喝什么?要不要试一下西域的苦凉茶?"

哥提起高几上的铜壶，注了满满一银罐苦凉茶，递给我。

将银质大杯圈在手里，淡淡的苦香萦绕起来。我呷了一小口，立即皱着眉望向哥："什么事啊？一来就吃苦的。"

哥轻笑着抚平我的眉头："丫头，以后没有苦头吃了，好不好？"

"到底怎么了？"我放下银杯。

哥挨着我坐下："其实如今长安局势也差不多稳定下来。上个月皇上将以前爹的兵权交给了我，也开始陆续启用了一些洛谦手下的旧人。内外皆不宁，皇上大概也认输了，这样的话，我们上官家也不必与他相府有什么瓜葛了……哥想了一夜，既然丫头不喜欢，也就不必勉强待在那里。"哥眼下有淡淡的黑色，显然是昨夜未曾好睡，"我问过了流苏关于你们的大致情况。只要丫头过得不开心，哥就向他提出取消婚约。"

晚了，都被欺负干净了。我低着头，默默不语瞧着鞋上的提线绣花。

"嫁过人又怎样？以后要是丫头找到了真正喜欢的人，哥就是绑也要绑得他拜堂。谁要是能娶我上官去疾的妹子，那是他天大的福气……"

垂下眼睑，任红潮上涌，我轻声道："哥，算了。"

"算了？"哥狐疑地扫视我一眼，静了片刻，长长一叹："好吧，只要丫头喜欢——可将来丫头又不喜欢了，尽管来找哥。还是让流苏跟着你吧，我放心一些，毕竟长安不安宁，谁知道哪里就藏着危险呢？"

"哥，流苏陪着你不好吗？"

"不好……"

从大风营回到驿站时，带回了流苏。一路上，流苏抿着唇，毫无表情。

照壁镇驿站外，马车安静地停放着。似乎马上便可以出发。

刚走到马车前，李重俊就插上来，小声说道："今天二哥好像心情不太好，待会儿上马车后，无论二哥说什么，只管点头，就无事了。"

我扫了一眼他诚恳的脸，点头。

流苏翻身上马，李重俊又低声嘱咐一句："记得只要点头就好，不然二哥将脾气发到我们头上，大家多无辜啊！"

掀开车帘，坐下后马车就启动了。

瞧了一眼他的脸色，的确不是特别的好。顿时眼观鼻鼻观心，安静不动。

"见到上官去疾了？"

点头。

"他是不是说长安局势已定，所以不必遵守约定了？"

点头。

"那你同意？"

点头。

"明确告诉上官去疾要回去？"

点头。

感觉到危险气息临近，我抬起眼眸，瞧着一双隐藏着火苗的墨瞳，急忙快速摇头摆手："没有答应，真的没有答应……"

"为什么一直点头？"

"因为重俊说只能点头，不然他们会倒霉的！"

洛谦陡然掀开车窗丝帘，一张大大的脸就在窗口："重俊，马上回塞北军营，不然以怠懈军务罪论处，三年内不准踏出营地半步！"

李重俊顿时傻眼，哀号道："二哥，我错了！"

天朔九年，九月十八，平罗仲秋天气渐凉。

清晨，在平罗官仓小院，我睡得正甜。

"小姐，破弩堡有事。"冷冽的声音穿透帐帘直入我的双耳，是流苏。

破弩堡？应该没有什么好事，我懒懒说道："就回复，我没有时间。"

"哇"的一声大哭，从门外冲了进来，我不由得眉头一锁。如此有特色的哭声，也只有雪君与她的贴身丫鬟才有能力爆发："表小姐……表小姐……二小姐她快不行了……呜，姑爷也没有办法……表小姐平常都是最有办法的……呜……跟奴婢去吧……再晚就怕来不及了……"

什么跟什么？我完全听不懂。

流苏补充道："二小姐临盆，发脾气，龙堡主没有办法，所以请小姐过去。"

我柳眉一蹙，嘀咕道："生孩子还这么能折腾人，我又不是雨蕉，帮不上忙，不去了。"顺便翻了一个身，靠进了温暖熟悉的怀里。

"呼啦"一声，身上棉被全部掀开了，接着就被他强行拉起："老是口是心非的，待会还不是担心得不行。"七分温柔，三分威严，我不甘心地披上衣物，撇嘴道："晚上等我回来吃饭。"

还未等到答复，我就被雪君的丫鬟拉上马车了。

还隔着好几层门，就听见了雪君震天动地的叫声，难怪破弩堡的人都一脸恐慌。厅内一向沉稳冷静的龙傲天焦急地踱着步，嘴里还不知嘀咕着什么。龙傲天一见我，便两眼放光，大步向我冲来："来了就好，来了就好，君儿一向最听你的话了。"然后一把抓住我的手臂，将我推向里屋。

"龙傲天，你这个大混蛋……哎呀……痛死我了。"雪君扯着大嗓门叫喊，其中还夹杂着乒乒哐当的摔东西的声音。

我轻推开门，一件东西就直奔我面门，幸好有所准备，我快速右移。哐的清脆声响，瓷片碎了一地。"龙傲天，你还敢进来……啊……好痛。"

这屋里太混乱了，到处都是被砸碎的东西，乱了一地，还有一个躲在墙角瑟瑟发

243

抖的稳婆。雪君已抽出枕头,正要向我扔来。我心头一急,大吼道:"柳雪君,你给我住手!"

雪君的手臂立刻软了下来,委屈地哭了:"扶柳,真的是好痛嘛……你不要凶我啊……我又不是故意的。"

我疾步走了过去,将枕头取回放在雪君头下,握着她的手柔声道:"不要怕,我陪着你呢。生孩子当然痛啊,不过只要忍耐一下就好了。"

雪君眨着带有泪珠的睫毛,问道:"真的吗?"

我轻轻理顺雪君的头发,温柔笑道:"当然是真的,我什么时候骗过你。"而后,我一转头,对着角落里的稳婆厉声道:"还不快帮夫人接生。"

稳婆这才颤巍巍地走到床前,丫鬟们也端着热水陆续进来。

我依旧握着雪君的手,柔声道:"深吸一口气,用力,用力,很快就没事了。"

如此折磨了一个时辰后,雪君终于产下一名男婴,而我的手也被她捏成了一朵花,红一块紫一块的。又被雪君缠了许久,直到天黑我才回到官仓小院。

小院一如既往的静谧,屋内的烛光透过门窗淡淡地洒在地上。我轻推开门,屋内没有人,只有一盏素雅的孔明灯静静地摆在桌上,旁边还有一副墨砚一支毛笔。

我细细地打量着灯,比去年的要精致多了,光滑的竹枝,洁白的宣纸,上面画有几朵雍雅的黄金菊花。

我嫣然一笑,提起灯奔向了院后的那几株瘦竹。果然在这里,淡华月光下,青黄疏竹旁,洛谦提起一盏灯,淡笑立于天地之间,丝丝温柔沁入我心。

我始终浅笑,用洛谦手中的灯点燃了孔明灯,仰着头,望着它缓缓升入秋日澄静的夜空中。

"为什么不许愿?"

"因为我觉得现在很幸福,没有什么愿望要麻烦天上的神仙。"

天朔九年,十月初九,天晴。

破弩堡内宾客满座,热闹非凡,庆贺龙堡主喜得贵子。

在喜气洋洋的房间里,我抱着龙小少爷细细瞧着,剑眉星目,长大后模样应该挺俊的,只是这表情木然,难不成从小就学他爹扮酷?

一个花白头发的老者趋步走了进来,对我行礼道:"老夫是堡主请来为夫人把脉的。夫人刚生产,气虚较弱,实不宜长时间抱着小少爷。"

看来这位老大夫见我抱着龙小少爷,将我错认为雪君了。我莞尔一笑,正要启口解释。雪君却是一脸诡笑地冲了过来,从我怀中抱过她的儿子,道:"夫人,我先帮你抱着小少爷,你刚才不是说头有点儿晕吗?赶快让大夫瞧瞧。"说着还拉着我的手伸到大夫面前。

丫头,又想恶作剧,我轻笑望着雪君。

"啊!死小子,娘一抱你,你就敢撒尿,看我怎么打你的屁股……扶柳……救我啊!"

天朔九年,十月初十,旭日东升。

一反常态,我起了个早床。在一枚泛着明黄柔光的铜镜前,我细细描起眉来,眉尾修长,翠色欲滴。侧脸瞧了一眼,又忽觉得黛色过浓,生出些跋扈味道,便拈了素绢淡淡擦去。

"不要再画了,越画越丑。"不知何时洛谦已坐到身旁,嘴角勾着笑。

敢说我丑,我柳眉一竖,将眉笔塞到洛谦手中,嗔道:"你会画,那就试一试啊,看到底谁画得好?"

洛谦莞尔轻笑,提起手用握毛笔的姿势拿住眉笔,轻轻地描着我的眉。

嗯,好了,一抹淡笑荡漾开,洛谦目光温柔,似很满意。我却纳闷,难道眉笔的用法还真可以与毛笔一致?

我心存疑惑,侧过头,瞥了一眼铜镜,良久,才尽量平静道:"这也叫好,一只长一只短,一只高一只低,一只浓一只淡。"

洛谦面不改色,依旧温柔笑道:"可我觉得很好看。好了,去吃早饭。"说着牵起我的手走向门口。

就在要跨出门槛时,我拉住了洛谦的手,我们俩都停下了步伐。酥软温和的朝阳阳光,透过雕花木窗,斑驳地落在我们身上。

我轻轻地踮起脚尖,搂住他的脖子,在他耳畔轻声道:"洛谦,生日快乐,你要当爹了。"昨天,雪君要恶作剧,要那老大夫为我诊脉,却不想误打误撞,诊出喜脉。

可是,洛谦没有惊喜,他很平淡,淡得连嗯一声都没有。

我垂下眼睑,轻声询问:"难道不值得高兴吗?"

洛谦这才有所反应,轻轻地环住了我的肩,温言道:"高兴,当然高兴!"突地肩头力道变大,洛谦喃喃道,"扶柳,只是马上就要回长安了……该怎么办呢……我要当爹了。"

"圣旨到。"突然一个尖锐声音直刺入我的耳膜,我不由得蹙起眉头。

洛谦已恢复常态,嘴角挂着微笑,握紧我的手,道:"到院子里接旨吧。"

不大的院子里已经站满了人,三位公公,十几名侍卫,洛文与流苏皆已跪拜在地。

"奉天承运,皇帝诏曰:经大理寺查明,贪吏王信与洛谦无关,过往朕受小人蒙骗,错怪洛卿,深觉不安。今日重拜洛卿为相,望洛卿日后尽心尽力为国为民。钦此。"

"臣洛谦叩谢龙恩,愿吾皇万岁万岁万万岁。"

那公公早已满脸堆笑,屈膝躬腰献媚道:"小的给相爷贺喜了。"尖锐的声音透着明显的巴结意图,恰似一把钢梳划过心头,使我全身神经紧绷不已。"相爷沉冤得洗,

245

真是老天开眼,小的曾经就说过,相爷怎可能与那逆贼王信是一党呢?果然是小人陷害……"

那尖锐的声音每说一句,我的心就似刀刺般的痛,胃中也在不断翻腾,终于忍不住高声叱道:"你不要说话了。"

一股酸苦味在口中漫开,我踉跄地走到院子角落,缓缓蹲下,一口酸水吐出。胃中依旧排山倒海,酸水不断上涌。本来清晨尚未进食,只能呕出几口酸水,很快便徒有干呕了。也不知是否是那酸水太过冲鼻,我的眼眶内竟充盈满泪水。眼前一片水雾,模糊不清,只能依稀看到似是洛谦用白绢擦拭了一下我的嘴唇,轻轻地将我扶起。

"相爷,夫人可安好……"

又是那种尖锐的嗓音,心绞般的痛,痛入骨髓,我不可抑制,厉声道:"你,不许再发出任何声音!"

原来等到现在我才明白,一直讨厌这种奇怪的尖声,只是因为,那种尖锐声音全部出自皇宫,天下间皇宫才有太监,它们离皇权如此接近,离旋涡这般亲近。眼中泪水缓缓流下,突地,小腹一阵阵的痛,撕心裂肺,我逐渐失去意识。

缓缓睁开眼,看见的是一张担忧的脸:"我将他们都打发走了,莫要再激动,大夫说是动了胎气,要好生静养。你先睡着,我出去了。"

月白衫子衣角慢慢拖行在床榻上,马上就要落下。我伸手抓住了洛谦的袖口,咬着下嘴唇,良久开了口:"洛谦,我要知道。"

感觉手轻颤了一下:"扶柳,你确定吗?"

我知道我又犯了那股子的倔犟劲,坚定道:"是的,告诉我平罗发生了什么事?回长安又会出现什么事?"

洛谦叹了一声,深沉得不由自主,然后缓慢地坐在了床榻边,如墨深瞳望着我,黑眸似深井一般,波澜不惊也幽不见底。

平淡的声音似乎在讲述远古的故事,是那么久远,那么飘缈的事情。

"去年,皇上削权,我与上官将军达成同盟。只是很久以前我们就是政敌,无法彼此信任,然后你就嫁了过来。皇上并不愿意看到我们结盟,所以找鉴魂楼派高手杀你,就是竹林中毒那次。后来的事,你和无双公子在帐外应该听得很清楚。不过,我在王庭还联系了拓跋的右贤王,鼓动他在拓跋阳攻打照壁时,趁机在后方起兵夺取汗位。如今,关外战火纷乱,黄河两岸饥荒四起,皇上无奈为保江山安稳,只得屈服。经过这样一起一落,皇上已无实权,兵权掌握在你上官家中,而我则是百官之首。"

"黄河两岸为什么会有饥荒?"

"因为黄河两岸遇上百年洪水,不少地方决堤,早已是颗粒无收,可有些官员又趁机高纳赋税,以至民不果腹,已有零星造反发生。"

"黄河两岸的官员中……"

"大多是我的旧僚。所以也没有什么自然灾害,全是人为。"

他的眼里一片平静,千万人的生命在他、哥或则皇上看来,只是较量中的棋子,也许还比不上手中的一枚官印。

屋内寂静,针落可闻。

"扶柳,你害怕吗?"

害怕什么?害怕暗杀?害怕阴谋?害怕权势?还是,我应该害怕这样的你,洛谦?

神色安宁,目光清澈,嘴角上扬,我温柔笑起,然后轻轻地抱住了他,将整个脸全部埋进了他的肩窝,淡笑道:"我怕,我从小就怕蛇虫鼠蚁之类的,除了这些,我一向胆子大,什么都不怕。现在你知道了我最大的弱点,就不准利用这些来欺负我,上次那个大毒蝎子就蜇得我痛死了。"

洛谦淡笑着拉起棉被将我裹住:"还怕生病吃药。"

我依旧躺在洛谦怀里,轻声叹道:"洛谦,那以后你会丢下我不管吗?"

洛谦抱得很紧,将脸埋入我的长发,闷声道:"扶柳,那以后你会离我而去吗?扶柳……"

闻着清淡如水的墨香,听得坚定的心跳声,我很平静,平静地入了梦乡。

【洛谦番外】

风中有雷霆般的马蹄声传来。

是拓跋铁骑!

"他们……"她眉心纠结,似乎也感觉到了危险。不能再等,直接揽住她的腰,奔向了客栈酒窖。刚才去厨房端浇饭时,粗粗扫过一眼,土墙厚实,应该是可以挡住铁箭的好去处。

黑暗处,还有灰尘扬在空气里。

偶尔听到几滴清脆滴水声,是烈酒落进泥土。

圈她在怀里,隔着细薄衣料,手掌依旧感到玉肌生凉。大约是刚才她沐浴时用的花香,如今在狭小的空间里散发开,别样清幽。

她透过小孔认真地观看外面的状况,乌黑的瞳一片虔诚。

我无法确定她为什么会这样担心素不相识的人?或许她以前从未遇上过如此残酷的屠杀。

铁箭如雨,就像预料中的一般。拓跋阳的铁骑从来就是杀人!

范大作替金香玉挡住了一箭,箭锋完全没入背脊,但离了心脏五分,大概等一个时辰后鲜血流尽,才会死去。

"为什么现在才说?老娘等了你那么久,你一说,就走了!"金香玉爬到范大作身边,拳头如雨般落下,"死呆鹅,老娘不准你死,老娘还没有听到你说我爱你呢!……知不知道,不准死,你给我大声说一遍,我爱你……"

金香玉的眼泪溅在了冰冷的箭杆上，猩红一片。

突然我的手背感到温湿的灼热。她的眸水光漾漾，轻轻地说："我爱你……"

如同蚊蚋的细小声音，却沉似千斤，重重地敲打在我的心上。

真重！

我伸出手掌捂住了她的眼。

"不要看了，也许你将承受不起。"

搂着她纤细的腰，强行将她移到自己胸前。手掌处有微微发痒，是她的睫毛眨动着拂过。

"这算不算得上一次屠城呢？"

我沉默。她用上了屠城，可其实才不过死去百人。

"而我们本可以消弭这场屠杀，是不是？"

我蒙住她眼睛的手轻轻颤了颤，手掌缝隙里溢满了她的眼泪。

"其实，就算我们站在拓跋阳面前，他未必会杀我们，而我们也有机会可以再次逃脱，是不是？"

我只能无奈地叹息。

"那么多无辜善良的人死去，全是因为我们的自私，是不是？"

我冷漠道："这只是他们的命，与任何人无关！如果这些人足够强大，谁也杀不了他们！"

手掌濡湿了大片，全是她滚烫的泪。

扶柳，如果可以救下他们，可是我却无法保证你的安全，该怎样选择呢？

我们都是自私的人，所以我希望我怀中的人有微凉的呼吸，有清冷的说话声，甚至有现在止不住的眼泪，而不是中了箭满是鲜血的僵硬尸体！

范大作死了如何？客栈鲜血浮箭又如何？

我洛谦只要怀里的人无恙！

就算天下人的性命都捏在我掌心，我亦自私！

她猛然抓住了我的衣襟，纤细骨指死死地抵住我的锁骨："可他们会杀了我！或许在每天深夜里，范大作会出现在我的梦里，他站在沙漠的绿洲里微微憨笑，然后他的嘴角蜿蜒出僵黑的血，扑倒在我脚边，背后插着拓跋铁箭，血肉模糊。他会缓缓地抬起头，白森森的骨指深深掐入我的脚踝，狰狞笑道：妹子，为什么不救我呢？"

"还有这浸满鲜血的客栈，我会徘徊在这里，永远也走不出去，身边到处都是怨恨的双眼，他们不停地吟唱：还我命来，还我命来……"

如泣如诉。

我的另一只手掌覆上她不停颤抖的肩，一点一点地用力，直到稳住了她的身子，"上官扶柳，在天下的争夺中，无论是现在，还是将来，都将会有无数的人死去！不能心软，不能懦弱，不能犹豫，记住从今以后你要陪着我一路走下去！"

扶柳，将来迟早有一天你将会看见我的杀戮，毫不留情的杀戮，或许将比这场屠杀更加残酷，所以，我需要你的坚强！

你会坚定不移地站在我的身边，是不是？

"为了我，学会舍弃……"

可不可以为我，舍弃你的善良？舍弃你的亲情？舍弃你的上官？从今以后只停留在我的怀中！

江山血路，由我一人踏平就好，只是你能否一直跟随在我的身后，当我疲惫时，回头便能看见你的淡淡笑颜？

铁箭破入酒窖。

烈酒泼洒，淋湿了我们的衣裳。酒水浸透，她细小的锁骨突现，微微颤抖。

"洛谦，知不知道，看着他们这样无助地死去，会想到自己是不是有一天也会像他们一样，死去的时候双眼会怨恨地瞪向天空？其实我也和他们一样不够强大，是不是迟早会看着自己的鲜血像花一样绽放，然后干枯地死去……"

然后干枯地死去？

土墙外的血花飞溅，我竟然感到莫名的害怕。

"不会的，我不会允许的！"

低哑地嘶吼，即使是天命，我也会劈天射日，夺回这命盘。

上官扶柳，记住，你的命只能我来取，你自己也休想掌控！

她似乎僵住，烈酒顺着柔美的唇线下滑。像是沾有剔透露水的素莲花瓣，蛊惑了我。不由自主，覆上了甜蜜花瓣般的柔唇。

烈酒似乎在舌尖跳舞，血脉贲张。

一点一点地占据，一寸一寸地侵入，深入灵魂，无法抵抗。

上官扶柳，你是我的女人！

暗夜中对着墙，脑子里不断浮现出刚才的画面。

她唇角漾着笑，靠在上官去疾的肩头，亲昵无间。我站在很远的阴影处，看着两个贴近的身影，说不出的烦躁。

草地上的屑末已凝聚在了掌心，无声地旋转，酝酿很久，这一掌始终没有打出去。半空中的草屑纷纷扬扬地落下，铺满了整颗晦涩的心。

机械般地回到驿站，躺着，辗转难安。

心里长了一朵魔鬼般的莲，勾魂慑魄的南海素莲。它在不停地吸食着我的血液，微微地痛，可我却甘之如饴。

门框发出轻轻的碰撞声，顺着风传来幽幽暗暗的清香。

她没有再跨出一步，安静得如同不存在。

太静，似乎有獠牙在噬咬我的心。

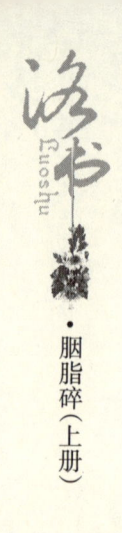

一阵踉踉跄跄的撞击声,随后便是清脆的陶瓷破裂声,隐隐夹杂着凄凄苦笑。若断若续的冷笑,更像是绝望边缘处的嘶吼,是痛苦的挣扎。

上官去疾说:"扶柳,男儿总是志存四海——"

"原来你们都是一样的。"她几乎捏碎了玉牌。

这一幕闪电般滑过,还来不及细响,就听见极轻的泣声。

连哭,她也是压抑地为上官去疾而流。

只觉从手到脚,身子都僵硬了。

"你为什么在这里?"背后响起她讶异的惊呼。

转过身,直直地盯着她:"我为什么不能在这里?"

去年我们穿着喜服一同拜过天地。

她慌乱得有些不知所措:"因为……这是我的房间……"

那从今以后也是我的房间!迅雷般地抓住她纤弱的手腕,好似担心下一刻她便转身离去。猛地用力,伴随着衣料的破碎声,她柔暖的躯体倒在我的胸前。

沁香层层缭绕,她细长的发丝停留在我的脖颈处,柔得像云。

她微微抬起头,纯黑的瞳望着我,支吾说:"洛文明明说……是为我收拾出来的房间……"

手指贪婪地覆盖住她的脸颊,一寸一寸地抚过,心里有烈火烧过:"铁铠胸前方菱铁甲的压痕,浓重的铁锈气味,还有未干的咸湿眼泪……"

都是上官去疾的味道!

因为上官去疾才勉强嫁给我,是吗?因为上官去疾才愿意凑齐十万两银子,是吗?是不是还会因为上官去疾离我而去?

无数的怒火在燃烧。

压迫着她离我越来越近,狠声问道:"上官去疾就那么重要吗?"

她一呆,极快道:"他是哥……"

并不想听到任何问答。上官扶柳,以后你将不能再为上官去疾分出一分心,因为你的整颗心都是我的。

强烈的索取中,她很安静,没有一丝挣扎,只是窝在我的怀里,固执得像一个一心取暖的小女孩。

彻底的一场沉沦。

她在描眉。

铜镜反射着淡金光芒打在她眉尖,将如柳弯眉完全淹没在一片暖金色中。

我停步在门槛。

这样的安宁大约不再长久了,或许多看一眼,回到长安寂冷时可以暖心。

不知为何,她突地拈了素绢,淡淡擦去黛眉。

"不要再画了,越画越丑。"

是好,是坏,已然画出,又何必抹去?既然棋局乱了,我们都蹚过楚河汉界,踏入对方领地,那就不要退缩了。

她回首,将眉笔塞入我手心:"你会画,那就试一试啊,看到底谁画得好?"

如题字般我握住眉笔,她抿着唇细细笑着。

上官扶柳,经我画后,是美是丑,你都不能后悔了。

"这也叫好,一只长一只短,一只高一只低,一只浓一只淡。"她大概是尽量压住心中的嗔怨,可眼角的不满意还是道出了一切。

"可我觉得很好看。好了,去吃早饭。"

我拉起她,有些东西未必是最漂亮的,可是那是最暖心的。

跨过门槛时,她忽地止步,踮起脚尖,澄清的双眼望着我,越来越近,她搂住我的肩,几乎整个人都靠在我身上。

一笑,暗香弥漫。

"洛谦,生日快乐,你要当爹了。"

再笑,蛊惑神智,我不知道怎么回事,只是双唇轻颤,说不出话。

后来回京,我与少维说时,少维呵呵一笑,洛老二,那个就叫被春雷劈了。春,暖入人心;雷,惊震人心。

"难道不值得高兴吗?"她淡淡地询问,掩不住的失望,垂下的浓密眼睫挡住了漆黑的瞳。

"高兴,当然高兴!"我有些不知所措,只能拥着她的肩,力道极大,似乎想给她信心一般,"扶柳,只是马上就要回长安了……该怎么办呢……我要当爹了。"

她又是笑,唇角弯弯。

一个傻丫头,不知前路的艰险。

朝阳在窗外冉冉升起。

"圣旨到。"

意料之中的圣旨按时到达,可宣读时,她一直蹙着眉,分外纠结。

终于,她蹲下不停地呕吐,泪珠大滴大滴地落下。

我几乎是动用了轻功,奔到她身边,她只是捂住小腹,闭上眼,软软地倒在我怀里。

"洛文,大夫!"

我的声音在抖。

屋内大夫离去,她无事,受了刺激,多休息便好。我坐在床榻边,将散乱的发丝一缕缕地顺到她耳后。

她幽幽醒来,唇色苍白。

"我将他们都打发走了,莫要再激动,大夫说是动了胎气,要好生静养。先睡着,我出去了。"我起身,见了我大约她又会忆起那圣旨,胡思乱想一番。

"洛谦,我要知道。"她抓住我的衣角,倔犟地望着我,不容拒绝。

我轻颤:"扶柳,你确定吗?"

"是的,告诉我平罗发生了什么事?回长安又会出现什么事?"

我深叹,瞒不住的,可是说过后,她的心是否还如以往?

淡淡地说完,我问道:"扶柳,你害怕吗?"

害怕将来,甚至害怕我……

"我怕,我从小就怕蛇虫鼠蚁之类的,除了这些,我一向胆子大,什么都不怕。"她在我的怀里,淡笑着说。

可是,傻丫头,回到长安你才能明白什么是真正的害怕。你那腹中的孩子,是否会成为一道催命符?

那冷冰冰的斗争场上,他们是不会允许一个流着上官血脉的少主存在的!

"洛谦,那以后你会丢下我不管吗?"

我紧紧地搂住她,似乎下一刻她就化烟离去:"扶柳,那以后你会离我而去吗?扶柳……"

如果将来在长安,我保下你和孩子,你就不准离开,好不好?